달빛이 닿는 거리

≪TSUKI NO HIKARI NO TODOKU KYORI≫

© MAKOTO USAMI, 2022
All rights reserved.
Original Japanese edition published by Kobunsha Co., Ltd.
Korean translation rights arranged with Kobunsha Co., Ltd.
through JM Contents Agency Co., Seoul.

이 책은 JMCA를 통해 일본의 Kobunsha Co., Ltd. 와 독점 계약하여 한국어판 출판권이 블루홀식스에 있습니다.
저작권법에 의해 한국 내에서 보호를 받는 저작물이므로 무단 전재와 복제를 금합니다.

달빛이 닿는 거리

우사미 마코토 장편소설
이연승 옮김

차례

1장 밤의 층계참 _9

2장 야차를 등에 업고 _129

3장 단 하나의 사랑 _255

4장 달빛이 닿는 거리 _379

옮긴이의 말 _469

일러두기
본문의 각주는 전부 독자의 이해를 돕기 위한 옮긴이 주입니다.

나의 아가에게

이 편지를 읽는 넌 지금 몇 살일까?
분명 사랑스러운 여자아이가 됐겠지. 엄마가 이 글을 쓰는 지금, 넌 아직 엄마 뱃속에 있단다.
네가 엄마의 아이로 태어나 줘서 엄마는 정말 기뻐.
엄마는 지금 열일곱 살이야. 네가 이 세상에 태어나기까지 많은 사람의 도움을 받았어. 넌 엄마에게도 정말 소중한 존재지만, 정말 많은 이들의 사랑 속에서 태어난 아이야. 부디 그 사실을 꼭 기억해 줬으면 해.
엄마는 아빠와 헤어졌지만 아빠도 지금 어딘가에서 곧 태어날 널 생각하고 있을 거야. 제대로 된 가족으로 맞이해 주지 못해서 미안해.
하지만 말이지. 가족의 형태는 하나만 있는 게 아니란다. 우리는 태양처럼 환한 빛으로 널 감싸 주지는 못하지만, 달이 밤하늘에 뜨고, 그 빛이 널 살며시 비춘다면 그건 우리 가족이 너에게 보내는 사랑이라고 생각해 줬으면 좋겠어.
우리는 언제나 달빛이 닿는 거리에 있단다.

엄마가

1장
밤의 층계참

하늘에 보름달이 떠 있다.

줄지어 솟은 빌딩 위에서 부드러운 크림색 빛을 쏟아내고 있다.

한 치도 이지러지지 않은 둥근 달을 보며 미유는 '예쁘다'라고 생각했다. 이렇게 밤하늘을 올려다본 건 오랜만이었다.

하지만 죽기 직전에 아름다운 보름달을 봐 봐야 무슨 의미가 있을까.

빌딩 아래에서 바람이 불어온다. 깔고 앉은 콘크리트가 차갑다. 옥상에 있는 물탱크의 밑바닥 쪽에 앉아 있다. 이렇게 몇 시간이 흘렀을까. 온몸이 점점 식었다.

그때 뱃속의 아이가 움직였다. 안쪽에서 꾸물꾸물 배를 밀어 올린다. 미유는 배에 손을 갖다 댔다.

미안해, 아가야. 낳아 주지 못해서.

다음 생에는 더 강한 엄마에게서 태어나렴.

하지만 엄마도 어떻게든 혼자 널 낳아서 키울 수 없을지 정말 많이 고민했어.

사귀던 준야에게 임신 사실을 전하자마자 버림받고, 부모님께는 꾸중을 듣고 집에서 쫓겨났지만 미유는 혼자 꿋꿋하게 버텨 왔다.

하지만 이제 지쳤다.

그동안 중심을 잡고 있던 심지가 툭 부러져 버렸다.

미유가 지금 뛰어내리려는 빌딩은 8층인가 9층인가 하는 건물이다. 아파트가 아닌 오래된 오피스 빌딩 같다. 옥상까지 이어지는 철제 비상계단을 비틀비틀 올라왔다. 집에서 나온 이후 늘 가지고 다니던 캐리어는 무거워서 들고 올라올 수 없었다.

그때 아기가 다시 움직였다.

바보 같은 엄마에게 이끌려 죽을 수는 없다고 온몸으로 저항하는 걸까.

미유는 천천히 몸을 일으켰다. 옥상 주변에 처진 펜스로 걸어간다. 그렇게 높은 펜스는 아니다. 곳곳이 녹슬고 휘어져 있다. 평소에 사람이 올라오지 않는지 대충 설치한 것 같으니 기어오르기 그리 어렵지 않을 것이다. 임신 중인 몸이어도.

미유는 펜스에 손을 얹고 한 번 더 밤하늘을 올려다봤다.

빛나는 달이 어리석은 여자아이를 내려다보고 있다. 가볍게 사귄 같은 반 남자아이와 깊은 고민 없이 잠자리를 가졌다. 당연한 결과로 임신을 했다. 그리고 지금은 스스로 목숨을 끊으려 하고 있다. 뱃속에 깃든 생명과 함께.

얼마 전만 해도 평범한 여고생이었다는 게 거짓말 같았다.

밝은 보름달 빛을 받으며 미유는 스스로 물었다.

정말 괜찮아?

그러자 괜찮아, 라고 또 다른 자신이 대답했다. 여기서 뛰어내리면 모든 걸 끝낼 수 있다. 내가 저지른 결정적 실수들을 지우개로 지우듯 없었던 일로 만들 수 있다.

옥상에서 내려다보는 땅은 어둠에 잠겨 보이지 않았다.

미유는 숨을 크게 들이마셨다. 두 다리를 가볍게 흔들어 샌들을 벗는다. 맨발이 된 한쪽 발을 펜스에 걸쳤다. 팔에 힘을 꾹 넣었다.

'제발 지금은 움직이지 말아 줘'라고 뱃속의 아이에게 부탁했다.

"저기요!"

그때 갑자기 뒤에서 목소리가 들렸다.

미유는 화들짝 놀라 움직임을 멈췄다. 천천히 뒤를 돌아봤다.

바로 뒤에 어린 여자아이가 서 있었다. 제대로 빗지 않아 부스스한 머리카락이 바람에 날리고 있다. 미유는 굳은 자세 그대로 아이를 빤히 바라봤다.

비쩍 마른 아이였다. 두 뺨이 홀쭉해서 큰 눈이 유독 튀어나와 보인다. 틀림없이 환각을 보는 거라고 생각했다. 보름달의 마법이 지상에 닿아 현실에 존재하지 않는 아이를 보여 주는 걸까. 아니면 뱃속의 아이가 나타나 엄마를 말리려는 걸까. 도무지 현실처럼 느껴지지 않았다.

"저기, 혹시 먹을 거 없어요?"

다섯 살 정도 돼 보이는 여자아이는 또렷한 목소리로 말했다.

"뭐?"

미유는 무심코 되물었다.

"없어요?"

여자아이는 불만스럽게 입을 삐죽였다. 미유는 여전히 펜스를 붙잡고 있었다.

"그럼 돈이라도 주세요."

여자아이가 손을 내민다. 작은 손비닥을 보며 천천히 침을 삼켰다. 지상에서 먼 이 옥상이 문득 으스스한 장소처럼 느껴졌다. 이 아이는 혹시 요괴나 귀신 아닐까.

죽으려는 참에 그런 걸 두려워하는 자신이 우스꽝스러웠다. 아이의 어깨너머를 유심히 보니 옥상으로 이어지는 계단실 문이 열려 있고 흐릿한 형광등 불빛이 비치고 있었다.

아이는 저기로 나온 것이다. 거주용 건물 같지는 않았지만 아마 여기 사는 아이일 것이다. 긴장한 탓에 소리를 듣지 못했다. 미유는 안도하며 몸에서 힘을 뺐다. 펜스에 걸친 발을 내리고 여자아이를 마주 봤다.

하지만 이런 한밤중에 어린아이가 옥상에 올라오다니, 조금 이상했다.

그때 비상계단을 뛰어오는 발소리가 들렸다. 쿵쿵쿵 하는 요란한 소리에 미유는 또 몸이 굳었다. 게다가 한 명이 아니다. 두 사람의 발소리였다.

잠시 후 검은 그림자가 옥상에 나타났다.

"사쿠라!"

여자의 앳된 목소리가 들렸다. 여자가 부른 사람은 미유 뒤에 있는 아이였다. 아이는 기뻐하며 그쪽으로 달려갔다.

"언니!"

총알처럼 달려든 아이를 부둥켜안은 사람은 미유와 나이 차이가 별로 나지 않을 소녀였다. 소녀는 미유를 알아차리지 못하고 여자아이를 껴안은 채 뒤를 돌아봤다.

비상계단에서는 아직 발소리가 울려 퍼지고 있다. 잠시 후 이번에는 또 다른 사람이 계단을 올라왔다.

"마나미!"

그러자 마나미라고 불린 소녀가 여동생의 손을 붙잡고 계단실로 도망치려고 했다. 쫓아온 사람은 30대 후반쯤 돼 보이는 여자다. 그녀는 재빨리 마나미에게 따라붙어 팔을 잡아당겼다.

"이거 놔요!"

마나미는 험악한 얼굴로 여자를 노려보며 팔을 뿌리치려고 했다. 하지만 여자는 붙잡은 손을 놓지 않았다.

"잠깐, 잠깐이라도 좋으니 이야기 좀 들어 봐."

"싫어요! 우릴 내버려둬요!"

"못 내버려둬! 내버려둘 수 없으니 이렇게 온 거잖아!"

두 사람이 옥상에서 실랑이를 벌였다. 사쿠라가 으아앙 하고 요란하게 울음을 터뜨렸다. 그렇게 울며 여자에게 달려든다.

"언니를 놔줘! 저리 가!"

미유는 지금 눈앞에서 무슨 일이 일어나는 건지 이해할 수 없었다. 옥상에서 뛰어내리려던 것도 까맣게 잊은 채 멍하니 서 있었다.

"잔소리 듣고 싶지 않아요! 다른 사람한테 피해 준 것도 없잖아요!"

"하지만 너, 그런 일을 해서 돈을 벌고 있잖아. 학교에도 안 가지?"

그러자 마나미는 더 흥분해서 날뛰며 끝내 여자의 손을 뿌리쳤다. 그러나 이제는 도망칠 마음이 없어졌는지 사쿠라의 어깨를 껴안은 채 여자를 마주 봤다. 그렇게 대치한 두 사람이 어깨를 들썩이며 숨을 골랐다.

"그래요! 맞아요! 근데 그게 뭐 어쨌다고요! 부모가 우리를 먹여 살리지 않으니 그럴 수밖에 없잖아요!"

여자는 입을 열었지만 말문이 막힌 듯했다. 마나미는 더 의기양양하게 소리쳤다.

"앞으로도 사쿠라랑 살려면 돈을 벌어야 해요. 대머리 아저씨들한테 몸을 좀 만지게 해 주고, 그 아저씨들도 나 같은 중학생을 만지며 기분 좋아서 돈을 주는 건데 그게 뭐가 그렇게 잘못됐어요?"

"마나미!"

여자의 입에서 비명 같은 소리가 터졌다. 소녀는 지지 않고 말했다.

"그러다가 호텔에 끌려갈 것 같으면 바로 도망쳐요! 변태 아저씨들한테 강제로 당할 일은 없으니 걱정 안 해도 된다고요!"

"하지만 너, 아까 남자 지갑을 훔쳤잖아!"

"뭐 어쩌라고요!"

마나미의 목소리가 더 거칠어졌다.

"그 사람이 경찰에 신고하면……."

그러자 마나미는 "흥!" 하고 코웃음을 쳤다.

"신고는 무슨 신고예요. 그랬다가는 열다섯 살 여중생한테 그런 짓을 했다는 게 들통나는데. 신고 같은 건 하늘이 뒤집어져도 안 하니까 걱정 마요. 그 아저씨, 아마 집에 가면 나 정도 되는 딸도 있을걸요?"

또다시 사쿠라가 으앙 하고 울음소리를 냈다.

"언니, 경찰에 잡혀가는 거야? 싫어, 싫어. 돈 같은 거 필요 없어! 돈은 저 사람이 준대!"

사쿠라가 미유를 가리켰다. 마나미와 여자가 동시에 미유 쪽으로 고개를 돌렸다. 그제야 다른 사람이 옥상에 있다는 걸 알아챈 듯했다.

반쯤 입을 벌린 마나미와 수상한 듯 눈을 가늘게 뜬 여자가 쳐다보자 미유는 움츠러들었다. 대체 무슨 일일까. 황량한 옥상에서 벌어지는 지금의 소동이 지극히 비현실적이었다.

그런데 저 여자는 어디선가 본 적이 있다. 신주쿠 거리를 배회하는 어린 소녀들에게 전단 같은 것을 나눠 주며 말을 걸던 사람이다.

거기까지 떠올리자 불현듯 현기증이 일었다.

"앗!"

여자의 목소리가 크게 울렸다. 그리고 그 순간, 미유는 새하얀 세계로 빨려 들어갔다.

구급차 사이렌 소리를 들은 것 같다.

끊어질락 말락 한 의식 속에서 "괜찮아?", "정신 차려" 하는 여자 목소리가 들렸다. 눈을 뜨고 싶은데도 뜨기를 거부하는 자신이 있다. 이대로 잠들고 싶다고 또 다른 내가 호소했다. 아니, 이대로 죽을 수 있다면.

기억 속 테이프가 되감겨졌다.

"이런 말 하기 미안하지만."

준야가 창백한 얼굴로 고개를 숙였다. 미유의 얼굴을 보지도 않고 중얼거린다.

"나, 역시 대학에 가고 싶어."

몸이 떨렸다. 대학에 가고 싶은 건 나도 마찬가지야. 하지만 모든 게 엉망이 됐다. 왜 나만 이런 꼴을 당해야 해? 임신한 게 나 혼자만의 잘못이야?

"괜찮아. 그럼 내가 혼자 낳아서 기를게."

날 선 목소리를 간신히 쥐어짜 냈다. 그런 생각은 그전까지 한 번도 해 본 적 없는데도.

딸의 임신 사실을 듣고 격노한 부모님 앞에서도 미유는 같은 말을 내뱉었다.

"넌 이제 내 딸이 아니야! 썩 나가!"

고함을 지르는 아버지 뒤에서 어머니는 울고 있었다.

그 역시 지금 돌이켜보면 현실감이 없다. 전부 꿈속에서 일어난 일 아닐까. 눈을 뜨면 내 방에 누워 있는 게 아닐까. 평소처럼 꽃무늬 침대 커버가 덮인 침대에서 아침을 맞이하고, 벽에는 단정하게 걸린 고등학교 교복이 나를 기다리고 있는 게 아닐까.

맞아. 그럴 거야.

미유는 어렴풋이 미소 지었다. 그리고 마침내 눈을 떴다.

하얀 천장이 보였다. 무미건조한 석고 보드를 한동안 바라보다가 숨을 내쉬었다.

역시 잠들어 있을 걸 그랬다. 꿈속에 더 있고 싶었다. 천천히 주위를 둘러봤다. 침대 위는 맞지만 내 방은 아니다. 주변에 커튼이 처져 있어서 어떤 공간인지는 잘 알아볼 수 없다. 잠시 후 병원 침대에 누워 있다는 걸 깨달았다.

복도를 오가는 사람들의 인기척이 느껴졌다.

죽지 못했다, 결국.

흠칫해서 배에 손을 갖다 댔다. 희미하지만 태동이 느껴진다. 안도의 한숨을 내쉬었다. 나는 조금 전 이 아이를 죽이려고 했다.

안심하자 다시 졸음이 쏟아졌다. 요 며칠 잠을 제대로 자지 못했다.

미유는 눈을 감고 다시 꿈속으로 도피했다.

준야가 나오는 꿈을 꿨다. 쥰야는 고등학교 같은 반 친구였고 1학년 여름방학이 끝나고 고백받았다. 그렇게 사귀기 시작했다.

학교는 스기나미구 아사가야키타에 있었기에 방과 후 동네 상점가를 나란히 걸었다. 주로 마루노우치선 미나미아사가야역 근처에 있는 스즈란도리 상점가나 펄 센터 상점가 같은 곳이었다. 그때는 그렇게 함께 걷기만 해도 행복했다. 이런 평범한 일상이 졸업할 때까지 계속될 거라고 믿었다.

무엇이 문제였을까. 준야와 섹스를 한 것? 하지만 그런 건 누구나 한다. 준야가 원하는 걸 나도 원했을 뿐이다. 극히 자연스러운 일이다. 피임도 확실히 했는데.

몸에 변화가 나타난 건 2학년 진급을 앞둔 시점이었다. 처음에는 아주 사소한 변화부터 시작했다. 냄새가 신경 쓰이거나 몸에서 열이 조금 나는 정도였다. 원래 생리 불순이 있었고 체격도 큰 편이라 임신 같은 건 상상도 못 했다. 피임을 확실히 했다고 과신한 것이다. 매년 겪는 꽃가루 알레르기 때문에 전조 증상도 놓쳤다.

불길한 예감에 방과 후 임신 테스트기를 산 게 5월 초 황금연휴 직전이었다. 한밤중 부모님이 잠든 집 안에서 미유는 테스트기의 판정 창을 가만히 응시했다. 임신을 나타내는 붉은 선이 또렷하게 나타나 있었다. 한밤의 화장실에서 멍하니 그 선을 보다가 잠시 후 방에 돌아갔다. 심장이 격렬하게 뛰어 잠들 수 없었다. 괴롭고 답답한 기분으로 연휴를 보냈다. 새 학기가 시작할 때까지 누구와도 상담할 수 없었다. 두려웠다. 내 몸에 이변이 일어나고 있다는 게 믿기지 않았다.

준야는 그 사실을 알게 되자 도망치려고 했다. 그렇게나 사이가 좋았는데 노골적으로 미유를 피하기 시작했다. 그의 바뀐 태도에 미유는 큰 충격을 받았다.

고민 끝에 털어놓은 부모님의 반응은 더 심했다. 아버지는 격노했고, 어머니는 미유의 손을 잡아끌어 산부인과에 데려갔다. 그곳에서 임신 23주라는 말과 중절 수술 타이밍이 이미 지났다는 선고를 받았다. 머릿속이 하얘져 아무것도 떠오르지 않았다. 초음파 검사를 받을 때 툭, 툭, 툭 하고 들린 태아의 심장 소리. 그 후 피 흐르는 소리만 머릿속에 울려 퍼졌다.

"예정일은 9월 말입니다."

의사의 말을 이해하기는커녕 임신 자체를 받아들일 수 없었다. 배가 나온 느낌이나 태동을 느끼지도 못했다. 평소와 다름없는 일상을 보내고 있었다.

미유 옆에서 어머니인 다카코도 할 말을 잃은 듯했다.

중절 타이밍이 지났다는 것을 알게 된 아버지는 더 크게 화를 내며 미유를 다그쳤다. 그날 밤 아버지의 입에서 나온 한마디 한마디가 미유의 몸을 베어 가르는 듯했다. 사랑스러운 외동딸, 도립 고등학교에 다니는 평범한 여고생이 사라져 버린 밤이었다.

끔찍한 꿈이었다.

눈을 뜨자 온몸이 땀에 흠뻑 젖어 있었다. 침대 옆에 누군가가 앉아 있다. 순간 어머니인가 싶었지만 곧 그럴 리 없다며 생각을 고쳤다. 나는 집에서 쫓겨났다. 내 편이 되어 줄 거라고 믿은 어머니는 결국 아버지에게 동조해 딸을 몰아세웠다.

"몸은 좀 어떠니?"

목소리가 들린 쪽으로 고개를 돌렸다. 아까 그 빌딩 옥상까지 여자아이를 쫓아 올라온 여자다. 미디엄 커트 머리와 통통한 볼. 두 눈 사이에 살짝 거리가 있어 귀엽게 느껴지는 인상이다. 동안이지만 나이는 아마 30대 후반에서 40세 정도 아닐까.

"네가 정신을 잃어서 구급차를 불렀어."

그녀는 생긋 웃으며 미유에게 말을 건넸다.

"괜찮아. 가벼운 빈혈이었대."

감사하다고 해야 할까. 자살을 막아 줘서 고맙다고.

"임신부한테는 가끔 나타나는 증상이래."

쌍꺼풀이 있는 큰 눈을 똑바로 바라봤다. 내 모든 걸 꿰뚫어 보는 느낌이 든다. 그런데도 여자는 온화하게 미소 짓고 있었다.

"난 노나카 지사라고 해."

가방을 열어서 꺼낸 명함을 미유는 반사적으로 받아 들었다.

미유도 이름을 밝혔다. 치료받은 병원에 알려야 한다고 했다.

"야나기다 미유구나."

지사는 수첩을 꺼내 이름을 적었다. 지사가 간호사와 대화하는 동안 미유는 명함을 훑어봤다. 'ODORIBA'라는 글자가 눈에 들어왔다. 그 아래에는 대표인 노나카 지사의 이름이 있었다.

"이건······."

"아, 이거? 내가 친구들과 운영하는 단체야. NPO."

돌아온 지사에게 종이를 한 장 더 받았다. 전에 신주쿠에서 나눠 주던 전단 같다. '당신은 혼자가 아니에요'라는 문장이 적혀 있다. 관심이 생긴 미유는 자기도 모르게 눈으로 글자를 좇았다.

'그렇게 서두를 필요 없답니다. 피곤하면 잠깐 쉬는 게 어때요? 가만히 앉아 있어도 되고, 이야기를 해도 괜찮아요. 대단한 도움은 드릴 수 없지만 그런 장소는 제공할 수 있습니다. 이곳은 인생이라는 기나긴 계단 중간에 있는 'ODORIBA'입니다.'

도쿄의 환락가를 떠도는 미성년 소녀들에게 보내는 메시지였다. 집을 나왔거나 집안 사정 때문에 머무를 곳이 없고 생활비를 지원받지 못하는 아이들을 돕는 단체라고 적혀 있었다. 미유는 전단을 다 읽고 나서야 여자가 옥상에서 두 아이 앞에서 보인 행동의 의미를 깨달았다.

"저······ 그 옥상에 있던 애들은요?"

"아, 마나미랑 사쿠라 말이지?"

지사가 눈을 가늘게 떴다.

"네가 쓰러졌을 때 마나미가 가장 먼저 움직였어. 내가 구급차를 부르는 동안 계단에서 수건을 가져와 머리 밑에 깔아 주고, 옷을 벗어서 덮어 주기도 했어. '이분, 배가 나온 것 같아요'라고 처음 알아차린 사람도 마나미야. 눈치도 빠르고 정말 착한 아이란다."

구급대원이 도착했을 때 사쿠라가 미유의 벗겨진 샌들을 가져다줬다. 마나미는 구급차 들것 발치에 그 샌들을 살며시 놓았다고 한다.

"마나미는 쓰러진 널 정성껏 돌보며 뭔가를 느낀 것 같아. 자기도 누군가에게 도움을 줄 수 있다는 걸 실감했는지, 아니면 순수한 마음을 되찾아 고집부리는 걸 포기했는지 몰라도 어쨌든 그 후 순순히 아동 상담소에 가겠다고 했거든."

지사는 "아무리 설득해도 도망치기만 하던 마나미의 마음을 바꾼 사람이 바로 너야"라고 덧붙였다.

"그래서 너한테 감사하고 있어."

아니, 그 반대다. 그때 사쿠라라는 아이가 말을 걸어 주지 않았다면 나는 거기서 뛰어내렸을 것이다. 고작 중학생 여자아이가 뱃속 아이를 걱정해 줬다는 것도 가슴에 사무쳤다. 운명적인 뭔가를 느꼈다.

"그 애들은 왜 그런 곳에 있었나요……?"

그러자 지사는 잠시 망설이다가 입을 열었다.

"그 자매는 말이지, 부모가 방임했어. 육아 포기. 그래서 지금껏 아동 상담소에서 관여해 왔는데……."

마나미 자매는 아동 상담소와 연계된 시설로 가기를 거부하며 부모가 오지 않는 빌라에서 함께 살았다. 오래전부터 부모는 집에 거의 들어오지 않았고 월세도 밀리자 결국 쫓겨난 자매는 그대로 자취를 감추고 말았다.

"그 후 둘이서 그 빌딩 계단실에 들어가 살고 있었던 거야."

비상계단을 올라가 잠기지 않은 계단실에 들어갔다. 다른 공간도 많은 낡은 빌딩 계단 꼭대기에 아이 둘이 살고 있을 줄은 아무도 예상하지 못했다.

"그리고 마나미가 밤거리로 나가 생활비를 벌었던 거지."

그때 두 사람의 대화를 되돌아보면 어떤 일을 했는지는 쉽게 짐작할 수 있다. 그러다 결국 지사가 자매를 찾아 그 옥상까지 쫓아온 걸까.

"마나미는 어른들을 믿지 않아. 어른들은 자신과 동생한테 상처만 주는 존재라고 굳게 믿고 있어."

지사가 면목 없는 것처럼 눈을 내리깔았다가 다시 들었다. 표정이 빠르게 바뀌는 지사에게 미유는 시선을 빼앗겼다.

"곧장 다른 봉사 단체를 불러서 그 아이들을 보호하게 했어. 아동 상담소 쪽에도 연락했고. 아마 내일이면 자매가 지낼 곳이 다시 정해질 거야. 그때 두 아이가 너와 날 도우면서 뭔가를 깨닫고 결정에 순순히 따라 준 것 같아."

지사는 안도한 듯 말했다. 그리고 미유에게 다시 "고마워"라고 했다.

 뭐라고 반응해야 좋을지 알 수 없었다. 내가 도움이 됐다는 것도 와닿지 않았다. 최근 열흘 남짓 동안 미유가 보고 들은 것은 그전처럼 평범하게 고등학교에 다녔다면 절대 알 수 없는 것들이었다.

 "네 짐은 찾아 놨어."

 지사의 밝은 목소리에 피뜩 정신이 들었다.

 이제는 필요 없다고 비상계단 아래에 버리고 간 캐리어. 죽지 못한 지금은 다시 필요하게 된 걸까.

 ─저기, 혹시 먹을 거 없어요?

 아이가 했던 말이 떠올랐다. 이렇게나 많은 사람이 사는 도시에서 그 자매는 어디에서도 도움의 손길을 받지 못하며 필사적으로 살아왔다. 중학생 언니는 동생을 먹여 살리기 위해 자기 몸을 돈벌이 수단으로 삼았다. 혈육을 부양한다는 건 어떤 의미일까.

 ─괜찮아. 그럼 내가 혼자 낳아서 기를게.

 그건 그저 오기로 한 말이었다. 나에게는 마나미 같은 각오와 능력이 없을뿐더러 돈도 없다. 병원비를 내고 나니 더 빈털터리가 됐다.

 "집에 갈래?"

 지사의 말에 미유는 고개를 흔들었다.

 "그래."

이 사람은 그때 내가 옥상에서 뛰어내리려고 했다는 걸 알고 있다. 내가 짊어진 복잡한 사정도 대충 예상하겠지만 깊이 파고들지는 않았다.

"좋아. 그럼 오늘은 우리 집에서 자자."

지사는 가볍게 말했다.

"네?"

"시간이 늦었잖아. 앞으로의 일은 내일 다시 생각하고."

지사는 이미 그럴 계획으로 미유의 캐리어를 집에 가져다 놨다고도 했다. 문득 전단에 적힌 문구가 떠올랐다.

—인생이라는 기나긴 계단 중간에 있는 'ODORIBA'입니다.

NPO 같은 건 잘 모르지만 이 사람이 속한 단체는 마나미처럼 심야에 거리를 배회하거나 매춘 같은 문제 행동을 하는 아이들을 보호하는 곳이라고 추측했다. 나도 그 대상에 포함된 걸까. 아니, 그럴 자격은 충분하다. 실제로 지금 나는 돌아갈 곳이 없다.

당황하는 미유를 곁눈질하며 지사는 병원 수속을 마쳤다. 이런 일에도 이미 익숙해 보였다.

"ODORIBA는 시부야에 있어. 우리 집도 그 근처야."

스마트폰을 꺼내 시계를 보니 곧 새벽 1시였다. 이 시간까지 나와 함께 있어 주다니. 빌딩 옥상에서 쓰러진 나를 위해 구급차를 부르고, 마나미 자매를 봉사 단체에 맡긴 후 캐리어를 찾아 다시 이 병원까지 와 준 걸까.

　엄청난 활동량이다. 게다가 지금은 어디 사는 누군지도 모를 아이를 자기 집에서 재우려고 하고 있다.

　"자, 가자."

　지사의 재촉에 미유는 침대에서 내려왔다. 조금 비틀거리자 지사가 부축해 줬다.

　이 사람에 대해서는 아직 잘 모른다. 'ODORIBA'가 어떤 곳인지도 제대로 이해하지 못했다.

　하지만 이것저것 생각하기 귀찮을 만큼 미유는 지쳐 있었다. 병원 앞에서 택시를 잡아탄 지사의 옆에 몸을 밀어 넣었다.

　시부야 어느 부근인지 감도 잡히지 않았다. 택시에서 창밖을 구경할 기분도 아니었다. 15분 정도 지나자 지사의 집이라는 아파트 앞에 도착했다. 의외로 조용한 주택가 한가운데였다. 벽이 갈색 타일로 된 아파트인데 도심에 있는 것치고 수수하고 아담한 느낌이었다. 엘리베이터에 적힌 층수 표시를 보니 8층 건물이었다.

　지사는 5층에서 내렸다. 두 사람은 발소리를 죽이며 바깥 복도를 걸었다. 가장 끝에 있는 501호가 지사가 사는 집인 듯했다. 지사는 한 손으로 문을 당겨서 열었다. 문은 잠겨 있지 않았다.

"다녀왔어."

복도에서 미유는 순간 몸이 굳었다. 당연히 지사는 혼자 살 거라고 예상했다.

"어서 와."

현관에 나온 사람은 지사와 또래로 보이는 남자였다. 미유는 깜짝 놀라 그 자리에 멈춰 섰다. 설마 남자가 집에 있을 줄이야. 당황해서 이대로 도망칠까 생각했다. 하지만 내 물건이 전부 든 캐리어가 집 안에 있는 게 보였다. 저게 없으면 살 수 없다.

"왜 그래? 들어오렴, 들어와."

지사는 건장한 남자를 가리키며 "우리 남편, 요헤이" 하고 소개했다.

"안녕."

어안이 벙벙한 미유에게 요헤이는 고개를 꾸벅 숙였다.

"저…… 정말 괜찮을까요?"

"괜찮아, 괜찮아. 우리 집에는 원래 손님이 자주 오니 신경 쓰지 않아도 돼."

요헤이가 친절하게 슬리퍼를 꺼내 줬다. 망설임은 잠깐이었다. 이런 야심한 시각에 다시 거리로 나갈 기운도 없었다.

"이불과 베개도 있어."

지사가 거실 겸 식당으로 통하는 미닫이문을 열고 미유의 캐리어를 건넸다. 평소에도 이렇게 아이들을 데려와서 재우는 걸까.

"배고프니? 뭐 좀 만들어 줄까? 대단한 건 없지만."

부엌에서 요헤이가 말을 걸었다.

"아뇨, 괜찮아요."

"그러지 말고 만들어 달라고 해. 실은 요헤이, 요리사야."

"응. 그래서 나도 일하다가 조금 전에 돌아왔어."

"야식 3인분 만들어 줘."

그렇게 익숙한 듯 주고받는 두 사람에게 떠밀려 미유는 작은 식탁 앞에 앉았다. 요헤이가 재빨리 중국식 죽을 만들어 셋이 함께 나눠 먹었다. 즉석식품이라고 하지만 가리비 맛 국물이 몸을 따뜻하게 해 줬다. 간단하게 닭가슴살과 청경채만 들어갔는데도 맛있었다.

다른 사람과 함께 먹으니 더 식욕이 돋는 걸까. 지금까지 당연하다고 생각해 온 것들을 고독을 맛본 뒤부터는 더 깊이 체감할 수 있었다.

"자, 가서 목욕하고 올래? 이불은 벽장에 있으니 마음대로 꺼내 써도 돼."

이제는 당황하거나 사양하는 게 무의미하게 느껴졌다. 묘한 기분이었다. 물을 채운 욕조에 몸을 담그고 있으니 불룩한 배가 보였다. 이제는 임신 사실을 숨길 수도 없다. 미유는 체념한 심정으로 그렇게 생각했다.

각오해야 한다. 엄마가 될 각오를. 아까는 충동적으로 죽으려고 했지만, 냉정하게 생각하면 일시적인 감정에 휘둘린 어리석은 행동이었다. 두 번 다시 그런 짓을 하지 않겠다. 아이를 확실히 낳아, 제대로 키우겠다. 그러는 것이 나를 내쫓은 부모님과, 냉정하게 나를 떠난 준야에게 복수하는 길이다. 혼자 아이를 키우는 싱글맘도 많으니 나도 못 할 게 없다. 지사를 만난 것 또한 그렇게 하라는 신의 계시가 틀림없다.

　방에 들어가 이불을 깔고 한숨 돌린 뒤 칫솔을 들고 세면대로 갔다. 세면대는 욕실 앞에 있고 욕실로 이어지는 미닫이문이 반쯤 열려 있었다. 안에서는 목욕을 마친 지사가 목욕 가운을 걸치고 있었다.

"괜찮아. 양치하렴."

다시 나가려는 미유에게 지사가 말했다.

"그리고 빨래 있으면 바구니에 넣어 줄래? 지금 세탁기 돌릴 거거든. 자는 동안 건조까지 될 거야."

그러지 않아도 며칠이나 밀린 빨랫감이 쌓여 있었다. 서둘러 방에 돌아가 그것들을 가져왔다. 지사는 미유의 옷가지들을 드럼 세탁기에 직접 넣어 줬다. 그때 허리를 숙인 지사의 목욕가운 옷깃 너머로 등이 보였다.

순간 앗, 하고 놀라서 숨을 삼켰다. 지사의 등에는 문신이 있었다. 잘 보이지 않지만 크기도 꽤 큰 것 같다. 이 사람은 어떤 사람일까. 평범한 사람이 아닌 걸까. 마음을 쉽게 열어서는 안 될 사람일까. 미유는 세제를 넣고 세탁기 스위치를 누르는 지사에게 등을 돌린 채 양치질을 했다.

지사는 콧노래를 부르며 욕실을 나갔다.

잠자리에 든 미유는 꿈도 꾸지 않고 아침까지 곤히 잤다.

다음 날 아침, 지사와 함께 'ODORIBA'에 갔다. 요헤이는 아직 일어나지 않은 것 같았다.

"우리 집은 항상 이런 식이야. 서로 하고 싶은 대로 하면서 살고 있어."

지사는 후훗 하고 미소를 머금었다.

날이 밝으니 비로소 주변 풍경이 미유의 눈에 들어왔다. 'ODORIBA'는 전에 자주 놀러 다니던 센터 거리나 파르코 건물과 떨어진 역 동쪽의 곤노하치만구 신사 근처 빌딩 3층에 있었다.

문 위쪽에 달린 작은 유리창에 'ODORIBA'라고 적힌 수수한 명패가 걸려 있다. 지사는 미유와 함께 그 안에 들어갔다. 투박한 빌딩 외관과 달리 'ODORIBA'에는 관엽 식물과 천으로 짠 인테리어 소품들이 많았다.

둥근 탁자를 둘러싸고 모양과 색이 제각각인 소파와 의자가 있었다. 탁자는 나무로 만들어졌고 위에 귀여운 런천 매트가 깔려 있다. 미유는 의자 하나에 조심스럽게 앉았다.

지사가 타 준 코코아를 마시며 내부를 조금 더 살폈다.

크기는 대략 다섯 평 정도 될까. 가운데에 둥근 탁자가 있고 벽 앞에는 다다미가 세 장 깔려 있다. 벽에는 파스텔톤 풍경화가 걸려 있고 관엽식물로 가려진 곳 너머에는 작은 싱크대가 있는 것 같았다. 안쪽에 문이 있는 걸 보니 공간이 하나 더 있을 것이다. 꼭 파티룸 같은 분위기였다.

창 아래에 있는 낮은 책장에는 소설과 만화책이 여러 권 꽂혀 있었다. 허리 높이 정도 되는 책장 위에는 인형과 꽃병, 도자기와 목각 작품 등이 장식돼 있다. 미유는 지사와 무슨 이야기를 해야 할지 몰라 일단 머리를 비우고 그런 것들을 하나하나 살폈다. 그중 특히 목각 작품이 눈길을 끌었는데 마치 사람의 얼굴을 본뜬 조각처럼 보였다. 단발머리 여자아이의 얼굴 같지만 얼굴 가운데에 코처럼 툭 튀어나온 부분만 있고 눈과 입이 없다. 끌로 깎고 사포질만 해서 투박한데도 매끄러운 굴곡 때문에 부드러운 느낌을 줬다.

미유는 '미완성 작품일까' 하고 의아해했다.

"저 아이, 어떤 표정으로 보이니?"

지사가 물어서 다시 조각을 살펴봤다. 잠시 고민하고 "먼 곳을 보며 뭔가를 찾는 표정 같아요"라고 대답했다.

"응, 맞아."

"그런데 여기는 뭘 하는 곳인가요?"

무심코 물었다. NPO 단체 사무실로 들고 왔지만 상상한 모습과 달랐다.

"여기? 여기는 누구나 와서 떠들고, 차 마시고, 낮잠 자고, 멍하니 있다가 책을 읽고 게임을 하다가 기운이 생기면 돌아가는 곳."

무심코 이해가 안 된다는 표정을 지었을까. 지사는 그런 미유를 보며 빙긋 웃었다.

"역시 이해가 잘 안 되려나? 나랑 이곳 스태프들은 매일 밤 교대로 밤거리를 돌아다니며 여자아이들에게 말을 걸고 있어. 주로 시부야와 신주쿠 거리에서. 처음에는 그런 일만 했는데 그 애들이 편히 있을 장소가 있었으면 해서 이런 공간을 만든 거야."

"즉 청소년 선도 활동을 하시는 거예요?"

"아니, 그런 건 아니야. 그냥 오지랖 넓은 아줌마지."

지사는 다시 미소 지었다.

"구체적으로 말하면, 갈 곳이 없어서 밤거리를 떠도는 아이들의 이야기를 들어주고 해결 방법을 함께 고민하는 거야. 그렇다고 대단한 일을 해 줄 수는 없어. 우리는 학교 선생님이나 경찰, 아동 복지사가 아니니까."

지사는 손에 든 컵을 빙글빙글 돌렸다.

"하지만 아이가 짊어진 문제를 알면 도움 될 곳을 연결해 줄 수는 있지. 도나 구의 복지과 같은 곳, 혹은 민간단체나 변호사 등. 아무튼 그런 식으로 아이가 안정을 되찾을 때까지 잠깐 쉬어 가는 곳인 거야, 여기는."

"그래서 'ODORIBA', 그러니까 층계참*인 거예요?"

"응. 그렇지."

드디어 'ODORIBA'의 정확한 의미와 지사가 어떤 일을 하는지 알 수 있었다. 자신을 집에 데려가 재워 준 것만으로도 대략 감은 잡고 있었다.

미유는 지사에게 자신이 현재 처한 상황을 솔직히 털어놨다. 도내에 있는 고등학교에 다녔다는 것. 동급생인 남자아이와 사귀다가 임신했다는 것. 그 사실을 알게 된 부모님, 특히 아버지의 분노가 엄청났다는 것. 거기까지 이야기하고 코코아를 한 모금 마셨을 때 입에 머금은 코코아가 왠지 까끌까끌하게 느껴졌다.

부모님은 잔뜩 화를 내고 한탄하다가 이내 생각을 바꿔 급히 수습책을 떠올렸다. 그렇게 나온 결론은 미유를 몰래 출산시키고, 낳은 아이를 어디론가 보내는 것이었다.

어머니는 자기 언니에게 부탁해 미유가 아이를 낳을 때까지 돌봐 달라고 했다. 이모 부부는 시즈오카현에 살았고 두 아들은 현 밖에 있는 대학에 다녔다. 미유를 그렇게 멀리 보내는 것도 고등학생 딸이 임신한 사실을 주변에 숨길 목적이었다.

―학교에는 휴학계를 낼 테니 1년 늦더라도 나중에는 학

---

* 일본어로 '오도리바(踊り場)'는 층계참이란 뜻이다.

교에 돌아가.

—아기는 영아원이나 보호 시설에 맡길 거야. 입양을 보내거나, 뭐 이런저런 방법이 있겠지.

—알았지? 아이를 낳았다는 건 누구에게도 말하면 안 돼. 이모가 거기서 알아서 잘 처리해 주실 거야.

—그 남자애랑도 절대 다시 만나지 마. 원래라면 책임을 지게 해야 하지만, 그럼 주변에 망신살이 뻗치니까.

—게다가 너 혼자만 망신을 당하는 게 아니야. 아빠 일에도 지장을 끼칠 테고, 엄마도······.

망신? 내가 아이를 낳는 게 부끄러운 일인 걸까.

그때, 뱃속에서 아기가 움직였다. 처음으로 태동이라는 걸 느꼈다. 자기 존재 자체가 망신이라는 말을 듣고 아이도 반응한 걸까. 이 아이를 낳자. 낳아서 제대로 키우자. 미유는 처음으로 다짐했다. 오로지 부모님 사정에 따라 모든 것이 결정되는 상황에 맞서고픈 마음과 자신을 떠난 준야에 대한 원망도 있었을지 모른다.

미유는 부모님을 향해 소리쳤다.

—싫어! 아이는 나 혼자 낳아서 키울 거야!

그러자 아버지가 불같이 화를 내며 집에서 나가라고 해서 미유는 결국 집을 뛰쳐나왔다.

"하지만 그때 전 갈 곳이 아무 데도 없었어요."

미유의 이야기를 들어도 지사는 별로 놀라지 않았다.

"준야와도 헤어졌고, 집에는 더더욱 돌아갈 수 없었고요."

본의 아니게 자신이 처한 상황을 새삼 다시 확인하자 가슴이 쓰렸다. 무심코 고개를 숙이니 배가 눈에 띄었다. 집에서 가져온 치마도 이제는 허리가 꽉 끼어 불편했다. 임신하면 입을 옷이 바뀐다는 것도 알지 못했다.

그렇게 집을 나온 게 열흘 전이었다. 그 후 어떻게 지냈냐는 질문에 미유는 주로 PC방에 있었다고 고백했다. 이런 상황에 처하고 처음으로 진지하게 자신의 이야기를 들어주는 사람을 만나니 모든 걸 털어놓고 싶었다.

이케부쿠로에 있는, 개인실이 있는 PC방이었다. 수중에 돈이 얼마 없었다. 0.5평 정도 되는 공간에서 지내기가 고됐지만, 그래도 뱃속의 아이는 건강하게 움직였다. 내 몸 안에서 살아 숨 쉬는 존재에게 아직 애착 같은 건 없었다. 내 힘으로 직접 낳아서 키우겠다고 부모님과 준야 앞에서 큰소리쳤지만, 그 역시 아이가 사랑스러워서는 아니었다. 나 자신이 가장 잘 알고 있었다.

그저 부모님이 시키는 대로 해서 아이를 빼앗기고 싶지 않았다. 차가워진 준야에게도 내가 아이를 잘 낳았다는 걸 당당히 알리고 싶었다. 그 이후 일은 생각하지 않았다. 미유는 손으로 배를 꾹 누르며 뱃속에서 꾸물꾸물 움직이는 아이를 느꼈다. 나와 전혀 다른 생명체가 이 안에 있다. 몸 안에 내가 제어할 수 없는 뭔가를 품고 있다는 건 무섭고도 기이한 감각이었다.

임신하기 전의 몸으로 돌아가고 싶다고 간절히 바랐다. 아이를 낳아서 키우겠다고 선언하고 집을 뛰쳐나왔는데도 마음이 계속 흔들렸다. PC방의 좁은 공간에 누워 매일 이상한 꿈을 꿨다. 한밤중에 깨면 두 뺨이 눈물에 젖어 있을 때가 많았고, 그런 날은 소리 죽여 울었다.

PC방에서 알게 된 여자아이가 있었다. 음료 코너에서 몇 번 마주치자 그 아이 쪽에서 먼저 말을 걸어 왔다. PC방에 익숙하지 않아 주눅 든 미유에게 아이는 이런저런 것들을 가르쳐 줬다.

이름이 요코라고 했지만 진짜 이름인지는 알 수 없다. 어차피 미유도 가짜 이름을 알려 줬다. 나이 차이는 별로 나지 않는 듯했고, 왠지 불량한 분위기가 감도는 아이였다. 평상시라면 절대 말을 걸지 않았을 부류지만 외로움에 지쳐 가던 미유는 또래 아이가 먼저 말을 걸어 줬다는 사실에 그저 기뻤다.

결정적으로 친해지게 된 계기는 요코가 가출 사실을 털어놓았을 때였다. 집을 나온 지 벌써 석 달 정도 됐다고 했다. 처음에는 친구 집에 얹혀살았지만 친구가 조금씩 눈치를 줘서 나왔다고 했다.

"그 뒤로는 PC방과 만화방을 전전하고 있어."

곧 돈이 다 떨어질 것 같아서 고민이라며 요코는 대수롭지 않게 말했다. 지금까지도 가출을 여러 번 했는지 이렇게 살아가는 방법을 잘 아는 것 같았다. 선배티를 내며 미유에게 알아 두면 좋은 지식을 설명해 주기도 했다.

18세 미만 청소년이 거리를 배회하면 경찰의 눈에 띄어 불심 검문을 받는다. 그러면 집에 강제로 돌려보내진다. 그 자신도 18세 미만처럼 보이는 요코는 "그러니까 한밤중에 번화가를 돌아다니면 안 돼"라고 당부하며 반짝이 장식으로 뒤덮인 작은 핸드백에서 스마트폰을 꺼냈다.

"요새는 돈 버는 것도 정말 힘들어. 단속이 심하거든. 경찰이 즉석 만남 사이트와 앱들을 감시하고 있어."

요코가 말하는 '돈 버는 것'이 무엇을 말하는지 어렴풋이 알 것 같았다. 이 아이는 주머니의 돈이 다 떨어지면 몸을 파는 걸까. 미유가 불안해하자 요코는 미유를 곁눈질했다.

"가장 좋은 건 역시 '가미마치神待ち'야. 별로 어렵지 않고, 일단 한번 좋은 사람을 만나면 며칠이고 재워 주니까."

"가미마치?"

요코는 스마트폰 화면에서 고개를 들었다. 얼굴에 '넌 정말 아무것도 모르는구나'라고 적혀 있다. 요코는 곧 다시 고개를 숙이고 바쁘게 스마트폰을 두드렸다.

"응. 밥을 사 주거나 집에서 재워 주는 남자를 찾는 거야."

요코는 스마트폰 화면에 어떤 사이트를 띄우더니 "자, 이것 봐" 하고 미유에게 보여 줬다. 미유는 스마트폰을 받아

들고 사이트를 꼼꼼히 살펴봤다. '가미마치 게시판'이라고 불리는 즉석 만남 사이트인 듯한데, 그곳에는 수많은 여자들이 '지금 시부야. 누구 저랑 데이트 안 할래요?', '집이나 호텔에서 재워 줄 분 없어요?', '배고파 죽겠어요! 밥 사 주실 분 구해요!' 같은 글을 올리고 있었다.

"이러면 경찰에도 걸릴 일이 없어. 원조 교제를 하겠다거나 몸을 팔겠다는 내용이 없으니까. 이런 글을 '가미마치' 글이라고 해."

그렇게 들어도 미유는 잘 이해할 수 없었다.

자세한 설명을 듣고서야 소름이 끼쳤다. '가미(神, 신)'라고 불리는 남자는 물론 아무 대가 없이 식사와 잘 곳을 제공하는 게 아니다. 그곳은 어리고 젊은 여자를 원하는 남자와, 손쉽게 돈을 벌고 어딘가에 얹혀살고 싶은 여자를 매칭하는 게시판이었다. 거래 조건에 육체관계가 포함된 걸 알면서도 글과 댓글을 주고받는다. 한마디로 변형된 매춘 행위였다.

심지어 보호 대상인 18세 미만 소녀들도 이 게시판에서 상대를 찾는다고 했다.

"어때? 쉽지? 하루카, 너도 한번 해 봐. 계속 PC방에서 지낼 수는 없잖아."

요코는 미유의 가짜 이름을 부르며 그렇게 권했다. 미유가 대답을 못 하자 대신 글을 올려 주겠다고 해서 부랴부랴 거절했다. 그렇게 안일한 방법에 기대어 사는 아이가 아니라는 걸 알리고 싶었다.

"나, 임신했어. 앞으로 아이를 낳아서 키워야 해. 그러니 이런 거 말고 제대로 된 일을 구하고 싶어."

기분을 상하게 할 수도 있다는 걸 감수하고 그렇게 말했지만, 오히려 요코는 감격한 것처럼 미유의 배를 봤다.

"와, 그렇구나! 그럼 가미마치 같은 걸 할 때가 아니네."

의외로 순수하고 착한 아이일지 모른다. 집을 나온 이후 사람을 만날 일이 없었던 미유는 누군가와 가볍게 대화를 주고받는 것 자체가 기뻤다. 그 뒤로 두 사람은 음료 코너에서 만날 때마다 수다를 떨었다. 요코가 편의점에서 사 온 주먹밥이나 빵을 함께 먹을 때도 있었다. 그러던 어느 날 저녁, 요코는 미유에게 대뜸 패밀리 레스토랑에 가자고 했다. 그때는 미유도 요코에게 완전히 마음을 열었던 터라 기꺼이 따라갔다.

"있지, 하루카. 너, 일을 찾는다고 했지? 괜찮은 일이 있는 것 같아."

"정말?"

패밀리 레스토랑으로 가는 길목에 요코가 말했다.

"응. 지인이 알려 줬어. 밤에 하는 일이기는 한데 벌이가 나쁘지 않대. 가서 이야기만이라도 들어볼래? 싫으면 거절해도 돼."

패밀리 레스토랑에서 두 사람을 기다리던 사람은 호리호

리한 체격에 양복을 입은 젊은 남자였다. 요코는 그의 얼굴을 보자마자 환하게 웃었다.

"기미노리. 앤 하루카야."

양쪽 귀에서 은색 피어스가 반짝였다. 기미노리라는 예스러운 이름이 어울리지 않는 남자였다. 그래도 사람 좋아 보이는 미소를 보니 왠지 안심이 됐고, 나를 위해 일자리까지 알아봐 준 요코도 고마웠다. 요코는 천진난만하게 메뉴판을 펼쳤다.

"몇 살이야?"

기미노리의 질문에 미유는 순간 "스무 살이에요"라고 대답했다. 믿는지 안 믿는지 모르겠지만 어쨌든 기미노리는 가볍게 고개를 끄덕였다.

"임신했다고?"

"네."

"그럼 돈 필요하겠네?"

단도직입적으로 물어서 미유는 힘차게 고개를 끄덕였다.

기미노리는 사정을 잘 안다는 듯이 고개를 끄덕였다. 미유는 요코와 같은 햄버그스테이크 세트를 주문했다. 기미노리는 커피만 시켰다.

"밤일이기는 한데, 돈을 빨리 벌 수 있으니 출산 비용 정도는 금방 모을 수 있을 거야."

출산 비용은 얼마나 될까. 처음으로 그런 걸 떠올렸다. 하지만 충동적으로 집을 뛰쳐나온 사람처럼 보이고 싶지 않아서 미유는 "네, 맞아요. 지금부터라도 돈을 모으고 싶어요"라고 했다. 차분한 스무 살 여자처럼 보였으면 좋겠다고 바랐지만, 실은 두려워하고 있었다. 밤일이라는 건 대체 뭘까.

"겁먹을 거 없어. 밤일이라고 해도 그냥 접객업이니까. 술 상대만 해 주면 돼."

"어? 정말? 그렇게 좋은 일이 있다고? 나도 하면 안 돼?"

옆에서 요코가 부러운 듯 말했다. 그러면서 일에 대한 자세한 설명을 듣지 않고 허겁지겁 햄버그스테이크를 먹기 시작했다. 기미노리는 요코를 신경 쓰지 않고 미유에게만 열심히 말을 걸었다.

가게는 신주쿠에 있다고 했다.

"그런 데서 일할 수 있나요? 저, 임신했는데······."

"응. 전혀 문제없어. 배도 아직 많이 안 나왔잖아. 게다가."

가게 직원 중에는 이미 임신 중인 여자가 있고, 그뿐만 아니라 출산 뒤에도 아이를 키우며 일할 수 있다고도 했다.

"직원 숙소도 있고 가게랑 계약한 어린이집도 있어. 거기 가면 비슷한 처지 엄마들이 있으니 안심하고 즐겁게 일할 수 있을 거야. 다들 얼마나 열심히 사는데."

마음이 흔들렸다. 이제는 PC방에서 지내는 게 지긋지긋했다. 제대로 된 거처에서 제대로 된 삶을 살고 싶었다. 집에는 절대 돌아가지 않을 것이고 어차피 그 집에는 내가 있을 자리도 없다. 햄버그스테이크 세트를 먹어 치운 요코가 냅킨으로 입을 닦으며 "일단 한번 가 보는 게 어때? 보고 결정하면 되잖아"라고 말하는 바람에 미유는 마음이 움직여 결국 기미노리를 따라가기로 했다. 밥값은 그가 내줬고, 미유는 PC방에 가서 짐을 뺐다.

"잘 가, 하루카. 열심히 하고 혹시 무슨 일 생기면 다시 돌아와노 돼."

요코는 그렇게 말하며 미유를 배웅해 줬다. 요코는 앞으로도 '가미마치'를 하며 살 생각일까. 제대로 된 일도 하지 않고 그런 식으로 남자에게 의존하며 사는 건 질색이다. 내 힘으로 당당하게 독립해서 아이를 키우고 싶었다.

기미노리가 잡은 택시를 타고 함께 신주쿠로 갔다. 어디를 달리는지도 모르고 있다가 잠시 후 환락가에서 내렸다. 자신의 캐리어를 끌고 가는 기미노리를 따라갔다. 가게는 가부키초 안에 있는 듯했다. 미유는 이런 늦은 시간에 가부키초는 고사하고 신주쿠 자체에 와 본 적이 없었다. PC방에서 요코는 한밤중에 번화가를 돌아다니면 안 된다고 했지만, 주변에는 나만큼 어려 보이는 여자들이 걷거나 서서 대화를 나누는 모습이 보였다.

셔터가 내려간 건물 앞에 주저앉아 있는 아이들이 있었다. 하나같이 노출이 심한 옷차림에 화장을 했고 샌들을 신고 있다. 정성스레 매니큐어를 칠한 손톱이 네온사인 불빛

밤의 중계참

을 반사해 반짝거린다. 고개를 숙이고 스마트폰을 만지작거리거나 몇 명씩 모여서 웃고 떠드는 아이들. 고등학생처럼 보이는 저 아이들도 나처럼 갈 곳을 잃은 걸까. 그중 한 아이를 자세히 보니 눈꺼풀에 쌍꺼풀용 인조 속눈썹이 붙어 있고 검정 아이라이너가 그려져 있었다.

바로 그때 거리에서 전단을 나눠 주는 지사가 보였다.

"아코, 오랜만이네. 그동안 어떻게 지냈어?"

지사는 미유 옆을 지나 나시티를 입은 여자아이에게 다가갔다.

어린 여자들 사이에서 그 여자만 이질적인 느낌이 들어 미유는 잠시 지사를 멀뚱히 쳐다봤다. 여자아이들은 딱히 꺼리는 기색 없이 지사의 말에 대꾸하며 대화에 응하는 듯했다. 조금 더 관찰하고 싶었지만 기미노리가 빠르게 앞장서 가는 바람에 어쩔 수 없이 그를 뒤쫓았다.

그가 향한 곳은 '시크릿 살롱'이라는 가게였다. 화려한 네온으로 장식된 간판을 보자마자 덜컥 겁이 났다. 기미노리가 가게 문을 열어 안에 있는 사람과 몇 마디를 주고받았다. 택시 안에서 이야기를 들어보니 기미노리는 이 가게 직원이 아니고 여러 곳에 여자를 소개하는 일을 하는 사람인 듯했다. 흘끗 본 가게 안은 어두컴컴했고 요란한 음악이 흐르고 있어서 어떤 곳인지 짐작할 수 없었다.

"뒷문으로 가자. 그 안에 사무실이 있어."

기미노리는 뒷문으로 미유를 바래다주자마자 "이야기는 다 해 놨으니 그냥 들어가면 돼"하고 돌아가 버렸다. 순간 돌아서서 도망치고 싶은 충동에 사로잡혔지만 어디로 도망쳐야 할지 알 수 없었다. 가만히 서 있는 미유 옆을 외국인 무리가 큰 소리로 떠들며 지나갔다. 어두운 거리에 가만히 서 있기도 무서워서 결국 뒷문을 열었다.

대기실 같은 방을 지나자 좁은 사무실이 나왔다. 휴게실이라고 적힌 옆 공간과 파티션 한 장으로 나뉘어 있다. 사무실에는 아무도 없었다. 힘없이 그 안에 들어간 미유는 가만히 서 있기 불안해서 간이 철제 의자에 앉았다. 긴장해서 조금 전 먹은 햄버그스테이크가 올라올 것 같았다. 배에 손을 얹으며 마음을 진정시켰다. 아기가 뱃속에서 발로 배를 미는 게 느껴졌다. 옆 휴게실에서는 여자들이 가끔 들어왔다 나가는 기척이 느껴졌다. 잠시 후 파티션 너머에서 남자가 모습을 드러냈다. 점장인 미하라라고 했다.

"그럼 간단하게 면접부터."

미유는 삭막한 공간에서 마주 앉은 남자를 예의 없을 정도로 빤히 쳐다봤다. 손질이 잘된 턱수염 외에는 외모상 특별할 게 없는 40대 남자였다. 그는 이름과 나이를 모두 거짓으로 말한 미유의 소개를 메모지 같은 곳에 적지도 않고 잠자코 들었다.

"임신했다며? 몇 개월이지?"

바로바로 대답하려고 해도 혀가 꼬여서 잘 움직이지 않았다.

"6개월이에요."

간신히 짜낸 목소리는 당장에라도 사라질 듯 작았다.

"역시 어렵겠죠? 임신 중이니."

"괜찮아. 배가 나와도 할 수 있는 일이야. 오히려 임신부가 더 좋다고 지명하는 손님들도 있으니까."

태연한 척했지만 몸이 부르르 떨렸다. 무릎 위에서 두 손을 꽉 쥐었다. 미하라는 그런 미유를 머리부터 발끝까지 찬찬히 훑어봤다. 모든 것을 꿰뚫어 보는 듯한 느낌이었다. 임신 후 갈 곳이 없어서 이런 가게에 왔다는 것도 알아챈 게 아닐까. 하지만 이 일대에서는 딱히 드문 일이 아닐지도 모른다.

"직원 숙소에 들어갈 수 있을까요?"

"응. 걱정하지 마. 출산 후에도 우리랑 계약한 24시간 어린이집이 있으니 괜찮아. 여기서 일하며 출산과 육아를 하는 사람도 있어."

미하라는 대수롭지 않은 듯 가볍게 말했다.

"정확히 어떤 일을 하면 되나요?"

"손님 상대. 간단한 일이야."

꼭 쥔 손에 힘이 더 들어갔다.

"처음에는 선배를 따라다니면서 돕기만 하면 돼. 여자 여러 명을 한꺼번에 지명하는 손님이 있거든. 술도 손님만 마시니 안심해."

미유가 미성년자인 걸 이미 아는 말투였다. 그런 것도 다 눈감아 주는 걸까. 망설이는 미유를 보며 미하라는 쐐기를 박았다.

"내일부터라도 당장 일할 수 있어. 돈은 당일에 현금으로 줄 거고."

"저……."

"돈, 필요하잖아?"

미유는 말없이 고개를 숙였다.

"혼자 아이를 낳아 기르는 건 정말 힘들지. 아직 몸이 가벼울 때 많이 벌어 두는 게 좋아."

남자는 자상한 목소리로 말했다.

"옆에서 돕기만 해도 열심히 하면 하루에 만 단위를 벌 수 있어. 일도 일주일에 하고 싶을 때만 며칠, 몇 시간만 해도 돼. 오래된 아이들 중에는 한 달에 5, 60만 엔을 버는 아이도 있어. 아까도 말했듯이 전부 전액 당일 현금 지급. 낮에 하는 일은 이렇게 못 벌잖아?"

체험 삼아 하루만 해 보라는 말에 마음이 흔들렸다. 해 보고 안 맞을 것 같으면 그만두면 된다. 돈을 버는 걸 떠나 편히 지낼 수 있는 곳이 생긴다는 게 매력적이었다. 어떻게든 안정을 되찾고 싶었다.

그때 옆에 있는 휴게실에 여자가 들어오는 소리가 들렸다. 여자는 파티션 너머로 얼굴을 불쑥 내밀어 점장을 불렀다. 미하라는 짜증 섞인 표정으로 고개를 돌려 여자를 봤다.

"아, 진짜 못 참겠어! 저 끈질긴 영감탱이! 손으로, 입으로 해 줘도 안 되는 주제에 세 시간 치를 끊었다고 계속해 달래! 얼마나 징징대는지 알아? 거기에 벌써 사흘 연속 나만 지명하고 있다고! 제발 가서 얘기 좀 해 줘. 이제는 입이 아파서 말도 제대로 못 하겠어!"

미유는 황급히 몸을 일으켰다. 숄더백과 캐리어를 끌고 허둥지둥 사무실에서 나가 대기실을 가로질렀다. 중간에 뭔가에 걸려 넘어질 뻔했지만 간신히 균형을 잡았다. 고래고래 불평을 늘어놓던 여자가 어안이 벙벙한 얼굴로 달아나는 미유를 봤다. 뒷문 근처인 것이 다행이었다. 미유는 거세게 문을 열어젖혔다.

"야, 어디 가! 너도 어차피 비슷한 짓을 해서 임신한 주제에!"

등 뒤에서 날아드는 미하라의 고함을 들으며 미유는 그대로 밤거리로 뛰쳐나갔다.

스카우트맨에게 감쪽같이 속아 성매매 업소에 순순히 따라간 자신이 한심해서 실소가 나올 것 같았다. 웃고 싶지만 눈물이 났다. 요코는 이 모든 걸 알고 있었을까. 알면서도 일부러 소개해 준 걸까. 더는 아무것도 생각하고 싶지 않았다.

다행히 쫓아오는 사람은 없었다. 어차피 캐리어와 배가 무거워서 오래 달릴 수도 없었다. 미유는 그 자리에 멈춰 서서 어둠 속에서 한참을 더 울었다. 결국 스마트폰을 꺼내 준야에게 전화를 걸었다. 미유는 스마트폰을 귀에 바짝 갖다 붙인 채 열 번 넘게 울리는 신호음을 기다렸다. 준야와 연결될 수 있는 작고 유일한 물건, 그리고 이 무서운 곳에서 벗어날 수 있는 도구였다.

—여보세요······.

준야가 전화를 받았다. 그것만으로도 눈물이 쏟아졌다.

"준야, 나······."

부모님과 다퉈서 집을 나왔다고 숨 가쁘게 설명했다.

—왜 그런······.

준야는 말문이 막힌 듯했다.

"이제 갈 곳이 없어. 네가 날 데리러 와 줘."

떨리는 목소리로 지금 가부키초에 있다고 알렸다.

—뭐? 가부키초? 왜 그런 데 있는 거야?

준야의 목소리에는 짜증과 분노가 섞여 있었다. 긴장과 기대감으로 곤두선 마음이 순식간에 시들었다.

—집에 가.

"안 돼. 못 가. 어차피 가도 아빠가 안 들여보내 줘. 그러니 너한테······."

—나도 힘들어. 그걸 떠나 네가 그렇게 된 걸 우리 부모님

은 모르시잖아. 우리 집은 안 돼. 알겠지? 얼른 집에 가.

네가 그렇게 된 거? 준야에게 뭘 기대한 걸까. 미유는 속으로 자문했다. 갑자기 마음을 바꿔서 나를 데리러 와 줄 거라고? 세상일이 그렇게 만만하지는 않다. 그래도 조금은 당황하거나 놀라서 함께 고민해 줄 줄 알았다. 이토록 칼같이 끊어낼 줄은 몰랐다.

"거기서 뭐 해?"

그때 누군가가 말을 걸어서 소스라치게 놀랐다. 젊은 남자 두 명이 히죽거리며 다가오고 있었다.

"혼자야? 같이 노래방이라도 갈래?"

번들거리는 검정 셔츠를 입은 남자와 흰색 트레이닝복을 입은 남자였다. 미유는 스마트폰을 꽉 쥐고 뒷걸음질 치며 벽에 등을 기댔다.

"중요한 전화야? 끊으면 안 돼?"

검정 셔츠 남자가 목에 찬 금목걸이를 본 순간 온몸에 닭살이 돋았다. 수화기 너머에서 준야는 침묵했다. 꼭 대화를 엿듣는 것처럼.

"누구랑 통화하는데? 남자 친구?"

"저기요. 여보세요. 얜 이제 우리랑 놀러 갈 거니 신경 끄세요."

트레이닝복 남자가 스마트폰에 입을 대고 일부러 크게 말했다. 끈적이는 숨결이 얼굴에 닿자 미유는 오한을 느껴 몸을 부르르 떨었다. 손에 힘을 주고 준야의 이름을 부르려는 순간, 전화가 일방적으로 끊겼다. 준야는 끝내 나를 버렸다. 집을 나와 한밤중에 신주쿠 거리를 헤매다가 수상한 남자들에게 붙잡힌 나를. 미유는 그런 현실을 미처 받아들이지 못하고 전화가 끊긴 스마트폰을 귀에서 떼고 멍하니 허공을 봤다.

"어라?"

다가오던 트레이닝복 남자가 갑자기 뒤로 휙 물러섰다.

"얘, 배가 나왔는데?"

우스꽝스러운 광경이라도 본 것처럼 두 남자가 서로 마주 보며 키득거렸다.

"아, 그래서 남자 친구한테 전화했구나. 심각한 대화 중인데 우리가 방해했나 보네."

미유는 서둘러 가방으로 배를 가렸다. 임신한 걸 알아챌 줄 몰랐다. 이제는 그저 스쳐 가는 남자의 눈에도 불룩한 배가 눈에 띄는 것이다.

"우리가 대신 상담해 줄까?"

트레이닝복을 입은 남자가 미유의 손목을 붙들었다. 나도 모르게 앗 하는 소리가 나왔지만 공포에 질려 몸이 얼어붙었다. 검정 셔츠 남자가 히죽거리며 친구를 봤다.

"어이, 거기 너희, 적당히 해."

그때 바로 근처에서 여자 목소리가 들렸다. 남자들이 깜짝 놀라 뒤를 돌아봤고 미유도 무심코 고개를 돌렸다.

미유가 기댄 벽 끝에 안쪽으로 살짝 들어간 문 같은 것이 보였다. 그 앞에 여자가 한 명 서서 담배를 피우고 있다. 어두워서 지금껏 눈치채지 못했다.

"아, 네, 네. 저희도 이런 배불뚝이 여자한테 관심 없어요."

남자들은 김이 샌 듯 말하며 어슬렁어슬렁 사라졌다.

그 뒤로도 미유는 그대로 잠시 굳어 있었다. 움직이고 싶어도 몸이 말을 듣지 않았다. 심장이 쿵쾅거렸다. 머리는 피가 쏠려서 뜨거운데 벽에 맞닿아 있는 등은 차가웠다.

어둠 속에서 천천히 여자가 나왔다. 길 너머 간판의 네온 불빛이 여자를 비췄다. 오른손 손가락 사이에 담배를 끼운 채 왼손으로 팔꿈치를 받치고 있다. 어딘지 모를 가게 뒷문으로 나와 담배를 피우는 듯했다. 얇은 옷 때문에 깡마르고 초라한 몸 윤곽이 훤히 보였다. 아직 젊을 텐데 안색이 좋지 않고 피부도 거칠어 나이 들어 보였다. 여자는 미유의 배를 뚫어지게 바라봤다.

"너, 임신했니?"

미유는 대답 대신 힘없이 고개를 끄덕였다.

"그렇구나."

여자가 담배 연기를 내뿜었다.

"저기서 일했어?"

여자가 담배를 든 손으로 길 건너편을 가리켰다. 미유가 뛰쳐나온 성매매 업소의 뒷문이 작게 보였다. 조금 전부터 여기 서서 미유가 허둥지둥 뛰쳐나오는 모습을 지켜본 듯했다.

"저기서 손님 아이를 임신한 거야?"

미유는 세차게 고개를 흔들었다. 여전히 입이 떨어지지 않았다. 여자가 입꼬리를 올려 피식 웃자 주름진 얼굴이 더 쪼글쪼글해진다. 다만 눈은 웃지 않아서 좀처럼 나이가 가늠이 안 되는 여자의 모습을 더 기괴해 보이게 했다. 미유는 숨을 크게 들이쉬고 다시 내뱉었다. 마음이 조금 진정됐다. 여자는 짧아진 담배를 입에 물고 연기를 빨아들였다.

"제대로 낳아."

여자의 말에 미유는 눈을 크게 뜨고 여자를 봤다.

"난 말이지. 이 일대 유흥업소들을 굴러다녔어. 그러다 **결국 소프까지 추락했고.**"

"소프요?"

무슨 뜻인지 몰라 앵무새처럼 되읊었다. 여자가 연기를 조금씩 내뱉으며 쓴웃음을 지었다.

"소프랜드 말이야. 몸 파는 곳."

여자는 담배를 바닥에 던지고 샌들로 밟아서 껐다. 더러운 샌들 속 발의 페디큐어가 거의 벗겨져 있었다.

"룸살롱부터 키스방, 핑크살롱, 이미지 클럽, 출장 마사지까지 했는데 종착지는 결국 소프랜드더라."

여자는 미유에게 한 걸음 다가왔다.

"그러는 동안 누구 애인지도 모를 애를 여러 번 임신했고 그때마다 지웠어. 몇 번이나 됐을까? 아마 네다섯 번? 그러니까……."

여자가 다시 쓴웃음을 지었다. 가까이서 보니 여자는 앞니 두 개가 빠져 있었다. 그러지 않아도 나이 들어 보이는 여자에게 더 피폐한 인상을 줬다.

"내 주변에는 낙태된 애들의 영혼이 떠돌고 있어. 낳아 주지 않았다고 나를 원망하는 걸까. 아니면 이런 나도 엄마라고 따라다니는 걸까."

그 말을 끝으로 여자는 순식간에 다시 어둠 속으로 사라졌다. 문이 여닫히는 소리는 들리지 않았다. 퍼뜩 다시 정신을 차리고 여자가 서 있던 곳을 바라봐도 그곳에는 볼품없는 철문만 덩그러니 있을 뿐이었다.

미유는 비틀비틀 발걸음을 뗐다. 조금 전 그 여자는 실제 사람이었을까. 혹시 죽은 장소를 계속 맴도는 지박령 같은 존재일까. 아니면 불안과 공포 때문에 나 스스로 만들어낸 환상이었을까.

녹초가 된 나머지 정상적인 사고가 불가능했다. 준야에게 들은 말이 미유를 완전히 무너뜨리고 말았다.

―얼른 집에 가.
―나도 힘들어.

연락하고 싶지 않았지만 그만큼 절박했다. 그렇게 지푸라기라도 잡는 심정으로 매달려도 그는 너무도 쉽게 자기 아이를 임신한 여자 친구를 뿌리쳤다. 전화를 받은 곳도 분명 따뜻한 자기 방 안이었을 것이다.

가부키초는 미로처럼 복잡해 모퉁이를 몇 번 돌아도 출구가 보이지 않았다. 환각을 볼 만큼 정신적으로 궁지에 몰려 환락가를 헤매는 건 아니다. 뱃속의 아이가 뭔가를 먹고 조용한 곳에 가서 쉬라고 칭얼대는 것도 아니다. 하지만 왠지 두 번 다시 이 무서운 곳에서 벗어날 수 없을지도 모른다는 생각이 들었다. 그리고 또다시 기이한 환상이 나타나 나를 위협할 것 같았다. 현실도, 비현실도 무서웠다.

문득 고개를 들자 어느 건물의 비상계단 입구가 보였다. 미유는 죽겠다는 확고한 의지도 없이 그 건물의 옥상으로 올라갔다.

성매매 업소에서 일하려고 했다는 건 지사 앞에서도 말할 수 없었다. 정처 없이 거리를 떠돌던 또래 여자아이를 만나 이케부쿠로와 신주쿠를 오가며 지냈다고 했다.

그 말을 듣고 지사의 표정이 어두워졌다.

"그런 곳을 배회하다 보면 점점 더 밤거리에 휩쓸리게 돼. 어느 날 자기도 모르게 성범죄 피해자가 될 수도 있고, 질 나쁜 업소에 발을 들여 다시는 헤어나지 못할 수도 있어."

더더욱 고개를 들 수 없었다. 지사의 목소리가 무게감을 띠었다.

"환락가에는 말이지. 많아. 자기 성性을 팔아서 살아가려는 여자아이들이. 몸 하나로 돈을 벌 수 있으니 괜찮은 거 아니냐고 따지는 아이도 있어. 하지만."

고개를 드니 지사가 똑바로 자신을 내려다보고 있었다. 꿰뚫어 보는 듯한 눈빛에 사로잡혀 미유는 움직일 수 없었다.

"그건 파는 게 아니야. 돈을 받는다고 해서 꼭 파는 건 아닌 거야. 그건 영혼을 빼앗기는 거야. 추악한 어른들의 세계에."

지사의 눈동자에서 분노의 불꽃이 보였다. 하지만 드러나려던 감정을 지사는 금세 다시 거뒀다.

"사실 겉으로는 센 척하는 아이들도 다 알고 있어. 이야기를 들어 보면 다들 비슷한 말을 해. 오래 살고 싶지 않다고. 서른까지만 살 수 있었으면 좋겠다고. 그건 곧 미래가 없다는 뜻이지. 미래를 그릴 수 없는 거야. 현실이 너무 힘드니까."

그날 신주쿠 밤거리에서 본 소녀들을 떠올렸다. 얼굴은 웃는데도 왠지 무표정하게 보이던 아이들. 말을 걸어 줄 남자를 기다리고 있었을까. 아니면 즉석 만남 사이트에서 알게 된 '신'을 기다리고 있었을까. 그 아이들은 어떤 배경을 짊어졌을까. 머무를 곳이 없고, 부양해 줄 가족도 없는 걸까.

"나와는 다르다고 생각했니?"

지사가 상냥하게 물었다.

"하지만 말이지. 누구나 자기도 모르는 사이 순식간에 그렇게 될 수 있어. 그리고 몸을 팔거나 유흥업소 같은 곳에서 일하며 더 깊은 수렁에 빠지는 거야. 몸은 상처 입고, 영혼은 죽어 가고, 삶에 지친 나머지 일상에서는 문득문득 죽음을 떠올리지. 그렇게 우울증에 걸리거나 자해를 하며 문제가 점점 심각해져. 주변에 의지할 가족이나 친구, 동반자도 없는 상태에서."

다르지 않다. 똑같다. 나도 그런 심리에 빠져 있었다.

홀연히 나타난 소프랜드 여자를 떠올렸다. 그게 현실이든 환상이든 그녀는 거기서 벗어나지 못했다. 본인의 처지를 한탄하면서도 밤거리를 뛰쳐나가 어딘가 다른 곳에서 새 삶을 시작하려 하지 않았다. 자기도 모르게 그런 삶에 익숙해져, 어스름한 그림자처럼 달라붙어 있었다.

건물 옥상에서 마나미 자매와 지사를 만나지 않았다면 나도 분명 그녀와 비슷한 길을 걸었을 것이다.

그때 사무실 문이 벌컥 열려 미유는 소스라치게 놀랐다.

"안녕하세요!"

활기찬 목소리가 울려 퍼졌다.

"안녕, 나나코."

"어라? 얘는 처음 보는 애 같은데?"

"응. 야나기다 미유라고 해."

지사는 함께 일하는 직원이라며 나나코를 미유에게 소개했다. 'ODORIBA'에는 메일이나 전화 상담도 많아서 교대로 응대를 맡고 있다고 했다. 이 사람들은 어떤 계기로 이런 활동을 시작한 걸까. 밤거리를 헤매는 아이들을 도와 봐야 딱히 떨어지는 것도 없을 텐데. 마음 맞는 사람들이 모여 단체를 운영한다고 하지만 자금 사정 같은 건 괜찮은 걸까.

어쨌든 지사와 대화를 나눈 덕에 집을 나온 후 내내 곤두섰던 마음이 조금은 풀리고 편안해졌다. 이런 곳을 불쑥 찾아오는 아이들의 심정을 이해할 것 같았다.

나나코는 안쪽에 있는 문을 열어 그 안으로 사라졌다.

"그럼……."

나나코의 모습을 끝까지 지켜보고 지사가 말을 이었다.

"이제 네가 어떻게 할지를 함께 생각해 보자."

자연스럽게 허리가 펴졌다.

"부모님과 다시 이야기해 보는 건 어떨까?"

미유는 대번에 고개를 떨궜다. 어차피 어머니는 늘 아버지의 결정에 고분고분 따르는 사람이고, 집을 나오기 전 아버지가 화를 내던 모습을 떠올리면 다시 가서 이야기해 봐야 상황이 달라질 것 같지 않았다. 그렇게 고민하는 미유의 기운을 북돋우려는 듯 지사가 말했다.

"넌 이제 곧 아이를 낳아 엄마가 될 거야. 생명이 깃든 존재를 탄생시켜 이 세상에 내놓는 거야. 그걸 잊으면 안 돼. 너 자신의 처지를 생각하는 것도 중요하지만, 네가 세상에 내놓을 아이에게도 그 아이의 인생이 있다는 걸 앞으로 꼭 고려해야 해. 임신하는 이유는 저마다 달라도 아이를 낳는다는 건 원래 그런 거야."

엄마가 된다. 내 힘으로 낳아서 키울 거라고 큰소리치고 집을 나올 때만 해도 그 이면에는 책임감이나 자각 같은 게 있었을지 모른다. 하지만 지금은 어느새 그 부분이 깨끗하게 결여돼 있었다.

"강해져야 해, 미유."

미유의 속내를 들여다본 것처럼 지사가 말했다. 문득 지사의 등에 그려진 문신이 떠올랐다. 강해진다는 게 뭘까. 무심코 허공으로 시선을 향하자 나무로 만든 아이 얼굴이 보였다. 어떤 표정인지 정확히 알아보기 힘든 여자아이가 지금은 왠지 불안해 보인다. 분명 나 역시 비슷한 표정을 짓고 있을 것이다.

고민에 잠긴 미유를 두고 지사는 나나코가 들어간 방으로 들어갔다.

그 후 'ODORIBA'에 드문드문 여자들이 찾아왔다. 고등학생처럼 보이는 아이들 세 명이 함께 와 시끄럽게 수다를 떨기도 했고, 어두운 표정으로 들어와 스태프와 조용히 이야기를 나누는 사람도 있었다. 들어오자마자 다다미 위에 털썩 눕는 여자도 있었는데 그 여자는 안색이 몹시 좋지 않았다.

그녀를 보며 고등학생들이 소곤거렸다.

"저 사람, OD래."

한 아이가 그렇게 말하자 나머지 두 아이가 '아하' 하는 표정을 지었다. OD라고 한 아이는 "무서워"라고 조용히 덧붙이기도 했다.

미유는 테이블 아래에서 몰래 스마트폰을 두드렸다. OD는 '오버도스'의 약자로 '약물 과다 복용'을 뜻한다고 했다. 정신적으로 궁지에 몰린 사람이나 마음의 병을 앓는 사람이 시판 약이나 의사에게 처방받은 약을 과다 복용하며 힘든 현실에서 도피하려고 하는 일종의 자해 행위라고도 적혀 있었다.

그때 안쪽 방에서 나온 지사가 다다미에 누워 있는 여자에게 다가가 말을 걸었다. 여자는 지사 쪽을 봤지만 제대로 대답을 하지 못하는 듯했다. 목이 메는지 끊임없이 기침을 했다.

"저번에는 고래고래 소리치며 난동을 피우기도 했어, 저 사람."

조금 전 아이가 옆에 있는 아이의 어깨를 툭 치며 말했다. 지사는 참을성 있게 여자에게 계속 말을 걸고 손을 꼭 잡아줬다. 잠시 후 안쪽 방에서 담요를 가져와 여자에게 덮어 주자 여자는 그제야 안심한 것처럼 눈을 감고 잠들었다. 고등학생들은 흥미를 잃었는지 지사에게 인사하고 사무실을 나갔다. 이런 시간에 학교에 가는 아이들의 뒷모습을 미유는 말없이 지켜봤다.

속으로 '정말 다양한 사람들이 'ODORIBA'를 찾아오는구나' 하고 생각했다. OD라는 여자도 약물이 아닌 다른 마음의 안식처를 찾아 이곳에 온 걸까. 지사가 하는 활동의 또 다른 일면을 본 느낌이었다.

지사는 미유를 돌아보며 "조금 이르지만 점심 먹으러 가자"라고 했다.

"조금 가면 맛있는 라멘 가게가 있어. 요헤이가 찾은 곳이니 확실해."

그 말을 들은 순간 배에서 꼬르륵 소리가 났다. 혼자 있을 때는 허기를 전혀 느끼지 못했는데 누군가와 함께 있으면 규칙적으로 배가 고파지는 게 신기했다.

라멘 가게는 'ODORIBA'가 있는 건물에서 도보 십여 분 거리에 있었다. 가게 앞에 이미 열 명 남짓 줄을 서고 있었지만 잠시 기다리자 가게 안으로 안내받았다.

두 사람 앞에 라멘 그릇이 놓였다. 지사는 나무젓가락을 탁 쪼개 라멘을 후루룩후루룩 먹기 시작했다. 미유도 라멘을 먹었다. 해산물 베이스의 담백한 국물이 맛있어서 젓가락질을 멈출 수 없었다. 결국 몇 분도 되지 않아 두 사람은 라멘 그릇을 깨끗이 비웠다.

"정말 다양한 사람들이 'ODORIBA'를 찾아오네요."

미유가 조금 전 떠올린 생각을 입에 담자 지사는 물을 한 모금 마시고 눈으로 웃었다.

"누구나 힘들고 괴로워서 못 견딜 것 같을 때가 있잖아. 그럴 때는 다른 사람에게 의지해도 돼. 혼자서는 어찌할 수 없을 때."

그러더니 지사는 "미유, 너도" 하고 덧붙였다.

"부모님께 정 의지하기 싫다면 행정 기관을 찾아가 앞으로 어떡할지 상담하는 방법도 있어. 네가 원한다면 연결해 줄게."

"행정 기관요?"

"응. 배가 점점 더 불러 올 텐데 있을 곳이 없으면 안 되잖아."

지사는 도쿄도의 여성 상담 지원 센터에 찾아가 상담하면 해결책을 제시해 줄 거라고 했다. 하지만 미유가 미성년자이기 때문에 어쩔 수 없이 보호자에게 연락은 갈 거라고도 했다.

"내 경험상 그 이후 과정이 어떨지도 대략 짐작은 가."

나와 비슷한 처지의 아이를 과거에도 여러 명 만났을 것이다. 미유는 가게에서 나가 지사와 함께 걸으며 지사의 설명에 열심히 귀를 기울였다.

집에 돌아가 출산을 준비하는 게 가장 좋지만, 그럴 수 없는 경우 도에서 관할하는 시설이나 민간 쉘터 같은 곳에 들어갈 수 있다. 임신 36주 차가 되면 마터니티 하우스*로 옮겨 출산을 준비한다. 그곳에 있으면 출산 비용을 도에서 부담해 주고 생활비도 따로 들지 않는다. 그리고 출산 후에도 두세 달 정도 더 신세를 질 수 있다.

미유는 고개를 들어 지사를 똑바로 봤다. 마주 보는 지사의 얼굴이 일그러져 보였다. 눈물을 글썽이는 걸 들키지 않으려고 미유는 허공을 올려다봤다. 하늘이 잔뜩 찌푸려 있다. 지사는 미유가 입을 열 때까지 기다려 주는 듯했다. 미유는 마음속에서 용기와 자존심, 그리고 마지막 남은 오기를 긁어모았다. 다 동원해도 별로 큰 힘은 되지 않았지만 그래도 목소리를 쥐어짜 냈다.

"출산은 혼자 할 수 없으니 마터니티 하우스에 신세를 질 수밖에 없을 것 같아요. 하지만 그 뒤로는 역시 저 혼자 아이를 키워야 하니 일할 수 있을 때 조금이라도 돈을 모아 두고 싶어요."

비장한 표정이었을 것이다. 그건 어렵다며 지사에게 설교를 들을 거라고 예상했다. 세상 물정 모르는 열일곱 살 여자아이의 안이한 발상쯤으로 치부할 거라고. 하지만 지사는 잠시 고민하는 모습을 보였다. 아무리 현실성이 떨어져도 일단 진지하게 들어는 주는 걸까.

---

* 임신한 미혼 여성이나 출산 후 양육을 원하는 미혼모를 위한 보호 시설.

"여성 상담 지원 센터에서 일자리를 알아봐 주기도 하지만, 출산이 임박한 너한테 일하는 걸 권하지는 않을 거야."

'역시 그렇겠지' 하고 생각했다. 처음부터 무리한 이야기였다. 아니, 이런 몸으로 집을 나온 것부터 무리다. 하지만 부모님이 시키는 대로 하기 싫었다. 딸의 의사를 무시하고 아이를 앗아 간 후 아무 일도 없었던 것처럼 학교로 돌아가자는 계획에 따를 수 없었다.

"조금 더 방법을 궁리해 볼게."

지사는 그 후 입을 다물고 묵묵히 걸었다.

길 건너편을 지나는 고등학생 커플이 보였다. 나는 저기서 얼마나 멀리 와 버린 걸까. 하지만 이제 돌아갈 수 없다. 앞으로 나아가야 한다. 공원 나무들 사이에 노란 금작화가 만발해 있다. 지사와 함께 그 옆을 지나칠 때 꽃잎이 우수수 떨어졌다. 그런 풍경을 보며 마음이 흔들려 나도 모르게 눈에 또 눈물이 맺혔다.

나를 둘러싼 세계는 그전과 완전히 달라져 버렸다.

아기는 양수 속에서 자세를 이리저리 바꿨다. 굳센 아이라고 느꼈다. 이런 역경을 겪어도 건강하게 쑥쑥 자라고 있다. 그리고 살기 위해 싸우고 있다. 이 아이가 내 아이라는 강한 자각이 아직 없어서 그런지 왠지 곤경을 함께 헤쳐 나가는 동지 같은 기분이 들었다. 아이는 걸핏하면 눈물을 흘리는 미유를 다잡아 줬다.

"정말 일하면서 아이를 낳고 키울 생각이야?"

'ODORIBA'에서 지사가 다시 물어서 미유는 힘차게 고개를 끄덕였다.

"그렇구나. 다른 사람한테 더는 의지하고 싶지 않나 보네."

지사는 미유의 마음을 확실히 읽고 있었다. 예상치 못한 임신으로 흔들리는 아이들을 그동안 얼마나 많이 봐 왔을까.

"네. 제힘으로 어떻게든 헤쳐 나가고 싶어요. 도와주실 수 있나요? 부탁드릴게요."

지사는 고개를 숙인 미유를 말없이 바라봤다.

"미유."

짧은 침묵 후 지사가 입을 열었다.

"저 얼굴이 지금은 어떻게 보이니?"

지사는 창가 책장 위에 놓인 나무 조각상을 가리켰다. 표정이 불분명한 여자아이 얼굴 조각상이다. 미유는 천천히 고개를 돌려 조각상을 봤다. 단발머리 아래에는 완만한 굴곡만 있을 뿐이다.

"음……. 뭔가 웃는 느낌이에요. 누군가를 보며 웃는 걸까요?"

"그래."

지사는 다시 생각에 잠겼다. 턱에 주먹을 대고 가볍게 툭툭 두드린다. 그러고 나서 천천히 입을 열었다.

"이 조각상을 만든 사람을 찾아가 볼래?"
"네?"
미유는 어안이 벙벙해져서 지사를 봤다.
"그분이 게스트하우스를 운영하시거든. 그곳에서 위탁 부모가 되어 아이들도 키우고 있어."
"위탁 부모요?"
놀란 미유를 보며 지사는 "잠깐만 기다려 줘" 하고 안쪽 사무실로 사라졌다.

조각상을 만든 사람과 통화하려는 걸까. 위탁 부모라는 건 또 뭘까. 세상에는 아직 내가 모르는 게 산더미처럼 많다. 지금껏 얼마나 세상 물정 모르는 철부지였던 걸까. 하지만 그런 걸 깨닫는 게 이제는 싫거나 불쾌하지 않았다.

"맡아 주시겠대."
지사가 문을 열고 나와 말했다. 잘 이해되지 않았다.
"일해서 돈을 모으고 싶다고 했지? 미래를 위해."
"네."
"그 게스트하우스에서 일하는 거야. 이카와 씨가 숙식을 제공하며 네가 일할 수 있게 해 주겠다고 했어."
"갈게요!"

반사적으로 대답했다. 보는 사람의 기분에 따라 표정이 달라지는 여자아이. 이런 조각상을 만든 사람이라면 분명 좋은 분일 거라는 막연한 기대가 들었다.

이카와가 운영하는 게스트하우스는 오우메시에 있다고 했다. 다마강을 거슬러 가면 나오는 오쿠타마라는 지역이다. 외진 곳이라는 걸 알지만 여기까지 온 이상 고민해도 소용없다. 미유는 지사의 제안에 따르기로 결심했다.

그곳으로 가기 전 어머니에게만은 그걸 알리기로 했다. 'ODORIBA'를 찾아온 어머니 다카코는 잔뜩 초췌해져 있었다. 딸을 나무랄 기운도 없어 보이는 그녀는 다른 말 없이 지사에게 "잘 부탁드립니다" 하고 고개를 숙였다. 급하게 사 왔다는 임부복 몇 벌과 생활비로 쓰라며 20만 엔이 든 봉투를 미유의 손에 쥐여 주고 돌아갔다.

미유는 착잡한 심정으로 떠나는 어머니의 뒷모습을 바라봤다. 늘 몸가짐이 단정했던 어머니를 초췌하게 만든 사람은 나라고 자책했다. 하지만 혼자 아이를 낳아 키우는 길을 선택한 마당이니 이제 뒤돌아볼 수 없다.

지사는 애써 밝게 말했다.

"이카와 아키라 씨는 40대고 현재 여동생과 함께 게스트하우스를 운영하고 있어. 둘 다 아주 좋은 분들이야. 우리 활동을 지원하는 스폰서이기도 하고."

남매가 자처해서 위탁 부모가 되어 어려운 환경에서 태어난 아이들을 도맡아 키운다고 했다.

미유는 혼자 JR 주오선 쾌속 열차에 올라탔다. 붐비는 열차 안에 가만히 서 있으니 앞에 앉아 있던 고등학생이 미유에게 자리를 양보했다. 비슷한 또래에게 자리를 양보받는 기분이 묘했다. 어머니가 사다 준 임부복을 입고 있으니 누가 봐도 임신부로 보이는 듯했다. 미유는 배를 내려다봤다. 이 안에서 조만간 세상에 나와 큰 소리로 울 날을 기다리고 있는 아기가 쑥쑥 자라고 있다. 지금 미유에게 확고한 것이라곤 그뿐이었다.

지사가 써 준 게스트하우스 이름과 주소가 적힌 메모지를 꺼냈다. 어머니에게도 같은 걸 전달했다.

게스트하우스 이름은 '그린 게이블스'라고 적혀 있었다. 『빨강머리 앤』에서 앤이 맡겨진 집 이름에서 따온 듯했다.

"그린, 게이블스."

미유는 소리 내어 그 이름을 말해 봤다.

집을 나온 후 처음으로 희망을 본 기분이 들었다.

다치카와에서 JR 주오선 쾌속 열차에서 내려 오우메선으로 갈아탔다. 열차 안 승객이 눈에 띄게 줄었다. 오우메선 선로 옆에 다마강과 오우메 가도가 이어졌다. 열차를 갈아탈 무렵부터 내리기 시작한 빗방울이 오쿠타마로 향할수록 기세를 더했다. 그러고 보니 어느새 장마철에 접어들었다는 걸 깨달았다. 집을 나온 뒤로 눈앞의 급격한 변화에 휘둘려 계절이 바뀌는 것도 제대로 느끼지 못하고 있었다.

주오선처럼 주황색 라인이 그려진 차량이 점점 더 산속을 향해 갔다. 날씨가 흐린 탓에 선명한 초록으로 뒤덮였을 산이 검은 덩어리처럼 보였다. 승객이 하나둘 열차에서 내렸다. 스스로 선택해서 온 길인데도 문득 쓸쓸한 기분에 사로잡혔다.

미유와 함께 사와이역에서 내린 승객은 단 세 명. 그런데도 타고 온 1호차는 텅 비어 버렸다. 낡고 아담한 역사 건물이 눈에 들어왔다. 미유는 캐리어를 들고 힘겹게 육교 계단을 올랐다. 역사를 나서자 짙은 산 냄새에 휩싸였다. 산 냄새 같은 건 지금껏 맡아 보지도 못했는데 어쩐지 그리운 기분이었다. 그리고 오우메선 열차에 올라탔을 때부터 줄곧 이런 기분이었다는 걸 깨달았다. 조바심 때문에 신경이 곤두섰을 텐데 열차 안에서는 산 냄새와 단조로운 흔들림 때문에 나도 모르게 졸음이 쏟아졌다. 마치 인간의 세포 깊숙이 작용하는 원초적인 힘 같았다. 그때 양수 속에서 갑자기 아기가 빙글 몸을 돌았다. 기뻐서 공중제비를 돈 것처럼. 미유가 오감으로 느끼는 것이 아이에게도 전해지고 있었다.

눈앞의 잿빛 풍경 속에 빨간 우산을 쓴 중년 남자가 서 있었다. 처음 만나는데도 첫눈에 그가 이카와라는 걸 알 수 있었다. 뒤로 묶은 긴 머리, 수없이 세탁해서 빛바랜 셔츠와 청바지. 지사에게는 40대 초반 아저씨라고 들었는데 그보다 젊어 보인다. 조각을 하는 예술가라 그런 걸까. 'ODORIBA'에 있던 그 묘한 조각상을 비롯해 그가 만든 작품은 평가가 좋아서 원하는 사람이 많다는 이야기도 지사에게 전해 들었다.

"여어."

남자가 환하게 미소 지었다.

"네가 미유니?"

"네. 야나기다 미유라고 합니다. 잘 부탁드려요."

미유가 꾸벅 고개를 숙였을 때 머리카락에 빗방울이 툭 떨어졌다. 남자는 손을 쭉 뻗어 미유의 캐리어를 받아 줬다.

"여기까지 오느라 힘들었지?"

남자의 빨간 우산을 나눠 쓰고 둘이 함께 투톤 컬러인 경차를 향해 걸었다. 이카와가 뒷좌석에 짐을 싣는 동안 미유는 조수석에 올라탔다. 들고 온 손수건으로 빗물에 젖은 머리카락을 닦았다. 안전벨트를 매려다가 생각보다 배가 더 나온 것을 깨달았다. 가만히 배를 내려다보고 있는 미유 옆에 이카와가 앉자 차가 곧 움직이기 시작했다. 와이퍼 너머에서 초록빛 산이 비에 젖어 아른거렸다. 차는 다마강을 따라 달렸다.

"게스트하우스, 여기서 머나요?"

"하하. 게스트하우스라. 다들 게스트하우스라고 부르기는 하는데."

뒤에서 하나로 묶은 머리카락이 등에 붙을 정도로 허리를 젖히며 이카와가 호탕하게 웃음을 터뜨렸다.

"지사가 그랬어?"

"네. 아닌가요?"

"게스트하우스라고 하면 너무 멋 부리는 거 같잖아. 우리 집과는 좀 안 어울려."

"하지만 이름도 그린 게이블스이니……."

"응, 그것도 어울리지 않는 이름이지. 난 별로였는데 여동생이 우겨서 결국 그렇게 지었어. 『빨강머리 앤』에서 따온 거야. 그 뒤로 아이들을 데려와 키우기로 했을 때 동생은 이 이름으로 하길 잘했다며 의기양양해 했지. 그 이야기 속에서 앤을 데려간 사람이 매튜와 마릴라라는 오누이잖아. 그것도 우리랑 비슷하다고."

이들은 위탁 부모가 되어 아이들을 맡고 있다고 했다. 지사에게 설명을 듣고 미유는 위탁 부모 제도에 대해 검색해 봤다. 부모의 보살핌을 받지 못하는 아이가 시설이 아닌 가정이라는 안정된 환경에서 자랄 수 있게 돕는 제도로 아동 복지 관점에서 탄생한 사회적 양육 관련 시책이라고 했다.

친부모와 떨어져도 아이의 부모와 친자 관계는 계속된다. 위탁 부모는 그저 아이를 맡아서 키우기만 할 뿐이다. 머지않아 성장한 아이는 독립하거나 친부모에게 다시 인계된다. 생활비나 위탁 수당을 받을 수 있다고 하지만, 그래도 직접 낳은 아이도 아닌 남의 아이를 데려와 키운다는 게 미유는 왠지 허무하게 느껴졌다. 하지만 그런 말을 입 밖에 낼 수는 없었다.

"제가 지사 씨께 무리한 부탁을 드렸어요. 그래서 거절하실 줄 알았는데 이리저리 알아보시더니 이카와 씨께서 절 맡아 준다고 하셨다고……."

"신경 쓰지 마. 지사는 원래 그러니까."

이름으로 부르는 걸 보니 이카와와 지사는 친한 사이일까. 그 역시 자세히 물어볼 수는 없었다.

"그리고 우리한테도 좋지. 여름에는 숙박객이 많거든."

이카와는 운전대를 움직이며 그린 게이블스와 그곳에서 함께 사는 가족들에 대해 설명했다.

현재 그린 게이블스에 있는 아이는 총 세 명. 중학교 2학년인 히사토와 초등학교 2학년인 미쿠, 그리고 네 살인 다이치.

"히사토와 다이치는 위탁 아동이지만 미쿠는 양자야. 태어난 지 8개월 됐을 때 여동생이 입양했지 다른 두 아이와 달리 걔는 낳아 준 부모가 누군지 몰랐거든. 그래서 여동생과 상의해 우리 아이로 들이자고 결정했어."

미유는 운전석에 앉은 이카와를 빤히 쳐다봤다. 위탁 아동과 양자라니. 세 아이는 그런 자신은 잘 알지도 못하는 복잡한 관계로 얽혀 있었다. 그걸 넘어 부부도 아닌 이카와와 그의 여동생이 다른 사람이 낳은 아이를 맡아서 키우고 양자를 들이는 심정 자체를 이해할 수 없었다. 하지만 역시 깊이 파고드는 건 꺼려졌다. 그리고 심각한 사정을 짊어진 건 나도 마찬가지 아닌가. 이렇게 아동 복지에 확고한 신념이 있는 사람들이니 나처럼 사연 있는 아이도 받아 주는 것이다. 평범한 게스트하우스 주인이라면 배가 불룩한 10대 여자아이 따위 거들떠보지도 않았을 테니. 한밤의 환락가를 방황하는 소녀에게 말을 걸고 그들의 이야기를 들어주는 지사와도 그런 쪽으로 연결돼 있는지 모른다.

"아, 그리고 연로하신 어머니도 함께 살고 있어. 다리가 불편하고 치매 증세가 살짝 있는 데다 성격도 조금 별난 면이 있지만, 나쁜 분은 아니야. 아무튼 너한테는 게스트하우스 일뿐만 아니라 가족들을 돌보는 일도 함께 부탁하게 될 것 같아."

그린 게이블스는 오우메선의 사와이역과 미타케역 사이에 있었다. 이카와는 차를 운전하며 "저기는 청주 양조장이야", "저기는 두부 가게" 하고 신이 난 것처럼 연신 알려 줬다. 이 지역은 수질이 좋아 청주나 두부를 만들기 아주 좋다고 했다. 그리고 카누나 래프팅 같은 레저 스포츠 시설도 있어 미타케 계곡에서 여름 스포츠를 즐기러 매년 많은 관광객이 찾아온다고 했다.

그린 게이블스는 그런 사람들을 위한 숙박 시설이었다. 봄의 신록 속을 산책하거나 가을에 단풍놀이를 즐기러 오는 사람도 있다. 케이블카를 타고 영산^{靈山}이라 불리는 미타케

산에 올라 트레킹을 할 수도 있다. 여기는 도쿄, 사이타마, 지바, 가나가와현에 전부 걸쳐 있는 지치부타마카이 국립공원의 일부라고 했다.

"이런 곳이 있는 줄 몰랐어요."

"멋진 곳이지."

그린 게이블스는 다마강이 완만하게 굽은 강둑에 지어져 있었다. 세련된 이름과 달리 묵직한 느낌이 드는 일본식 고택이었다. 어느새 뒤에 있는 산에서 땅거미가 내려와 집을 감싸고 있었다. 현관과 창문에 주황색 불빛이 하나둘 들어왔다.

"원래는 가족이 운영하는 여관을 어머니가 사들여서 별장으로 썼어. 그걸 우리가 다시 게스트하우스로 만들었고."

이카와는 현관 바로 앞에 차를 세웠다. 여관 시절의 흔적인 깊은 처마가 비를 막아 줬다. 현관 앞에는 '그린 게이블스'라고 새긴 나무 간판이 놓여 있었다.

"어서 오렴."

미닫이문이 열리고 앞치마 차림을 한 여자가 나타났다. 이카와의 여동생일 것이다. 이카와보다 어려 보이고 얼굴이 닮았다. 빠릿빠릿하게 움직이는 모습 덕분인지 이 사람 역시 나이보다 젊어 보였다. 그녀는 재빨리 오빠의 손에서 미유의 캐리어를 빼앗았다.

"자, 자, 들어오렴."

현관 토방이 널찍하고 안에 있는 로비도 넓었다. 로비에는 오래된 소파가 있고 그 너머로 카운터가 보였다. 로비 바닥에는 쪽매 세공을 한 것처럼 복잡한 나무판 무늬가 펼쳐져 있다. 세월은 흘렀지만 공들인 만듦새는 바라지 않았다. 여관으로 지어진 당시에는 아마 일대에서 손꼽히는 멋진 건물이었을 것이다.

"안녕하세요. 잘 부탁드립니다. 야나기다 미유라고 합니다."

미유는 건네받은 슬리퍼에 발을 넣으며 인사했다.

"응. 지사한테 들었어. 난 니시무라 가나코. 잘 부탁해."

니시무라? 이카와와 성이 다른 걸 보니 결혼한 걸까. 이카와는 어느새 차에 돌아가 다른 곳으로 차를 옮기고 있었다.

"일단 방에 가서 좀 쉬렴."

가나코는 캐리어를 끌며 앞장서서 복도를 걸었다. 배가 나온 미유를 배려해서인지 속도는 느렸다.

"객실은 총 여섯 개인데 지금은 장마철이라 손님이 별로 없어. 오늘과 내일도 예약이 없고. 여기가 어떤 곳인지 파악하기에는 타이밍이 딱 좋네."

안으로 들어갈수록 아이들의 목소리가 들렸다. 모습은 보이지 않지만 웃음 소리와 재잘거리는 소리가 났다.

가나코가 미유를 안내한 곳은 일본식 다다미방이었다. 방 안에 벽장과 작은 사물함이 보였다.

"미안. 전망은 별로인 곳이야."

한창 바쁠 때 일시적으로 고용하는 아르바이트생들이 쓰는 방이라고 했다. 창밖에는 바로 앞에 산이 있었다.

"저……."

가나코가 들여 준 캐리어 옆에 서서 미유는 조심스레 입을 열었다.

"저 같은 아이를 정말 써 주시는 건가요?"

"왜?"

가나코는 벽장에서 이불을 꺼내며 어리둥절한 표정을 지었다.

"전…… 지금껏 제대로 일을 해 본 적이 없고, 거기에 임신도……."

그러지 않아도 작은 목소리가 더 작아졌다.

"괜찮아. 미유가……."

가나코는 거기까지 말하고 "참, 미유라고 불러도 되지?" 하고 물었다. 미유가 고개를 끄덕이자 다시 말을 이었다.

"미유가 할 수 있는 일을 해 주면 돼. 임신한 것도 다 알고 와 달라고 거야. 그러니 몸에 무리가 갈 일은 시키지 않을 거야. 그래도 할 수 있는 일이 많으니까."

요리와 청소 보조, 집안일. 가나코는 "우리 집에는 아이들도 많아서" 하고 밝게 말했다. 그때 열린 미닫이문 너머에서 탁탁탁 하는 발소리가 들리더니 여자아이가 복도를 뛰어가는 모습이 보였다.

"미쿠!"

가나코의 목소리를 듣고 눈앞을 스쳐 간 아이가 다시 미닫이문으로 다가와 얼굴을 불쑥 내밀었다. 가나코가 손짓하자 아이는 방 안으로 들어왔다.

"얘가 미쿠야. 자, 미쿠, 이 언니는 앞으로 우리 집에서 아르바이트를 할 미유 언니라고 해."

그러자 미쿠는 헤헷 하고 입을 벌리고 웃었다.

"미유? 미쿠랑 비슷하네!"

"아, 정말 그러네."

가나코도 덩달아 입을 크게 벌리고 웃었다. 미유는 뭐라고 해야 할지 몰라 미쿠를 내려다보며 가만히 서 있었다. 지금껏 또래 아이들과만 어울려 왔다는 걸 새삼 느꼈다.

"우리 집은 웬만하면 아르바이트생은 여자를 써. 힘든 일보다 자잘한 일들을 도와줬으면 해서. 그러니 신경 쓰지 않아도 돼."

"미유 언니. 언니는 배가 왜 그렇게 나왔어?"

순간 화들짝 놀랐다. 가나코는 당황하지 않고 미쿠의 머리를 쓰다듬었다.

"미유 언니의 배에는 아기가 있단다. 그러니 미쿠, 조금 전처럼 갑자기 뛰거나 해서 언니를 놀라게 하면 안 돼."

"아기?"

순식간에 미쿠의 표정이 환하게 빛났다.

"아기가 여기 들어 있는 거야?"

"응. 미쿠도 진짜 엄마의 배에서 이렇게 자랐어. 그리고 태어났지."

"헤에!"

미쿠는 감탄한 듯 눈을 동그랗게 떴다.

"미쿠를 낳아 준 엄마도 미쿠를 배에 넣어 줬구나!"

"맞아. 엄마도 그렇게 힘들게 미쿠를 낳아 주신 거야. 자, 알았으면 이제 다른 곳에 가렴. 미유 언니는 좀 쉬어야 해."

미쿠는 "응" 하고 다시 복도로 뛰어나갔다. 가나코는 다다미에 이불을 깔아 주고 미유에게 누우라고 했다.

"저…… 미쿠는 자기가 가나코 씨의 친딸이 아니라는 걸 아나요?"

그러고 나서 이카와에게 이야기를 전해 들었다고 부랴부랴 덧붙였다. 가나코는 다다미에 살며시 앉더니 미유에게도 앉으라고 했다. 미유는 일부러 이불을 피해 다다미에 앉았다.

"응, 알아. 어릴 때부터 조금씩 가르쳐 왔으니까. 오빠는 간단하게 설명했겠지만 쟤는 내가 양자로 들였어. 그러니 다른 아이들은 위탁 아동이지만 미쿠는 내 아이인 거야. 미혼인 나도 입양으로 아이 엄마가 될 수 있어."

가나코는 독신인 걸까. 그렇다면 왜 오빠인 이카와와 성이 다른 걸까.

달빛이 닿는 거리

"우리는 지금껏 위탁 부모가 되어 아이를 몇 명 키웠어. 언젠가 아이가 친부모와 함께 살 수 있게 되기를 바라며 잠깐만 맡겠다는 생각으로. 하지만 미쿠는 친부모가 누군지 몰라. 커서도 돌아갈 곳이 없는 거야."

이럴 때 무슨 말을 해야 좋을지 알 수 없었다. 미유는 평소 부모님과 학교 선생님이 아닌 다른 어른과 이야기할 기회가 거의 없었다. 우물쭈물하는 미유를 보며 가나코는 온화하게 미소 지었다.

"미쿠한테는 널 낳아 준 엄마가 지금 어딘가에서 행복하게 살고 있다고 말해 줬어. 하지만 사실 친엄마에 대해서는 아무도 몰라. 미쿠는 백화점 수유실에 있는 아기 침대에 버려져 있었다고 해. 탯줄이 붙은 채로."

"네?"

"아동 상담소에서 연락이 와서 갓난아기인 미쿠를 맡았어. 신생아 위탁 부모. 그렇게 작은 아이를 맡는 건 처음이었고 출산 경험도 없지만 정성을 다해 키웠지. 동시에 그린 게이블스도 꾸려 나가는 게 쉽지는 않았어. 하지만 오빠와 어머니, 그리고 복지사님과 다른 아이들도 도와줘서 어떻게든……."

가나코는 온화한 표정을 지우지 않았다.

"그렇게 8개월이 될 때까지 키우고 어머니, 오빠와 상의해서 내 아이로 들였어. 하지만 어디에 있는지는 몰라도 저 아이한테는 낳아 준 진짜 엄마가 따로 있어. 그리고 그건 어릴 때부터 가르쳐 왔어."

"······저렇게 어린데도요?"

"원래 진실은 어릴 때부터 조금씩 알려 주는 게 좋아. 아이의 이해도에 맞게 단계적으로. 그럼 자기가 어떻게 세상에 태어났는지를 자연스럽게 받아들일 수 있게 되거든."

가나코는 이불을 툭툭 두드렸다.

"뭐, 그런 이야기는 앞으로 조금씩 들려줄게. 어차피 우리가 어떤 상황인지 너도 알아야 하니까. 지금은 일단 좀 쉬렴."

"네."

가나코가 방에서 나가자 미유는 순순히 이불 속으로 들어갔다. 천장을 멍하니 올려다보며 생각했다. 가나코가 굳이 미쿠의 출생 이야기를 꺼낸 이유가 뭘까. 10대 임신부인 나를 격려하기 위해서일까. 아니면 나도 그런 어리석은 선택을 할 것 같아서? 그 정도로 내가 위태롭고 불안해 보인 걸까. 빌딩 옥상에 선 날이 떠올라 미유는 이불 속에서 몸을 부르르 떨었다. 잠들지 못할 것 같았는데 잠시 후 머릿속에 안개가 꼈다. 짧은 시간 동안 너무 많은 일이 있었다.

멀리서 들리는 아이들 목소리와 빗소리가 꼭 자장가 같았다. 이윽고 미유는 깊이 잠들었다.

미쿠가 깨우러 와 줬다.

가족이 사는 생활공간은 저택 뒤에 있는 것 같았다. 부엌과 식당이 연결돼 있는데 부엌은 리모델링을 했는지 현대적인 설비들이 갖춰져 있었다. 널찍한 테이블에 큰 접시에 담긴 음식들이 놓여 있었다. 미유는 뭘 해야 좋을지 몰라 부엌 입구에 우두커니 서 있었다. 그러자 냄비 속 재료들을 휘젓고 있던 가나코가 입을 열었다.

"저기 찬장 보이지? 밥그릇을 일곱 개 꺼내 줄래?"

서둘러 찬장을 열었다. 시키는 대로 밥그릇을 일곱 개 꺼냈지만, 다 들지 못해 허둥대고 있자 가나코가 재빨리 쟁반을 건넸다. 밥그릇 중 하나는 아동용 플라스틱 그릇을 꺼내 달라고 했다.

"저, 니시무라 씨……."

미유는 쟁반에 밥그릇을 놓으며 조심스레 입을 열었다.

"가나코 씨라고 부르렴."

"네. 가나코 씨는 여기 숙박하는 손님들 식사도 직접 만드시는 거예요?"

"아니. 우리 집은 조식은 제공하지만 점심과 저녁은 다른 데서 먹게 하고 있어. 근처에 괜찮은 이탈리안 레스토랑이 있고 작은 식당과 술집도 있으니까. 게다가 술집은 양조장 직영이라 술맛이 아주 좋아. 그래도 여기서 꼭 먹고 싶다는 손님이 있으면 함께 먹을 때도 있고."

그러더니 가나코는 하핫 하고 쾌활하게 웃었다.

"그러니까 여기는 굳이 따지면 게스트하우스라기보다 민박에 가깝다니까."

그때 식당에 들어온 이카와가 그렇게 한마디 거들었다.

"게스트하우스가 원래 그런 의미야. 값싼 간이 숙박 시설."

가나코가 오빠에게 받아쳤다.

이카와는 어린 남자아이의 손을 붙잡고 있었다. 아직 미취학 아동으로 보이는 아이. 아마 이 아이가 다이치일 것이다. 아이는 미유의 얼굴을 보자마자 오른쪽 다리를 약간 끄는 듯한 걸음걸이로 이카와 뒤로 돌아가 숨었다.

"낯을 많이 가려서 아마 당분간은 저럴 거니 이해하렴."

몸을 기울여 속삭이는 가나코에게 미유는 살며시 고개를 끄덕였다. 국을 담은 그릇을 쟁반에 얹어 테이블까지 날랐다. 가나코가 내려놓는 작은 접시 옆에 국그릇을 하나씩 놓았다. 내릴 때 기울어진 그릇에서 국물이 조금 흘렀다. 전에 살던 집에서는 요리와 식사 준비를 모두 어머니가 도맡았다. 미유는 이런 간단한 일조차 제대로 돕지 못하는 자신이 부끄러웠다.

"할머니 오셨어요!"

미쿠의 목소리가 들렸다. 부엌 미닫이문이 열리더니 휠체어에 탄 노부인이 들어왔다. 휠체어를 미는 사람은 중학생 남자아이인데 아마 여기 사는 아이 중 가장 나이가 많을 것이다. 그리고 언짢은 얼굴로 휠체어에 앉아 있는 노부인이 바로 이카와 남매의 어머니다. 나이는 여든쯤으로 보였다.
"응?"
노부인은 미유의 얼굴을 보고 한쪽 눈썹을 치켜 올렸다.
"새 알바가 들어왔나?"
"미유 언니예요."
미쿠는 그렇게 대답하고 노부인을 가리켜 "우리 할머니"라고 소개했다.
"잘 부탁드립니다."
미유는 빈 쟁반을 가슴에 안고 부랴부랴 고개를 숙였다.
노부인은 흥 하고 코웃음을 쳤다.
"몇 살이니?"
캐묻는 듯한 말에 미유는 무심코 몸을 움찔했다.
"열, 열일곱 살이에요."
"어리네."
"열일곱이면 다 컸지, 뭘. 아무튼 이분이 우리 어머니 니시무라 루이코 씨야. 그리고 얘는 히사토."
히사토가 미유를 향해 꾸벅 인사했다.
일곱 사람이 둘러앉은 식탁은 시끌벅적했다. 주로 미쿠가 떠들고 히사토와 가나코가 가끔 끼어들었다. 이카와는 싱글벙글 웃으며 듣고만 있었다.
"미쿠, 밥 먹을 때 입을 크게 벌리면 못 써."
루이코가 엄하게 주의를 줬다.

"그리고 젓가락질도 얌전하게. 너도 다 컸으니 이제 식사 예절을 지켜야지."

그러자 미쿠는 불만스러운 듯 뺨에 바람을 넣었다.

"전 세계 어디를 가든……."

"식사를 함께하면 그 사람의 격을 알 수 있다. 맞죠?"

히사토가 먼저 말을 꺼내자 루이코는 히사토를 보며 만족스럽게 고개를 끄덕였다.

"역시 우리 히사토는 잘 아네."

"어제도 할머니, 똑같은 말 했어."

미쿠가 가나코에게 얼굴을 가까이하고 속닥였다. 가나코는 눈으로만 웃었다. 치매 초기 증세가 있다는 노부인을 가족 모두 보살피는 분위기가 전해졌다. 미유는 약간 움츠러들었다. 지금껏 식사 예절 같은 건 신경 쓴 적이 없었다.

밥을 먹으며 루이코는 파리에서 만난 일류 패션모델의 식사 예절이 형편없어서 실망했다는 이야기를 했다. 모두 귀 기울여 듣는 척하고 왠지 흘려듣는 느낌이다. 이미 같은 이야기를 여러 번 들었는지 모른다. 파리니, 패션모델이니 하는 단어가 치매기 있는 노부인의 입에서 나오는 게 왠지 어울리지 않았다. 루이코의 망상 아닐까.

미유는 음식을 씹고 젓가락질을 할 때 세심한 주의를 기울이며 가나코가 만든 음식을 먹었다. 하나같이 맛있었고, 이렇게 제대로 된 식사를 하는 게 오랜만이었다. 문득 고개를 들자 맞은편에 앉은 다이치가 음식을 깨작거리기만 하고 제대로 먹지 않는 게 보였다. 다이치는 네 살이라고 하는데 이 나이대 아이들은 좀 더 활발하고 시끄럽지 않나. 잠시 후 다이치는 갑자기 칭얼거리더니 들고 있던 젓가락을 던져 버렸다.

루이코가 야단칠 줄 알았지만 모르는 척하고 있다. 다이치 앞 접시 주변에 형태가 망가진 음식이 흩어져 있다. 가나코는 얼른 접시를 치웠다.

식사를 마치고 미유는 가나코를 도와 테이블과 싱크대를 오갔다. 허둥대는 미유를 보며 이카와와 히사토가 일어나 도와줬다. 미쿠는 아직 칭얼거리는 다이치를 달래 주고 있다. 모두 자기가 해야 할 일을 아는 듯했다.

그때 잠자코 휠체어에 앉아 있던 루이코가 미유의 배를 보며 말했다.

"응? 배가 나왔잖아?"

대번에 식은땀이 났다. 바로 조금 전 열일곱 살이라고 했으니 분명 잔소리를 듣지 않을까. 그렇다고 거짓말을 할 수도 없었다.

"네."

미유는 기어가는 목소리로 대답했다.

"9월에 아기가 나올 예정이래요."

옆에서 가나코가 덧붙이자 루이코의 얼굴에 화색이 돌

왔다.

"아기가? 축하할 일이네. 경사야!"

예상 못 한 말을 듣고 놀랐다. 임신 사실이 알려진 후 미유는 지금껏 누구에게도 '축하한다'라는 말을 들은 적이 없었다. 그렇구나. 아기가 태어나는 건 축하할 일이구나. 새삼 느꼈다.

루이코는 스스로 휠체어를 움직여 미유 앞에 왔다. 그리고 손을 뻗어 미유의 배에 손바닥을 갖다 댔다. 미유는 또다시 놀랐지만 가만히 서 있었다.

"따뜻하네. 아기가 있으면 체온이 올라가지. 아, 움직인다. 건강한 아이야."

그러자 미쿠가 "어디? 아기가 어딨어요?" 하고 다가와 할머니처럼 미유의 배에 손을 얹고 신이 난 것처럼 웃었다.

"근데 복대를 안 하고 있잖아."

루이코가 지적하자 미유는 "네?" 하고 당황했다

"복대 말이야. 5개월 차 개의 날에 매는 거. 그게 아기를 보호해 주는데. 배를 보니 벌써 5개월은 지났지?"

"네."

병원에 갔을 때 이미 6개월이라는 말을 들었다고 솔직하게 털어놓았다. 루이코는 어이가 없다는 듯 고개를 저었다.

"안 돼. 요즘 젊은 엄마들은 이런 데 너무 안일하다니까. 가나코!"

가나코가 식기 세척기에 그릇을 넣다가 "네" 하고 대답했다.

"애한테 복대를 사다 줘. 그리고 개의 날을 알아봐서 미타케산에 있는 우부야스샤*에 가서 기도도 하고 오고."

"네."

"저……."

"괜찮아. 거기는 개를 모시니 순산할 수 있을 거야."

루이코는 의기양양하게 고개를 끄덕였다.

"응? 거기서 모시는 건 개가 아니라 늑대라고 학교에서 배웠는데요."

"늑대나 개나. 개는 쉽게 새끼를 낳으니 그 복을 받는 거야."

루이코는 한마디로 히사토의 입을 다물게 했다.

"알겠지? 복대는 해야 해. 꼭."

그렇게 신신당부하고 루이코는 휠체어 방향을 휙 돌렸다. 미쿠가 곧장 다가와 휠체어를 밀었다.

"할머니가 시키는 대로 해야 해. 안 그러면 또 시끄러우시거든."

이카와가 유쾌하게 말했다. 그의 다리 옆에는 여전히 다이치가 으앙 하고 울며 팔다리를 버둥거리고 있었다.

---

* 아이가 잘 태어나기를 바라는 사람들이 찾는 유명 신사.

가나코는 정말 복대를 사 왔다.
 개의 날을 알아보고 기도도 확실히 하고 왔다고 했다. 미유도 함께 갔으면 좋았을 거라며 아쉬워했지만 산길을 걸어야 해서 혼자 얼른 다녀왔다고 했다.
 "지금껏 아이들을 데려다 키웠지만 직접 낳아 본 적이 없어서 몰랐어. 역시 낳아 본 분은 달라."
 "할머니께서 이카와 씨와 가나코 씨를 낳으신 거죠?"
 "아니. 어머니가 낳은 건 나뿐이야."
 "네?"
 "어머니가 다르거든."
 가나코는 그렇게 간단하게 설명했다. 이복남매라는 걸까. 그래서 성이 다른 걸까. 마침내 납득했다.
 "죄송해요. 쓸데없는 소리를……."
 "괜찮아."
 "복대 값과 기도 비용은 제 월급에서 빼 주세요."
 그러자 다시 가나코는 밝게 웃었다.
 "괜찮아. 그런 건 신경 쓰지 마. 나도 뱃속의 아기가 커 가는 걸 볼 수 있어서 즐거워. 간접 출산 체험이라고 할까."
 그러면서 가나코는 자신은 출산 경험이 없으니 가게 직원에게 물어 전통적인 '이와타오비'가 아닌 차고 벗기 쉬운 벨트형과 거들형 복대를 하나씩 사 왔다고 했다. 그것을 미유의 배에 직접 감아 줬다.

달빛이 닿는 거리

"자, 이걸로 됐어. 이렇게 하면 아기가 안정된다고 해. 허리에 부담이 안 가서 엄마 몸에도 좋대."

그러면서 가나코는 "두근두근하지?"라고 묻더니 신사에서 받아 왔다는 순산 부적도 미유의 가방에 달아 줬다. 임신하면 원래 이렇게 주변의 축하와 보살핌을 받으며 출산을 기다리는 걸까. 지금까지는 곁에 있는 누구도 미유의 임신을 달가워하지 않고 축복하지도 않았다. 미유는 문득 '가나코 씨는 왜 결혼하지 않고 아이도 안 낳았을까?' 하는 의문이 들었다. 다른 사람이 낳은 아이를 맡아서 키우고 입양할 정도로 아이를 좋아하는데.

그렇지만 직접 물어볼 수는 없었다.

복대를 매자 일상의 동작이 좀 더 부드러워졌다. 뱃속의 아이도 보호받는다고 느끼는지 움직임이 안정된 듯했다. 신기하게 밤에 잠도 잘 왔다. 이제는 그린 게이블스와 이곳에 사는 가족들에게 조금 익숙해졌지만 다른 환경에서 자는 건 여전히 적응이 안 됐다. 급격한 변화에 예민해진 탓일 수도 있다. 일과에 지쳐 잠자리에 들어도 연신 몸을 뒤척이며 좀처럼 잠들지 못했다. 한동안 쪽잠을 자는 날이 계속됐다.

그런데 복대를 맨 순간 어찌 된 일인지 마음이 차분히 가라앉았다. 뱃속의 아기와 함께 어머니의 몸도 보호받는 느낌이었다. 둘이 함께 요람에 들어간 것처럼 이불에 파고든 지 얼마 안 돼 잠에 빠져들었다. 처음으로 아기와의 일체감을 느꼈다.

다치카와 아동 상담소의 케이스 워커*가 그린 게이블스를 찾아왔다. 지사 씨가 연결해 줬다고 했다. 미유의 원래 주소지인 스기나미구 아동 상담소에서 보호자의 동의를 얻고 미유의 의사도 확인한 후 오우메시 그린 게이블스가 미유의 새 주소지가 됐다. 두 아동 상담소 간 협의도 끝나 앞으로는 다치카와 아동 상담소에서 미유를 맡게 됐다. 위탁 부모 경험이 있는 이카와 가나코의 집이 임시 보호처로 인정됐다고도 했다.

미유의 담당 케이스 워커는 에토라는 이름의 중년 여자였다.

에토와 함께 미유는 시내 산부인과에 산전 검사를 받으러 갔다. 최신 시설을 갖춘 데다가 무엇보다 여의사라서 안심했다. 의사는 3D 초음파로 찍은 아기 사진을 보여 줬다. 아기 얼굴이 선명하게 보였다. 처음으로 제대로 보는 아기는 뭔가 불쾌한 것처럼 아랫입술을 내밀고 있었다. 엄마의 처지를 아는 걸까.

"여자아이네요."

사진을 보다가 의사가 무심히 입에 담은 말을 하마터면

---

* 아동 상담소에 소속된 공무원으로 아동 발달, 학대와 관련된 여러 업무를 종합적으로 지원하는 사람.

놓칠 뻔했다.

여자아이였구나. 내 뱃속에 느닷없이 출몰한 생명체 같았던 아기가 그제야 뚜렷한 윤곽을 가진 존재로 느껴졌다. 성별을 아는 것만으로도 이렇게 달라지는 걸까. 이 아이는 앞으로 어떤 아이로 자랄까. 처음으로 그런 기대감이 생겼다.

병원에서 임신 신고서를 작성하고 시청에 가서 모자 수첩도 받았다.

그린 게이블스에 돌아가 그 사실을 전하자 모두가 기뻐했다. 특히 미쿠는 자기 여동생이라도 생기는 것처럼 좋아했다.

"신난다! 우리 엄마도 미쿠가 뱃속에 있었을 때 이렇게 기뻤을까?"

"당연하지. 어떤 아이가 나올지 매일매일 기대하며 즐거우셨을 거야."

가나코가 말하자 미쿠는 히힛 하고 행복하게 웃었다.

모자 수첩에는 파스텔 색상의 귀여운 그림이 그려져 있었다. 미유는 보호자 이름에 정성스럽게 자기 이름을 적고 초음파 사진을 끼워 넣었다. 그렇게만 했는데도 마음이 안정됐다. 출산을 위해 모든 게 순조롭게 진행된다는 기분이 들었다.

그러는 동안 숙박객을 맞으며 게스트하우스 일도 조금씩 배웠다.

손님들이 쓰는 객실은 2층에 있었다. 외관과 전혀 다른 서양식 방이었다. 게스트하우스로 만들 때 객실도 리모델링을 한 걸까 싶었지만, 가나코에게 물으니 루이코가 처음 별장으로 사들일 때부터 방들을 이렇게 만들었다고 알려 줬다. 그러고 보니 객실은 세월의 흔적이 잘 녹아들어 차분하고 아늑한 느낌을 줬다. 눈에 띄게 화려하지는 않아도 돈을 들여 고급스러운 공간으로 만든 느낌이 강했다. 인테리어도 신경을 썼는지 객실마다 분위기가 달랐다.

"어머니가 여름 피서지용으로 샀을 때 취향대로 내부를 뜯어고쳤어. 당시 알고 지내는 사람이 워낙 많았고 친구나 지인을 초대할 때도 많아서 2층에 침실을 여러 개 만들었지. 그때부터 말 그대로 게스트하우스로 쓰였던 거야."

모든 방에는 샤워실도 딸렸는데 그 역시 루이코가 별장으로 쓰던 시절에 설치한 것이라고 했다. 탕에 몸을 담그고 싶을 때는 근처 온천 시설에 가면 됐다.

미유는 가나코가 시키는 일들을 아직 만족스럽게 해내지 못하고 손님 응대도 서툴렀다. 이곳에 오기 전까지 청소나 빨래 같은 집안일을 해 본 적이 없고 부모님과 선생님이 아닌 다른 성인과 대화할 일도 거의 없었기 때문이다. 객실 청소도 합격점을 받지 못했다. 자신이 한 번 청소한 방을 이카와와 가나코가 다시 청소하는 모습을 보며 미유는 자괴감에 시달렸다.

적어도 루이코를 돌보는 일만큼은 제대로 하겠다고 마음

을 다잡았지만 이 또한 만만치 않았다.

이곳에 온 지 며칠이 지나 미유는 니시무라 루이코가 어떤 사람인지 확실히 알게 됐다. 그녀는 정말 전에는 유명한 패션 디자이너였다. 1층에 있는 그녀의 방에는 루이코가 현역 때 연 패션쇼 사진과 유명인들과 함께 찍은 사진들이 장식돼 있었다. 선반 위에는 수많은 상패와 트로피가 놓여 있기도 했다.

그날 식탁에서 들은 파리와 모델 이야기가 사실이었던 것이다. 그녀는 일본인 여성 디자이너로 초창기부터 파리 컬렉션에 참가했다고 했다. 니시무라 루이코의 참신한 디자인은 파리에서 큰 반향을 불러일으키며 이목을 끌었다. 또 파리뿐만 아니라 뉴욕, 밀라노, 런던에도 루이코가 디자인한 드레스를 파는 부티크숍이 있었다고 했다.

옷을 갈아입힐 때나 휠체어를 밀려고 방을 찾아올 때 루이코는 미유를 앉혀 놓고 옛날이야기를 들려줬다. 소중히 간직하고 있는 오래전 그린 디자인 노트를 하나하나 꺼내 보여 주기도 했다. 인터넷에서 정보를 찾아보니 그녀가 활약한 시기는 1970년대부터 2000년대 초반까지였다. 그 뒤로는 건강이 좋지 않아 은퇴했다.

미유가 어릴 때는 이미 은퇴했을 시기라 미유는 니시무라 루이코라는 이름과 그녀가 만들었다는 옷에 대해 알지 못했다. 인터넷에서 검색하면 바로 나올 정도이니 패션계에서는 나름 성공한 디자이너 축에 속하는 듯했다. 오래된 여관을 통째로 사들여 별장으로 바꿀 정도의 재력도 있었다.

"처음은 재봉소에서 바느질부터 시작했지."

루이코는 디자인 노트를 펼치며 조용히 입을 열었다.

"그때는 지금과 달리 여자가 사회에 나가 일하는 게 정말 힘든 시대였어."

자신이 겪어 온 고생담을 들려줄 때 루이코는 말투가 또렷하고 기억도 분명했다. 하지만 그날 아침에 뭘 먹었는지는 잊어버리고 어떤 날에는 돋보기나 지갑이 사라졌다며 소란을 피우기도 했다. 매일 입을 옷을 고르는 데도 오래 걸렸다. 미유에게 옷 무늬나 디자인을 설명하며 옷장에 있는 옷을 찾게 했는데, 미유가 좀처럼 찾지 못하면 화를 내곤 했다. 가나코 말로는 그런 건 주로 젊었을 때 즐겨 입던 옷인데 이미 오래전에 버렸을 거라고 했다. 루이코에게는 화려했던 과거가 잃어서는 안 될 소중한 기억인 것이다.

숙박객이 거의 오지 않는 시즌이라 미유는 햇볕이 가장 잘 드는 남향인 루이코의 방에서 보내는 시간이 길었다. 몸이 무거운 미유를 배려해 이카와와 가나코도 다른 일을 시키지 않았다.

"할머니에게 미유는 최고의 파트너야."

미유가 오기 전까지는 다른 가족들이 맡아서 했는데 미유가 와서 도움이 된다며 가나코는 기뻐했다. 하지만 그런 말을 듣고 미유는 기쁘기는커녕 도리어 마음이 무거워졌다.

가나코와 이카와가 보여 주는 배려를 루이코에게는 기대할 수 없었다. 루이코는 아직 일인분을 하지 못하는 미유에게 유독 엄했다. 나이가 어리거나 임신했다는 건 이 까다로운 노부인에게 변명이 되지 않았다.

미유가 실수할 때마다 루이코는 "대체 언제쯤 제대로 할 거니?", "넌 정말 세상 물정을 모르는 아이구나" 하고 미유를 질책했다. 하지만 신기한 건 그렇게 불평하면서도 미유의 손을 아예 뿌리치지는 않았다. 옷 개는 법, 침대 정리하는 법, 빨래 너는 법, 윗사람을 대하는 법, 나이 든 사람을 돌보는 법 등을 몇 번이고 끈기 있게 가르쳐 줬다. 마치 철저하게 훈련받는 느낌이었다.

처음에는 미유도 의기소침했지만 루이코의 가르침에 따라 조금씩 일을 배우는 즐거움을 깨달았다.

"것 봐. 하면 할 수 있잖아."

루이코가 심통 난 표정으로 말했다. 그런 말을 들었을 때의 기쁨은 학교에서는 느끼지 못한 것이었다.

패션 디자이너로 이름을 날린 루이코는 미혼으로 가나코를 낳았다고 인터넷에 나와 있었다. 그 나이대 여자로서는 드문 사례가 틀림없다. 이런 점에서도 루이코는 시대를 앞서간 걸까. 그런 루이코에게 수많은 비난과 차별적인 시선이 쏟아졌겠지만 루이코는 시시한 소문이나 억측 따위 신경 쓰지 않고, 오히려 그런 사람들을 비웃으며 살아오지 않았을까.

지금도 자존심이 강하고 늘 의연한 노부인을 보고 있으면 자연스럽게 그런 생각이 들었다. 가부장제가 당연한 시대에 여자 혼자 힘으로 성공하는 건 보통 일이 아니었을 것이다. 루이코가 들려주는 과거 이야기 곳곳에서도 그런 사실이 고스란히 드러났다.

미유는 '그럼······' 하고 상상의 나래를 펼쳤다.

이카와의 아버지와 루이코는 친밀한 관계였을 것이다. 어쩌면 그는 기혼자였을지 모른다. 이미 슬하에 아들을 둔 그와 맺어지는 건 불가능했던 걸까. 즉, 루이코는 그의 정부였을까. 그런 그늘 속 존재로 만족했다는 게 루이코의 이미지와는 조금 어울리지 않는 것 같았다. 루이코가 들려주는 옛날이야기 속에서 그 부분은 언급되지 않는 걸 보면 노부인에게 그 일은 이미 기억 속에서 사라진 사소한 과거일지도 모른다.

하지만 루이코는 결국 이카와와 함께 살게 됐다. 불륜 상대였던 남자가 다른 여자와 낳은 아들과. 남매가 위탁 부모가 되어 다른 사람이 낳은 아이를 데려다 키우는 것을 포함해 참 신기한 가족이라고 생각했다.

그린 게이블스는 미유에게 마음 편한 곳이었다.

아침 일찍 일어나 손님을 맞을 준비만 무사히 마치면 그 이후는 같은 일상의 반복이었다. 미유도 이제 일이 거의 손에 익었고 그럭저럭 합격점도 받게 됐다. 히사토와 미쿠와도 사이가 좋아 니시무라 가족의 정식 일원이 된 것처럼 평화로운 나날이 이어졌다. 이곳을 소개해 준 지사에게 진심으로 감사했다.

안정을 되찾자 조금씩 미래를 떠올릴 수도 있게 됐다. 어머니가 될 각오도 점점 더 생겼다. 미유는 루이코에게 자기 이야기를 들려줬다. 이카와나 가나코 앞에서는 말하지 못한 이야기도 치매 초기인 노부인 앞에서는 자연스럽게 흘러나왔다.

"흥."

미유의 이야기를 듣고 루이코는 코웃음을 쳤다.

"너 말이야. 남자한테 뭘 그렇게 기대해? 남자들은 말이지."

루이코가 검지를 세웠다. 미유는 루이코의 쭉 뻗은 손가락을 보며 새삼 예쁘다고 느꼈다. 얼굴과 몸처럼 주름이 생기고 마디가 굵어져 나이에 걸맞은 손가락이기는 하지만, 지금껏 온 힘을 다해 뭔가를 계속 만들어 온 손가락이다. 재봉 일을 하며 밑바닥부터 시작한 그녀를 시대의 총아로 끌어올린, 역사가 담긴 손가락이라고 생각했다.

"욕망을 주체하지 못하는 어리석은 동물들이야."

미유는 멍한 얼굴로 루이코를 올려다봤다.

"육욕에 사로잡혀 그런 짓을 하다가 씨를 배출하는 것도 자각 못 하지. 그래. 배출이야, 그건. 기관에서 그저 배출될 뿐이라고."

루이코가 휠체어에서 허리를 숙였다.

"아무튼 남자는 그렇게 봐야 한다는 거야. 미유 너, 그놈한테 뭘 기대했니? 책임져 줄 거라고 생각했어? 그런 짓을 해서 여자를 임신시키면 순순히 아버지가 돼 줄 거라고 믿었어?"

루이코는 고개를 들어 천장을 올려다봤다. 꼭 능숙한 연기를 선보이는 여배우를 보는 것 같다. 노부인의 표현력에 저절로 빠져들었다.

"그런 건 환상이야."

루이코가 툭 내뱉었다.

"뱃속에서 열 달 동안 아이를 키우는 여자들과 근본적으로 다른 거야. 그렇게 생각하면 화도 안 나지?"

루이코는 휠체어 등받이에 몸을 기대고 턱을 당겨 미유를 봤다.

"남자를 아버지의 위치에 제대로 세우려면 말이야. 여자가 현명하게 이끌어야 해. 하지만 난 그런 거 사절이야. 그런 데 쏟을 시간이 아까웠어."

루이코는 단호하게 말했다.

순간 무심코 웃음이 풋 터졌다. 루이코의 말이 가슴에 와 닿았다. 어려운 상황에 처한 이후 처음으로 미유가 가장 공감한 말이었다. 그 말에는 루이코가 살아온 삶의 방식도 잘 묻어났다.

루이코는 그 정부 남자에게 의지하지 않고 오로지 자기 힘으로 가나코를 키운 것이다. 그리고 남자와 그런 관계가 됐을 때부터 그에게 아무것도 기대하지 않겠다는 각오가 있었다. 걸핏하면 뻣성을 부리며 가족들을 애먹이는 노부인의 삶의 궤적을 엿본 것 같았다. 허리를 꼿꼿이 세우고 절대 뒤돌아보지 않는다. 남에게 의지하지 않고 푸념과 원망도 하지 않으며 오직 자신의 판단으로 삶의 기반을 세우고 일에 매진한다.

어머니가 된 것이 그녀 스스로 바랐던 일인지, 아니면 예상치 못한 일이었는지는 알 수 없지만 곧장 자신의 처지를 받아들인 게 틀림없다. 그리고 최종적으로 정부가 낳은 또 다른 아들까지 받아들여 함께 살고 있다. 도량이 크고 결연하면서도 유연한 삶의 방식이라고 느꼈다. 지금의 미유에게는 도저히 무리겠지만, 그래도 빛이나 희망으로 표현되는 뭔가를 느낀 기분이었다.

루이코는 평소 가나코를 부를 때 이름으로 부르지만 이카와를 부를 때는 '이카와 씨'라고 불렀다. 그런 호칭에는 친근함보다 서늘함이 서린 것 같았다. 상대에게 필요 이상 다가가지 않겠다고 은연중에 말하는 듯한, 그런 소리 없는 소리가 들렸다.

현재의 가족이 만들어지기까지 분명 복잡한 사연이 있었 겠지만 루이코의 입을 통해 듣는 건 기대하기 어려워 보였 다. 이카와의 아버지와의 관계를 포함해 루이코가 머릿속에 서 지워 버린 것은 그녀 스스로 '필요 없다'라고 판단한 것 들이었다.

이 사람처럼 강해지고 싶었다. 어머니가 되어 자식을 끝 까지 지켜 온 사람. 아이를 낳은 뒤에도 여기서 계속 아이를 키우며 일하면 좋을 텐데. 그렇게 바라면서도 '이렇게 야무 지지 못해서 어떻게 아이를 키우겠어. 나도 내 힘으로 일어 설 수 있어야 해' 하고 스스로를 다잡았다.

편하다고 계속 머물러 있으면 언제까지나 이곳 사람들에 게 의지하게 될 것이다. 애초에 나를 받아 준 것도 갈 곳 없 는 10대 임신부를 불쌍히 여겼기 때문이다. 임신부보다 몸 이 가볍고 힘센 대학생들을 아르바이트로 쓰는 게 더 도움 됐을 것이다.

미쿠는 가나코를 '엄마'라고 불렀다. 이카와는 '아저씨'였 다. 히사토는 이카와와 가나코를 '아저씨', '아줌마'라고 불 렀다. 물론 이카와와 가나코는 아이들이 뭐라고 부르든 똑 같이 대답하지만, 그런 호칭 하나만 봐도 가족 안에서의 그 들의 위치를 알 수 있었다. 두 사람은 남매지만 적어도 집 안에서는 아버지와 어머니 역할을 충실히 하고 있었다.

다이치는 그린 게이블스에 온 지 여섯 달밖에 안 됐다고 했다. 그래서 환경에 아직 익숙하지 않아 행동이 다소 불안정했다. 히사토는 중학교, 미쿠는 초등학교에 다녔다. 다이치도 어린이집에 가지만 별로 내켜 하지 않는 걸 알 수 있었다. 어린이집에 바래다주려고 차에 태우고 잠깐 눈을 돌리고 있으면 다시 차에서 내려 불편한 다리를 질질 끌며 집 안에 들어가 버리곤 했다. 그럼 가나코는 억지로 다이치를 다시 데려오지 않고 어린이집을 하루 쉬게 했다.

이카와는 다이치를 자기 작업실에 데려가 마음껏 놀게 하기도 했다.

이카와의 작업실은 저택 뒤편에 있었다. 원래 헛간이었던 곳을 개조해 조각하는 장소로 만들었다고 했다. 그 안에서 다이치는 자유롭게 뛰놀거나 1.5평 정도 되는 단차 마루에 올라가 낮잠을 자기도 했다. 말수가 적은 이카와와 함께 작업실에 있는 걸 다이치는 가장 좋아하는 듯했다.

미유도 왠지 다이치의 심정을 알 것 같았다. 우선 이카와의 작업실은 향긋한 나무 냄새로 가득했다. 오우메선 사와이역에 처음 내릴 때도 느낀, 그 그리운 산 냄새가 더 짙게 풍겨 오는 느낌이었다. 숲이나 나무가 내뿜는 향이 인간의 마음속 깊숙한 곳에 있는 단순한 감각을 자극하는 것일지도 모른다. 그곳이 인간이 '처음 있었던 장소'임을 알려 주기 위해.

미유에게 그 말을 처음 알려 준 사람은 얼마 전 게스트하우스를 찾아온 숙박객이었다. 그는 장마철 비가 잠깐 갠 날 문득 생각나서 게스트하우스를 찾아왔다고 했다. 그저 삼림욕을 하기 위해. 30대라는 그는 비가 그친 후 나무들이 피톤치드를 듬뿍 내뿜는다고 알려 줬다. 그런 숲속을 정처 없이 걷기만 해도 모든 걸 잊고 자신을 재정비할 수 있다고 했다.

그는 케이블카를 타고 미타케산에 올라 무사시미타케 신사에 가서 참배하고 '암석 정원'이라 불리는 계곡을 걷거나 폭포를 구경하고 산에서 내려왔다. 그 후 미타케 계곡 주변을 산책하기도 했다. 그렇게 '처음 있었던 장소'들을 거닐다가 다시 도시로 가는 것이다. 그는 매년 관광객이 적을 때를 노려 그린 게이블스를 찾는 단골이라고 했다.

미유도 이카와의 작업실을 구경하는 걸 좋아했다. 그곳에는 'ODORIBA'에 있던 이목구비가 흐릿한 여자아이 얼굴 조각상과 비슷한, 형태를 부드럽게 표현한 목조각 작품이 여럿 있었다. 몸을 웅크린 작은 동물, 깃털을 고르는 새, 손바닥에 쏙 들어오는 과일, 둥근 우산 모양 버섯. 사람 얼굴도 있지만 역시나 표정은 하나같이 모호했다.

그저 나무 표면을 깎았을 뿐 칠도 하지 않은 조각을 보며 미완성 작품이라고 생각하는 사람도 많을 것이다. 그만큼 신기한 조형물이었다.

"왜 형태를 더 확실하게 만드시지 않는 거예요?"

실례인 줄 알면서도 어느 날 미유는 그렇게 물었다. 상대가 이카와이니 꺼낼 수 있는 질문이었다. 그가 예민해 보이는 예술가였다면 묻지 못했을 것이다.

"형태라. 형태라면 이 안에 있지."

비가 부슬부슬 내리는 날. 다이치는 평소와 달리 얌전히 어린이집에 갔다.

"그 안에요?"

미유는 이카와가 손에 든 나무를 봤다. 끌로 거칠게 깎은 나무는 아직 아무런 형태를 갖추지 못한 상태였다. 이카와는 근처 목재소에서 남은 나무토막들을 얻어 와 조각을 했다. 그는 껍질이 그대로 붙은 나무를 들어 미유에게 보였다.

"응. 내가 형태를 만드는 게 아니야. 처음부터 이 안에 있는 거지. 난 그게 뭔지 본 것 같지만, 조각하다 보면 분명 봤다고 느낀 게 어느새 내 손에서 다시 스르르 사라져. 이 세상에는 스스로는 보고 있다고 생각하지만 보이지 않는 게 많단다."

무슨 뜻인지 잘 이해되지 않았다.

"자기도 모르는 사이 사람들은 소중한 것들을 잊어버리지. 심지어 잊어버렸다는 사실조차 깨닫지 못할 때도 있고."

이카와는 나무토막을 다시 작업대에 올려 끌질을 시작했다. 하얀 나무 가루가 날릴 때마다 싱싱하고 상쾌한 나무 냄새가 퍼졌다. 미유는 그 향기를 가슴 가득 들이마셨다.

"그래서 난 더 이상 형태에 집착하지 않기로 했어. 모르는 건 모르는 상태 그대로 두기로 한 거야."

"그렇군요……."

이해하기 어려웠지만 그래도 그렇게 맞장구를 쳤다.

"그런 모호함이 다른 사람들 마음에도 닿았는지 내가 만든 걸 좋아해 주는 사람들이 나타났지. 그렇게 하나둘 나눠 주다 보니 입소문이 나 개인전까지 열고……."

이카와는 고개를 숙여 빙긋 웃었다.

"작품으로 팔리게 된 거야. 사람들은 아마 내가 조각한 것에서 저마다 다른 형태를 볼 텐데, 그건 그 사람이 오랫동안 잊고 있었던 것일지 몰라. 형태가 모호한 나무토막을 마주하며 자기 마음속을 들여다보고, 그리고 발견하는 거야."

"아아."

미유는 그 말만큼은 어렴풋하게나마 이해할 수 있었다. 'ODORIBA'에 있던 그 여자아이 얼굴 조각은 내가 어떤 감정인지에 따라 여러 다른 표정을 지었다. 지사도 그걸 알기에 몇 번이고 "어떤 표정으로 보이니?"라고 물었던 걸까. 밤거리를 떠돌다가 그곳을 찾은 소녀들에게 그렇게 물으면 그 단발머리 여자아이 얼굴 조각이 소녀의 마음을 투영해 보여 주는 것이다. 뚜렷하고도 선명한 조형이 되어.

"그래서 원하는 사람한테는 기꺼이 팔기로 했어. 그런 게 이블스는 경제 사정이 좋지 않으니 도움도 되고."

이카와가 유쾌하게 웃음을 터뜨렸다. 이 웃는 얼굴이 특히 가나코를 닮았다. 어떤 것에도 얽매이지 않는, 정적이면서도 자유로운 정신의 소유자라는 느낌이 들었다. 루이코를 포함한 세 가족이 이런 평온과 화해를 얻기까지의 여정은 험난하지 않았을까. 미유는 근거도 없이 그런 생각을 떠올렸다.

"지사 씨와는 원래 아는 사이셨어요?"

화제를 바꿔 봤다.

"지사? 응."

이카와는 손에 든 나무토막에서 눈을 떼지 않고 대답했다.

"지금은 그렇게 'ODORIBA'를 설립해 너 같은 아이들에게 말을 걸며 도움을 주고 있지만, 걔도 전에는 비슷한 처지였어. 한밤의 번화가에서 처음 만났지."

이카와가 손에 든 끌이 때때로 멈추고 움직이기를 반복했다. 나무토막 안에 존재하는 나름의 형태를 찾는 것처럼.

처음 듣는 이야기였다. 강인하고 믿음직스러운 지사는 정작 자기 이야기는 전혀 들려주지 않았다. 그저 아동 복지에 열정을 쏟는 사람이라고 막연하게 생각하고 있었다. 이카와는 문득 끌질을 멈추더니 깎다 만 나무토막 속 자국을 손으로 쓱 훑고 미유에게 시선을 향했다. 이렇게 이카와를 정면으로 제대로 마주하는 건 처음이었다. 그의 눈동자는 색이 다소 옅고 회색빛이 감돌았다. 약간 노란 기운도 있다. 유심히 보니 그의 외모가 평범한 일본인들과 조금 다른 것 같다는 느낌이 들었다. 어디가 어떻게 다르다고 딱 잘라 말할 수는 없지만, 팔다리가 긴 체형이나 시원시원한 걸음걸이 같은 것도 특징적이었다.

"지사 씨를 처음 만났을 때 지사 씨는 제게 이런 충고를 해 주셨어요."

지사는 한밤의 번화가를 배회하던 미유에게 그런 곳에 있으면 안 된다고 했다. 성범죄 피해자가 되거나 유흥 산업에 빠져 헤어 나오지 못하게 될 거라고도 했다. 미유는 그 이야기를 이카와에게 들려줬다. 뒤이어 궁지에 몰린 나머지 성매매 업소에 면접을 보러 갔다는 것도 털어놓았다. 지사에게도 말하지 못한 이야기를 남자인 이카와 앞에서 고백하는 자신을 보며 놀랐다. 나무 향기와 이카와가 만드는 조각에 자극을 받은 걸까.

지사가 '돈을 받고 성을 파는 건 영혼을 빼앗기는 것과 같다'라고 했다고도 전하자 이카와는 조각 중이던 나무토막에서 고개를 들었다.

그의 얼굴에서 얼핏 보이는 복잡한 감정. 이건 어떻게 받아들여야 할까. 고통일까, 슬픔일까, 후회일까, 분노일까. 미유는 왠지 가만히 있을 수 없어 급히 말을 이었다.

"스카우트하는 남자를 만나러 갔어요. 저, 아무것도 모르는 바보라……. 직원용 숙소와 어린이집이 있다는 말에……. 만약 거기서 일했다면 지사 씨를 만나지 못했겠죠.

그린 게이블스에 오지도 못했을 거고요. 아니, 그뿐만이 아니에요. 그날 일은 떠올리기만 해도 너무 무서워서……."

말을 거듭할수록 정작 하고 싶은 말에서 멀어지는 느낌이었다. 그동안 내가 얼마나 무지하고 어리석었는지를 전하고 싶었다. 지사의 조언은 자신의 경험에서 우러나왔던 걸까. 그렇다면 그 안에 담긴 깊은 의미를 나는 아직 이해하지 못했다는 뜻이다.

마치 미유의 속내를 읽은 것처럼 이카와는 천천히 입을 열었다.

"지사는 어릴 때 강제로 아동 음란물의 모델이 됐어. 철이 들기도 전에."

"네?"

소스라치게 놀라 숨을 집어삼켰다. 순간 잘못 들었나 싶었다.

"지사의 어머니는 경증 지적 장애가 있는 분이었어. 아버지는 누군지 몰라. 그렇게 갓 태어난 지사를 품에 안고 어머니는 살아갈 방도를 찾고 있었지. 그럴 때 어떤 남자가 나타났어. 아주 쓰레기 같은 인간이."

평소 온화한 이카와가 내뱉는 격한 말에 미유는 몸을 부르르 떨었다.

이카와는 눈을 내리깔고 작업으로 돌아갔다.

"그 자식은 지사의 몸을 돈으로 바꾸려고 했어."

끌 뒷부분을 탁탁 두드리는 망치 소리가 작업실에 울려 퍼졌다.

"지사 어머니의 몸과 정신을 지배하고 어린 지사의 알몸을 촬영해 아동 음란물로 판 거야."

"그럴 수가……."

상상도 못 할 이카와의 이야기를 듣고 미유는 할 말을 잃었다.

"지사의 몸은 지사의 것이 아닌 단지 상품이 됐지. 사진에 부가 가치를 붙여 더 비싸게 팔기 위해 그놈은 지사의 등에 문신까지 새겼어."

지사의 집에서 하룻밤 묵었을 때 본 그 문신이 떠올랐다.

입에 가져가는 손이 떨렸다. 탁탁 하는 단조로운 소리는 여전히 계속되고 있다. 이카와가 이토록 끔찍한 이야기를 담담하게 말할 수 있는 건 그만큼 지사를 잘 알고 깊이 이해하고 있기 때문일까. 과거의 지사, 그리고 현재의 지사도.

"중학생 때 지사는 간신히 그 자식 손아귀에서 벗어나 집을 뛰쳐나왔어. 아마 차마 입에 담지 못할 더 심한 짓도 당했을 거야. 그 자식은 결국 지사의 어머니뿐 아니라 지사에게도 손을 뻗었겠지. 그래서 결국 폭발했을 거고."

"그때……."

미유는 입을 여는 것과 동시에 침을 꿀꺽 삼켰다.

"지사 씨는 이카와 씨를 만난 건가요?"

"응."

이카와는 눈높이까지 들어 올린 나무토막을 이리저리 돌리며 관찰했다.

"그 무렵에는 나도 방황하고 있었거든."

무심하게 털어놓는 이카와의 옆얼굴은 어느새 온화한 표정으로 돌아가 있었다.

"지사 씨는 예전 자신과 비슷한 처지인 아이들을 돕고 계시는 거네요."

미유의 말에 이카와는 속삭이듯 나직이 대답했다.

"맞아. 그런 아이들을 못 본 척 내버려두지 못 하는 거야. 갈 곳 없는 여자아이들을. 그리고 그런 아이들을 만들어내는 이 사회를."

무심코 멈추고 있던 숨을 후 하고 뱉었다. 밝은 햇살이 들어오는 작업실이 왠지 조금 전까지와 다르게 보였다. 아니, 더 많은 것들이 지금 이 순간에도 변하고 있을지 모른다. 뭔가를 알게 되면 눈에 들어오는 풍경도 달라지기 마련이다.

"그래서 저도 도와주신 거군요……."

"그러지 않고서는 못 배긴 거겠지. 그게 지사가 살아가는 방식이야. 오래전 방황하던 지사에게도 손을 내밀어 준 사람이 있었으니까. 지사는 지금 분명 행복할 거야."

요헤이라는 훌륭한 파트너도 만났다.

"다행이에요. 지사 씨가 행복해지셔서."

말로 담으면 그야말로 진부하기 짝이 없는 소감이다. 하지만 이카와에게는 마음이 전해졌는지 그는 미유를 보며 빙긋 웃고 다시 나무 조각을 마주했다.

"너도 지사를 만나 다행이지. 우연에 불과한 사람과 사람의 만남이 인생을 크게 바꾸는 경우도 있으니까."

이카와가 지금 조각 중인 작품은 거칠게 깎은 원통처럼 보인다. 양쪽에 귀 같은 돌기가 두 개 있다. 사람이나 동물의 머리일까. 아니면 냄비 같은 조리 도구일 수도.

높은 창문에서 들어오는 빛을 받아 나무 표면이 하얗게 빛났다. 앞으로 누군가는 이 조각을 보며 그동안 잊고 있던 무언가를 떠올릴 것이다.

6월 말이 되자 장마가 끝나기를 기다린 손님들이 하나둘 그린 게이블스를 찾기 시작했다. 젊은 커플과 친구, 가족 단위 숙박객, 정년퇴직을 한 부부도 있었다. 도시에서 가깝지만 번잡함을 잊을 수 있는 이곳은 그들에게 더없이 좋은 휴식처였다.

손님 중 대부분이 한 번 이상 이곳을 찾은 손님이었고 그들은 이카와, 가나코와 친근하게 대화를 나눴다. 루이코에 대해서도 알고, 만나고 싶어 하는 사람도 있었다. 루이코도 아주 싫지는 않은지 휠체어를 타고 로비로 나와 자랑스럽게 옛날이야기를 들려줬다.

배가 더 나온 미유가 방 청소나 아침 식사를 준비하고 있으면 오히려 손님들이 미유를 걱정했다. 미유는 움직임이 굼뜰 수밖에 없는 자신이 답답했고 이러면서도 월급을 받는 게 미안했다. 분주하게 뛰어다니는 가나코를 보며 조금 더 일 잘하는 사람을 구하고 싶을 거라고 생각했다.

히사토와 미쿠도 여름을 앞둔 게스트하우스의 바쁜 상황을 아는지 자주 일을 도왔다. 그래서 루이코와 다이치를 돌보는 건 자연스럽게 미유의 역할이 됐다. 루이코는 여전히 정정한가 싶다가도 기억이 뒤죽박죽돼서 지금은 없는 물건을 찾게 하거나 뭔지 모를 것들을 사 오라고 시키기도 했다. 하지만 요령을 터득하니 루이코의 비위를 맞추는 것도 이제 익숙해졌다.

문제는 다이치였다. 함께 있을 때 가끔 손을 덥석 깨무는 바람에 미유는 자기도 모르게 "아야!" 하고 소리칠 때가 많았다. 가나코는 손을 물려도 너그럽게 웃기만 했는데 미유는 도저히 그럴 수 없었다. 자세히 보니 가나코의 손에는 작은 잇자국이 여러 개 나 있었다.

그리고 이전부터 봐 온 습관이지만 다이치는 밥을 먹을 때 장난을 치며 음식을 여기저기 흘리고 어질러 놓았다. 다이치 나름대로 불안한 감정을 표현하는 행동이라 했다. 그런 행동을 하며 어른들의 안색을 살피는 것이다. 아이는 집 안에서 자기 위치를 가늠하기 위해 상대를 화나게 하는 방법밖에 모르는 듯했다.

또 다이치는 평소 "싫어", 그리고 "집에 가고 싶어"라는 말을 입버릇처럼 했다.

가나코는 그럴 때마다 다이치를 꾸짖지 않고 그저 꼭 안아 줬다. 처음에는 몸을 배배 꼬며 싫어하던 다이치가 조금씩 진정되는 게 신기했다. 다만 미유는 같은 방법을 써도 효과가 없었다. 똑똑한 아이는 상대에 따라 반응을 바꿨다.

가나코가 바쁜 탓에 아침에 사와이역 근처 어린이집까지 다이치를 데려다주는 것도 미유의 역할이 됐다. 기분이 상한 다이치를 애써 달래며 함께 걸어도 다리가 불편한 다이치는 좀처럼 앞으로 나아가지 못했다. 애초에 어린이집에 가는 것 자체를 싫어했다. 간신히 어린이집에 들여보낸 후 잠시 지켜보고 있으면 다이치는 친구들과 어울리지 않았다. 함께 놀고 싶기는 하지만 주저하고 망설이는 것 같았다.

아이들도 다이치에게 적극적으로 다가오지 않았다. 그설로 모자라 다리를 질질 끄는 걸음걸이를 놀리는 아이도 있었다. 혹시나 다이치가 어린이집에서 괴롭힘을 당하는 게 아닐까 싶어 미유는 가나코에게 상담했다.

"응, 그럴 수도 있어. 선생님께 잘 살펴봐 달라고 부탁드렸어."

가나코는 평소답지 않게 퉁명스럽게 말했다. 그런 반응을 보며 미유가 어쩔 줄 몰라 가만히 있자 가나코는 미유 옆으로 다가와 손을 잡았다. 잠시 일손을 멈추고 식당 의자에서 미유와 마주 앉았다.

"있지, 다이치는 앞으로도 그런 다리로 계속 살아가야 해. 불편해도 어쩔 수 없어. 그게 그 아이의 인생이니까. 지금은 우리가 도와줄 수 있지만 언젠가는 무슨 일이든 스스로 해야 한다는 말이야. 게다가 앞으로 더 힘든 일이 찾아올지도 모르고."

미유의 두 손을 잡은 채 가나코는 말을 이었다.

"우리가 해 줄 수 있는 건 그 아이가 안심하고 지낼 장소를 제공하는 것. 자신감을 되찾게 하는 것. 그리고 넌 사랑받아 마땅한 사람이라는 걸 알려 주는 거야."

그린 게이블스는 복잡한 사정을 짊어진 아이들을 받아들이고 있었다.

"가나코 씨와 이카와 씨는……."

미유는 참지 못하고 마침내 그 의문을 입 밖에 냈다.

"왜 위탁 부모가 되어 아이들을 맡으시는 건가요?"

둘 다 결혼을 하지 않고 다른 사람이 낳은 아이를 위탁 아동으로 들이거나 입양하는 이유가 뭘까. 가정을 꾸리고 자기 아이를 낳을 수도 있을 텐데. 하지만 거기까지 물어볼 수는 없었다. 가나코는 미유의 손을 붙잡은 손에 힘을 줬다.

"그래. 이상하겠지. 하지만 이게 우리가 선택한 삶의 방식이야. 다이치가 언젠가 불편한 다리를 극복하고 강하게 살아야 하는 것처럼, 우리도 이런 삶의 방식을 받아들였어."

가나코의 두 눈을 보며 미유는 고개를 끄덕였다. 눈빛에서는 논리적으로 설명하기 어려운 뭔가가 느껴졌다. 하지만 감각으로는 이해할 수 있을 것 같았다. 이곳에 와서 또 하나 새롭게 알게 된 감각이었다.

"자, 그럼……."

가나코는 몸을 일으켰다.

"저녁 준비 좀 도와줄래? 오늘은 특별한 손님이 오거든."

"특별한 손님요?"

"3년 전까지 맡았던 아이. 독립한 뒤에도 가끔 찾아오고 있어."

가나코가 말한 그는 저녁에 그린 게이블스를 찾아왔다. 스물한 살로 지금은 목수로 일한다는 구시다 도루라는 남자였다.

"어머나, 도루. 피부가 왜 이리 탔어?"

가나코가 기쁜 듯 말했다.

"어쩔 수 없죠. 야외에서 매일 열심히 일하니까."

가끔 그린 게이블스를 찾는다는 가나코의 말이 사실인지 히사토와 미쿠가 신난 것처럼 도루 옆으로 쪼르르 뛰어왔다. 다이치는 도루를 처음 만나는지 또 이카와 뒤에 숨었다.

도루는 아이들에게 선물을 건넸다.

"이런 거 안 사 와도 돼. 집에 오는 건데."

이카와는 그렇게 말하며 빙긋 미소 지었다.

"자, 여기 할머니 것도."

양갱 선물을 받아 든 루이코는 "도루가 선물을 다 사 오다니 출세했네, 출세했어" 하고 눈을 동그랗게 떴다.

"여기 있을 때는 늘 못된 짓만 했는데 말이야."

"할머니, 그런 말씀 마셔요."

모두가 웃음을 터뜨렸다.

"어라? 얘는 누구?"

도루는 그제야 미유를 알아보고 물었다.

"새로운 아르바이트생. 야나기다 미유라고 해."

미유는 "안녕하세요. 잘 부탁드립니다" 하고 고개를 꾸벅 숙였다.

"아, 그렇군요. 축하드립니다."

도루는 미유의 배를 보며 씩 미소 지었다. 이번에도 축하한다는 말을 들었다. 미유의 얼굴도 자연스럽게 환해졌다.

나흘 동안 사장에게 휴가를 받아서 왔다는 도루는 히사토의 방에 짐을 내려놓자마자 게스트하우스 일을 척척 돕기 시작했다. 주로 목수 일이 한가해지는 장마철에 휴가를 받는 듯했다. 고등학교를 졸업할 때까지 그린 게이블스에서 살았다는 도루는 모든 집안일을 훤히 꿰뚫고 있었다. 게스트하우스를 찾는 손님을 객실로 안내하고 근처 관광 명소와 음식점 위치 등도 술술 설명했다. 그린 게이블스 안에 가벼운 발소리와 활기찬 대화 소리가 울려 퍼졌다. 도루 옆에 찰싹 붙어 있는 미쿠도 신나 보였다.

"도루가 오면 늘 활기가 넘치네."

가나코와 이카와가 미소를 주고받았다.

"손이 많이 간 아이일수록 잘 자란다는 말이 맞나 봐."

"응, 무엇보다 당신이 정말 고생했지."

가나코는 창고에서 리넨 이불을 꺼내며 이카와에게 눈짓했다. 이카와는 여러 겹으로 포개진 이불을 너끈하게 받아 들었다.

"어느 방?"

"메이플라워."

그린 게이블스에 있는 객실 여섯 곳에는 저마다 꽃 이름이 붙었다. 『빨강머리 앤』에 등장하는 꽃이라고 했다.

이카와는 이불을 들고 터벅터벅 계단을 올랐고, 가나코는 그대로 부엌으로 돌아갔다. 미유는 두 사람의 뒷모습을 말없이 바라봤다.

가나코는 다른 사람들 앞에서 이카와를 '오빠'라고 부르지만 둘만 있을 때는 '당신'이라고 부른다. 그리고 이카와는 가나코를 '가나코'라고 이름으로 부른다. 다른 남매 중에도 이런 식으로 서로를 호칭하는 남매가 있을 테지만 두 사람 사이에서는 뭔가 특별한 분위기가 느껴졌다. 성과 어머니가 다르고 자란 환경도 달랐을 두 사람이 만나 가나코의 어머니를 포함해 셋이 함께 살기 시작한 데는 어떤 사연이 있었을까.

오빠와 여동생이 위탁 부모가 되어 아이들을 키우게 된 계기가 뭘까. 위탁 아동이나 입양되는 아이 중에는 복잡한 사연을 가진 아이가 많을 텐데 이 두 사람에게도 숨겨진 사정이 있는 것 같았다. 두 사람 다 그런 이야기는 하지 않았지만, 이카와 앞에서 가끔 묘한 감정을 드러내는 루이코나 이카와와 지사의 관계를 고려하면 이들에게도 이런 삶을 택할 만한 마땅한 이유가 있었던 것 같은 느낌이었다.

히사토도 도루가 와서 기뻐 보였다. 손님이 끊긴 오후에 비가 그치자 두 사람은 밖에 나가 캐치볼을 했다. 히사토는 도루를 '형'이라고 불렀다. 미쿠는 평소 히사토를 '히사 오빠'라는 애칭으로 부르지만 도루는 '도루 오빠'라고 불렀다. 아마 도루와 함께 살던 시절 그런 식으로 두 사람을 구분했을 것이다. 미쿠에게는 오빠가 두 명인 것이다. 이렇게 피가 이어지지 않은 독특한 남매가 생겼다.

한가해진 미유도 바깥 나무 그늘 벤치에 앉아 두 사람의 캐치볼을 구경했다. 앞마당에서는 미쿠가 씨를 뿌린 해바라기가 쑥쑥 자라고 있고, 그 옆에는 녹색 잎을 무성하게 드리운 2미터 정도의 나무가 있다. 가지에 가시가 있는 이 나무가 메이플라워라고 가나코에게 전해 들었다. 처음 위탁 부모가 됐을 때 심은 기념수라고 했다.

"얼마 전까지는 예쁜 꽃이 달려 있었어."

나무를 고른 사람은 분명 가나코였을 것이다.

팡, 팡 하고 공을 주고받는 상쾌한 소리가 이어졌다. 강가에서 불어오는 바람이 히사토의 앞머리와 도루의 티셔츠 자락을 휘날렸다. 이곳은 콘크리트로 둘러싸인 도심지에 비해 훨씬 시원하고 비가 오면 추울 정도다. 루이코가 피서지로 이곳을 택한 게 납득이 갔다.

그런데도 미유는 조금만 움직여도 금세 온몸이 땀범벅이 됐다. 임신을 하니 더위를 더 타는 것 같았다. 하루에도 여러 번 옷을 갈아입는 바람에 헐렁한 원피스를 몇 벌 더 샀다. 어머니가 백화점에서 사 준 임부복은 일하기에 적합하지 않았다. 싸구려여도 움직이기 편한 옷이 좋았다.

"오, 실력이 좀 늘었네. 히사토."

도루가 칭찬하자 히사토는 천진난만하게 미소 지었다. 아무리 시간이 흘러도 도루는 남매 중 가장 큰형일 것이나. 독립한 뒤에도 이렇게 집에 돌아오는 건 이곳에 대한 애정이 깊다는 걸 보여 줬다.

지금 여기 있는 의붓남매 네 사람은 혈연으로 이어지지 않았다. 도루라는 형을 잘 따르는 히사토도 평소 미쿠라는 여동생과 말썽꾸러기인 다이치를 끈기 있게 돌보고 있다. 히사토는 어린 다이치의 마음을 이해하는지 울부짖는 다이치를 달래거나 어르지 않고 그저 가만히 옆에 앉아 있어 줬다. 그럼 신기하게도 다이치의 격앙된 감정이 조금씩 가라앉았다.

"히사토는 다이치가 뭘 힘들어하는지 잘 알아. 다이치도 히사토가 그런 걸 알아준다고 본능적으로 느낄 테고."

찰싹 붙어 있는 두 아이를 멀리서 지켜보며 가나코가 그런 말을 했다.

잠시 후 기분 좋게 지친 도루와 히사토가 캐치볼을 멈췄다. 히사토는 숙제가 있다며 집으로 들어갔다. 오늘 밤 도루가 히사토의 방에서 잘 거라고 하니 히사토는 그것도 기대하고 있는 듯했다.

그때 흰색 승합차가 부지에 들어와 게스트하우스 현관 앞에 멈춰 섰다. 가끔 찾아온다는 식품 가공 업체의 차였다. 장아찌나 된장, 말린 표고버섯, 잼 등을 만드는 업체라고 했다. 가나코는 그가 올 때 늘 못난이 채소들을 공짜로 나눠 줘서 살림에 보탬이 된다며 기뻐했다. 히사토는 짐을 내리는 사장을 돕고 집으로 들어갔다.

도루가 머리에 두른 수건을 벗어 땀을 닦으며 나무 그늘 벤치로 다가와 미유 옆에 털썩 앉았다.

"아르바이트는 언제까지 해?"

"네? 아마 8월 말 정도까지일 거예요. 아이가 나올 때까지……."

미유는 두근거림을 느끼며 대답했다.

"그렇구나."

도루는 짧게 말했다. 오래된 글러브를 낀 오른손으로 허공에 던진 공을 다시 받았다.

"도루 씨는 언제부터 여기 사셨어요?"

무슨 말을 해야 할지 몰라 미유는 그런 질문을 던졌다.

"나? 난 중학교 3학년 때부터 살았어. 히사토 나이쯤 됐을 때부터."

"꽤 커서 왔네요."

"뭐 그렇지. 부모님이 이혼해서 아버지랑 살았는데 아버지가 재혼한 분과 사이가 좋지 않았거든. 그래서 매일 밤거리를 돌아다니다가 경찰에게 붙잡혔지만 아버지가 날 거두고 싶지 않다고 해서 아동 보호 시설에 들어갔어. 그런데 그 안에서도 문제아여서 교육상 위탁 가정에 들어가는 게 좋겠다는 이야기가 나와 여기로 오게 된 거야."

벤치 위에 시원한 그림자를 드리우는 후피향나무는 작고 하얀 꽃을 조금씩 피우고 있었다.

"결국 이 안에서도 생활 태도는 고쳐지지 않았지만."

도루는 위를 향해 공을 던졌다. 공이 후피향나무 줄기에 맞자 막 피어난 꽃잎이 우수수 떨어졌다. 떨어진 공을 붙잡고 도루는 말을 이었다.

"문제를 자주 일으켰어. 학교를 땡땡이치고 불량한 아이들과 어울려 다니며 경찰 신세도 자주 졌지. 밤에도 집에 안 돌아오고 시내에 나가 놀았어. 이런 촌구석에 끌려온 게 마음에 안 들고 재미도 없었거든."

도루는 글러브 안에서 공을 굴리며 고개를 숙여 웃었다.

"그랬는데 말이야. 저 아저씨가 신주쿠든 시부야든 어디든 날 계속 찾으러 오는 거야. 질리지도 않게. 밤새 돌아다니면서 날 찾았어."

"이카와 씨가요?"

"응. 너무 집요해서 어느 날 왜 그렇게 나한테 관심이 많냐고 물었어. 그랬더니 아저씨도 어렸을 때 나랑 똑같았다는 거야. 그때도 집요하게 자기를 찾으러 와 주는 사람이 있었고, 그 사람 덕에 정신을 차렸다고 했어."

작업장에서 이카와와 대화할 때 그가 '나도 한때 방황했다'라고 했던 것이 떠올랐다.

"그런 일이 반복되니 결국 나도 포기했어. 같이 놀던 아이들도 아저씨를 귀찮아했고. 오래전 아저씨를 찾으러 다녔다는 그분은 아저씨한테 목공 일을 가르쳐 줬대. 그래서 아저씨도 목공에 관심을 갖기 시작했고. 나도 따로 할 일이 없어서 매일매일 심심했으니 어느 날 아저씨의 작업장에서 끌다루는 법을 배우고 나무토막을 만지기 시작했어."

그게 발전해 지금의 목수 일까지 하게 됐다며 도루는 웃으며 말했다. 구릿빛 얼굴에서 가끔 하얀 이가 보였다. 목공 일이 두 사람을 이어 준 걸까. 그러고 보니 이카와는 자신이 쓰는 끌과는 별개로 낡은 도구 상자에 든 끌 세트를 가지고 있었다. 평소에는 그것을 절대 쓰지 않고 선반에만 넣어 두고 가끔 상자를 열어 가만히 내려다보곤 했다. 그럴 때 미유도 옆에서 슬쩍 엿보니 안에는 낡은 끌들이 들어 있었다. 그리고 개수에 맞춘 홈에 나란히 담긴 끌이 한 자루 부족하다는 걸 바로 알 수 있었다. 일곱 개들이 상자에 든 여섯 자루의 끌. 혹시 이카와가 그 은인이라는 사람에게서 물려받은 걸까.

"이카와 씨는 왜 여동생인 가나코 씨와 위탁 아동들을 맡게 됐을까요? 부부가 위탁 부모를 맡는 경우는 있다고 들었지만 결혼도 하지 않은 남매 두 분이 다른 사람이 낳은 아이들을 맡아서 돌보는 게 신기해요."

미유는 무심코 그런 의문을 꺼내 들고 말했다.

숨기지 않고 뭐든 솔직하게 털어놓는 도루 앞에서 자연스럽게 마음이 열렸고, 어느 정도 커서 위탁 아동이 된 도루라면 사정을 알고 있을지도 모른다고 생각했다.

"글쎄, 나도 잘은 모르지만……."

도루는 신중하게 말을 골랐다.

"할머니가 아직 정정하셨을 때 말씀하시길 이카와 아저씨랑 가나코 아줌마는 어느 날 갑자기 우연히 만났다고 했어. 그전까지는 두 사람 다 자신에게 오빠나 동생이 있다는 걸 전혀 모르고 살았나 봐. 그러다 만나서 이야기를 나눠 보니 서로 아버지가 같다는 걸 알게 됐고, 그 뒤로 할머니까지 모여 셋이 함께 살게 됐다고 해."

"그런가요……."

"하지만 말이지. 할머니는 그렇게 된 게 별로 탐탁지 않으셨던 것 같아. 딸이 제대로 결혼해 아이를 낳기를 바라셨던 모양이야. 혹시 할머니가 전에 엄청나게 유명한 디자이너였다는 건 들었어?"

미유는 힘차게 고개를 끄덕였다.

"나중에 자기 딸이 결혼할 때 화려하고 멋진 웨딩드레스를 만들어서 입히는 게 꿈이었대."

그럴 만하다고 생각했다. 파리 컬렉션에 작품을 출품한 패션 디자이너의 외동딸이다. 루이코는 평소 가나코에게 입힐 옷에도 신경을 기울였을 것이다. 하지만 지금 가나코는 매일 앞치마 차림으로 바쁘게 뛰어다니고 있다.

"그런데 아줌마는 결국 결혼은 물론 아이도 안 낳았고, 그게 다 아저씨 때문이라고 할머니는 내심 원망하는 것 같아. 이건 내 추측이니 다른 사람한테 말하면 안 돼."

미유는 고개를 끄덕였다. 아마 루이코와 가나코, 이카와 모두 이제는 언급하고 싶지 않은 과거일 것이다.

"어쨌든 그린 게이블스가 있어서 난 천만다행이었어. 아저씨랑 아줌마가 위탁 부모를 안 맡아 줬다면 난 지금쯤 아마 범죄자가 됐을걸."

미유가 깜짝 놀라 도루를 보자 그는 허리를 젖혀 쾌활하게 웃음을 터뜨렸다. 그 얼굴 위로 후피향나무 꽃잎이 떨어졌다.

이후 도루는 그린 게이블스에 나흘을 더 머물고 일터로 돌아갔다.

전담 케이스 워커인 에토에게 출산이 임박했을 때 받아 줄 마터니티 하우스를 찾았다는 연락이 왔다. 무사히 아이를 낳을 수 있게 되어 안도했다.

미유는 혼자 오우메로 전철을 타고 가서 산부인과 검진을 받았다. 초음파로 보니 뱃속의 아이가 더 자라 있었다. 의사는 아이 몸무게가 8백 그램에 눈꺼풀도 생겨 눈을 감았다 뜰 수 있게 됐다고 했다. 그래서 그런지 표정이 한층 풍부해진 것처럼 느껴졌다. 미유는 흥미진진하게 초음파 사진을 봤다.

"대뇌도 발달해서 지금 이러저런 생각을 하고 있을 겁니다. 어쩌면 꿈을 꾸고 있을지도 모르고요."

의사는 그런 말도 했다. 모자 수첩 속 보호자 이름란은 두 줄로 돼 있는데 아마 부모의 이름을 나란히 적어야 하는 듯 보였다. 하지만 미유가 내민 모자 수첩에 아버지 이름이 없어도 의사는 그걸 의아해하거나 언급하지 않았다. 다른 임신부들과 똑같이 대해 줬다. 이제 곧 아이를 만날 수 있다고 생각하니 행복한 기분이 들었다. 아이가 과연 무사히 잘 태어나 줄까. 아이를 앞으로 제대로 키울 수 있을까. 얼마 전까지와 다른 고민들이 샘솟았다. 하지만 전처럼 불안해서 어쩔 줄 모르지는 않았다.

분명 귀여운 여자아이가 세상에 나올 것이다. 나는 혼자 힘으로 가족을 만드는 것이다. 그렇게 생각하니 나 자신이 왠지 자랑스럽고 몸 깊숙한 곳에서 힘이 솟았다. 미유는 산부인과 문을 활짝 열고 밖으로 나갔다.

여름의 밝은 빛 속에 한 걸음을 내디뎠다. 하늘에는 무지개가 걸려 있다. 세상이 왠지 나를 축복해 주는 것 같았다. 곧 엄마가 될 열일곱 살 소녀를.

2장
야차를 등에 업고

제단에 장식된 할머니 영정 사진은 언제 찍은 것일까.
평소 아키라가 아는 할머니 얼굴과는 달라 보인다. 아마 10년도 더 된 사진일 것이다. 여럿이 함께 찍은 단체 사진에서 일부만 잘랐는지 윤곽이 흐리고 초점도 맞지 않는다.
기둥에 몸을 기댄 채 담배를 피우는 삼촌 노리오는 좁은 앞마당을 말없이 바라보며 아키라에게 눈길도 주지 않았다.
아키라는 할머니 장례식 때 오랜만에 만난 어머니 고즈에를 떠올리고 있었다. 어머니를 만난 건 1년 반 만이었다. 어머니는 재혼 상대와 함께 장례식에 참석했다. 지바현 후나바시시에서 부부가 함께 카페를 한다고 들었다.
"아키라, 그동안 잘 지냈니?"
고즈에가 물어서 아키라는 "응"이라고만 대답했다. 옆에서 남편 되는 사람이 얼굴을 찌푸렸다. 얼굴에는 '여전히 붙임성이라고는 없는 녀석이군'이라고 쓰여 있었다.

그에게는 고등학생과 중학생 딸이 있었다. 짝 째진 눈과 툭 불거진 광대뼈가 아버지를 닮아 빈말로도 예쁘다고 할 수 없는 자매였다. 오래전 어머니가 불러서 아키라는 후나바시에 있는 그의 집에 며칠 묵었는데, 자매는 의붓동생인 아키라를 노골적으로 거부했다. 집에 있는 동안 내내 음습하면서도 집요하게 아키라를 괴롭혔지만 어머니는 그걸 보고도 못 본 척했다.

3년도 더 된 일이고 그 후 아키라는 어머니가 사는 집에 가지 않았다. 어머니는 자신의 친어머니이자 아키라의 할머니인 아키에에게 아들을 맡기고 재혼한 탓에 아키라는 할머니 손에 자란 거나 다름없었다. 그 할머니가 돌아가셨다.

칠순이 넘어서도 집 근처 식당에서 정정하게 일했는데 8일 전 "오늘은 머리가 아파서 먼저 자야겠다" 하고 잠자리에 들었다가 아침이 되자 싸늘히 식어 있었다. 뇌출혈이었던 것이다.

"뭐, 어쩔 수 없지."

병원에 달려온 삼촌이 말했다.

"중학교 1학년인 네가 할머니 몸이 안 좋다는 걸 알 수는 없었을 테니."

그 말에서는 은근히 책망하는 느낌이 묻어났다. 아키라가 할머니를 병원에 모셔 가거나 어머니나 삼촌에게 상태를 전했다면 할머니는 살았을지도 모른다. 사실 할머니는 세상을 뜨기 며칠 전부터 두통을 호소했다.

하지만 이제는 늦었고, 앞으로 할머니가 돌아올 일도 없다. 할머니와 함께 지낸 평온한 일상은 사라졌다. 작은 셋집이지만 아늑했던 이 집에서도 떠나야 했다.

"우리 집에는 못 데려가."

고즈에는 단호하게 말했다.

"남편이 싫어해. 다른 애도 둘이나 있고. 더는 못 키워."

그때도 삼촌은 말없이 담배만 피웠다. 삼촌은 독신이지만 장거리 트럭 운전사라 아키라를 돌보는 건 불가능했다.

"큰일이군."

삼촌이 커피 캔에 꽁초를 떨어뜨렸다. 칙 하고 불이 꺼지는 소리를 아키라는 비참한 기분으로 들었다.

고즈에가 내린 결론은 전남편에게 아키라를 맡기는 것이었다. 아키라의 친아버지에게. 삼촌은 그가 순순히 아키라를 받아 줄 리 없다고 했지만 연락이 닿은 아버지는 아키라를 데려가는 것에 동의했다.

"거봐. 내가 맡을 거라고 했지. 그 인간은 뭐든 승낙부터 하고 보니까."

어머니는 그렇게 말했다. 자신이 아키라를 맡지 않아도 돼 안도하는 것 같았다.

그래서 아키라는 지금 삼촌과 함께 아버지를 기다리고 있다. 고즈에는 서둘러 지바로 돌아가 버렸다. 삼촌은 담배를 입에 물고 벽시계를 힐끗 봤다.

"늦네."

아키라는 고개를 숙였다. 옆에는 짐들이 나란히 놓여 있다. 할머니와 추억이 깃든 셋집은 얼마 전 계약을 해지했다. 아키라가 나가면 삼촌이 집에 들어가 남은 뒷정리를 할 예정이었다.

아키라는 지금껏 살아온 동네를 벗어나고 싶지 않았다. 아버지를 따라가면 학교를 옮기고 친구들과도 헤어져야 한다. 게다가 아버지는 아키라에게 어머니보다 훨씬 먼 존재였다. 아버지에 대한 기억 자체가 희미했다. 두 사람은 아키라가 세 살 때 이혼했다. 그 후 한동안 이 셋집에서 할머니, 어머니와 셋이 살았지만 어머니는 결국 아키라를 남겨 두고 다른 남자와 재혼했다. 그 뒤로는 할머니와 단둘이 살았다.

그때 현관 미닫이문이 덜컥거리며 열리더니 쿵 하는 소리가 났다.

"아야."

현관에 들어오다가 머리를 부딪친 듯했다. 낯선 남자 목소리에 아키라는 몸이 굳었다. 삼촌은 담배를 재떨이에 비벼 끄고 천천히 몸을 일으켰다.

"오!"

우렁찬 목소리가 들렸다.

"당신은…… 누구였더라……."

"노리오. 당신 예전 처남."

"아, 그래. 아키라는 어딨지?"

삼촌이 아키라를 불렀다. 아키라는 마지못해 현관으로 갔다.

"아키라! 많이 컸구나!"

건장한 남자가 불쑥 다가와 아키라를 꽉 껴안았다. 아키라는 몸을 비틀어 그의 굵은 두 팔에서 벗어났다. 아버지의 어깨너머로 오만상을 짓고 있는 삼촌 얼굴이 보였다.

아버지 이카와 유이치로는 어머니가 미국인인 혼혈이었다. 그래서 한때 미국에서 살았고 그 때문인지 평소 행동이 과장스럽고 감정 표현도 직접적이었다. 차분하고 말수가 적은 삼촌과는 맞지 않는다는 걸 어린 아키라도 어렴풋이 알 수 있었다.

부모님이 이혼한 후 아키라는 아버지를 거의 만나지 못했으니 기대보다 불안감이 앞섰다. 아버지는 안쪽 방으로 들어가 아키에의 영정과 위패 앞에서 두 손을 모았다. 그러더니 주머니에서 부의금을 꺼내 제단에 올렸다. 부의금 봉투에는 구겨진 자국이 선명했다.

삼촌은 아버지의 그런 행동을 싸늘한 눈빛으로 쳐다봤다.

"지금까지 아키라를 맡아 줘서 고마워."

아버지가 삼촌을 향해 고개를 숙였다.

"아니, 아키라를 돌본 건 내가 아니라 당신 장모야."

삼촌이 조금 누그러진 목소리로 대답했다.

"응, 장모님한테도 감사하고 있지. 설마 이렇게 돌아가실 줄이야."

할머니가 세상을 뜨지 않았다면 아버지가 나를 데리러 오지도 않았다. 아들의 존재 따위 신경 쓰지도 않고 살았을 것이다. 아키라는 멍한 머릿속에서 그런 걸 떠올렸다.

"아무튼 뭐, 누나는 재혼했고 난 일이 불규칙적이라 애를 맡을 수 없어."

"그래. 괜찮아. 이제는 나랑 같이 살 거니까."

자기 의지와 상관없이 환경이 정해지는 상황에 화가 났지만 아키라는 아무 말 하지 않았다. 어머니 집에 가는 건 싫었고 삼촌과 살 수도 없다면 매사 느긋하고 속 편한 이 아버지에게 의지하는 게 나을지도 모른다며 억지로 자신을 납득시켰다.

아버지는 옷가지 등을 넣은 보스턴백 두 개를 들었다. 아키라는 학교 가방을 멨다. 나머지 물건은 종이상자에 담아 2평 남짓한 방 안에 넣어 뒀다. 삼촌이 나중에 아버지의 집 주소로 보내 주기로 했다.

"자, 가자."

집 앞에는 낡은 미니 쿠퍼가 세워져 있었다. 키가 큰 아버지는 낑낑대며 작은 차에 올라탔다. 그 모습을 말없이 지켜보는 아키라에게 아버지는 다른 사람에게 빌려 온 차라고

달빛이 닿는 거리

했다. 삼촌은 집 밖에 나오지 않았다.

차에 타기 전 고개를 돌린 아키라의 시야에 마당에 핀 수선화가 들어왔다. 수선화는 손질하지 않은 잡초투성이 마당에서도 겨울이 되면 어김없이 줄기를 곧게 뻗어 하얀 꽃을 피웠다.

―아아, 깜빡했다. 또 수선화가 피었네.

할머니는 그렇게 말하며 마당에 내려가 꽃 주변에 생긴 잡초를 뽑고는 했다.

매년 그곳에 수선화가 피는 걸 알면서도 할머니는 늘 깜빡했다고 했다. 어린 아키라가 그걸 지적하자 할머니는 빙그레 웃으며 "잊고 살아야 발견했을 때도 더 기쁘잖니"라고 했다.

수년간 할머니와 그런 대화를 주고받은 것을 떠올렸다.

아버지의 재촉으로 아키라는 미니 쿠퍼 조수석에 앉았다. 그리고 두 번 다시 돌아오지 못할 수선화 핀 앞마당을 아키라는 그 후 정말로 잊었다.

아버지는 겉보기에는 허울 좋은 남자였다. 얼굴은 이목구비가 뚜렷했고 체격도 훤칠했다.

하지만 아키라는 아버지의 그런 장점을 별로 물려받지 못했다. 키는 컸지만 얼굴은 어머니 고즈에를 닮았다. 하지만 눈동자 색만큼은 아버지에게 물려받았다고 느꼈다. 아키라의 눈동자는 검정보다는 회색에 가까웠고 중심은 거의 황토색에 가까운 옅은 갈색이었다. 친할아버지와 할머니는 돌아가셨다고 들었다. 아마 이 눈동자는 살면서 한 번도 만나지 못한 미국인 할머니에게 물려받은 게 아닐까. 물론 그렇게 추측만 하고 아버지에게 직접 물어본 적은 없었다.

"아키라는 눈동자가 유이치로랑 똑같네."

그렇게 알아본 사람은 아버지와 함께 살던 여자였다. 한국인인 그녀는 이름이 유나라고 했다.

"색은 아마 헤이즐넛색 같은데."

색 이름을 알려 준 사람은 다른 여자였다. 아버지가 가르치던 여제자였던 걸로 기억한다.

아버지는 유나와 함께 살며 그 여제자와도 사귀고 있었다. 즉 여자관계가 문란한 남자였다. 일본인 같지 않은 외모에 영어를 구사하며 스타일도 세련됐으니 여자에게 인기 없을 리 없었다. 하지만 그런 사정을 아키라는 훨씬 나중에야 알게 됐다.

아버지가 유나와 함께 사는 아파트에 자신을 데려갔을 때 아키라는 당황했다. 아버지와 단둘이 살 것으로 예상했다. 신오쿠보에 있는 그 아파트는 좁은 도로에 면해 있고 입구 유리문은 깨져서 테이프가 덕지덕지 붙어 있었다.

유나는 근처 한국 음식점에서 종업원으로 일했다. 아버지는 다카다노바바에 있는 어학 전문학교에서 영어를 가르쳤는데 남몰래 만나는 여제자도 그 학교에 다니는 학생인 듯했다.

그동안 할머니와 조용한 고마에시에서 살았기에 아키라는 신오쿠보처럼 어수선한 동네에 좀처럼 적응할 수 없었다.

"저분은 부인이야?"

유나를 소개받고 아키라는 아버지에게 물었다. 아버지도 어머니처럼 재혼한 걸까 생각했다.

"아니, 유나는 아빠의 러버Lover."

아버지는 부끄러워하지도 않고 그런 말을 입에 담았다. 몸에 딱 달라붙는 드레스를 입은 유나는 그 말을 듣고 기분 좋은 듯이 몸을 살짝 비틀며 웃었다. 아키라는 속으로 '아빠는 날 왜 데려왔을까' 하고 생각했다. 두 사람이 사는 아파트는 별로 넓지 않았다. 또 벽지는 군데군데 찢겨 있고 값싼 가구들만 있는 걸 보면 형편이 그리 넉넉한 것 같지도 않았다.

저녁이 되면 유나는 일하러 갔다. 길거리에 네온사인이 반짝이기 시작하면 아키라는 신경이 곤두섰다. 아버지가 프라이팬을 능숙하게 다뤄 만든 볶음밥을 둘이 마주 앉아 먹을 때가 많았다.

아키라는 결국 그 동네에 있는 중학교로 전학을 갔다. 환경에 익숙해질 수밖에 없었고 실제로도 익숙해졌다. 부모님이 이혼한 후 아키라는 줄곧 어머니 쪽 성을 썼지만 다시 아버지의 호적에 들어가면서 성이 이카와가 됐다. 전학 간 지 얼마 되지 않아 봄방학이 시작됐고, 아키라는 같은 반 친구들과 담임선생님의 얼굴도 제대로 기억하지 못한 채 2학년이 됐다.

2학년에 올라가서도 반 아이들과 잘 어울리지 못했다. 다양한 국적의 사람이 모여 사는 신오쿠보답게 외국인 학생이 많아 늘 분위기가 어딘가 어수선했다. 친구가 없고 수업에도 집중하지 못해서 아키라는 수업을 자주 빼먹었다. 그래도 아버지와 유나는 아무 말 하지 않았다. 아키라는 굳이 학교에 가는 척할 필요도 없이 내키는 대로 집 안에서 시간을 보냈다.

성격이 밝고 쾌활한 유나는 시간이 나면 아키라와 함께 신오쿠보 거리 이곳저곳을 돌아다녔다. 가부키초가 바로 근처에 있어서 거기서 일하는 호스티스들이 동네에 많이 산다고 했다. 집세가 싼 신오쿠보에 한국인이 많이 들어왔고 그래서 덩달아 한국 음식점도 많아졌다고 유나는 말했다. 유나의 친구 중에도 호스티스가 많았다.

유나는 집안일에 전혀 소질이 없었다. 집 안은 늘 어질러져 있었다. 음식도 거의 하지 않아서 늘 가게에서 포장해 온 한국 음식을 냉장고에 넣어 두고 각자 먹고 싶을 때 알아서 꺼내 먹었다. 설거지는 아키라가 맡았고, 쌓인 빨래는 아버지가 코인 빨래방에 가져가 세탁했다. 게으른 유나에게 아무리 불평해도 유나는 태연하게 웃기만 했다.

그래서였을까. 어느 날부터 아버지는 집에 잘 들어오지 않았다.
"키미네 집에 갔겠지."
유나는 익숙하다는 듯 말했다. 키미는 유이치로의 또 다른 애인 이름이었다. 늘 그런 식이니 키미가 아닌 다른 여자가 있었을지도 모르지만 유나는 별로 신경 쓰는 기색이 아니었다. 인기 많은 유이치로가 자기 외에 다른 여자를 사귀는 게 당연하고, 그럼에도 자신과 살아 주는 것 자체가 기쁜 눈치였다.

조용한 동네에서 할머니와 둘이 살아온 아키라에게는 좀처럼 받아들이기 힘든 생활환경이었다. 아버지 유이치로가 살아가는 법, 그리고 그의 파트너인 유나의 사고방식과 번잡한 신오쿠보까지.

하지만 그런 것 때문에 계속 마음 졸이며 살 필요는 없었다. 얼마 후 아버지는 유나와 헤어져 무사시코야마로 이사했다. 아키라도 그를 따라 또 전학을 갔다. 신오쿠보와 달리 자연에 둘러싸인 곳이었다. 바로 근처에는 한때 임업 시험장이었다는 '린시노모리 공원'도 있었다. 다양한 야생 조류를 볼 수 있어 쌍안경과 카메라를 든 사람들이 자주 드나들었다. 아키라는 그곳 연못에서 생전 처음 물총새를 봤다. 다치아이가와 녹도를 따라 이어진 벚꽃 길을 비롯해 정말 운치 있고 아름다운 곳이었다.

아버지가 그곳으로 이사한 건 무사시코야마역 근처에서 서점을 운영하는 여자와 가까워졌기 때문이었다. 그녀는 아버지보다 나이가 훨씬 많았고, 아버지는 그 후타바라는 여자와 함께 살려고 유나보다는 키미와 더 크게 다툰 듯했다. 작은 서점 2층에 있는 후타바의 집에 키미가 몇 번이나 들이닥쳤다. 한밤중 술에 취해 찾아와 셔터 앞에서 고함을 질러대는 탓에 어쩔 수 없이 아버지가 내려가 달래기도 했다.

그때는 아직 강사로 일하고 있어서 키미와 관계를 깨끗하게 정리하지 못한 것 같았다.

몇 년 전 남편을 떠나보냈다는 후타바는 자주 쓸쓸해 보이는 미소를 지었다. 후타바는 애인이 데려온 아들을 '아키라 군'이라 부르며 정성껏 돌봐줬다.

그리고 아키라는 그 무렵이 돼서야 비로소 아버지 유이치로라는 사람의 삶의 방식을 온전히 이해했다.

그의 삶은 그때그때 사귀는 여자에게 좌우됐다. 평생 살아갈 보금자리를 구하거나 정식으로 누군가와 결혼해 정착하겠다는 발상 자체가 그의 머릿속에는 없었다. 늘 여자가 사는 곳에 가서 얹혀살았다. 그런 주제에 어떻게 아들을 데려와야겠다고 생각했을까. 하지만 아키라가 그런 걸 깨달았을 때는 이미 늦었다. 아키라는 뿌리 없는 잡초처럼 살아가는 아버지의 삶에 휘말려 있었다.

정말 이해하기 힘든 사람이었다. 아버지는 절대 상대를

매몰차게 대하지 않았다. 그게 과연 천성적인 다정함 때문인지는 알 수 없다. 그의 연애는 상대가 자신을 원하느냐, 오직 그 하나에 달려 있었다. 아버지의 진짜 속내는 뭐였을까. 어쩌면 그는 단 한 번도 진정한 사랑을 해 보지 못했을 수도 있다.

아버지의 왼손 손등부터 팔뚝에는 문신이 있었다. 열쇠에 리본이 느슨하게 감긴 그림이었는데, 휘어진 리본에는 'Eileen'이라는 글자가 적혀 있었다. 'Eileen'은 어머니의 이름이라고 했다. 그녀는 아일랜드계 미국인이었다.

후타바와 함께 지내는 삶은 신오쿠보 때와 달리 평화로웠다. 서점 2층의 쾌적한 집에서 아버지는 이런 이야기도 들려줬다.

"네 할머니는 참 쿨하고 스마트한 분이었지."

즉 멋지고 현명한 사람이었다는 뜻이다. 아키라는 아버지와 이야기를 나누며 그런 영어 단어들의 뜻을 배웠다. 아버지에게 유이치로라는 일본식 이름을 지어 준 할아버지는 학자로 미국 대학에서 학생들을 가르쳤다고 했다. 전쟁 전까지 미국 대학에서 공부하다가 고국에 돌아왔고, 전쟁이 끝나자 개방적인 교육과 연구 환경을 찾아 다시 미국에 건너갔다. 진취적이었던 그는 그곳에서 아일린이라는 아름다운 여자를 만나 결혼했다. 두 사람은 나이 차이가 스무 살도 넘게 나는 탓에 처음에는 서로의 가족에게 인정받지 못해 어려운 삶을 살았다. 그리고 할아버지는 아들이 열 살 때 다시 귀국했지만 아일린은 일본에 따라오지 않았다. 두 사람은 호적을 그대로 유지한 채 도쿄와 시카고에서 떨어져 살았다.

"그런 어정쩡한 삶이 한동안 이어지다가 아버지가 돌아가시는 바람에 나도 결국 미국으로 건너가 어머니와 살게 됐지."

유이치로가 열여덟 살 때 일이었다. 유이치로는 당시 합격한 일본 대학을 포기하고 미국으로 가 어머니와 살았다. 그곳에서도 어머니의 권유로 대학에 잠시 다녔지만 얼마 못 가 그만뒀다. 유이치로는 그 이유를 '재미없어서'라고 했다. 다행히 어머니가 대기업 사장의 비서로 일한 덕에 생활에 쪼들리지는 않았다.

뭘 하든 꾸준하지 않고 한곳에 정착하지 못하는 건 어릴 때부터의 버릇인 듯했다. 어머니는 그런 아들을 자주 꾸짖었고, 그럴 때 꼭 '네 아버지는'이라는 말로 시작했다고 한다. 미국 대학에서 학생들을 가르쳤다는 할아버지는 아마 훌륭한 분이었을 것이다. 아내와 떨어져 사는 삶을 택하기는 했어도 아내는 남편을 사랑했고 자랑스러워했다. 그래서 그의 피를 물려받은 아들이 방탕하게 사는 걸 참을 수 없었다.

아내 고즈에와 처음 만난 곳은 미국이었다고 아버지는 말했다. 평소 어머니가 아버지 이야기를 거의 하지 않아서 아키라도 그때 처음 알았다. 두 사람은 시카고에서 몇 년을 살았다. 그리고 고즈에가 친정에 가 아키라를 낳은 후 미국에 돌아가기를 거부해서 어쩔 수 없이 유이치로가 일본으로 돌아왔다. 유이치로는 아버지가 된 뒤에도 정착하지 못하고 계속 미국과 일본을 왔다 갔다 했다.

아일린 역시 아들을 곁에 두고 싶어 해서 며느리와 사이가 나빠졌다. 그것도 이혼의 원인이었을지 모른다. 미국에 있는 동안 유이치로는 어머니의 집에 얹혀살며 어머니의 강요로 대학에 다시 들어갔다. 아일린은 자기 자식이 대학에서 제대로 공부하지 못한 걸 원통해 했다. 대학 교수인 남편과 낳은 아들답지 못하다고 늘 느끼는 것 같았다. 미국에서 두 번이나 입시를 치러 매번 합격했으니 유이치로 역시 머리는 좋았을 것이다. 다만 성실하지 못했다.

아니나 다를까 유이치로는 그렇게 들어간 대학을 또다시 자퇴했다. 유이치로는 그 일로 어머니를 크게 실망시킨 걸 내내 후회하는 듯했다. 아일린은 아들을 걱정하며 세상을 떠났다. 퇴근길에 교통사고를 당했다고 했다.

"그때 어머니 나이 아직 마흔아홉이셨지."

그 이야기를 할 때만 아버지는 비통한 표정을 지었다. 아마 지금도 그가 가장 사랑하는 사람은 아일린일 것이다. 문신 속 열쇠와 리본도 어머니와의 굳건한 유대를 나타내는 상징 아닐까. 그 문신을 새겨서 어머니를 기쁘게 해 드린 것이 유이치로가 한 유일한 효도였다.

어머니가 돌아가신 후 미국 생활을 정리하고 일본에 돌아와 고즈에와 다시 합치려 했지만 잘되지 않았다. 아버지에게 안정된 삶은 역시 어울리지 않았다. 그 후 어떻게 살았는지는 굳이 듣지 않아도 알 수 있었다.

여자의 구애를 받으면 거절하지 않는다. 아무도 내치지 않는 대신, 아무도 사랑하지 않는다. 그의 가슴속에는 이미 어머니 아일린이 굳건히 자리 잡고 있어서 다른 여자가 비집고 들어올 틈이 없다. 아일랜드인의 혈통을 이어받은 그 쿨하고 스마트한 어머니가.

중학생이 된 아키라는 그런 것들을 이해했다.

즉 아버지는 여자를 받아들일 때의 관대함으로 혼자 남은 아들도 받아들인 것이다.

남편에 대해 별로 언급하지 않는 어머니의 심정도 어렴풋이 알 것 같았다. 그녀는 미덥지 못한 전남편을 미워할 수 없었다. 남편과 아버지라는 지위에 걸맞지 않은 남자에게 정나미가 떨어졌지만, 그렇다고 칼같이 끊어내지는 못했다. 유이치로를 남편과 아버지라는 고통스러운 위치에서 해방시켜 주는 게 그녀가 할 수 있는 유일한 애정 표현이었을지 모른다.

"네 아버지는 다른 사람의 부탁을 절대 거절을 못 해. 바보 같이. 남을 돕는 자기 자신한테 취해 있는 사람이야."

오래전 어머니는 아키라 앞에서 그런 말을 했다. 아버지의 삶의 방식을 간결하게 표현하는 말이었다. 사람을 돕겠다는 심정으로 마음에도 없는 여자와 살고, 사람을 돕겠다는 심정으로 혼자 남은 아들을 데려왔다.

고즈에는 재혼한 현 남편, 그리고 의붓딸들과 함께 사는 삶이 안정적이겠지만 설렘은 없을 것이다. 유이치로가 말한 '재미없는' 인생을 사는 것이다. 그걸 잘 알고 있기에 고즈에는 전남편을 만나지 않고 돌아갔다.

아버지에게는 상대 여자들을 그렇게 만드는 힘이 있었다.

수많은 여자와 관계를 맺으면서도 미움을 사지 않았다. 자유분방하면서 변덕스럽고, 순수하면서도 매력적인 사람. 박식하고 세련됐고 외모도 번듯하지만 속은 텅 빈 남자. 그런 점들이 묘하게 여자의 마음을 자극하는 듯했다.

하지만 아버지로서는 최악이었다. 아버지는 함께 사는 여자들에게는 신경을 기울이면서도 아들에게는 전혀 관심을 보이지 않았다.

무사시코야마에서 후타바와 함께 산 기간은 채 2년이 되지 않았다. 하지만 아키라에게는 그 시절이 가장 안정적이고 행복한 시기였다. 후타바는 말수가 적고 순종적이지만 가슴속에 확고한 신념을 가진 여자였다. 남편을 잃은 그녀가 집에 외간 남자와 그 아들을 데려와 산다는 건 칭찬받을 일이 아니었다. 동네에 좋지 않은 소문이 돌아도 그녀는 사람들의 시시한 험담과 멸시를 신경 쓰지 않았다.

주거 환경도 아키라에게 잘 맞았다. 자연이 풍성한 동네 분위기도 좋았지만, 후타바가 운영하는 서점에서 마음껏 책을 빌려 읽을 수 있었던 게 특히 좋았다. 서점에는 중학교 도서관에 없는 세계적 문호의 작품이나 어려운 전문 서적이 다 있었다. 세상을 떠난 남편이 생전 아낀 책들로 채운 거라지만 그렇게 잘 팔리지는 않았다. 두툼한 문학 전집은 늘 서가에 꽂혀 있었고, 아키라는 그것들을 하나하나 빠짐없이 탐독했다. 후타바는 그런 아키라를 흐뭇한 눈길로 바라보곤 했다.

얼마 후 아버지는 다카다노바바의 어학교를 그만뒀다. 아버지는 학교 방침과 안 맞아서 그만둔 거라고 했지만, 실은 수업을 자주 빠진 게 이유였다고 한다. 말하자면 쫓겨난 것이다.

백수가 된 아버지는 한동안 후타바의 서점에서 가게를 봤지만 이내 어디론가 다시 일하러 나가기 시작했다. 후타바는 그런 제멋대로인 아버지를 묵묵히 받아들였다. 아키라는 왠지 불길한 예감이 들었다.

그리고 역시나 아버지는 또 다른 여자를 만났다. 그걸 알고도 후타바는 어김없이 쓸쓸한 미소를 지어 보이기만 했다. 아키라는 무사시코야마를 떠나고 싶지 않았다. 곧 고등학생이 되는 만큼 이제는 흔들리지 않고 정착해서 살고 싶었다.

"아키라, 앞으로 몸 잘 챙기고 공부도 열심히 하렴."

결국 아버지에게 이끌려 후타바의 집을 떠날 때 그녀는 말했다. 목 깊은 곳에서 뜨거운 뭔가가 북받쳐 올랐지만 "네"라고 대답하는 게 고작이었다. 별생각 없이 지원한 도립 고등학교에 막 합격했을 무렵이었다. 학교 성적은 꽤 좋았다. 친할아버지와 할머니에게 물려받은 재능 덕분인지 열악한 환경에서 크게 노력하지 않아도 무리 없이 수업을 따라갈 수 있었다. 아버지는 별다른 반응을 보이지 않았지만, 자식이 없는 후타바는 마치 자기 일처럼 기뻐하며 칭찬해 줬다.

뿌리 없는 잡초처럼 여기저기 떠돌기만 하는 아버지가 싫었다. 여자들 눈에는 매력적일지 몰라도, 아들 입장에서는 증오의 대상이었다. 아버지로서 전혀 자격이 없는 건 그렇다 쳐도 후타바처럼 성실한 사람과 무책임하게 인연을 맺었다가 얼마 지나지 않아 다른 여자에게 옮겨 가는 건 도무지 이해되지 않고 불쾌했다. 후타바는 유이치로와 헤어진 후 다시 고독한 삶으로 돌아가야 했다.

가끔 어머니와 연락을 주고받았지만 어머니 역시 의지가 되는 사람은 아니었고 아키라도 약한 소리를 하고 싶지 않았다. 시간이 갈수록 아키라는 점점 마음을 닫고 고집스러운 아이로 변해 갔다.

후타바와 헤어진 아버지는 마치 실이 끊어진 연처럼 더 자유분방해졌다. 동시에 여러 여자를 만나 깊은 관계에 빠지기도 했다. 아키라는 더는 아버지에게 아무 기대도 하지 않았다.

그 후 아버지가 만나는 여자가 바뀔 때마다 가쓰시카구 다테이시, 아라카와구 닛포리 등으로 이사를 다녔다. 한 번은 유나를 다시 만나 신오쿠보로 돌아가기도 했지만 역시 오래가지 못했다. 놀랍게도 세타가야구 도도로키 같은 고급 주택가에 살았던 적도 있는데, 그때는 부모 유산을 물려받은 세상 물정 모르는 중년 여자와 함께 살았다.

아버지는 어학교 강사 일을 그만둔 뒤 변변한 직업을 가지지 못했다. 다테이시에서는 술집에서 일했고, 닛포리에서는 헌 옷 가게에서 품을 팔았다. 수입은 넉넉하지 않지만 언제나 그를 부양해 주는 여자가 곁에 있기에 생활에 큰 어려움은 없었다. 도도로키에 있는 고급 주택에 얹혀살던 시절에는 그녀의 벤츠를 타고 다니기도 했다.

그렇게 아버지는 방탕한 삶을 살며 아들에게 관심이 없어 보였지만 그렇다고 아들을 내치지는 않았다. 고등학교 수업료를 제때 내줬고, 어떻게 마련했는지 몰라도 용돈도 챙겨 줬다. 아키라가 반감과 혐오를 느끼면서도 그런 아버지를 따라다닌 이유는 피로 이어진 가족이라는 감각이 아직은 희미하게 남아 있었기 때문이다. 같은 헤이즐넛색 눈동자를 가진 존재로서, 아버지가 아키라는 한 번도 만난 적 없는 아일린에게 이끌리듯.

고등학교 2학년이 됐을 때는 고토구 모리시타라는 동네에 정착했다. 당시 아버지와 함께 살던 여자는 창고를 빌려 액자 가게를 운영하고 있었는데, 모든 액자를 직접 만들며 자신을 아티스트라고 소개했다. 모리시타는 작은 공장과 장인들이 모여 사는 동네였기에 그런 분위기와도 잘 어울렸다. 근처에는 철망 가게, 활판 인쇄소, 대나무 발 가게, 염색 공방, 금속 가공 공장 같은 곳이 줄지어 있었다. 그렇게 '뭔가를 만드는' 동네에서 사는 건 아키라도 좋았지만 예술가 행세를 하는 여자와는 도무지 성격이 맞지 않았다.

후미카라는 이름의 그녀는 도쿄 예대를 다니다가 중퇴했다고 떠들고 다녔다. 액자 가게 뒤편에 있는 작은 별채에 살았는데 창고 옆 좁은 통로를 지나야 현관에 도착할 수 있었다. 창고와 집 모두 세월이 묻어나는 낡은 건물이었다.

후미카는 자존심이 매우 강한 여자였다. 주문 제작으로 액자를 만들었는데 손님이 가져온 그림에 꼭 한마디씩 트집을 잡았다. 정말 예대에 다녔는지는 모르지만 듣고 보면 나름 일리 있는 말을 하기도 했다. 그런 말을 들으면 기분이 상해서 그냥 돌아가는 손님도, 묵묵히 그녀의 설명을 다 듣고 가는 손님도 있었다. 아버지는 그런 그녀를 우습고 재미

있다는 듯이 바라보곤 했다.

후미카는 평소에 거의 웃지 않아서 늘 음침하고 피곤해 보였고 나이를 가늠하기도 어려웠다. 그래도 아버지에게 홀딱 빠졌던 건 맞는지 그와 함께 살기 시작한 뒤부터는 전처럼 액자 일에 집중하지 못하는 듯했다. 이목구비가 뚜렷하고 잘생겨서 사람들의 시선을 끄는 유이치로가 자기 것이 됐다는 사실이 자랑스러운 건지, 아니면 그냥 마냥 행복한 건지 후미카는 언제나 그의 곁에 있으려 했다. 마치 잘생긴 애인을 진짜 액자 속에 넣어서 장식해 두고 싶은 사람처럼. 그가 데려온 자식인 아키라는 그녀에게 거추장스러운 존재일 뿐이었다.

"넌 왜 그렇게 유이치로 씨 뒤를 졸졸 쫓아다니니? 그 사람한테 애가 딸린 건 안 어울려. 너도 이제 고등학생이니 어디 나가서 혼자 살면 되지 않아?"

어느 날에는 그렇게 대놓고 말하며 아키라의 얼굴에 담배 연기를 뿜기도 했다.

이기적인 후미카의 말을 옆에서 들어도 아버지는 어깨를 으쓱하고 슬쩍 웃기만 했다. 그런 아버지를 보며 정말이지 실망만 늘어났다.

"여긴 내 집이니 누굴 들일지도 내가 정해."

후미카가 어린아이처럼 그렇게 생떼를 쓸 때는 결국 아키라도 욱하고 말았다.

"시끄러워. 나도 이런 데 있고 싶어서 있는 거 아니야."

당시 아키라가 다니던 도립 고등학교에는 행실이 좋지 않은 학생이 많아서 어느새 그런 말투가 몸에 배어 있었다.

"그럼 나가든가?"

"아버지가 날 끌고 다니는 거라고."

"네가 유이치로 씨한테 들러붙는 게 아니라?"

"어이어이, 그만해."

그제야 아버지가 끼어들었다. 하지만 자신에게 집착하는 여자에게는 이미 익숙한지 거만한 태도를 보이는 애인을 나무라지 않았다. 아키라는 점점 진저리가 났다. 이런 말까지 들으며 아버지 옆에 있고 싶지 않았다. 하지만 달리 갈 곳이 없었다.

자연스럽게 후미카의 집에서 점점 멀어지게 됐다. 스미다강을 건너 아키하바라나 우에노 근처를 어슬렁거리며 시간을 보냈다. 고등학교는 무코지마에 있었기에 그 근처에서 학교 친구들과 어울렸다. 생활 지도 교사가 눈여겨보는 문제아 같은 아이들이었다. 처음에는 근처 오락실에서 놀거나 편의점 앞에 모여 수다를 떠는 정도였지만, 점점 이케부쿠로나 신주쿠까지 활동 범위가 넓어졌다. 친구의 친구, 또 그의 친구와 엮이면서 아키라는 어느새 불량하다고 일컬어지는 무리의 일원이 됐다.

그런 아들의 변화에도 아버지는 무관심했다. 학부모 면

담에도 한 번도 오지 않아서 교사들도 포기하고 아버지에게 아키라의 행실을 알리지 않았다. 비슷한 환경에서 사는 아이들이 제법 있는 학교였다. 아키라는 공부는 하고 싶었기에 학교는 계속 다녔지만 방과 후가 되면 집에 가지 않고 거리를 배회했다. 집에서는 자신이 없어도 아버지와 후미카가 그럭저럭 잘 지내는 듯 보였고, 가끔 집에 일찍 들어가면 후미카는 어김없이 빈정거리며 시비를 걸었다. 결국 말싸움이 벌어지고 다시 집을 뛰쳐나오는 일이 반복됐다.

하루빨리 고등학교를 졸업해 일하고 싶었다. 스스로 돈을 벌게 되면 이런 망가진 가족과 엮일 일도 없을 거라 생각했다. 당시 아키라가 어울리던 무리 중에는 비슷한 처지의 아이가 많았다. 밤늦게 거리를 떠도는 아이들에게는 그만한 사정이 있는 법이었다. 하지만 그런 걸 대수롭지 않게 여기고 함께 웃고 떠들며 일정한 틀 안에 자신을 가두려는 어른들에게 반발했다. 바로 그것이 아키라가 그 친구라고 부르기도 애매한 아이들과 어울린 이유였을지 모른다.

아키라의 세계는 점점 더 넓어졌다. 학교와 집을 오가기만 해서는 절대 알 수 없는 것들을 배웠다. 부모의 이혼, 빈곤, 가정 폭력 등으로 평범한 일상을 빼앗긴 소년들에게 밤거리는 잠시나마 숨을 쉴 수 있는 사교장이었다. 술이나 약에 취한 부모에게 이유 없는 폭력을 당하고, 어머니의 남자 친구와 사이가 틀어져 눈칫밥을 먹고, 정서적으로 불안정한 어머니가 하루 종일 퍼붓는 욕설 속에서 사는 아이들. 듣기만 해도 등골이 오싹해지는 사연이 아이들 사이를 오갔다. 심지어 부모가 둘 다 감옥에 있다는 아이도 있었는데, 그는 부모가 전부 결국 마약에서 헤어나지 못했다며 마치 아무 일도 아니라는 듯이 담담하게 말했다.

겉으로는 멀쩡하고 매끄럽게 돌아가는 것처럼 보이는 사회가 토해낸 더러운 오물들이 밤거리의 소년 소녀들의 어깨에 무겁게 내려앉고 있었다.

아키라처럼 학교에 다니는 아이가 있고 이미 일을 하는 아이, 아무 일도 하지 않는 아이도 있었다. 그중 아키라와 유독 마음이 잘 맞아 자주 어울린 아이가 있었는데 이름은 가메이 다케시였고 친구들 사이에서는 '가메'라고 불렸다.

가메이는 아키라와 같은 열일곱 살이지만 학교에 다니지 않았다. 고등학교에는 딱 12일만 나갔고, 일할 의지가 없는 부모는 늘 몸이 아프다고 둘러대고 병원을 드나들며 나라에서 지급되는 생계 급여로 살아간다고 했다. 화가 나면 손부터 나가는 아버지 때문에 외아들인 가메이는 어릴 적부터 폭력에 시달렸다. 고등학교를 멋대로 자퇴했을 때도 아버지가 격노하는 바람에 동네 사람들이 경찰을 부를 정도로 크게 싸우고 그대로 집을 뛰쳐나왔다고 했다.

"집과 가족이 없어도 어떻게든 살 수 있어."

그렇게 큰소리치는 가메이는 강인해 보였다. 눈치가 빠

르고 요령도 좋아 생활비를 스스로 벌었다. 아는 사람이 소개해 주는 잡일이나 거리에서 티슈를 나눠 주는 아르바이트 등으로 딱 먹고살 만큼만 돈을 벌었다. 딱히 정해진 거처는 없고 여기저기 아는 사람의 집을 떠돌며 지내는 듯했다. 가메이는 제대로 된 직업을 갖는 건 귀찮다고 했다.

그러다 돈줄이 끊기면 친구들과 함께 아저씨 사냥*을 하거나 삥을 뜯거나 아는 사람에게 부탁받아 마약을 대신 파는 **부업**도 했지만, 그런 반사회적 일들은 금세 눈에 띄기 마련이다. 비열한 어른들에게 돈을 떼이거나 조금만 실수해도 경찰에 붙잡히고 최악의 경우 야쿠자 사무실로 끌려가 두들겨 맞고 조직에 들어오라는 협박을 받는다고 했다. 가메이는 그런 건 별로 좋은 수가 아니라며 생생한 경험을 토대로 한 현실적인 조언을 아키라에게 들려줬다.

가메이 역시 매일 밤 번화가를 어슬렁거리는 아키라가 마음에 든 듯했다. 그는 범죄는 안 되지만 범죄에 가까운 일은 해도 괜찮다고 당당하게 말했다. 누구에게도 피해를 주지 않는다는 이유였다. 키가 작지만 유머 감각과 말발이 좋은 가메이는 누구와도 쉽게 어울렸고 밤거리를 떠도는 소녀들과도 잘 아는 사이였다.

가메이가 신주쿠 가부키초 부근에 머물 때가 많아서 그

---

* 청년 집단이 중장년 남성을 대상으로 하는 강도, 상해 등을 일컫는 속칭.

달빛이 닿는 거리

영향으로 아키라도 자연스럽게 가부키초를 드나들기 시작했다. 전에 신오쿠보에서 살았던 터라 주변 지리에 익숙했다. 한번은 유나와 함께 살았던 신오쿠보의 아파트를 찾아가 봤지만 현관 유리문이 깨져 있던 그 건물은 자취를 감춘 상태였다.

가부키초 자체는 코마 극장을 중심으로 한 작은 구역이었다. 삼거리가 복잡하게 얽힌 그 미로 같은 유흥가에는 클럽, 바, 식당, 유흥업소, 영화관, 파친코, 마작 가게, 노래방 등이 빽빽하게 들어서 있고 야쿠자 사무실도 많았다. 아키라는 그림자처럼 그런 거리를 배회했다.

그 안에서도 유독 눈에 띄는 건 이른바 '갸루계'라고 불리는 화려한 옷차림을 한 여자아이들이었다. 갈색이나 금발로 염색한 머리를 고데기로 말아 올리고 거기에 말도 안 되게 큰 꽃 장식을 머리에 단 아이도 있었다. 화장이 진해서 민낯이 어떨지 전혀 상상이 되지 않았다. 그 아이들은 미니스커트나 핫팬츠에 통굽 구두, 롱부츠를 신고 거리를 당당하게 활보하고 다녔다. 나이는 대부분 10대에서 20대 초반 정도로 아키라와 별반 다르지 않았다.

밤이 깊어지면 시부야에서 놀던 여고생들이 밤새 놀기 위해 가부키초까지 넘어오곤 했다. 가부키초는 잠들지 않는 거리이기 때문이다. 교복에 루즈삭스를 신은 아이들이 자세히 보면 컬러 렌즈나 속눈썹까지 붙여 완벽히 꾸미고 있었다. 이른바 '고갸루'라고 불리는 여고생들이었다.

아이들은 주로 신주쿠역 동쪽 출구에 있는 알타 빌딩 앞에 한 번 모였다가 가부키초로 흘러 들어왔다.

호객꾼이나 술집 아가씨, 유흥업소에서 일하는 여자, 호스트 같은 유흥가의 본래 주민들 사이에서도 소녀들은 전혀 주눅 들지 않고 자신들만의 공간을 만들어 갔다. 가부키초 1번가는 코마 극장과 영화관으로 상징되는 밝은 유흥가였고, 그곳에서 소녀들은 시끌벅적하게 웃고 떠들며 노래방에 들어가 아무로 나미에, TRF, globe 같은 가수들의 노래를 열창했다. 아키라는 아이들의 그런 발랄하고 가벼운 에너지에 종종 압도되는 느낌을 받았다.

"개 멋져!"

"저 아저씨, 진짜 짜증 나."

그런 말을 주고받으며 소녀들은 폭풍처럼 유흥가를 휩쓸고 다녔다.

아키라는 잘 몰랐지만 또래인 그 아이들이 몸에 걸친 건 루이뷔통, 베르사체, 프라다, 펜디 같은 명품들이었다. 선탠숍에서 만든 구릿빛 피부를 드러내고 어렵게 구한 파티 티켓을 손에 넣고는 뿌듯해했다. 그러고는 클럽을 이곳저곳 드나들고 라이브 하우스에서 마음껏 춤추며 뛰어놀았다.

아키라가 학교와 집이라는 익숙한 경계를 벗어나 아키하바라, 이케부쿠로까지 조금씩 행동 범위를 넓혀 가는 사이 소녀들은 이미 도쿄 전역의 유흥가를 당당히 누비며 밤새 즐기고 있었다. 어떨 때는 소년과 소녀가 아예 다른 종족처럼 느껴지기도 했다.

아이들은 노래방에 들어가듯 아무렇지 않게 블루세라숍에서 속옷을 팔고 데이트 클럽에 나가 손님을 기다리기도 했다. 어른 손님에게 선택받아 한 시간 정도 데이트를 하면 5천 엔을 벌 수 있다고 했다. 부모에게 받는 용돈으로는 도저히 감당할 수 없는 사치스러운 삶을 유지하려면 그렇게라도 해야 했다.

가부키초 사정에 익숙한 가메이와 거리를 떠돌다 보니 더 깊숙한 세계도 보이기 시작했다.

2번가는 여관과 러브호텔이 늘어선 욕망의 공간이었다. 그곳에서도 갸루나 여고생들을 쉽게 볼 수 있었다. 그들은 주로 어둑한 호텔 거리 골목이나 오쿠보 공원 근처에 모여 있었다. 그리고 근처를 지날 때 삐삐삐 하는 호출기 소리가 울리면 휴대폰이 있는 아이는 휴대폰으로, 없는 아이는 공중전화로 가서 어딘가에 전화를 걸었다.

"음성 사서함 메시지를 들으며 남자를 고르는 거야."

가메이가 히죽 웃으며 설명해 줬다. 그리고 돈이 부족해진 소녀들은 결국 '원조 교제'라는 이름 아래 매춘에도 손을 댄다고 했다.

"혹시 알아? 이 근처에서는 여고생 한 번에 5만 엔이 시세래."

아키라가 깜짝 놀라 쳐다보자 가메이는 길가에 떨어진 플라스틱 컵을 발로 툭 찼다.

"게다가 첫 경험이면 더 받아. 잘하면 10만, 15만. 거기에 중학생은……."

"진짜야?"

"어이없지? 우리는 기껏해야 푼돈이나 버는데."

그때 앞에서 걸어오던 중년 남자가 한 소녀에게 다가가자 가메이가 눈짓하며 멈춰 섰다.

"시간 괜찮으면 나랑 놀래?"

"흐음, 어쩐담."

"그냥 노는 거야. 밥 먹고 노래방. 2만 엔. 어때?"

"정말 그거면 돼? 그럼 좋아."

거래가 성사되자 남자와 소녀가 어디론가 걸어갔다.

가메이가 칫 하고 혀를 찼다

"아마 노래방에서 놀고 호텔로 데려갈걸."

"위험하네."

"그런 건 쟤도 다 알아. 계속 애태우면서 값을 올리겠지. 그러다 마음에 안 들면 그대로 바이바이."

아키라와 가메이는 다시 나란히 발맞춰 걷기 시작했다. '버블이 꺼진 지 한참 됐는데도 돈 있는 사람은 여전히 많구나' 하고 아키라는 생각했다. 아니면 10대 소녀라는 존재가 그 정도의 가치를 지닌 걸까. 그리고 그 가치를 정확히 아는 소녀들이 자기 몸을 상품으로 내놓고 있는 걸까.

"아무튼 몸을 팔려면 여기만 한 데가 없어. 데이트 클럽에서 손님을 기다려도 되고, 아까처럼 직접 흥정하러 다가오는 놈들도 있으니까."

가메이는 "바로 저기가 호텔가이기도 하고" 하고 눈짓으로 가리켰다. 이 근처를 어슬렁거리는 것 자체가 여자아이 쪽에서 원조 교제에 응할 의사가 있다는 신호다. 음성 메시지를 듣고 찾아오는 남자도 있는데, 그런 남자를 멀리서 힐끔 보고 마음에 안 들면 그냥 지나친다. 선택권은 언제나 여자아이에게 있다. 돈을 많이 주는 남자에게 접근해 그 돈으로 명품을 사고 맛있는 걸 먹고 마시며 파티 티켓을 산다. 중고생의 몸을 상품화한 건 어른들이지만, 소녀들은 영리하게 그것을 역이용하며 꿋꿋하게 살아가고 있었다.

"참 웃기지도 않지."

가메이가 다시 입을 열었다.

"저런 애들 중에는 의외로 성적 좋은 명문교 출신도 있다고 해."

"정말?"

아키라가 눈을 휘둥그레 뜨자 가메이는 웃음을 터뜨렸다.

"너, 정말 아무것도 모르는구나. 여자애들을 사러 오는 남자 중에는 심지어 학교 교감 같은 사람도 있어. 여기선 뭐든지 가능해."

가메이에게는 배울 점이 많았다. 그리고 가메이 역시 늘 투덜거리면서도 이곳에서 나름의 방식으로 돈벌이를 하고 있었다.

가메이는 잘 차려입은 회사원이 여자아이와 함께 러브호텔에 들어가면 앞에서 기다리고 있다가 남자가 나오면 뒤를 밟았다. 그리고 사람이 없는 골목에서 그에게 말을 걸어 미성년자와 부적절한 짓을 했다는 걸 들먹이며 "용돈 좀 줘" 하고 슬쩍 겁을 줬다. 그럼 웬만한 회사원들은 겁먹어서 바로 돈을 건넸다. 가메이는 이 일을 '틈새 산업'이라고 했다.

가메이의 말에 따르면 이런 곳에서 소녀를 사는 남자는 멀쩡한 사람도 있지만 대개 여자와 말을 섞거나 연애를 이어 가는 게 서툰 사람들이라고 했다. 여기서는 그런 스킬이 필요 없고 오로지 금액만 조율하면 된다. 애초에 여자아이 쪽도 매춘을 목적으로 거리에 나왔으니 힌두 나니로 거래가 성립돼 젊은 여자의 몸을 손에 넣는 것이다.

호텔에서 보내는 시간은 기껏해야 30분에서 한 시간 남짓. 이미 이런 일에 익숙한 여자아이들은 빠르게 행위를 마치고 호텔을 나온다. 그 안에는 어떤 소통도 없이 오로지 삭막하고 무감각한 육체 교환만 있을 뿐이다.

"결국 남자들은 여자애들 손바닥 위에서 노는 건데도 자기들이 잘나서 그렇게 된 줄 알아."

가메이는 말했다.

"그러니 거기에 우리가 살짝 손을 얹어도 아무 문제 없다는 거야."

가메이는 그래도 너무 욕심부리면 안 된다며 요령을 가르쳐 줬다. 많아야 몇천 엔을 뜯는 수준이지만 하룻밤이면 꽤 괜찮은 수입이 된다고 했다. 물론 몸을 판 여자아이들이 버는 액수에 비하면 푼돈도 못 되지만 어디까지나 '틈새 산업'이고, 거기에 몸으로 돈을 버는 소녀들과 달리 '불로소득'인 셈이다. 가메이가 아키라를 데리고 다니는 건 상대에게 위압감을 주기 위해서였다. 가메이는 아키라에게 그냥 말없이 뒤에 서 있기만 하면 된다고 했다. 체격이 크고 왠지 정체를 알 수 없는 분위기를 풍기는 아키라는 그런 역할에 안성맞춤이라고 했다.

가메이가 꼬박꼬박 나눠 주려는 몫을 아키라는 받지 않았다. 돈이 필요해서 밤거리를 떠도는 것은 아니었다. 거기에 아버지는 넉넉하다고 할 수 없지만 생활비 비슷한 걸 줬다. 꼭 '밖에서 실컷 놀다 와라'라고 하는 것처럼. 그런 아키라에게 신주쿠는 좋은 안식처였다. 혼잡하고 열기에 가득 차 있고, 누구든 차별 없이 받아들이고 아무도 간섭하지 않는 거리. 매일매일이 새롭고 낯선 곳.

손님을 협박하다가 여자아이들에게 미움을 사지는 않을까. 어느 날 아키라는 가메이에게 그렇게 물었다. 결국 그 아이들의 '장사'를 방해하는 일이고, 애초에 정해진 금액보다 돈을 더 뜯기면 손님도 줄지 않을까 걱정했다.

"뭐, 겁먹은 손님은 다시는 안 오겠지. 하지만 여고생을 사고 싶어 하는 사람들은 끊임없이 생겨나니까."

가메이는 태연하게 대답했다.

그는 여자아이들 사이에서도 묘하게 인기가 있었다. 일이 끝난 뒤 돈을 주지 않거나, 약속한 금액을 깎으려 드는 손님에게는 가메이가 나서서 제대로 돈을 내게 만들었다. 그럴 때 가메이는 수수료는 물론 어떤 대가도 받지 않았다.

"그냥 애들이 계속 장사할 수 있게 해 주는 거야. 여기는 여기만의 규칙이 있으니까. 그걸 떠나 실컷 즐기고 나서 돈을 안 주는 건 양아치 중의 양아치잖아."

그런 자리에도 아키라는 말없이 함께 있었다. 두 손을 주머니에 넣고 무표정하게 서 있기만 해도 가메이가 혼자 협상할 때보다 일이 훨씬 수월하게 풀린다고 했다.

"넌 완전 '침묵의 돈'이네."

야쿠자 세계를 그린 만화 제목이라고 하는데, 아키라는 읽어 본 적 없었다. 그리고 '침묵의 돈'이 원래는 유명한 러시아 문학 작품에서 따온 제목이라는 걸 가메이는 알지 못했을 것이다. 숄로호프가 쓴 그 소설을 아키라는 후타바가 운영하던 서점에서 읽었다. 그렇게 문득 오랜만에 후타바를 떠올렸다. 그녀는 지금도 그 서점에서 조용히 살고 있을 것이다. 2층 집에 나타난 남자와 그의 아들이 일으킨 풍파는 어느새 가라앉고 다시 평온하고 조금은 따분한 일상을 보내고 있을 게 분명했다.

가메이는 소녀들의 처지와 몸을 담보로 하는 그녀들의 장사 방식도 꿰고 있었다.

"처음에는 말이지."

가부키초 코마 극장 앞 광장에서 가메이가 말을 걸었다.

"나도 여자아이들이 부럽다고 생각했어."

"왜?"

가메이는 껌을 짝짝 씹으며 고개를 숙였다.

"걔네는 팔 수 있는 게 있잖아. 몸이라는 확실한 장사 수단이."

눈앞을 오가는 사람들을 구경하던 아키라는 무심코 고개를 돌려 가메이를 봤다. 가메이는 어색하게 미소 지었다.

"적어도 이런 데 오면 바로 돈을 벌 수 있잖아. 아무 능력이나 경험이 없어도. 나처럼 집 나와서 떠도는 남자 녀석들은 진짜 벌어먹기 힘든데."

가메이는 껌을 퉤 뱉었다. 쥐처럼 살짝 튀어나온 앞니가 네온사인 불빛 아래에서 희미하게 반짝였다.

"너무 많은 애들이 그런 일을 하니 별거 아닌 것처럼 느껴질 수도 있어. 그러다 고등학교를 졸업하면 손을 싹 씻고 멀끔한 여대생이나 회사원이 되겠지. 하지만 말이야……."

그때 이목구비가 뚜렷한 외국인 여자들이 큰 소리로 웃고 떠들며 눈앞을 지나갔다. 술집에 출근하는 콜롬비아 출신 여자들이다. 직설적이고 활달하지만 그만큼 다혈질인 사람이 많아 동료끼리 가끔 싸움을 벌일 때도 있다고 들었다.

"뭔가, 그러니까 뭔가 좀 달라. 정확히 말로 설명하기는 어렵지만."

가메이는 껌을 뱉은 것처럼 말을 내뱉었다.

"어떤 아이가 그랬어. 대머리 아저씨나 변태 녀석들한테 침대 위에서 갖은 짓을 당하면서 가끔 '난 대체 뭘 하고 있는 거지'라는 생각이 든다고."

겉보기에는 그저 여자아이들과 가볍게 수다를 떠는 것처럼 보여도 아이들이 털어놓는 그런 한마디 한마디가 가메이의 가슴을 깊숙이 파고드는 듯했다.

"근데 걔는 이런 말도 했어. 여기 안 오고는 못 버티겠대. 돈이 없으면 괜히 불안해진대, 왜 그럴까. 걔도 사실 유행하는 옷이나 명품 같은 걸 그렇게까지 갖고 싶은 것도 아니래. 근데 여기 나와서 똑같은 일을 하는 애들 사이에 섞여 있으면 왠지 마음이 놓인대."

자신의 가치를 돈으로 환산하지 않고는 견딜 수 없는 걸까. 또 그런 가치관이 잘못된 게 아니라는 걸 친구들과 공유하고 싶은 걸까. 원조 교제를 하는 친구들과 노래방에 가거나 스티커 사진을 주고받으며 웃는 그 천진난만한 표정은 전부 가짜였을까.

"그렇게까지 하면서도 부모한테만큼은 또 절대 들키고 싶지 않대. 부모님이 아시면 불쌍해서라나. 그래서 걔네는 단속을 엄청 무서워해."

가메이는 고개를 들어 아키라를 봤다.

"있지, 아키라. 가족이란 게 대체 뭘까?"

무너진 가정에서 도망쳐 나온 가메이의 너무도 솔직한 질문. 하지만 그 질문에는 아키라도 답을 할 수 없었다.

그 무렵 아키라의 주변에도 변화가 생겼다.

후미카가 쓰던 창고에서 불이 났다. 어느 날 밤 창고 안쪽에서 불이 시작돼 불길이 안에 있던 액자며 목재들을 전부 태웠다고 한다. 아키라는 여느 때처럼 밖에 있었기에 실제 화재 현장은 보지 못했다. 창고가 있는 곳은 건물들이 다닥다닥 붙어 있는 곳이라 꽤 큰 소동이 벌어진 듯했다. 다행히 소방차가 즉시 출동해 불은 금방 진화됐다. 창고 안이 새까맣게 그을렸지만 건물 자체도 무너지지 않고 그대로 있었다.

한밤중에 아키라가 집에 돌아왔을 때 심한 탄내가 코를 찔렀다.

다음 날 아침부터 시작된 현장 조사로 사태의 심각성이 밝혀졌다. 아버지에게 이야기를 전해 들은 아키라는 후미카가 피운 담배 불씨가 화재의 원인일 것으로 짐작했다. 그녀는 평소 늘 담배를 입에 물고 작업을 했고, 그걸 위험하다고 말리는 사람도 없었다. 아버지 역시 비슷한 의심을 하는 것 같지만 항상 그렇듯 느긋하기만 했다.

입으로는 "큰일이네"라고 해도 전혀 다급해 보이지도 않았다.

정작 예민하게 날이 선 사람은 후미카였다. 심지어 후미카는 화재의 원인을 묻는 경찰의 질문에 적반하장으로 아키라가 불을 냈을지도 모른다고 주장했다.

"걔는 절 미워하니까요."

그 탓에 아키라는 경찰 조사를 받게 됐다. 말도 안 되는 억울한 누명이었다.

하지만 불이 난 시각에 아키라가 신주쿠 번화가에 있었다는 게 입증돼 의혹은 곧 풀렸다. 창고 안쪽에서 불탄 재떨이와 라이터가 발견돼 결국 최종 원인은 후미카가 피운 담배로 결론 났다. 좁은 동네에서 불을 낸 집의 주민은 이웃의 눈치를 보면서 지내야 한다. 후미카는 동네 이장을 비롯한 주민들에게 항의를 받았고, 한밤중의 화재에 놀란 이웃 중에는 대놓고 동네에서 나가 달라고 하는 사람도 있었다.

평소 이웃들과 거의 교류하지 않은 그녀를 감싸 줄 사람은 아무도 없었다. 후미카는 스스로 꾸며낸 거짓말로 아키라를 곤경에 몰아 놓고도 뻔뻔하게 아키라에게 이웃집을 찾아가 사과하고 오라고 지시했다. 창고의 작은 창문에서 샌

불길 때문에 옆집 외벽이 조금 그을렸기 때문이다. 정작 그 이웃은 별말 하지 않았지만 동네 이장은 모르는 척 넘어가려는 후미카를 강하게 나무랐다.

후미카가 못마땅하게 내민 과자 상자를 들고 아키라는 마지못해 옆집을 찾아갔다. 내가 이런 일을 할 이유가 없다고 생각했지만 후미카와 마찬가지로 사람들과 잘 어울리지 못하는 아버지가 거의 애원하다시피 부탁해서 어쩔 수 없었다. 고등학생이 가면 상대도 심한 말은 못 할 거라는 계산도 깔려 있었다.

나중에 알게 된 사실이지만 이 무렵 아버지와 후미카의 사이는 이미 틀어져 있었다. 성격이 급하고 다혈질인 후미카에게 질린 아버지는 같은 동네에 있는 사교댄스 교실 여자 원장과 새 관계를 맺고 있었다. 그리고 이에 분노한 후미카가 그 화살을 아키라에게 돌리며 아키라를 방화범으로 몰아간 것이었다.

어쨌든 아키라는 아무 잘못도 없이 이웃집을 찾아가 고개를 숙여야 했다.

옆집은 소목장이라고 불리는 전통 목공예 장인의 주거 겸 작업장이었다. 아키라는 소목장이가 정확히 어떤 일을 하는 사람인지도 모르고 그 집을 찾았다. 그곳 역시 오래된 단독주택이었고, 집 안에 들어갈 때 낮은 처마에 하마터면 머리를 부딪칠 뻔했다. 미닫이문을 열고 안에 들어서자 네 평 정도 되는 작업장이 보였다. 그곳에 발을 들인 순간 그윽한 나무 향기가 코끝을 훅 파고들었다. 이곳이 그런 일을 하는 장인의 작업장이라는 걸 그전까지 전혀 몰랐다. 작업장은 흙바닥인 앞 절반과 마룻바닥인 안쪽 공간으로 나뉘어 있었고, 흙바닥에는 갖가지 목재가 쌓여 있었으며 마룻바닥 위에서는 한 남자가 앉아 작업을 하고 있었다.

"실례합니다."

아키라가 조심스럽게 인사하자 남자가 고개를 들었다. 머리숱이 적고 나이는 50대 정도 돼 보이는 중년 남자였다. 그는 버선을 신은 발로 목재를 꾹 눌러 고정하고 뭔지 모를 세공을 하고 있었다. 그는 들고 있던 끌을 천천히 바닥에 내려놓았다.

"하시모토 씨시죠?"

아키라는 후미카에게 들은 이름을 입에 올렸다. 후미카 역시 이웃에 사는 남자 이름을 지금껏 모르다가 동네 이장에게 전해 들었다고 했다. 아키라는 마음을 굳게 먹고 흙바닥을 지나 안으로 들어갔다.

"옆집에 사는 야마나카 씨 말씀을 전하러 왔는데요."

이 역시 후미카가 시킨 대로 후미카의 이름이 아닌 성만 언급했다. 이런 귀찮은 일을 떠넘긴 그녀가 새삼 원망스러웠다.

"얼마 전 저희 집에서 발생한 화재로 불편을 끼쳐서 정말 죄송합니다."

머릿속에서 수없이 연습한 그 말을 조심스럽게 전했다.

"그래."

그 한마디만 하고 하시모토는 다시 고개를 숙이고 작업으로 돌아갔다. 아버지가 말하기를 화재를 진압하던 소방관이 뿌린 물 때문에 이쪽 집도 물을 꽤 뒤집어썼다고 한다. 그러니 완성된 작품이나 목재가 망가져서 손해 배상을 청구할 수도 있다며 걱정했다. 하지만 아키라에게 그런 건 알 바 아니었다. 오히려 얼마든지 청구해 주기를 바랐다. 후미카가 돈을 낼 수 있을지 없을지와 별개로 그녀가 고통을 겪는다면 그걸로 충분했다.

아키라는 잠자코 하시모토의 다음 말을 기다렸다. 하지만 그는 그 뒤로 입을 열지 않았다.

탁, 탁 하고 끌을 치는 소리가 리듬감 있게 울려 퍼졌다. 그는 말끔하게 대패질한 각재 끝부분에 끌로 정교한 홈을 파고 있었다. 자연스럽게 그의 손놀림에 눈길이 갔다. 끌이 나무를 밀어 새긴 자국 사이로 하얀 나무 가루가 흩날리자 청량한 나무 향이 코끝을 간질였다.

문득 전에 살았던 후타바의 집과 가까운 린시노모리 공원에 와 있는 듯한 기분이 들었다. 나뭇잎 사이로 스미는 햇살, 새들의 지저귐, 발바닥에 느껴지던 흙 감촉이 떠올랐다.

하시모토는 그 뒤로도 한 번도 고개를 들지 않고 작업에 몰두했다. 날카롭게 갈린 끌은 그의 뜻대로 정확하게 각재를 깎아 갔고, 잠시 후 끌 끝에서 튀어나온 부분이 볼록한 모양으로 다듬어졌다. 그는 나무를 들어 깎인 상태를 한 번 살펴보고는 다시 섬세하게 손질을 더했다. 이윽고 만족했는지 이번에는 다른 나무를 가져와 갖다 대며 맞춰 봤다. 구멍이 뚫린 다른 나무에 방금 만든 나무의 돌출부를 끼우자 두 나무는 빈틈없이 정확히 맞물렸다.

연결된 부분 위에 정성스럽게 대패질을 하자 곧 이음새가 눈에 띄지 않을 정도로 두 나무가 자연스럽게 이어졌다. 하시모토가 나무를 들어 올리자 두 나무는 마치 처음부터 하나였던 것처럼 완벽하게 달라붙어 있었다.

"와……."

저절로 탄성이 새어 나왔다.

그제야 하시모토는 아키라가 여전히 그 자리에 서 있다는 걸 알아챈 듯했다. 집중한 나머지 주변이 전혀 눈에 들어오지 않았나 보다.

"재밌냐?"

낮은 목소리로 그렇게 물어서 아키라는 어린아이처럼 고개를 끄덕였다.

"아저씨는 뭘 만드는 분이세요?"

"나 말이냐. 난 사시모노指物라는 걸 만드는 소목장이다. 사시모노는 못이나 쇠붙이를 쓰지 않고 오로지 나무와 나무를 짜맞춰 만드는 가구나 창호를 뜻하지."

"우와."

아키라는 다시 감탄했다.

"못을 안 써도 나무가 붙나 봐요."

"그렇지."

하시모토는 조금 뿌듯해하는 표정으로 말했다. 낡고 해진 그의 작업복 어깨 쪽에 작은 구멍이 나 있었다. 그는 짧은 머리에 두른 수건을 풀어 무릎에 쌓인 나무 가루를 털었다.

"촉과 구멍을 만들어서 두 개를 맞춰 끼우는 거야."

"그렇군요……."

하시모토는 영차 하고 몸을 일으키더니 작업장 벽에서 작은 서랍장을 가져왔다. 3단으로 구성된 서랍장이었다. 그가 서랍 중 하나를 조심스럽게 당겼다가 다시 밀어 넣자 다른 서랍 하나가 툭 하고 튀어나왔다.

"봐라. 오차 없이 정확하게 만들면 이렇게 되지. 기밀성이 높아 안에 있던 공기가 다른 쪽 서랍을 밀어내는 거야."

"솜씨가 대단하시네요, 아저씨."

아키라가 감탄하자 하시모토는 문득 열기가 식은 것처럼 무표정한 얼굴로 돌아갔다.

"그래서 너, 뭐 하러 왔다고 했더라?"

"아, 그게…… 얼마 전 불이 나서 아저씨네 집 벽이 좀 그을렸다고……."

아키라는 금세 다시 더듬거리며 설명했다.

"이건, 그…… 사과드리려고……."

그렇게 말하며 과자가 든 종이봉투를 작업장 마룻바닥에 조심스럽게 내려놓았다.

"그을린 곳…… 수리하셔야겠죠. 수리비는……."

"됐어."

"네?"

"어차피 낡은 집인데 뭐. 좀 그을리든 구멍이 뚫리든 서 있기만 하면 돼."

그 말을 끝으로 하시모토는 다시 작업에 몰두했다. 대인배인지 아니면 그냥 대충 사는 사람인지 어쨌든 화재 때문에 생긴 피해는 따지지 않겠다는 뜻이었다. 아키라는 속으로 이 정도면 내 역할은 다했다고 생각했다.

하시모토는 또 다른 나무 조각을 집어 들었다. 이번에는 가는 각재다. 그 위를 아주 작은 대패로 조심스럽게 밀어서 깎는다. 저렇게 해서 대체 뭘 만드는 걸까. 아키라는 문득 궁금증이 생겼다.

"저……."

"또 왜?"

"좀 구경해도 될까요?"

그러자 하시모토는 손을 멈추고 아키라를 올려다봤다.

"이상한 녀석이네."

그 한마디만 하고 그는 다시 고개를 숙였다.

결국 아키라는 이후 거의 두 시간 가까이 하시모토의 작업을 조용히 지켜봤다. 작업 중에는 말수가 적던 하시모토도 아키라가 워낙 진지하게 보고 있어서인지 나직이 사시모노의 이음매 종류를 설명해 줬다.

가장 기본이 되는 건 돌기 모양으로 깎은 촉을 정확한 크기의 구멍에 끼워 넣는 '호조쿠미ホゾ組み' 방식. '센우치 호조栓打ホゾ'는 촉과 구멍 양쪽에 관통 구멍을 하나 더 뚫고 '다보ダボ'라 불리는 나무못을 끼워서 고정하는 방식이다. 이렇게 하면 단순히 결합한 것보다 훨씬 튼튼한 이음매가 만들어진다. 그 밖에도 '아리쿠미蟻組み'라든지 '도즈키胴付き', '아이카키相欠き' 같은 다양한 방식이 있으며, 그 안에서도 또 세부적으로 나뉜다. 쐐기를 쓰거나 촉 자체의 모양을 달리해서 강도를 높이기도 한다. '지고쿠호조地獄ホゾ'라는 방식도 있는데 한번 끼우면 절대 다시 빠지지 않기 때문에 '지옥地獄'이라는 말이 붙었다고 했다.

이 모든 게 일본 전통의 목공 기술이며, 그가 평소 쓰는 톱, 대패, 끌, 망치, 자 같은 도구들은 모두 잘 손질돼 공구 상자 안에 가지런히 정리돼 있었다.

"이렇게 만든 건 말이다. 못과 접착제가 없어도 딱 달라붙지. 들어 올리거나 흔들어도 절대 빠지지 않아."

하시모토는 자신의 설명에 열심히 귀 기울이는 고등학생

을 신기한 듯 쳐다봤다.

"넌 참 이상한 녀석이구나."

마침내 몸을 일으키려는 아키라에게 하시모토는 한 번 더 같은 말을 내뱉었다. 아키라가 미닫이문을 열고 밖에 나설 때도 하시모토는 고개를 숙이고 끌 작업을 이어 갔다. 콩, 콩 하고 울리는 경쾌한 소리의 배웅을 받으며 아키라는 낡고 허름한 작업장을 조용히 빠져나갔다.

집에 돌아가자 아버지와 후미카가 어두운 표정으로 아키라를 맞았다. 아키라가 돌아오지 않자 뭔가 일이 꼬였다며 걱정한 듯했다. 하지만 벽이 그을린 건 신경 쓰지 않아도 된다고 아키라가 전하자 두 사람은 어리둥절한 얼굴로 서로를 바라봤다.

"뭔가 괴짜 장인 같기는 하더라, 그 사람."

귀찮은 일을 아키라에게 떠넘겨 놓고 후미카는 뻔뻔하게 말했다. 어디선가 들었는데 하시모토는 평생 혼자 살며 하루 종일 작업장에 틀어박혀 있다고 했다. 전통 방식의 에도 사시모노江戸指物를 만드는 장인이지만 요새는 수요가 없어 사양길이라며 빈정거리듯 말했다. 아키라는 그 말이 불쾌했지만 그냥 입을 다물었다.

"오오, 전통을 수호하는 장인님이시군."

아버지는 분위기를 맞추며 너스레를 떨었다.

"그게 괴짜지 뭐야."

후미카가 덧붙였다. 두 사람은 이럴 때만 죽이 잘 맞았다. 그때도 분명 아버지는 속으로는 다른 여자의 집에 가고 싶어 안달이 났을 것이다.

그날 이후 아키라는 하시모토의 작업장에 가끔 들렀다. 학교에서 돌아와 끌질 소리가 들리면 자연스럽게 이끌리듯 그의 작업장에 들어가 조용히 작업을 지켜봤다. 하시모토는 처음처럼 말을 걸어 주지 않았다. 원래의 무뚝뚝하고 완고한 장인으로 돌아간 듯했다. 어떤 날에는 서로 한마디도 주고받지 않은 채 작업장을 나서는 날도 있었다.

그래도 쫓아내거나 귀찮아하지 않고 말없이 내버려두는 게 고마웠다. 아키라는 밤거리 외에도 조용히 머물 자신만의 안식처가 또 하나 생긴 기분이었다.

액자 사업이 잘 풀리지 않고 화재 뒷수습 문제까지 겹치며 후미카는 점점 더 신경이 날카로워졌다. 자금 사정도 여의치 않은 듯했다. 집에 얹혀사는 처지인 아버지는 아무 도움도 되지 못했다. 그는 애인의 분풀이를 피해 사교댄스 교실 여자 원장의 집에 틀어박혔다. 어이없게도 그 교실에서 원장과 파트너가 되어 춤을 춘다고 했다. 어디서 배웠는지 아버지는 사교댄스에 소질이 있어 꽤 괜찮은 실력을 선보이고 있다고 했다.

"미국에서 어머니랑 살았을 때 교양으로 익혔지. 아일린은 정말 우아하게 춤을 췄어."

후미카가 추궁하자 아버지는 태연하게 말했다.

아마 미국에서 살던 시절이 아버지의 인생에서 가장 빛나던 시절이었을 것이다. 타고난 게으름과 방탕한 성격만 아니었다면 그곳에서 훌륭한 사람이 됐을 수도 있다. 기대를 건 외아들의 몰락한 모습을 보지 못하고 세상을 뜬 게 어쩌면 아일린에게는 다행이었는지 모른다.

큰 키에 탄탄한 체격인 아버지의 춤사위는 꽤 그럴듯했던 모양이다. 그와 애인이 함께 추는 춤을 보려고 오는 교실 수강생이 늘었다는 소문이 돌았다. 그 일로 후미카의 불만은 극에 달했다. 그 뒤로도 아무렇지 않게 교실에 다니고 때때로 외박까지 일삼는 아버지에게 분노를 터뜨렸다.

이 집은 아키라에게 전보다 더 숨 막히는 공간이 됐다. 좁은 집 안에는 자기 방도 없었다.

학교에서 돌아오면 해 질 녘까지 하시모토의 작업장에서 시간을 보내고 날이 저물면 신주쿠 거리로 나가는 게 아키라의 일상이 됐다. 학교 숙제는 하시모토의 작업장에서 후딱 해치웠다. 나무 가루투성이인 바닥에 교과서와 공책을 펼쳐 놓고 공부하는 아키라를 하시모토는 못 본 척 내버려뒀다.

무뚝뚝한 장인의 손에서 탄생하는 상자나 작은 책상, 선반, 다도구 등을 구경하는 건 소소한 즐거움이었다. 나무판과 나무판, 나무판과 막대, 막대와 막대를 퍼즐처럼 조합해서 만드는 사시모노는 그야말로 예술품이었다. 에도사시모노는 화려한 장식보다 나뭇결을 그대로 살린 소박하고 정제된 형태를 중시한다고 했다.

"그게 바로 멋이라는 거지."

하시모토는 낮은 목소리로 말했다. 그는 중학교를 졸업한 후 가업인 소목장이 일을 이어받았다. 아버지가 세상을 뜬 뒤부터는 그저 우직하게 가구를 만드는 일에 전념해 왔다. 결혼을 하지 않고 가족들과 교류도 없이 오로지 작업에만 인생을 바쳐 왔다. 후미카가 말했듯 아무리 수요가 줄고 업계가 쇠퇴해도 그런 건 이 장인과 아무 상관 없을 거라고 아키라는 짐작했다.

작업장을 자주 드나든 덕에 어느새 오동나무, 삼나무, 뽕나무, 느티나무 같은 목재 종류도 자연스럽게 알게 됐다. 재료와 도구, 이음매에 대해 거리낌 없이 묻는 아키라를 처음에는 귀찮아하던 하시모토도 조금씩 입을 열어 하나하나 가르쳐 줬다.

아키라도 주변에 굴러다니는 나무토막을 받아 세공을 해 봤지만 실력이 따라 주지 않았다.

"당연하지. 웬만큼 손에 익는 데도 10년은 걸리니까."

하시모토는 입꼬리를 올려 웃으며 말했다. 그래도 그동안 단조로웠던 그의 삶에 아키라가 끼어들면서 약간의 심경 변화가 생긴 듯했다.

어느 날, 근처에 사는 동네 이장이 작업장을 찾아와 안을 들여다보며 놀랐다.

"어이쿠! 천하의 고타 씨가 어린애랑 말을 다 섞다니."

하시모토의 이름은 고타인 듯했다. 미닫이문에 걸린 손수 만든 문패는 색이 바래서 읽을 수 없었다. 어차피 평소 우편물이나 택배가 거의 오지 않아 불편함은 없는 듯했다.

"이 녀석이 멋대로 눌러앉은 거야. 난 귀찮아 죽겠어."

하시모토는 퉁명스럽게 말했지만 그러면서도 왠지 기쁜 듯했다.

"그렇군."

아키라를 바라보는 이장의 얼굴에는 '아비나 아들이나 남한테 붙어 사는 건 똑같군'이라는 말이 쓰여 있었다. 화재 소동을 계기로 그도 외지에서 온 후미카와 유이치로 부자의 관계를 어느 정도 파악한 듯했다. 유이치로가 지금은 사교댄스 교실의 여자 원장과 친밀한 사이라는 것도.

하시모토는 그런 건 전혀 신경 쓰지 않았다. 그가 편견 없이 자신을 봐 주는 것도 아키라는 고마웠다.

댄스 교실에서 약간의 돈을 받는지, 아니면 여자에게서 뜯어내는지 몰라도 아버지가 학비를 계속 내주는 것도 고마운 일이었다. 적지만 용돈도 조금씩 쥐여 줬다.

덕분에 아키라는 간신히 생활을 이어 갈 수 있었다. 학교에 갔다가 오후에는 하시모토의 작업장에서 시간을 보내고, 밤이 되면 신주쿠로 나가 밤거리를 배회했다. 끼니는 편의점에서 대충 해결했다. 길바닥에 주저앉아 먹을 때도 있지만 그런 모습은 시부야나 신주쿠에서는 흔했다.

밤이 깊어지면 가부키초로 갔다. 가메이와 합류해 그의 장사에 힘을 보탰다.

가메이와 어울리는 사이 원조 교제 소녀들과도 친해졌다. 시부야나 이케부쿠로에서 남자들의 추파를 듣는 데 익숙한 소녀들은 또래 남자아이들과도 편하게 말을 섞었다. 대부분 평범한 여고생이었지만 가부키초에서 그들이 무슨 일을 하는지 아는 아키라와 가메이는 애초에 그들에게 이성으로 느껴질 상대가 아니었다. 마음을 터놓을 수 있는 동료쯤으로 생각하는 듯했다.

특히 소녀들에게 여러모로 도움을 주는 가메이는 의지가 되는 존재였고, 그런 가메이와 함께 다니는 덕에 아키라도 그 무리에 자연스럽게 녹아들 수 있었다. 신주쿠 경찰서 산하 가부키초 파출소의 경찰들은 자주 순찰을 돌았다. 데이트 클럽을 단속하러 들어올 때도 있었다. 보호 관찰에 걸리면 집이나 학교에 연락이 가기 때문에 소녀들은 영리하게 경찰을 피해 다녔다.

그럴 때도 가메이는 도움이 됐다. 평소 가부키초 파출소 경찰들과 얼굴을 트고 지내는 그가 능청스럽게 말을 걸면 그 틈을 타 소녀들이 자취를 감추는 식이었다. 요령이 좋은 가메이는 가부키초를 활동 무대로 하는 야쿠자들과도 어울려 지냈다. 다만 호스트들만큼은 유독 싫어했다.

일본 최고의 환락가이자 범죄의 온상이기도 한 가부키초에서 소녀들은 교묘하게 위험을 피해 다니며 헤엄치듯 살아갔다. 그중에는 '가부키초에 가면 어떻게든 되겠지'라는 생각으로 지방에서 상경한 소녀들도 있었다. 그런 아이들은 고작 몇만 엔을 손에 들고 도쿄에 도착하자마자 가부키초 거리에 발을 들였다.

가부키초는 그런 아이들을 거부하지 않았다. 끝없는 포용력으로 순식간에 그들을 삼켰다. 꼭 몸을 팔지 않아도 돈 버는 방법은 얼마든 있었다. 예를 들어 가게의 호객꾼이 되어 멍청한 취객들을 유인하는 일. 그러면 그 취객은 자신을 데려간 젊은 여자가 옆에 앉아 줄 것으로 믿고 가게에 들어간다. 하지만 여자는 가게 앞까지만 따라갈 뿐, 들어간 그 가게는 대부분 손님에게 바가지를 씌우는 술집들이다. 그곳에서 취객은 거의 협박당하듯 돈을 쓰게 되고 그중 일부가 여자아이의 주머니에 들어가는 구조였다.

버블 경제가 붕괴한 이후 씀씀이 좋은 손님이 줄어서 모든 가게가 한 명이라도 더 많은 손님을 끌어들이고 싶어 했다. 그래서 10대 소녀를 미끼로 손님을 유인하는 것이었다. 그리고 그런 손님들에게는 터무니없는 돈을 뜯어내는 만큼 여자아이 몫을 떼 줘도 가게는 충분히 수익을 챙겼다.

"그래서 가출한 애들도 점점 여기 물에 익숙해지고 그러다 결국 원조 교제까지 가는 거야."

가메이는 어깨를 으쓱거리며 말했다. 만약 그게 이곳에서의 '성장'이라면 참으로 서글픈 이야기였다. 처음에는 호객 아르바이트, 데이트 클럽, 전화방으로 시작하지만 결국에는 몸을 팔고 그걸로 엄청난 돈을 벌 수 있다는 걸 배우게 된다. 가부키초는 그렇게 상품화된 소녀들을 확실하게 소비하는 곳이었다.

그런 소녀들 중 가장 돈을 잘 벌던 아이가 '리리카'라는 이름의 아이였다. 아마 본명은 아닐 것이다. 본인은 스무 살이 넘었다고 했지만 그렇게 나이 들어 보이지 않았다. 요염한 얼굴에 풍만한 몸매를 지닌 리리카는 다른 아이들보다 몸값도 훨씬 높다고 했다. 그래도 리리카를 사려는 남자는 많았고, 그녀는 그날 기분에 따라 손님을 골랐다.

그렇다고 해서 리리카의 성격이 도도하거나 건방진 건 아니었다. 오히려 다른 아이들의 고민을 들어주고 잘 챙기기도 해서 따르는 아이가 많았다. 반 장난처럼 원조 교제를 하는 아이들과는 어딘가 달라 보였다. 리리카는 강단과 뻔뻔함을 겸비한, 말 그대로 가부키초 소녀들의 언니 같은 존재였다.

가메이와는 꽤 오래전부터 알고 지낸 사이인 듯했다. 손님과 트러블이 생겼을 때 리리카가 가장 먼저 찾는 사람도 가메이였다. 가메이는 대부분의 상황을 요령 있게 수습해서 리리카도 그를 신뢰했다. 가부키초 거리에는 나름의 질서가 있고, 원조 교제를 하는 소녀들에게도 그들만의 룰이 존재했다. 유흥업으로 돈을 버는 프로 여성들의 영역을 침범하지 않고 자신들만의 위치를 확립하는 것. 공공기관이나 반사회적 세력의 개입 없이 이 좁은 지역에 자리를 잡는 것. 그런 걸 해내기 위해서는 제대로 작동하는 시스템이 필요했고, 리리카와 가메이도 그런 점을 누구보다 잘 알고 있었다.

겉보기에는 넉넉한 집안에서 자라 용돈을 충분히 받으면서 단지 유흥비가 필요해 매춘을 하는 것처럼 보이는 아이들도 사실 외로움에 시달리거나 그런 삶을 이어 가다가 마음이 병들기도 했다. 다정하게 말을 걸어 주는 남자에게 속아 넘어가는 아이도 많았다.

"꼭 돈 때문에 이런 일을 하는 거 아니야. 혼자 있으면 너무 외로우니 남자를 따라가 버리는 거야. 거짓말인 줄 알면서도 그 순간만큼은 다정하게 대해 주니까. 그리고 누군가가 곁에 붙어 있으면 따뜻하잖아."

그런 속내를 털어놓는 아이도 있었다.

밤거리를 떠도는 소녀들을 '비행 청소년'이라고 싸잡아 부르는 어른들은, 아이들의 그런 복잡하고도 섬세한 심리를 이해하지 못하고, 할 수도 없었다. 리리카는 그 점을 잘 아는 듯했다. 가메이와 함께 다니는 아키라에게도 리리카는 마음을 점점 열기 시작했다. 가끔 맥도널드나 저렴한 패밀리 레스토랑에 가메이와 아키라를 데려갔다. 딱히 약속을 잡는 건 아니고 그날그날 기분과 벌이에 따라 불쑥 들어가는 식이었다.

"아, 귀찮아. 오늘은 그냥 가서 잘래."

햄버거를 한입 베어 물며 리리카는 그런 말을 했다. 그녀가 묵는 곳이 어디고 그곳에서 어떤 생활을 하는지는 알 길이 없었다. 평소 자기 이야기를 거의 하지 않아서 어떤 배경을 가졌는지도 짐작할 수 없었다.

그러던 어느 날, 리리카가 한 여자아이를 데리고 나타났다. 그전에도 가끔 그런 일이 있었기에 가메이와 아키라는 둘 다 별로 신경 쓰지 않았다. 리리카는 정이 많은 아이였다. 밥을 제대로 못 챙겨 먹는 것 같은 아이가 있으면 슬쩍 데려가 밥을 사 주고는 했다. 그러면서 자연스럽게 이런저런 고민과 하소연을 들어주고 조언을 건네며 다독여 주기도 했다. 그렇게 위로를 받고 나면 아이들도 다시 기운을 차렸다. 리리카는 그 아이들에게 원조 교제를 그만두라는 말은 절대 하지 않았다. 그런 공허한 충고가 여기서는 아무 의미도 없다는 걸 잘 알기 때문이다.

하지만 그날 리리카가 데려온 아이는 조금 달랐다. 얼굴은 아직 앳된 티가 났고 겁먹은 기색이 역력했다. 아직 가부키초에 설 나이가 아니라는 느낌이 들었다. 소녀들의 언니 격인 리리카가 괜히 신경을 쓴 게 아니었다. 리리카는 방금 아이를 거리에서 만나 데려왔다고 했다.

"너, 몇 살이야?"

맥도널드에서 자리에 앉자마자 리리카가 물었다.

"열네 살이요."

목소리에서도 어린 티가 났다. 생각에 잠긴 리리카를 아키라는 곁눈질했다. 중학생이어도 발육이 좋은 아이는 스무 살처럼 보이기도 하고 손님들과도 당당하게 흥정했다. 하지만 그런 아이들은 애초에 눈치가 빨라서 나이를 물어도 진짜 나이를 말하지 않았다.

아이는 배짝 말라 초라해 보였고 쫄쫄 굶었는지 햄버거를 받자마자 허겁지겁 먹기 시작했다. 리리카와 가메이, 아키라는 서로 눈짓을 주고받았다. 아무리 봐도 뭔가 사연이 있어 보이는 아이였다.

"이름은?"

"가와카미 지사."

아이는 입술에 묻은 케첩을 핥으며 대답했다. 약간 거리가 있는 두 눈 속 눈동자가 이리저리 불안하게 흔들렸다. 그 표정이 무척 위태로워 보였다.

"너, 여긴 왜 온 거야?"

그 말에는 아무 대답도 없었다.

"가출했어?"

그러자 지사는 햄버거를 삼키며 고개를 끄덕였다.

"얘는 어디서 데려왔어?"

가메이가 끼어들어 물었다.

"유호도 공원 근처. 어두운 데서 벌벌 떨고 있더라고."

"그럼 그냥 가출한 애네. 굳이 챙겨 줄 거 없이 경찰에 넘기면 돼. 그럼 그쪽에서 알아서 가족한테 연락할 거야."

"싫어요. 집에는 절대 안 돌아가."

지사는 그 말만큼은 단호하게 했다.

"경찰 아저씨들이 네 얘기를 잘 들어주고 처리해 줄 거야. 집에 가기 싫다는 것도 거기서 말하면……."

"부모님한테 연락할 거잖아요?"

지사는 다 먹은 햄버거 포장지를 구기며 못마땅한 얼굴로 세 사람을 둘러봤다.

"그건 그렇지만……."

"됐어요!"

지사는 벌떡 일어나 그대로 나가려고 했다. 리리카가 그런 지사의 팔을 붙잡았다.

"어디 가게?"

"상관없잖아요!"

"아니, 상관있어. 너처럼 어린애가 밤중에 혼자 돌아다닐 곳이 아니야, 여긴."

"집에 있는 것보단 나아요."

가메이는 일부러 들으라는 듯 한숨을 푹 내쉬었다. 중학생 여자아이가 부모와 다투고 집을 뛰쳐나왔다고 짐작하는 듯했다. 그게 맞을지도 모른다. 분명 뭔가 결심을 하고 나온 게 아니라 아무 준비도 없이 도망치듯 나온 분위기였다.

리리카는 팔짱을 낀 채 지사를 유심히 관찰했다. 아키라도 덩달아 정면에 앉은 지사를 봤다. 아이의 모습은 어딘가 언밸런스했다. 무작정 어리다기보다 나이에 비해 성장 속도가 느린 느낌이었다. 머리는 누가 대충 잘라 줬는지 삐죽삐죽 제멋대로였고 옷도 몸에 맞지 않아 헐렁했다. 발밑을 슬쩍 보니 맨발에 더러운 샌들만 걸치고 있었다.

리리카의 눈에 어떻게 비쳤는지 알 수 없지만 부모의 관심을 못 받고 자란 아이가 분명했다.

"집에 가기는 싫은 거구나?"

그렇게 묻자 지사는 조용히 고개를 끄덕였다.

"엄마 아빠가 걱정하시지 않을까?"

그 말에는 세차게 고개를 저었다.

"알겠어."

리리카는 망설임 없이 말했다.

"그럼 우리 집으로 갈래?"

"야."

가메이가 뭔가 더 말하려는 걸 리리카가 눈빛으로 제지했다. 지사는 눈을 크게 뜨고 오늘 처음 만난 언니를 올려다봤다.
"정말…… 그래도 돼요?"
속삭이듯 희미한 목소리였다.
"응, 괜찮아."
"야, 진심이야?"
가메이가 믿을 수 없다는 듯 고개를 절레절레 저었다.
리리카는 결국 그날 일찍 장사를 접고 그 꾀죄죄한 어린 아이를 데리고 돌아갔다.

그 후 이틀 동안 리리카는 가부키초에 모습을 드러내지 않았다.
항상 리리카가 있는 자리에 온 중년 남자가 "리리카는?" 하고 다른 아이에게 물었다.
"오늘은 쉬는 날이야."
"그래? 무슨 일 있어?"
"나도 몰라. 아저씨, 나랑 놀래? 5에 어때?"
"비싸. 리리카라면 몰라도."
"그럼 3으로 해 줄게. 호텔비는 따로."
자영업자처럼 보이는 중년 남자와 소녀가 러브호텔 쪽으로 사라진 뒤에야 리리카가 나타났다. 옆에는 지사가 꼭 붙어 있었다.
"아, 리리카. 소에지마 아저씨가 마린이랑 호텔 갔어. 널 찾았는데."

같이 있던 여자아이가 그렇게 말해도 리리카는 "응, 그래"라고 짧게 대답했다. 소에지마라는 그 부잣집 아저씨는 리리카에게 푹 빠져서 한 달에 50만 엔을 줄 테니 언제든 원할 때 만나 달라고 했지만 리리카는 단박에 거절했다고 들었다.

가메이와 아키라가 서 있는 걸 보고 리리카가 지사와 함께 다가왔다. 지사는 전보다 훨씬 단정해진 모습이었다. 옷은 여전히 좀 크지만 깨끗하게 세탁한 맨투맨 상의에 밑단을 접은 청바지를 입고 있었다. 리리카의 옷을 빌려 입은 듯했다.

"얘 좀 맡아 줘. 장사하고 올게."

"뭐? 말도 안 돼. 왜 우리가?"

눈을 부라리는 가메이를 무시하고 리리카는 자기 자리로 걸어갔다.

"배고프냐?"

방금 불평한 주제에 가메이는 지사에게 물었다.

"아뇨. 아까 리리카 언니랑 라면 먹고 왔어요."

목소리도 훨씬 차분했다. 버려진 강아지처럼 불안해하던 이틀 전 모습과 달랐다.

"라면이랑 햄버거 같은 것만 먹지 말고 채소도 좀 먹어."

가메이는 제법 어른스러운 얼굴로 말했다. 패스트푸드만

먹는 아키라에게도 종종 하는 잔소리였다. 가메이는 어릴 때 어머니에게 "아빠는 왜 걸핏하면 화를 내?"라고 물은 적이 있다고 한다. 그때 어머니는 말끝을 흐리며 "아빠는 채소를 안 먹어서 늘 화를 내는 거야"라고 둘러댔고 그 말은 어린 가메이의 내면 깊숙이 새겨졌다. 아버지의 폭력에 그런 억지 설명을 갖다 붙이며 스스로 납득하려 했는지도 모른다. 우습고도 씁쓸한 이야기였다.

"리리카도 참 별나다니까. 이런 정체도 모를 애를 돌봐주다니."

"어쩌려는 걸까."

"글쎄."

가메이는 한쪽 어깨를 가볍게 으쓱였다.

한 시간쯤 지나 리리카가 돌아왔다. 지사는 활짝 웃으며 리리카에게 뛰어갔다. 가메이와 아키라도 불 켜진 자판기 앞으로 다가갔다.

"애를 왜 데려오는 거야? 집에 두고 와도 되잖아?"

"나랑 떨어지기 싫대. 혼자 있는 건 무서워서 싫다고 하더라고."

어린 지사가 옆에 꼭 붙어 있는 게 리리카도 꼭 싫지는 않은 듯했다. 정말 반려동물처럼 돌볼 생각인지도 모른다. 이 일대를 떠도는 소녀들은 단순히 몸을 팔아서 돈을 벌려고 나오는 게 아니다. 아키라도 그런 것들을 점점 깨닫게 됐다.

그들은 그저 누군가와 함께 있고 싶어 했다. 진심이 아닌 겉치레에 불과한 걸 알면서도 누군가와 수다를 떨고 함께 밥을 먹는 관계에 의지하고 싶은 것이다. 공무원이나 회사원 아버지, 문화 센터에 다니는 어머니, 공부 잘하는 형제자매들 사이에서 부족함 없이 지내는 것처럼 보여도 아이들은 그 안에서 자신들만의 버거운 삶을 끌어안고 있었다.

누군가에게 곤란한 일이 생기면 서로 머리를 맞대고 어떻게든 해결하고자 애쓴다. 그렇게 진심으로 대해 주는 어른을 만나보지 못한, 다정하고 약하며 외로운 소녀들. 친아버지와 나이 차이도 별로 나지 않는 남자에게서 돈을 뜯어내고, 시답잖은 데 그 돈을 탕진하면서도 자신들의 행동에 뭔가 의미가 있다고 믿고 싶어 한다. 왜일까. 왜 그렇게 돈이나 물건을 얻는 데 집착하는 걸까. 영리한 소녀들은 어쩌면 그런 게 얼마나 허무한지도 알고 있을지 모른다. 아키라는 생각했다. 어쩌면 이 아이들은 버블 시대의 광란에서 돈만 좇던 어른들을 차분한 눈으로 지켜보던 아이들이었을지도 모른다고.

정말 중요한 게 무엇인지 어른들보다 이곳 소녀들이 더 잘 알고 있고, 그러면서도 일부러 정반대 길을 달리며 어른들을 비웃는 것처럼 보이기도 했다. 임시로 맺어진 친구들과 어깨를 맞대며 살아가는 가부키초에는 그들만의 작은 도움의 공동체가 있었다. 가부키초의 밤거리는 그런 묘한 온

기를 품은 공간이었다.

지금도 리리카 옆에 꼭 붙어 있는 지사를 둘러싸고 소녀들이 말을 걸며 떠들고 있다. 자판기에서 음료수를 사 주는 아이도 있다. 조금 전만 해도 원조 교제를 목적으로 나온 아이들이 다시 천진난만한 얼굴로 돌아가 있다. 아키라는 그 모습을 말없이 지켜봤다.

"이제 됐어. 고마워. 저 애들이 돌아가면서 봐 주겠대."

리리카가 그렇게 말하자 가메이는 등을 돌렸다.

"바보 같긴."

가메이는 나지막이 중얼거렸다.

그 말이 리리카를 두고 한 말인지, 지사를 귀여워하며 돌보겠다는 소녀들을 두고 한 말인지, 그 소녀들을 돈을 주고 사려는 남자들에게 하는 말인지, 아니면 이런 구조를 가능케 만든 사회에 하는 말인지 아키라는 분간할 수 없었다.

그날 이후 리리카는 매일 밤 지사를 데리고 거리로 나왔다. 지사는 늘 같은 자리에 모인 십여 명의 소녀들 중 누군가가 돌봐주는 듯했다. 소녀들은 손님과 거래가 성사되면 번갈아 자리를 비웠지만 누군가는 늘 자리를 지키고 있기에 지사도 불안해하지 않았다. 얼굴빛도 한결 밝아졌다.

"쟤를 대체 언제까지 여기 두려는 거야?"

열흘쯤 지났을 무렵 참지 못한 가메이가 리리카에게 물었다. 가메이와 아키라, 리리카는 편의점 앞 아치형 차단봉 위에 나란히 걸터앉아 있었다. 어깨가 드러난 옷을 입은 리리카는 주스 팩 빨대를 입에 물고 있었고, 길 건너편에서는 여자아이들에게 둘러싸인 지사가 보였다. 누군가가 말을 걸자 지사가 힘없이 웃는 모습이 보였다.

밤 10시 30분. 조금 전 경찰서 청소년계에서 순찰을 돌았다. 소녀들은 익숙한 것처럼 중학생인 지사를 재빨리 숨겼다.

"이건 좀 아니지 않나? 학교도 안 가고."

가메이는 지극히 상식적인 말을 했다.

"의무 교육도 안 끝났는데 이런 데 계속 있게 해서 되겠어?"

실제로는 중학생이면서 원조 교제를 하는 아이도 있다는 걸 가메이도 뻔히 알 터였다. 학교와 집에 가지 않고 낯선 남자의 집을 전전하는 아이들이 이곳에는 넘쳐났다.

"지사는 말이지……."

리리카는 도톰한 입술에서 빨대를 떼며 말했다. 조금 전 일을 하나 마치고 돌아온 참이었다.

"집에 가면 더 안 좋아."

"왜?"

리리카는 인조 속눈썹을 붙인 눈을 내리깔았다. 가메이 옆에 앉은 아키라의 코에도 리리카가 뿌린 감귤계 향수 냄새가 은은하게 풍겼다.

"쟤는 엄마랑 단둘이 살았는데……."

리리카는 어느새 지사에게 집안 사정을 들은 듯했다. 리리카가 사 준 캔커피를 홀짝이며 가메이와 아키라는 조용히 귀를 기울였다.

지사의 어머니는 가벼운 지적 장애가 있다고 한다. 지사의 아버지가 누군지는 아무도 모른다. 민생 위원*이 개입해 생계 급여를 받게 해 줘서 그걸로 간신히 생활을 이어 갔다. 그러던 어느 날 모녀 사이에 끼어든 남자가 있었다. 지사가 초등학교에 들어가기 전이었다. 그 뻔뻔한 남자는 지사의 어머니를 정신적으로 완전히 장악했다. 그것도 모자라 남편이라도 되는 양 집에 눌러앉아 생계 급여를 가로채고 개입하려는 공무원들을 쫓아냈다. 일을 하지 않고 내키는 대로 폭력을 휘두르며 대낮에도 지사의 어머니를 강제로 범했다. 어머니는 그저 두려움에 떨 뿐이었다.

"지사는 어릴 때부터 그런 광경을 계속 봐 온 거야."

리리카는 입술을 꽉 깨물며 말했다. 가늘게 뜬 눈에서 분노의 불꽃이 이글거리는 듯했다.

"그뿐만이 아니야. 그 자식은 어린 지사의 알몸을 사진으로 찍어서 팔아넘겼대."

아키라는 깜짝 놀라 리리카를 쳐다봤다. 옆에 앉은 가메

---

* 빈곤자에게 생활 보조 등을 하기 위해 지방 자치 단체가 민간인에게 위촉한 직위.

이는 침울한 표정으로 커피 캔을 꽉 움켜쥐었다. 기울어진 캔에서 커피가 흘러 아스팔트 위에 검은 얼룩이 생겼다.

"지금까지 지사의 몸을 계속 돈벌이 수단으로 이용해 왔어."

"아동 음란물인가."

가메이의 목 깊은 곳에서 갈라진 목소리가 새어 나왔다.

아키라는 편의점 잡지 코너로 시선을 향했다. 그곳에는 자극적인 사진이 실린 독자 투고 잡지나 어린 소녀들을 찍은 잡지가 진열돼 있었다. 아슬아슬한 사진을 찍는 촬영회에서 모델로 서는 게 여자 중고생들에게 쏠쏠한 용돈벌이가 된다고도 들었다.

"맞아. 그래서 쟤는 마음이 병들어 있어. 중학생이 된 뒤로 학교에도 거의 못 갔다고 해."

그러다 그 남자가 결국 자신까지 범하려고 해서 견디다 못해 집을 뛰쳐나온 거라고 했다.

"그렇다면……."

아키라는 무심코 목소리를 높였다.

"더더욱 어른들에게 알려서 보호받게 하는 게 좋지 않을까? 네가 계속 데리고 있다고 해서 해결될 문제가 아닌 것 같은데."

"맞아."

가메이도 동의했다.

"이 근처를 돌아다니는 자원봉사 단체가 있지? 아까도 경찰이……."

"안 돼."

리리카는 단칼에 잘라 말했다.

"어른들은 믿을 수 없어. 그 사람들은 우리 같은 애들을 진심으로 신경 써 주지 않아. 지사가 아무리 무서워해도 부모님한테 연락할 게 뻔해."

"그래도……."

아키라는 '그런 기관에 들어가서 보호받는 게 제일 좋지 않을까?'라고 말하려고 했다. 어머니와 그 남자의 손이 닿지 않는 곳에 들어갈 수만 있다면.

리리카는 아키라의 마음을 꿰뚫어 본 것처럼 고개를 저었다.

"지사가 안전할 거라는 보장이 없어. 그런 놈들은 교활하니까. 민생 위원이나 아동 상담소 직원쯤은 쉽게 속여 넘길걸. 친어머니조차 지사를 지켜 주지 못했어. 그것도 몇 년 동안. 하물며 남인 그 사람들이 뭘 할 수 있겠어?"

리리카는 감정을 토하듯 말했다. 그때 남자 호스트들이 우르르 편의점에 들어가 떠들썩하게 물건을 사고 나오는 게 보였다. 도시락 봉지를 든 그들이 멀어지는 모습을 세 사람은 조용히 지켜봤다.

"난 말이지. 원래 아빠, 엄마, 그리고 오빠까지 이렇게 넷

이 살았어."

문득 리리카가 자기 이야기를 시작했다. 아키라는 바짝 마른 목을 축이려고 커피를 한 모금 마셨다. 입에 머금은 커피는 싱겁고 미지근했다.

"아빠가 부동산을 해서 집안 형편은 넉넉한 편이었어. 근데 버블 때 땅 투기를 잘못해서 망했나 봐. 하지만 아빠는 그런 것들을 가족한테 숨기고 계속 빚을 내면서 예전처럼 살려고 했어. 멍청하지? 어느 순간 정신을 차려 보니 집을 전부 빼앗겼고, 그런데도 빚이 남아서 손쓸 방법이 없게 됐어. 엄마는 질려서 집을 나갔고 오빠도 떠나는 바람에 난 아빠와 둘이 허름한 연립 주택 같은 곳으로 이사 갔어. 지사와 비슷한 나이였을 때."

그 초라한 집에도 빚쟁이들이 들이닥쳤다고 한다. 아버지는 점점 집에 들어오지 않았고, 중학생이던 리리카는 혼자서 그들을 상대할 수밖에 없었다

그 뒤는 굳이 듣지 않아도 짐작이 갔다. 그래도 아키라는 묵묵히 귀를 기울였다.

"그러던 어느 날 그들 중 한 놈한테 강간당했어. 조용히 있으면 아빠 빚을 깎아 주겠다고 했지만, 새빨간 거짓말이었지. 그걸로 끝이 아니었어."

"리리카……."

가메이가 결국 참지 못해 끼어들었다. 리리카는 아랑곳하

지 않고 말을 이었다.

"며칠 뒤에는 또 다른 빚쟁이가 와서 날 덮쳤고."

"리리카······."

이번에는 아키라가 입을 열었다.

"됐어, 그만해."

"그때 난 아빠를 돕고 있다고 생각했어. 근데 그런 일이 반복되니 더는 못 버티겠더라. 도와달라고 호소했어. 아빠한테도, 학교 선생님한테도. 부끄러웠지만 지역 아동 위원 같은 사람도 찾아가서 사실을 털어놨어. 그랬더니 그 사람들은 날 아동 상담소에 연결해 줬고, 거기서 조사를 했지만······."

리리카의 입에서 한숨이 새어 나왔다.

"빚쟁이들은 끝까지 모르는 일이라고 잡아뗐고, 아빠는 내가 지어낸 이야기일 거라고 했대. 그런 일이 생기고 난 몸과 마음이 망가져서 학교도 제대로 못 갔는데. 어른들은 결국 내가 아닌 아빠 말을 믿었어."

사실 아버지는 딸인 리리카에게 무슨 일이 벌어질지 뻔히 알면서도 집을 비웠다. 딸을 빚의 대가로 내놓은 것이었다. 그걸 깨달은 리리카의 마음은 완전히 무너져 버렸다.

"그래서 엄마한테 매달렸어. 아빠랑은 도저히 같이 못 살 것 같았거든. 하지만 엄마는 내 이야기를 듣자마자 오히려 나한테 막말을 쏟아냈어. 더러운 년이라고, 돈 때문에 그런 짓을 하다니 믿기지 않는다고……. 심지어 내가 먼저 남자를 유혹한 게 아니냐고 했어."

리리카는 쓸쓸하게 미소 지었다.

중학생 시절 내내 리리카는 집에 가지 않고 친구 집, 아는 사람 집, 때로는 안 지 얼마 안 된 남자의 집을 떠돌았다. 그때는 이미 몸을 내주는 데 아무런 감정도, 저항도 없었다. 오히려 밥을 사 주고 집에서 재워 주는 남자들에게 고마움을 느꼈다. 그래서 학교에 거의 가지 않고 야간 고등학교에 진학했지만 결국 자퇴했다. 지금은 어떻게든 혼자 힘으로 빌라 월셋집을 얻어 살 수준은 됐다. 그리고 수입이 좋을 때는 여전히 빚에 허덕이는 아버지에게 돈을 보내 주고 있다고 했다.

"그러니까 말이지. 난 지사를 그냥 내버려둘 수 없어. 쟤는 여기저기를 떠돌아다닐 때 나랑 똑같은 눈을 하고 있거든."

리리카는 주스 팩을 쓰레기통에 버리고 다시 밤거리로 나섰다. 가메이도 말없이 차단봉에서 내려와 커피 캔을 휙 던졌다. 아키라는 그대로 거기 앉아 지사에게 다가가는 리리카의 모습을 지켜봤다. 지사를 둘러싼 소녀들이 환하게 웃고 있다. 어른을 믿지 않는 소녀들. 거짓말을 꿰뚫어 보는 데 능숙한 아이들.

가메이는 말없이 어디론가 사라졌다.

리리카와 아키라는 둘 다 편부 가정에서 자랐다. 하지만 리리카가 겪은 참혹한 일이 아키라에게는 일어나지 않았다. 언젠가 가메이는 말했다. 여자는 몸을 팔아서라도 살 수 있으니 좋겠다고 생각한 적이 있다고. 하지만 여자라서 겪게 되는 끔찍한 일들도 있다. 자신의 몸을 소중히 여기지 못하게 되는 그런 일들이.

─있지, 아키라. 가족이란 게 대체 뭘까?

가메이의 그 말이 문득 떠올랐다.

리리카는 지금 뭔가를 하려 하고 있다. 지사를 어른들에게 쉽게 넘기지 않고 어떻게든 도울 방법이 있을지 찾고 있다. 정작 리리카 자신도 1년 뒤에 어찌 될지 모르는 처지인데도.

길 건너편에서 지사가 웃는 모습이 보였다. 순진무구한 미소다. 저 아이에게 구원이란 뭘까. 리리카는 자기 힘으로 지옥을 빠져나왔지만 그걸 구원이라 할 수 있을까. 지사가 이곳에서 리리카와 똑같은 길을 걷는다면 그건 구원일까. 아동 음란물의 먹잇감이 되거나 어머니의 정부에게 범해지는 것보다 나을까.

모르겠다. 세상은 알 수 없는 것투성이였다.

그 무렵 아버지는 후미카에게 완전히 정을 뗐는지 아예 사교댄스 교실에 눌러앉았다. 후미카도 어디 가는지 몰라도 집을 자주 비웠다. 화재가 난 창고는 여전히 그 상태 그대로였고, 집주인이 원상 복구를 요구하지만 고칠 생각도 없어 보였다. 수리 업체를 불러서 견적을 받아 봤는데 감당 못 할 금액이 나왔다며 후미카는 짜증을 부렸다.

아버지를 따라다니는 삶도 이제는 진저리가 나서 아키라는 후미카도 오지 않는 그 집에서 혼자 지냈다. 일상이 특별히 달라지지는 않았다. 매일 학교에 다니고 오후에는 하시모토의 작업장을 기웃거리거나 빨래와 청소를 했다. 그리고 날이 저물면 신주쿠로 나가 가메이, 리리카와 시간을 보냈다.

지사는 여전히 리리카의 집에서 지내는 듯했다. 리리카가 **출근**할 때 지사도 늘 함께 따라 와 환락가 거리에서 시간을 보냈다. 나이 많은 여자아이들은 지사를 귀여워하며 잘 돌봤고 때로는 지사에게 햄버거, 치킨, 감자칩 같은 걸 사 줬다. 지사의 얼굴을 기억하는 리리카의 몇몇 단골이 이것저것 챙겨 주기도 했다. 지사는 어느새 거리의 작은 아이돌 같은 존재가 됐다. 소녀들은 수상한 손님과 단속 나온 경찰들에게서 지사를 지켜 줬다. 호텔 네온사인이 깔린 가부키초 2번가 길모퉁이가 지사에게 안정감을 주는 장소가 됐다.

처음에는 겁에 질려 리리카 뒤만 졸졸 쫓아다니던 지사도 조금씩 마음을 놓고 이런 불규칙한 삶에 익숙해지는 듯했다. 여전히 남자들 앞에서는 노골적으로 경계심을 드러내지만, 리리카와 친하게 지내는 가메이와 아키라만큼은 잘 따랐다.

아이들의 장사가 잘돼 바쁠 때는 그들을 대신해 아키라가 지사를 돌봤다. 가메이는 그런 아키라와 지사를 보면 "오늘은 네가 보모 역할이냐" 하고 놀렸다.

"너한테 딱 좋은 소일거리네."

"나도 한가한 건 아니야."

그렇게 쏘아붙였지만 아키라도 지사를 돌보는 게 싫지만은 않았다. 매일 잘 곳이 있고 더는 끔찍한 일을 겪지 않아도 되는 상황에서 지사는 점점 밝아지고 아이다운 천진난만함을 되찾았다.

지사는 어느 날부터 두 사람을 '아키라 오빠', '가메이 오빠'라고 불렀다.

"왜 불러?"

가메이는 지사가 부르면 찌푸린 얼굴로 대꾸했지만 이내 부루퉁하게 "채소는 잘 챙겨 먹냐?" 하고 물었다.

지사는 사랑스러운 아이였고 똑똑했다. 수시로 바뀌는 소녀들의 얼굴과 이름을 금세 익히고 성격도 정확히 파악했다. 불쾌한 손님과 다정한 손님을 구분해 나름대로 대처하기도 했고 경찰이 순찰 나올 때는 재빨리 숨는 요령도 익혔다. 그런 모습을 보면 지사는 역시 집에 돌아갈 마음이 없다는 걸 새삼 알 수 있었다.

하지만 언제까지나 이렇게 지낼 수도 없는 노릇이었다. 리리카도 그걸 알면서 결정을 계속 미뤘다.

"리리카도 외로운 거야."

가메이의 그 말이 맞을지도 모른다. 잠깐 돌봐줄 생각이었는데 어느덧 자기 안에서 지사의 존재가 점점 커져서 여동생 같은 그 아이의 손을 놓지 못하게 된 걸까.

"너, 진짜 집에 안 갈 거야?"

아키라는 지사에게 직접 물어봤다.

"안 가."

지사는 단호하게 잘라 말했다.

"그래도 학교에는 가고 싶지?"

그 말에는 낯빛이 잠깐 흐려졌다. 속으로 '그럼 그렇지' 하고 생각했다.

"아키라 오빠는 학교 다니지?"

"응."

"학교, 재밌어?"

"뭐, 그럭저럭."

"좋겠다. 고등학교지?"

"응."

"어차피 난 고등학교, 못 가. 중학교도 안 다녔는걸. 돈도 들고."

"아니, 방법은 있어. 정말 학교에서 공부하고 싶다면……."

거기까지 말하고 말문이 막혔다. 지사는 고개를 들어 다음 말을 기다렸다. 아키라가 좋은 방법을 알려 줄 거라고 믿는 눈빛이었다. 하지만 아키라도 뾰족한 해결책이 떠오르지 않았다. 다만 배우고 싶어 하는 아이가 배우지 못하는 사회는 분명 어딘가 잘못됐다고 느꼈다.

잠시 후 지사는 고개를 떨궜다.

"역시 부모님이 나서야겠지……. 하지만 엄마도 불쌍해."

"아니."

아키라는 천천히 말을 골랐다.

"기다려 봐. 내가 어떻게든 방법을 찾아볼게."

"괜찮아. 오빠는 좋은 사람이지만 내 일은 내가 알아서 할래."

"기다려 보라니까."

"리리카 언니한테도 민폐 끼치고 있다는 거, 나도 알아."

"지사……."

"남한테 의지하지 않고 내가 직접 엄마를 구할 거야."

"그래, 좋아. 하지만 바보 같은 짓은 하지 마. 내가……."

그때 러브호텔 쪽에서 돌아오던 리리카가 지사에게 손을 흔들었다. 지사는 아키라를 남겨 두고 뛰어가 버렸다.

나는 무력하다는 걸 아키라는 실감했다. 지금껏 누군가를 위해 뭔가를 해 보겠다고 마음먹은 적이 없었다. 무책임한 아버지를 못마땅해하면서도 그의 돈으로 먹고살았다. 그게 당연한 거라 생각하며 무기력하게 살아왔다.

가부키초 거리는 아키라에게 여러 가지를 가르쳐 줬다.

어느 날, 아키라는 호스트 일을 해 보지 않겠냐는 제안을 받았다. 호스트 클럽을 운영하는 40대의 다이라라는 사장이 아키라에게 일을 제안한 것이다. 그는 종종 여자아이들이 모이는 곳에 나타나 친근하게 말을 걸었다. 가끔 아이들을 스테이크 가게에 데려가 거하게 한턱내기도 했다. 가메이는 그를 탐탁지 않아 했지만 특별한 꿍꿍이는 없어 보여 그저 가부키초에서 성공한 남자가 기분을 내려고 오는구나 생각했다. 그런 다이라가 가부키초 거리에 가만히 서 있는 아키라에게 관심을 보이며 말을 걸었다.

"너, 시간 많으면 호스트 한번 해 볼래?"

순간 당황했다. 옆에 있던 마호라는 아이가 "오, 괜찮을 것 같아. 아키라는 잘생겼으니 인기도 많을 거야"라고 거들고 나서서 쓴웃음을 지었다.

전형적인 서양인 외모인 아버지와 얼굴은 별로 닮지 않았지만 체격을 물려받았다. 키가 크고 균형 잡힌 몸매 덕에 일본인 같지 않은 분위기라는 말을 자주 들었다. 거기에 뭔가 삐딱한 태도까지 더해져 묘하게 이국적인 느낌을 줬을지도 모른다.

그때는 바로 거절했지만 다이라는 아키라를 만날 때마다 계속 권유했다.

"꼭 가게에 안 나와도 돼. 밖에서 손님만 끌어도 되니 시간 날 때 와."

그러기만 해도 돈을 주겠다며 열심히 설득했다.

"근데 저, 아직 미성년자인데요."

그러자 다이라는 피식 웃었다.

"여기 있는 애들 대부분 그렇지 않나?"

옆에 있던 소녀들이 한바탕 웃음을 터뜨렸다.

"아키라가 호스트 클럽 앞에 가만히 서 있기만 해도 홍보 효과가 제대로일 것 같은데?"

"맞아. 게다가 가게에서 진짜 일하기라도 하면 나도 완전 단골 될 것 같아."

"'기라보시'는 요새 호스트들 수준이 떨어졌잖아."

아이들은 장난처럼 그런 말을 했다. '기라보시'는 다이라가 운영하는 호스트 클럽 이름이었다. 평소라면 적당히 얼버무리고 넘겼겠지만 다이라는 끈질겼다.

늦은 밤 집에 돌아가 아키라는 텅 빈 집에서 홀로 잠을 청했다. 생각해 보니 이렇게라도 지낼 집이 있다는 게 고마웠다. 그런 생각을 하며 잠에 들었다.

그러던 어느 날 학교에서 돌아오니 후미카의 짐이 몽땅 사라져 있었다. 그리고 집주인이 찾아와 이 집은 계약이 해지됐으니 나가 달라고 했다.

"창고 계약만 남았어. 거기는 제대로 수리하고 돌려 달라고 했으니까."

청소 업체가 와서 집 청소를 한다고 해서 아키라는 어쩔 수 없이 자기 짐을 창고로 옮겼다. 창고에는 여전히 희미하게 탄내가 났다. 불탄 나무 조각과 액자들이 한쪽 벽 앞에 모여 있지만 특별히 정리한 흔적도 없었다. 벽도 불에 그슬려 시커먼 상태였고, 천장이 높은 덕에 위쪽까지 불길이 닿지는 않았는지 다행히 굵은 들보는 그대로 남아 있었다. 그 들보 근처에는 물건을 두는 작은 공간이 있었는데, 전에는 짐을 올려 보관하던 곳인 듯했다. 후미카는 그 공간을 쓰지 않았는지 튼튼한 나무 바닥 위가 비어 있었다. 아키라는 사다리를 타고 올라가 일단 그곳에 짐을 옮겼다. 낑낑대며 이불도 올렸다.

그리고 잠시 고민했다. 아버지가 있는 사교댄스 교실에는 가고 싶지 않았다. 당분간 이 창고에서 지내보기로 했다. 그때 아키라는 막 고등학교 3학년이 된 참이었다. 봄이고 날씨도 좋으니 어떻게든 되겠지 싶었다.

잠잘 공간은 확보했지만 창고에는 욕실과 화장실이 없었다. 창고 밖에 수도꼭지가 있는 게 그나마 다행이었다. 스위치를 누르면 형광등도 켜졌다. 후미카가 언제까지 수도와 전기 요금을 내줄지 모르지만, 당장은 물을 마실 수 있고 세수도 할 수 있다. 바로 근처에는 공원도 있으니 화장실은 거기서 해결하고 목욕은 동네 목욕탕에 가면 됐다. 어차피 잠만 자러 오는 곳이니 그 정도면 충분하겠다고 생각했다.

하지만 막상 살아 보니 불편한 점이 한두 가지가 아니었다. 매번 공원 화장실을 쓰는 것도 번거롭고, 동네 목욕탕은 신주쿠에 나가기 전에 가야만 영업시간에 맞출 수 있었다. 뒷집에는 어느새 새 세입자가 들어왔는지 창고 옆 좁은 통로에 사람들이 드나들었다. 일상에서 도무지 안정을 느낄 수 없었다.

그러던 중 아키라가 창고에서 지낸다는 걸 하시모토가 알아차렸다.

"너, 왜 그런 데서 사냐?"

그렇게 물어보기에 어쩔 수 없이 이유를 설명했다. 그때는 이미 하시모토와 알고 지낸 지 오래됐고 서로 속내도 어느 정도 터놓았기에 굳이 감출 필요가 없겠다고 생각했다. 하시모토의 가르침으로 실력이 늘어 아키라는 재미 삼아 간단한 가구를 만들기도 했다.

"바보 자식. 그런 데서 지내다간 몸 상해."

혹시 아버지가 있는 곳으로 가라고 할까 봐 조마조마했다. 앞으로 1년만 있으면 고등학교를 졸업하니 그때 자립해서 아버지와 거리를 두고 살 계획이었다. 적어도 그때까지는 어떻게든 아버지와 떨어져 있고 싶었다. 하시모토가 뭐라고 해도 아버지와 함께 살 생각은 없었다.

그런 아키라에게 하시모토는 뜻밖의 제안을 했다.

"우리 집에서 살아라."

"네? 우리 집이요?"

"지금 이 집 말이야."

"아저씨 집이요?"

"그래. 그 불탄 창고보다는 낫잖아. 낡고 지저분하긴 해도 빈방은 있으니."

그렇게 말하고 하시모토는 벌떡 일어나 창고 쪽으로 향했다. 아키라는 허둥지둥 따라갔다. 하시모토와 함께 천장 쪽 보관 공간에 있던 짐을 내렸다. 아키라는 이불을 짊어지며 "정말 아저씨 집에서 살아도 돼요?"라고 한 번 더 확인했다.

"그렇다니까. 말했잖아."

"하지만, 그게……."

친해지기는 했어도 상관도 없는 다른 사람을 집에 들인다는 게 도무지 믿기지 않았다.

"잔말 말고 따라와. 이미 정했으니."

"그럼, 월세 같은 건……."

그러자 하시모토는 호쾌하게 웃었다.

"이런 허름한 집에서 무슨 월세를 받아?"

작업장이 아닌 집 안에 발을 들인 건 처음이었다. 그의 말대로 정말이지 낡고 초라한 방이었다. 그는 아키라에게 다다미 여섯 장이 깔린 방을 내줬는데 다다미는 다 닳아 해지고 합판 벽이 휘어 있었다. 그래도 욕실과 화장실이 없는 창고보다는 나았다. 작업장 바로 뒤에 있었고 하시모토의 부모가 생전에 쓰던 곳이라고 했다.

"전에 제자로 들어온 녀석을 여기 살게 한 적도 있었지."

하지만 오래 안 가 그만뒀다고 하시모토는 말했다.

"요즘 같은 시대에 장인이 되겠다고 몇 년씩 수련하는 바보가 어딨겠냐."

털털하게 웃으며 그렇게 덧붙이기도 했다.

"그러니 너도 너무 부담 갖지 말고 그냥 있어."

"근데 아저씨, 저한테 왜 이렇게 잘해 주시는 거예요?"

무심결에 그런 말이 튀어나왔다. 성격이 무뚝뚝하고 외골수 기질이 있는 하시모토가 우연히 알게 된 고등학생에게 이렇게까지 해 주는 게 이해되지 않았다.

"글쎄다."

하시모토는 희끗희끗한 머리를 긁적이며 말했다.

"네가 워낙 특이한 녀석이니까."

물론 그게 전부는 아닐 거라고 아키라는 짐작했다. 속으로는 '넌 갈 데가 없으니까 있게 해 주는 거야'라고 말하고 싶었던 게 아닐까. 하지만 말주변이 없고 쑥스러움도 많아서 그런 식으로밖에 표현하지 못하는 거라고 생각하기로 했다.

하시모토의 집에서 살게 됐다고 알리려고 아버지를 찾아갔다. 다행히 아직까지 사교댄스 교실 원장과 잘 지내고 있는 듯했다.

"그래."

아키라의 말을 듣고 아버지는 한마디만 던졌다. 앞으로 아들이 신세를 지게 될 하시모토에게 감사 인사를 하러 갈 마음도 없어 보였다. 처음부터 기대하지 않았지만 그래도 역시 실망스러웠다. 부모에게 외면당한 자신을 기꺼이 받아 준 하시모토에게 괜스레 미안했다.

하시모토는 밥을 먹을 때도 아무렇지 않게 "겸사겸사"라고 하며 아키라의 몫을 챙겨 줬다. 오차즈케*에 절임 반찬, 고기와 채소를 마구 섞어 끓인 투박한 남자표 요리가 대부분이었지만 아키라에게는 충분히 고마웠다.

"더 먹어라, 더 먹어."

그는 늘 양만큼은 넉넉히 만들어서 그릇에 담아 주며 아키라가 먹는 모습을 흐뭇하게 지켜보기도 했다.

그리고 드문드문 그가 들려주는 이야기를 통해 하시모토의 사정도 조금씩 알게 됐다. 그는 에도사시모노 장인이었던 아버지의 뒤를 잇기 싫어 한때는 집을 뛰쳐나간 적도 있지만 결국 다시 돌아와 장인의 길을 걷게 됐다고 했다. 워낙 대인관계에 서툴고 사시모노의 쇠락으로 돈벌이도 점점 시들해져 지금껏 결혼도 하지 않고 혼자 살아온 듯했다.

"그래도 이거 말고는 할 줄 아는 게 없으니까. 뭐, 결국 나한테는 이 일이 맞았던 거겠지."

목수처럼 바깥에서 여러 사람과 일하는 것도 아니고 하루 종일 집 안 작업장에서 홀로 묵묵히 작업을 하는 것. 그런 걸 '이쇼쿠居職'라고 부른다는데, 그런 직업 형태도 젊은이들

---

* 쌀밥에 따뜻한 녹차를 붓고 여러 고명을 얹어 먹는 일본 음식.

이 이 일을 꺼리는 이유 중 하나였다.

"하루 종일 누군가와 말 한마디 하지 않는 날도 허다하고."

지인의 부탁으로 받아들인 제자도 그런 고립된 생활에 지쳐 결국 떠났다고 했다. 하지만 정작 옆집에서 쫓겨난 듯 찾아온 **특이한** 고등학생은 기꺼이 받아들여 줬다. 그것이 서민 동네 특유의 정서인지, 하시모토의 변덕 때문인지는 알 수 없다. 아키라는 신세를 지는 대신 화장실과 욕실 청소는 물론 가끔은 식사 준비도 자처해서 맡았다.

어느 날 "공부용 책상을 직접 한번 만들어 봐라"라는 말을 듣고 사시모노 기술로 좌탁을 만들어 보기로 했다. 상판에 옆면만 갖다 붙인 단순한 형태였지만 생각보다 훨씬 어려웠다. 하시모토가 옆에서 기본을 가르쳐 주기는 했지만 이음매가 제대로 맞지 않아 자꾸 흔들렸고, 끌로 판 부분을 여러 번 다시 손보며 나무도 낭비됐다. 그래도 어떻게든 혼자 쓰기에는 손색없는 좌탁이 완성됐다. 마지막에 천연 식물성 기름을 발라서 마감하니 그럴싸한 모양새도 갖춰졌다.

"처음 한 거치고 그럭저럭 괜찮네."

속으로는 전혀 '그럭저럭'이라고 생각하지 않는 기색이 역력했지만 그래도 그 순간만큼은 아키라도 뿌듯한 성취감에 휩싸였다. 곧장 방에 좌탁을 들고 가 교과서를 올려 봤다.

"그걸로 열심히 공부해야 한다."

작업장에서 하시모토가 소리쳤다. 그 목소리 위로 깡깡

하고 나무망치로 대패를 두드려 날을 조정하는 소리가 겹쳤다. 하시모토는 도구 손질만큼은 절대 아키라에게 맡기지 않았다. 특히 날을 갈 때는 말을 걸어도 대답도 하지 않았다. 작업에 따라 다양한 끌과 대패를 구분해서 쓰는데 날의 예리함이나 각도, 균일성이 작업의 완성도를 크게 좌우한다고 했다.

하시모토가 만드는 전통 목공예품들을 아키라는 좋아했다. 장롱과 책상, 의자 모두 군더더기 없이 견고했으며 '백 년을 살아온 나무로 앞으로 또 백 년을 쓸 수 있는 물건을 만든다'라는 에도 사시모노의 미학이 고스란히 담긴 물건들이었다.

아키라는 아버지와 함께 그의 애인 집들을 떠돌던 시절에는 한 번도 얻지 못한 평온함을, 피 한 방울 섞이지 않은 하시모토의 집에서 처음으로 느낄 수 있었다.

그러는 한편으로 가부키초에는 계속 나갔다. 전통 가옥처럼 안쪽으로 길게 이어진 하시모토의 집에서 아키라의 방은 작업장 뒤에 있어 하시모토의 방과는 거리가 있었다. 일찍 잠자리에 드는 하시모토 몰래 창문으로 빠져나가는 건 쉬운 일이었다. 아키라는 늦은 밤까지 신주쿠를 배회하다가 마지막 전철을 타고 돌아오는 생활을 반복했다.

마음에 걸리는 건 지사였다. 언제까지고 리리카에게 얹혀

살 수는 없을 테니까. 고등학교에 가고 싶다고 한 지사에게 방법을 찾아보겠다고 약속한 것도 계속 마음에 걸렸다.

그렇다고 뾰족한 수가 떠오르는 것도 아니었다. 리리카가 반대하는 상황에서 내 판단만으로 복지 관계자에게 연결해 줄 수도 없었다. 가부키초에 가면 지사는 환한 얼굴로 아키라에게 다가왔다. 얼굴은 웃고 있지만 '이 아이는 이제 누구에게도 의지하지 않겠다고 결심했겠지'라고 생각하면 마음이 답답해졌다. 지금은 리리카가 보호해 주지만 영원히 리리카 곁에 있을 수는 없다. 이 환락가에 익숙해진 열네 살 지사가 앞으로 살아남기 위해 거리에 나가 원조 교제를 시작할 것을 상상하면 암담한 기분이 들었다.

"잘 가, 아키라 오빠. 또 봐."

돌아가는 아키라에게 손을 흔드는 지사의 모습이 화려한 네온사인 불빛에 물들어 있었다. 이 아이를 어떻게든 학교로 돌려보내고 싶다는 마음이 점점 커졌다. 하시모토가 나를 구해 준 것처럼 나도 다른 사람을 구할 수 있지 않을까 하는 순진한 희망이 피어올랐다. 하지만 '그럴 리 없다'라는 체념도 뒤따라왔다.

그 무렵 아키라가 가부키초에 가는 이유는 하나 더 있었다. 다이라가 운영하는 호스트 클럽 앞에서 손님을 끌어모으는 아르바이트를 시작했다. 아버지에게 받는 용돈은 어차피 함께 사는 여자의 주머니에서 나왔다. 그런 돈을 아무렇지 않게 받는 자신이 싫어졌다. 게다가 그 사교댄스 교실 원장은 아키라가 아버지를 만나러 오는 걸 노골적으로 싫어했다. 학비는 아버지가 계속 입금해 주지만 적어도 생활비만큼은 스스로 벌고 싶었다.

가장 손쉬운 방법이 '기라보시'에서 아르바이트를 하는 것이었다. 호스트가 될 생각은 눈곱만큼도 없었고 호객 아르바이트만으로도 수입이 제법 괜찮았다. 가게에서 호스트용 검은 성장을 빌려 입고 가게 앞을 지나는 여자를 유인하거나 조금 떨어진 거리에서 전단이나 티슈를 나눠 주는 간단한 일이었다.

소식을 들은 가메이는 못마땅한 기색을 보였다. 가메이에게는 그런 좋은 일자리가 들어오지 않으니 그는 오로지 몸을 굴리며 '틈새 산업'으로 소소하게 돈을 벌 수밖에 없었다. 그런 현실을 아키라도 알고 있었기에 앞으로도 지금처럼 계속 가메이를 도와주겠다고 약속했다. 그렇게 아키라는 어느새 가부키초의 터줏대감이 돼 버렸다.

한편 고등학교 3학년이 되자 진로에 대한 고민도 많아졌다. 취직을 한다고 해도 대체 어떤 일이 적성에 맞을지 감이 오지 않았다. 마음속 어딘가에는 공부를 조금 더 해 보고 싶다는 바람도 있었다. 하지만 지금 같은 형편으로 대학 진학은 불가능했고 아버지를 찾아가서 상의하기도 꺼려졌다.

아버지에게 의지할 수 없고, 그러고 싶지도 않았다. 스스로 일해 학비를 모으면 언젠가 대학에 갈 수 있을지도 모른다고 기대했다. 차라리 마음을 굳게 먹고 2년 정도 호스트 일을 해 볼까. 온갖 감정이 뒤섞여 마음이 흔들렸다.

그런 와중에 학교에서 열린 개별 진로 상담 자리에 놀랍게도 아버지가 모습을 드러냈다. 학부모 면담이 있다고 전하자 지금껏 한 번도 학교에 오지 않은 아버지가 대뜸 가겠다고 나선 것이다. 면담 당일 아키라는 내내 불안하고 초조했다. 취업을 희망하는 학생이 절반이 넘는 학교였기에 정년을 앞둔 중년의 여교사는 아키라도 당연히 취업 쪽으로 진로를 정할 것으로 단정 짓고 있는 듯했다.

그러나 자신만만하게 교실에 들어선 아버지는 대뜸 놀라운 말을 꺼냈다.

"이 녀석을 대학에 보내고 싶습니다."

담임은 순간 할 말을 잃은 듯 입을 떡 벌린 채 아버지의 얼굴을 바라봤다. 아버지는 다시 태연하게 말을 이었다.

"얘는 머리가 좋아서 괜찮은 대학도 충분히 갈 수 있을 겁니다."

밤거리 생활에 익숙한 아키라의 성적은 좋다고 말하기 어려웠다. 성적표 같은 건 한 번도 본 적이 없을 만큼 아버지는 아들의 성적에 관심이 없었다.

"아버님……."

담임은 두꺼운 안경을 손등으로 밀어 올리며 말했다.

"정작 아키라는 취업을 희망하는 것 같은데요. 현시점에 진학으로 방향을 바꾸는 건 현실적으로 어렵습니다."

담임은 최대한 완곡하게 아키라의 지금 성적으로는 진학이 어렵다는 뜻을 전하려 했다.

하지만 아버지는 그런 현실적인 조언에도 전혀 개의치 않았다.

"아뇨, 괜찮습니다. 전 애를 대학에 보낼 겁니다. 입시도 잘 준비할 거예요."

담임은 '쉽지 않다'라거나 '본인의 의지가 중요하다' 같은 말로 설득을 시도했지만 아버지는 그 모든 걸 일축하고 아키라를 재촉해 교실을 나왔다.

"알겠지?"

운동장을 가로지르며 묻는 아버지에게 아키라는 분노가 치밀었다.

"뭐가 '알겠지?'야. 난 대학 같은 거 안 가."

"아니, 그럴 순 없어."

아버지는 단호히 말했다.

"넌 대학에 가야 해. 난 그 기회를 세 번이나 날렸어. 지금도 그걸 후회해."

"그건 아빠 스스로 망친 거잖아. 내 알 바 아니야."

그러자 아버지는 유쾌하게 웃음을 터뜨렸다.

"스스로 망쳤다. 그래, 확실히 내가 망친 건 맞지. 그래서 어머니도 실망했고. 그러니."

아버지는 걸음을 멈추고 머릿속을 정리하듯 고개를 숙이더니 이내 헤이즐넛색 눈동자로 아들의 얼굴을 들여다봤다.

"넌 대학에 가서 걸맞은 직업을 가져야 하는 거야. 아일린을 위해."

되받아치고 싶은 말이 목구멍까지 올라왔다. 대체 뭐가 '아일린을 위해'인가. 평생 만나보지도 못한 아일랜드계 미국인 할머니 따위 난 알지도 못하는데.

하지만 결국 아키라는 아무 말 없이 발걸음을 옮겼다. 아버지도 만족한 듯 고개를 끄덕이고 옆을 함께 걸었다. 그의 팔에 새겨진 'Eileen' 문신이 초여름 햇살 아래에서 반짝였다.

그런 일이 있고 나서 아키라는 일주일가량 신주쿠에 가지 않았다. 마침 '기라보시'도 모든 직원이 연수 겸 여행을 떠나 가게를 비웠다.

한때 친분을 쌓은 소녀들은 어느새 사라지고 다른 아이들로 바뀌어 있었다. 누가 떠나든 왜 떠났는지 묻지 않는 게 가부키초의 룰이었다. 그래서 자신 역시 발길을 끊어도 아무도 신경 쓰지 않을 거라 생각했다. 그런 곳이기에 오히려 마음 편하게 드나들기도 했다. 무선 호출기나 휴대 전화도 없는 아키라에게는 누구도 연락하지 않았다. 어디와도 연결되지 않은, 나만의 고립된 장소.

하지만 그날 밤은 달랐다. 지사가 보이지 않았다. 이상한 느낌에 아키라는 곧장 리리카를 찾아 나섰다.

"집에 돌아간 것 같아."

리리카는 걱정스러운 얼굴로 눈살을 찌푸렸다.

"뭐? 왜? 집이 싫어서 도망쳐 나왔다며? 설마 강제로 끌려간 거야?"

"아니. 자기 발로 돌아갔어."

리리카는 어깨에 멘 가방에서 작은 메모지를 꺼냈다. 지사가 남긴 편지라고 했다. 아키라는 그때 처음 지사의 글씨를 봤다. 의외로 또박또박한 글씨였다. 짧은 편지에는 집에 돌아간다는 것과 리리카에 대한 감사의 말이 적혀 있었다. 낮에 리리카가 잠들어 있는 사이 편지를 남기고 떠났다고 했다.

남한테 의지하지 않고 내가 직접 엄마를 구할 거야. 예전에 지사가 했던 말이 떠올랐다. 아키라는 지금껏 방법을 찾지 못한 채 자기 일에만 몰두한 것을 후회했다. 지사가 나간 건 사흘 전이라고 리리카가 알려 줬다.

"저기, 아키라."

리리카는 메모지를 다시 넣으며 아키라에게 얼굴을 들이댔다.

"지사가 어떤지 확인하러 가려고 하는데 같이 갈래? 가메이는 자꾸 그냥 놔두라고 해서."

"어디 사는지 알아?"

혹시 몰라 지사에게 미리 주소를 물어봤다고 리리카는 말했다.

그다음 주 일요일에 두 사람은 게이큐조시키역에서 만났다. 지사의 집은 오타구 히가시로쿠고에 있었다. 화장기 없는 민낯으로 나타난 리리카를 보며 아키라는 조금 놀랐다. 리리카도 그런 반응을 예상했는지 "흥" 하고 코웃음을 치고 말없이 앞장서서 걷기 시작했다.

신주쿠에서 만난 여자아이들 중에는 길가에 앉아서 화장을 하는 아이도 있지만, 리리카는 늘 집을 나설 때부터 완벽하게 얼굴을 꾸미고 나왔다. 그 교태스러워 보이는 화장은 오직 밤거리를 위한 것이었을까. 어쩌면 그것은 단순한 치장이 아닌 스스로를 지키기 위한 갑옷이었을지도 모른다. 마지막 남은 자신의 진짜 한 조각을 누구에게도 내주지 않기 위한.

두 사람은 나란히 다이이치케이힌을 넘어 다마강 방면으로 향했다. 어수선한 주택가에는 높은 빌딩이 거의 없고 비교적 지은 지 얼마 안 된 중층 아파트나 낡은 목조 주택이 늘어서 있었다. 그 사이사이에 작은 식당과 중화요리점 등이 있고 간판 하나 없는 오래된 술집들이 보였다. 전반적으로 낡고 허름한 풍경이었다.

한참 헤매고 다닌 끝에 도착한 지사의 집은 어느 선술집 가게 2층에 있었다. 삐걱대는 외부 철계단을 올라가 문을 두드렸다. 안에서는 인기척이 느껴졌다. 두 사람이 조용히 기다리고 있자 문이 살짝 열렸다.

"지사."

리리카의 말에 지사는 어딘가 불안한 미소를 지었다.

"왜 그랬어……?"

리리카는 추궁하는 투가 되지 않게 일부러 조심스럽게 물었다. 지사는 말없이 시선을 피했다.

"지사, 누구니?"

그때 지사의 등 뒤에서 여자 목소리가 들렸다.

"괜찮아, 엄마. 아는 사람이야."

지사는 조심스럽게 몸을 비틀어 문틈을 빠져나왔다.

"잠깐 나갔다 올게. 금방 올 거야."

지사는 계단을 내려가기 시작했다. 리리카와 아키라도 말없이 그 뒤를 따랐다. 계단 아래에 다다르자 지사는 고개를 푹 숙였다.

"미안, 리리카 언니. 그렇게 갑자기 떠나 버려서……. 화났지?"

"아니, 괜찮아."

지사는 더 풀이 죽었다.

"엄마가 몸이 안 좋아. 그래서……."

"그래서? 그래서 엄마 곁으로 다시 돌아간 거야?"

"응. 엄마는 나 없이는 안 되니까."

"그 남자는? 아직 같이 살고 있는 거 아니야?"

리리카의 목소리가 날카로워졌다. 진심으로 지사를 걱정하는 마음이 느껴졌다. 어른들에게 수없이 상처받고 절망을 맛본 리리카가 뱉는 무거운 말을 아키라는 곁에서 묵묵히 들었다. 지사가 고개를 번쩍 들었다.

"아니, 지금은 없어. 엄마랑 헤어져서 나갔어."

리리카와 아키라는 얼굴을 마주 봤다. 이 아이 말을 정말 믿어도 될까. 리리카의 얼굴에는 의심이 서려 있었다.

"내가 사라지고 엄마가 구청 복지과를 찾아가 상담했대. 그래서 담당자가 우리 집을 찾아왔고, 동거인이 있으면 더 이상 생계 급여가 지급되지 않는다면서 그 아저씨를 설득해서 내보냈대. 지금도 계속 봐 주고 계셔."

리리카는 여전히 의심하는 표정이었지만 더 따져 물어봐야 소용없다고 느낀 듯했다.

"지사, 앞으로 힘든 일이 있으면 언제든 찾아와. 내 휴대폰 번호 알지?"

지사는 힘차게 고개를 끄덕였다.

"정말 괜찮겠어? 이대로."

아키라의 물음에도 지사는 주저 없이 고개를 끄덕였다.

"응. 나, 엄마 곁에 있고 싶어. 이제 도망치지 않을 거야. 고마워. 리리카 언니, 아키라 오빠. 학교도 제대로 다닐게."

"그럼……."

리리카는 미리 준비해 온 종이봉투를 지사에게 건넸다. 안에는 백화점에서 산 티셔츠와 귀여운 치마가 들어 있었다. 지사는 만면 가득 웃음을 머금고 그것들을 소중히 가슴에 껴안았다.

"고마워. 잘 입을게."

고개를 푹 숙인 지사의 얼굴에서 눈물이 뺨을 타고 흘렀다. 지사는 리리카에게 와락 안겼다.

"잊지 않을게, 리리카 언니."

그 한마디를 끝으로 지사는 다시 계단을 뛰어 올라갔다.

리리카와 아키라는 말없이 온 길을 되돌아갔다.

"앞으로 행복할 수 있을까, 지사."

아키라가 혼잣말처럼 중얼거린 말에 리리카는 대답하지 않았다. 그리고 역 플랫폼에 서서 전철을 기다리는 동안 리리카는 조용히 입을 열었다.

"행복은 남이 판단할 수 있는 게 아니야."

아키라의 내면에서 뭔가가 서서히 바뀌기 시작했다. 학교 수업을 성실히 듣고 공부에도 본격적으로 매진했다. 그 결과 학교 성적이 눈에 띄게 올라 담임이 눈을 휘둥그레 떴다. 진로 상담 때 아버지가 '아들을 대학에 보내고 싶다'라고 한 것 때문에 아키라가 각오를 새롭게 다졌다고 생각했을지 모른다.

그러나 아키라를 변화시킨 건 지사와 리리카, 가메이와 다이라, 그리고 가부키초에서 만난 소녀들이었다. 그 환락가에서 마주한 현실이 아키라의 마음을 움직였다. 멈춰 서는 것을 허락하지 않는 어떤 거대한 힘 같은 걸 느꼈다. 그렇다고 해서 구체적으로 뭘 해야 할지 알았던 건 아니다. 대학에 가겠다고 명확하게 결심한 것도 아니었지만 무의미하게 흘러가는 삶에 지쳤다. 그래서 당장 눈앞에 놓인 일에 최선을 다하자고 아키라는 마음먹었다.

직접 만든 책상에서 교과서를 펴 놓고 공부하는 아키라를 하시모토도 흐뭇한 표정으로 바라봤다.

지사가 떠난 뒤에도 아키라는 일주일에 이틀 정도 가부키초에 나가 아르바이트를 계속했다. 아버지에게 의지하지 않고 생활비를 벌려면 일을 그만둘 수 없었다. 다이라도 호스트 일을 강요하지는 않았다. 그는 가끔 '기라보시' 안쪽에 있는 사장실로 아키라를 불렀는데, 그 방에는 커다란 책장이 있고 물리학부터 천문학, 역사, 경제, 정치에 이르기까지 다양한 책이 빼곡히 채워져 있었다. 처음 방 안에 들어섰을 때는 화들짝 놀랐다. 다이라가 이렇게 많은 책을 읽으며 지식을 쌓고 있었다는 게 믿기지 않았다. 이야기를 들어보니 그는 유명 사립대학의 통신 교육 과정도 졸업했다고 했다.

멍한 얼굴로 감탄하고 있는 아키라를 다이라는 재미있다는 듯이 바라봤다.

"난 중학교까지만 제대로 다녔어. 학교 가는 게 귀찮았거든. 공부하는 건 시간 낭비라고 생각했고. 하지만 말이야."

흰색 정장을 입은 다이라는 하이백 체어에 앉은 몸을 앞으로 기울였다.

"뭔가를 안다는 건 중요해. 아니, 알려고 하는 자세가 중요하지. 무지 자체는 죄가 아니야. 하지만 무지를 부끄러워하지 않고 그대로 있는 건 죄야."

뭘 말하고 싶은지 어렴풋이 알 것도 같았다. 다이라는 배움의 의미와 필요성을 알게 된 후 지식을 탐하면서 흡수한 것이다. 그리고 지금은 호스트 클럽의 사장이 됐다. 여기까지 오는 동안 그에게는 어떤 일이 있었을까.

"넌 예전의 나를 닮았어."

다이라는 자세한 이야기는 하지 않고 그렇게만 말했다. 그가 자신에게 관심을 가져 준 이유를 아키라도 조금은 알 것 같았다.

그러던 어느 날 아키라가 밤에 몰래 집을 빠져나간다는 걸 하시모토가 눈치챘다.

"너, 밤중에 어디를 그렇게 싸돌아다니는 거냐?"

잠시 망설이다가 아키라는 솔직하게 털어놓았다. 아버지에 대한 반항심으로 밤거리를 떠돌다가 가부키초에 머물게 됐다는 것. 그곳에서 호스트 클럽의 호객 아르바이트를 하면서 생활비를 벌고 있다는 것.

"가지 마라, 그런 데. 넌 고등학생이잖아."

"이제 얼마 안 남았어요. 졸업할 때까지만 아르바이트로 돈을 벌 거예요. 진짜 잠깐 하는 거예요."

"생활비가 필요하면 내가 대신 빌려 주마. 졸업하고 천천히 갚으면 돼."

"안 돼요. 아저씨한테는 더 이상 폐 끼칠 수 없어요."

"그런 데서 일할 시간 있으면 공부나 해라. 대학 가고 싶은 거 아니야?"

하시모토에게 진로 문제로 상담한 적은 없었다. 열심히 공부하는 아키라를 보며 뭔가 느꼈을지도 모른다.

"괜찮아요. 학교 공부도 열심히 하고 있어요."

"가부키초 같은 곳에 들락거리다간 제대로 된 인간이 못 돼."

말다툼 끝에 결국 하시모토는 언짢은 얼굴로 입을 다물었다. 아키라도 이것만큼은 양보할 수 없었다. 리리카와 가메이와 인연을 끊을 수 없었고 무엇보다 하시모토에게 더 이상 신세 지고 싶지 않고 아버지에게 의지하면서 살기도 싫었다. 아키라의 마지막 남은 자존심이었다.

그런데 어느 날 하시모토는 보다 못한 듯이 직접 행동에 나섰다. 가부키초까지 아키라를 찾아온 것이다.

그는 밤에 몰래 집을 나가 '기라보시' 전단을 돌리는 아키라 앞에 불쑥 나타났다. 추레한 작업복 차림으로 찾아온 그는 환락가와 너무도 어울리지 않았다.

"야! 아키라, 집에 가자!"

그는 그렇게 외치고 등을 휙 돌렸다. 아키라도 처음 두세 번은 마지못해 따라갔지만 점점 짜증이 나기 시작했다.

"제발 그만 하세요. 이건 제 일이에요."

가메이의 '틈새 산업'을 도와주는 모습만큼은 하시모토에게 보여 줄 수 없었다.

"그럼 낮에 하는 아르바이트를 해라. 내가 알아봐 줄 테니까. 눈살 찌푸리게 하는 이런 일은 그만두고."

그 말에 아키라는 울컥했다.

"왜 그렇게 저한테 간섭하시는 거예요?"

"이런 데서 일하다가는 사람 구실을 못 해."

화려한 네온 거리의 한복판에서 말다툼을 벌이는 두 사람의 모습은 다른 이들의 눈에 분명 기묘한 광경으로 비쳤을 것이다. 호스트 클럽의 검은 정장을 입은 소년에게 산소리를 늘어놓는 낡은 작업복 차림의 중년 남자. 이 거리와는 전혀 어울리지 않는 풍경이었다.

이후로는 거의 기싸움이나 마찬가지였다. 아키라는 하시모토를 무시하고 밤마다 몰래 집을 빠져나갔다. 그걸 눈치챈 하시모토가 또다시 아키라를 데리러 가부키초에 찾아오면 두 사람은 길가에 서서 실랑이를 벌였다.

"뭐야, 저 아저씨는?"

가메이가 물었지만 하시모토와의 관계를 어떻게 설명해야 좋을지 몰랐다. 완고한 장인 기질이 있는 하시모토의 눈에 이 거리는 인생의 구렁텅이에 빠진 낙오자들이 모이는 곳으로 보일 게 분명했다. 가메이와 리리카는 그 대표적인 예였다. 시간이 갈수록 하시모토와의 관계가 점점 험악해져서 아키라는 집 안에서 그와 말도 제대로 섞지 않았고 차라리 집을 나가 버릴까 고민하기도 했다. 그러면 속 시원할 것 같았다. 하시모토의 지나친 간섭이 무겁고 거추장스럽게 느껴지기 시작했다.

집 옆 창고는 후미카가 이미 내부 수리를 마치고 집주인에게 반환했다. 그 뒤로 후미카와는 한 번도 마주치지 못했다.

아키라가 싫어하는 걸 알면서도 하시모토는 밤마다 아키라를 데리러 가부키초로 찾아왔다. 아버지에게 따로 부탁받은 것도 아닌데 그는 포기하지 않았다. 그래도 아키라가 도무지 말을 듣지 않자 결국 어느 날 밤 하시모토는 직접 담판을 짓겠다며 다이라를 찾아갔다. 집요하게 가부키초에 오는 동안 아키라가 어느 호스트 클럽에서 일하는지 알아낸 듯했다.

말리는 아키라를 뿌리치고 하시모토는 '기라보시' 안으로 들어갔다. 호스트 클럽에 들어가는 하시모토의 뒷모습을 아키라는 절망적인 심정으로 바라봤다. 문을 열어 준 낯익은 호스트가 하시모토를 보며 눈에 띄게 당황했다.

그 뒤로 하시모토는 좀처럼 나오지 않았다. 다이라와 무슨 이야기를 하는 걸까. 가게 안쪽의 사장실은 웬만해서는 외부인을 들이지 않는 곳이었다. 그 후 한 시간 남짓 더 흐르고서야 나온 하시모토는 왠지 기분 좋아 보였다. 그런 그를 보며 아키라는 오히려 불안해졌다.

"이 가게 점장은 그래도 말이 좀 통하는 사람이군."

그는 별다른 설명도 없이 아키라에게 "가자" 하고 등을 돌렸다. 문 앞에 나온 호스트가 턱짓하며 얼른 꺼지라는 제스처를 보였다. 아키라는 무기력하고 수치스러운 기분으로 하시모토를 따라갔다. 집에 도착한 뒤에도 하시모토는 아무런 설명을 하지 않았다. 불안한 아키라는 잠도 제대로 못 잤다.

사흘 후 아르바이트를 마친 아키라는 다이라의 사장실에 불려 갔다.

"넌 해고야."

갑작스러운 통보에 아키라는 고개를 떨궜다. 하시모토가 어떤 걸 요구했고 다이라가 그걸 받아들여 그만두게 하는 게 틀림없었다. 참견도 유분수다. 결국 정든 이 거리에서 일자리를 빼앗기게 됐다.

"그 아저씨 때문에 안 되겠어."

다이라는 재밌다는 듯이 웃으며 말했다. 아키라의 얼굴을 보며 목 깊은 곳에서 웃음소리를 냈다.

"널 훌륭한 호스트로 키워 보려고 했는데."

그가 다리를 꼬며 자세를 바꾸자 반짝반짝 윤이 나는 구두 앞코가 아키라를 향했다.

"이제 두 번 다시 여기 오지 마."

"네, 알겠습니다……."

"앞으로는 물고기나 돌봐."

"네?"

그제야 다이라는 참았던 웃음을 터뜨렸다. 그러고는 천장을 바라보며 호탕하게 웃었다.

"나, 이래 봬도 나름 유능한 사업가야. 내가 호스트 클럽 하나만 하는 줄 알았어?"

다이라는 바와 레스토랑, 미용실에 더해 긴자에서 고급 열대어 전문점을 운영 중이라고 했다. 원래는 사적인 취미로 시작한 가게지만 쉽게 구할 수 없는 희귀 어종이나 산호, 수초 등도 취급해서 단골이 많고 장사가 제법 잘 되는 듯했다. 그는 상업용 수족관 디자인도 직접 한다고 했다. 그런 곳으로 아키라를 보낸다는 말이었다.

"그 아저씨한테 호되게 혼났어. 고등학생을 밤거리에서 일하게 하는 건 말도 안 된다고."

그런 호통을 들은 건 몇십 년 만이라며 다이라는 씩 웃었다.

"그래서 넌 이제 열대어 가게로 발령 났어. 즉 인사이동이야. 수업 마치면 곧장 거기 가서 문 닫을 때까지 일해. 물고기들 죽이지 말고."

그곳에는 한 마리에 백만 엔 정도 되는 고급 열대어도 있다며 다이라는 단단히 주의를 줬다. 중요한 일이어서 아무나 고용하지 않으며 대신 시급은 후하게 쳐주겠다고 했다. 결국 하시모토의 호통을 다이라가 순순히 받아들인 것이다. 다들 왜 이렇게 나한테 신경을 쓰는 걸까. 아무 상관도 없는 남일 뿐더러 정작 내 친부모는 아들을 신경 쓰지도 않고 제멋대로 사는데. 아키라는 도무지 이해할 수 없었다. 이해는 안 되지만, 왠지 가슴 깊숙한 곳에서 뜨거운 뭔가가 뭉클 올라오는 걸 느꼈다.

집에 돌아가 하시모토에게도 이야기했다. 무뚝뚝한 장인 남자는 "그렇군" 하고 한마디만 내뱉었다.

그 후 아키라는 가부키초와 점점 멀어졌다. 가메이는 가끔 만났지만 그 역시 아키라가 떠난 뒤 가부키초에서 이케부쿠로로 거점을 옮겼다고 했다.

"너 때문에 옮긴 건 아니니 걱정 마"

가부키초는 유입된 중국 마피아가 토착 야쿠자들과 세력 다툼을 벌이기 시작했고 이란인들이 마약을 팔기도 하면서 더 혼란스러운 곳이 되어 갔다. 가메이는 슬슬 그런 가부키초에 염증을 느낀 듯했다.

리리카도 어느 날 갑자기 사라져 버렸다. 가메이는 뭔가 알고 있는 눈치였지만 아키라에게 자세한 이야기는 들려주지 않았다. 별로 듣기 편한 이야기는 아닐 거라고 아키라는 짐작했다. 길거리에 버려진 강아지 같은 중학생 여자아이를 차마 외면하지 못했던 리리카. 그런 강인함과 유연함이 있다면 어디서든 꿋꿋이 살아갈 수 있을 거라고 믿었다. 하지만 그 따뜻함 때문에 언젠가는 넘어지고 길을 잃을지도 모른다는 걱정도 들었다.

—행복은 남이 판단할 수 있는 게 아니야.

스스로 되뇌듯 중얼거리던 리리카의 옆모습이 잊히지 않았다.

리리카는 가부키초에서 몸을 팔았지만 사실 속으로는 성을 사는 남자들을 비웃었을 것이다. 아니, 어쩌면 그런 행동 자체가 자신의 몸을 단순한 '도구'로 만든 이 사회에 대한 복수였을지 모른다. 한 명의 연인에게 안주하지 않고 최대한 많은 남자들을 상대한 것도 그런 삶의 방식을 관철하기 위한 것이었을까. 그런 식으로 리리카가 마음을 다잡고 있었다면 너무나 씁쓸하고 안타까운 일이었다. 채소를 먹지 않는 아버지가 폭력을 휘두르는 건 당연하다며 자신을 억지로 납득시키며 살아가는 가메이와도 닮아 있었다.

그 후 아키라는 고등학교를 졸업할 때까지 목공예 장인의 집에 계속 얹혀살며 성공한 사업가가 운영하는 열대어 가게에서 일했다. 아키라는 기억력이 좋고 요령도 빨리 익혔다. 시간이 흐르자 키우기 까다롭기로 유명한 디스커스의 번식을 맡게 됐고 도내를 다니며 수족관을 관리하는 일도 책임졌다.

학업도 게을리하지 않았다. 담임이 놀랄 정도로 성적이 올랐지만 결국 대학에는 지원하지 않았다. 아버지는 입학금 정도는 어떻게든 마련해 줄 수 있었다며 아쉬워했다. 듣자 하니 그는 지금은 사교댄스 교실에 다니던 돈 많은 여자 세무사를 만나 그 댄스 교실 원장과 사이가 틀어졌다고 한다. 또다시 남녀 문제에 휘말린 것이다. 하지만 아버지의 그런 삶에 아키라는 이제 아무런 관심이 없었다.

스스로 돈을 벌어 오로지 내 힘으로 대학에 가기로 마음먹었다. 고등학교를 졸업하면 하시모토와 다이라에게도 더는 신세 지지 않겠다고 다짐했다. 그래서 열대어 가게에서 계속 일하라는 다이라의 제안을 정중히 거절하고 학교 취업 상담실의 추천을 받아 물류 관련 회사에 취직하기로 했다. 살 집도 새로 구해서 하시모토의 집에서 나갈 준비를 끝냈다. 이제 스스로 인생을 개척해 가겠다는 각오에 불타올랐다. 여자에게 기생충처럼 얹혀사는 한심한 아버지에게 배운 유일한 교훈이었다.

졸업식에 아버지는 오지 않았다. 처음부터 기대하지 않았기에 실망도 없었다. 아키라는 졸업장을 들고 가 하시모토에게 보여 줬다.

"그래. 잘했다."

작업장에서 한마디만 하고 하시모토는 다시 작업에 몰두

했다.

"그 이상한 호스트 클럽 점장한테도 보여 주고 와."

하시모토는 다이라를 그렇게 불렀다. 사실 그는 점장이 아닌 오너인데도 하시모토가 그런 걸 구분할 리 없었다.

"네."

아키라는 오랜만에 가부키초로 향했다. 낮의 가부키초는 밤과는 사뭇 다른 곳이었다. 낮에도 문을 여는 음식점이 있고 외국인 관광객을 위한 기념품 가게도 눈에 띄었다. 꽃가게나 술집들은 밤 장사를 준비하느라 바쁘게 움직였다. 네온사인이 아닌 햇빛이 비치는 가부키초 거리는 독기가 빠진 것처럼 왠지 허전하고 생기 없어 보였다.

다이라는 낮에도 거의 '기라보시' 사장실에 있었다. 미리 전화를 해 둬서 아키라를 기다리고 있을 터였다.

의자가 전부 테이블 위에 거꾸로 올라간 가게 안을 지나 사장실 문을 두드렸다.

"왔냐."

책상 너머에서 모니터를 들여다보던 다이라가 고개를 들었다. 아키라는 졸업 소식을 전하고 졸업장을 보여 줬다.

"그래. 이제 너도 사회인이 되는 거네."

다이라는 앞으로도 언제든 먹고살기 힘들어지면 '기라보시'로 돌아오라고 했다.

"넌 가부키초에서 산전수전 다 겪었으니까. 그런 녀석은 뭘 가르치기도 쉽지."

다이라는 지방에서 상경해 가부키초에서 성공하려는 녀석들은 이 거리의 공기에 익숙해지는 것부터 고생이라고 했다. 하지만 넌 이미 이 거리의 공기를 마셨으니 마음만 먹으면 언제든 호스트로 성공할 수 있다는 말에 아키라는 쓴웃음을 지었다.

"아, 맞다. 그러고 보니……."

나이라는 키보드를 두드리며 뭔가를 찾기 시작했다. 잠시 후 손짓해서 부르기에 아키라는 책상을 돌아 그 옆으로 다가갔다.

"이 애, 전에 리리카가 돌보던 애 아니냐? 위험한 사이트에 올라와 있어서."

다이라가 보여 준 사이트는 일반적인 방법으로는 접근하기 어려운 다크웹 같은 곳이었다. 자극적이고 현란한 제목이 주르르 나열된 곳에서 다이라는 사진을 하나씩 빠르게 넘기기 시작했다. 아키라는 그것들이 아동 음란물 사진이라는 걸 알아차리고 침을 꿀꺽 삼켰다. 오장육부가 치밀어 오르는 느낌이 들었다.

다이라가 모니터 화면을 아키라 쪽으로 돌렸다. 그곳에는 알몸의 소녀 사진이 보였다. 등을 드러낸 채 상반신을 살짝 비틀고 있다. 고개를 돌리고 있어서 얼굴이 잘 보였다. 지사였다. 한쪽만 보이는 가슴은 아직 별로 발달하지 않았고 유두도 작고 안쓰러웠다. 얼굴은 무표정 그 자체였다. 이런 포즈를 취하기 위해 마음을 죽이고 있다는 게 느껴졌다.

무엇보다 아키라의 눈을 사로잡은 건 지사의 등에 새겨진 문신이었다. 왼쪽 어깨 뒤에 무시무시한 여자 얼굴이 어깨뼈를 뒤덮을 것처럼 크게 새겨져 있었다. 귀까지 찢어진 입에는 날카로운 송곳니가 튀어나와 있고, 치켜 올라간 눈과 헝클어진 머리카락이 섬뜩했다. 거기서 머리에 솟은 두 개의 뿔. 아직 앳된 티가 남은 지사와는 어울리지 않는 혐오스러운 문신이었다.

"야차네."

다이라는 침을 내뱉듯 말했다.

"이렇게 문신을 새겨서 사진을 더 비싼 값에 팔려는 거겠지."

그 사진 한 장만 샘플로 공개돼 있고 나머지를 보려면 유료 결제가 필요하다는 식이었다. 수많은 사진을 찍기 위해 지사는 온갖 포즈를 강요당했을 것이다.

머릿속이 새하얘졌다. 악문 어금니에서 빠드득 소리가 났다. 강제로 짓눌린 채 등에 문신이 새겨지는 지사의 모습을 상상했다. 이 정도 크기면 꽤 오래 걸렸을 것이고, 그만큼의 고통이 뒤따랐을 것이다. 울면서 소리쳤겠지만 아무도 지사를 도와주러 오지 않았다. 이런 몸으로는 학교에도 갈 수 없다. 그렇게 고등학교에 가고 싶어 하던 아이였는데.

목 깊은 곳에서 참고 있던 신음이 터져 나왔다. 그 소리에 다이라가 흠칫 놀라 아키라를 올려다봤고 서둘러 모니터 화면을 껐다.

"미안. 내가 어리석었군."

단순한 호기심에 아키라에게 사진을 보여 준 걸 후회하는 눈치였다. 다이라는 아키라가 지사와 어떤 관계였는지 전혀 모르고 있었다. 아키라는 말없이 고개를 숙여 인사하고 조용히 방을 나갔다. 다이라는 걱정스러운 눈빛으로 아키라의 뒷모습을 끝까지 바라봤다.

"잊어라, 아키라. 넌 이제……."

다이라가 말을 맺기도 전에 아키라는 등을 돌려 문을 닫았다.

예전에 지사를 찾아갔을 때 왜 그 아이 말을 곧이곧대로 믿었을까. 복지 관계자가 개입했으니 이제는 괜찮을 거라고 너무 쉽게 단정했다. 리리카는 말했다. 그런 어른들은 믿을 수 없다고.

지사는 '이제 도망치지 않을 거야'라고 했다. 하지만 도망치지 않는 게 아니라 도망칠 수 없었던 것이다. 사랑하는 엄마를 혼자 두고는 떠날 수 없었다. 지사를 도와야 한다. 그렇게 약속했으니까. 정신없이 걷다 보니 어느새 집에 도착해 있었다. 작업장에 하시모토는 보이지 않았다.

─오늘은 불고기전골이나 해 먹을까.

아키라가 가부키초에 가기 전에 그렇게 말했으니 아마 장을 보러 갔을 것이다.

작업장 한편에 도구함이 있었다. 하시모토는 도구를 소중히 다뤄서 사용 중인 도구도 아무 데나 방치하는 법이 없었다. 언제나 말끔하게 정리해 도구함에 정갈히 넣어 뒀다. 아키라는 한쪽 구석에 겹겹이 쌓인 나무 도구함 중 하나를 열었다. 안에는 오래 써서 빛바랜 끌 몇 자루가 들어 있었다. 수십 자루의 끌 중에 하시모토가 애용하며 언제나 정성스럽게 날을 갈아 두는 끌들이었다.

그중 하나를 주머니에 넣고 아키라는 집을 나섰다.

지사는 지금도 히가시로쿠고에 살고 있을까. 만약 거기 없으면 이제는 손이 닿지 않은 곳으로 사라진 셈이다. 어머니의 정부에게 철저히 이용당하고 상품 가치가 떨어지면 그대로 버려질 것이다. 10대 아이가 복지의 그물망을 벗어나 어둠의 세계에 떨어지고 있다. 그렇다면 내가 직접 데려오는 수밖에 없었다.

전철에 타고 가는 동안 아키라는 재킷 주머니에 손을 얹어 끌을 꼭 눌렀다. 위급한 상황이 닥치면 이걸로 위협해서라도 지사를 구하자고 다짐했다. 단순하고 유치한 방법인 건 알지만 당장 머릿속에 그것밖에 떠오르지 않았다.

눈에 익은 선술집 앞에 도착했다. 외부 철계단도 기억 속 모습 그대로다. 리리카와 이곳을 찾은 지 벌써 열 달이 지났다. 바꿔 말해 열 달 동안 지사의 존재를 잊고 살았다는 뜻이다. 그동안 지사에게 무슨 일이 있었을지 상상하는 것만으로 심장이 옥죄는 것처럼 아팠다. 조금 거칠더라도 어떻게든 여기서 지사를 데리고 나와 바로 경찰서로 뛰어가자. 미성년 소녀의 몸에 문신을 새긴 것만으로도 명백한 범죄다. 아키라는 계단을 올라 문 앞에 서서 숨을 크게 들이마셨다. 망설임이나 두려움이 생기기 전에 주먹을 늘어 문을 쾅쾅 두드렸다.

문은 의외로 쉽게 열렸다. 문을 연 사람은 뚱뚱한 남자였다. 덥수룩한 수염에 헝클어진 머리카락. 나이는 아마 40대. 지사의 어머니가 만난다고 해도 이상하지 않을 나이였다. 남자는 흐리멍덩한 눈으로 아키라를 봤다.

"뭐야?"

재빨리 현관 앞 콘크리트 바닥을 훑어봤다. 신발이 네댓 켤레 어지럽게 흩어져 있고 그 사이에 여자아이가 신을 법한 운동화가 하나 보였다. 낡고 더럽혀졌지만 이런 남자가 혼자 사는 집에는 있을 리 없는 신발이었다.

"지사, 안에 있어요?"

그러자 남자의 무거워 보이는 한쪽 눈꺼풀이 스르르 올라갔다. 지사라는 이름에 반응한 것이다. 이놈이다. 이놈이 지사에게 그 악마 같은 짓을 저지른 놈이다.

"누구야? 너."

문손잡이를 잡은 남자를 밀치고 아키라는 그대로 집 안에 들어갔다.
"지사!"
신발을 벗지 않은 채로 안을 향해 성큼성큼 들어갔다.
"야! 너 뭐 하는 짓이야!"
남자가 쫓아오는 기척이 느껴졌지만 신경 쓰지 않았다. 집 안은 말 그대로 아수라장이었다. 퀴퀴한 냄새가 코를 찌르는 곳에서 짧은 복도 끝으로 부엌과 식탁이 보였다. 싱크대에는 설거지하지 않은 그릇이 산더미처럼 쌓여 있고 바닥에는 쓰레기 봉지들이 널브러져 있다. 아키라는 그 사이를 발로 차며 지나가 찢어진 장지문을 힘껏 열어젖혔다. 책상 위에 컴퓨터가 켜져 있고 회전의자가 방문 쪽을 향해 있다. 바로 조금 전까지 남자가 여기서 뭔지 모를 작업을 하고 있었던 게 틀림없었다. 삼각대 위에는 카메라와 조명 장비가 보였다.
"지사!"
그때 옆방의 미닫이문이 벌컥 열렸다.
"아키라 오빠!"
트레이닝복 차림의 지사가 뛰어나왔다. 방이 어두워서 잘 보이지 않지만 안에는 또 한 사람이 이불 위에 주저앉아 있는 듯했다.
"가자."

지사의 손목을 붙잡은 순간 뒤에서 누가 달려들었다. 아키라가 그대로 넘어지자 삼각대에 고정돼 있던 카메라가 쓰러졌다.

"뭐야! 너 이 자식, 지사랑 무슨 사이야?"

남자가 다리를 들어서 아키라는 그의 다리를 붙잡고 밀쳤다. 균형을 잃은 남자가 보기 흉하게 뒤로 벌러덩 넘어졌다. 지사인지 지사의 어머니인지 모를 누군가가 비명을 질렀다.

"지사를 데리고 간다. 너 같은 놈한테……."

말을 끝내기도 전에 남자가 벌떡 일어나 아키라의 이마에 박치기를 날렸다. 순간 눈앞이 캄캄해져 비틀거리는 사이 이번에는 주먹이 날아들었다. 아키라가 바닥에 쓰러지자 남자는 그대로 아키라의 몸 위에 올라타 두 손으로 목을 조르기 시작했다. 탱탱하게 살이 오른 남자의 추악한 얼굴이 코앞에 들이닥쳤다.

"그만해!"

지사가 남자 뒤에 달라붙어 떼어내려고 했지만 그는 꿈쩍도 하지 않았다. 남자가 엄청난 힘으로 목을 조르자 의식이 점점 흐려졌다. 숨을 쉬기 위해 입을 벌렸지만 소용없었다. 승리를 확신한 남자의 얼굴이 벌겋게 달아오르며 더 흉측하게 일그러졌다. 아키라는 오른손으로 주머니를 뒤져 안에 있는 끌을 움켜쥐었다. 그리고 그것을 남자의 배를 향해 힘껏 찔렀다. 날이 살을 파고드는 감촉이 느껴졌다.

"으윽."

남자의 입에서 신음이 터지는 것과 동시에 끌을 타고 미지근한 액체가 흘렀다. 남자의 손에서 힘이 빠져나가자 숨을 쉴 수 있게 된 아키라는 크게 기침을 하며 헐떡였다. 아래에서 무거운 남자의 몸을 밀자 남자가 힘없이 옆으로 푹 쓰러졌다. 남자가 입은 지저분한 스웨트셔츠의 배 부분이 빨갛게 물들었고 시간이 갈수록 얼룩이 점점 커졌다. 지사는 두 손으로 입을 가리고 눈을 부릅뜬 채 바닥에 쓰러진 남자를 보고 있었다.

그때 또다시 날카로운 비명이 울렸다. 안쪽 방에서 나온 중년 여자가 놀란 듯 다리에 힘이 풀려 바닥에 주저앉았다. 주저앉은 상태에서도 그녀는 비명을 계속 질렀다. 아키라는 몸을 일으켜 자신의 오른손을 봤다. 단단히 움켜쥐고 있던 끌이 피에 흠뻑 젖어 있었다. 그게 뭘 의미하는지 아직은 제대로 실감할 수 없었다. 아키라는 그대로 조심스럽게 뒷걸음질 쳐서 부엌 쪽으로 물러났다.

열린 현관문 너머에 소란을 듣고 달려온 사람 그림자가 보였다. 아래층 가게의 주인일지도 모른다. 방 안을 들여다본 그는 아키라를 보고 충격에 휩싸인 얼굴로 얼어붙었다.

"살인자!"

남자는 그렇게 외치고 황급히 계단을 뛰어 내려갔다. 집 안에서는 지사가 소리 죽여 울고 있고, 지사의 어머니는 여전히 비명을 지르고 있었다. 그 모든 광경이 현실이 아닌 것처럼 느껴졌다.

아키라는 현장에 출동한 경찰에게 체포됐다.

끌을 쥐고 있던 손이 뻣뻣하게 굳어서 경찰이 손가락을 하나하나 떼어내야 했다. 관할 경찰서로 연행된 뒤에도 아키라는 한동안 말을 하지 못하고 멍하니 앉아 있기만 했다. 아키라가 찌른 남자는 병원에 실려 갔다. 나행히 처치가 빨랐고 상처가 동맥과 주요 장기를 비껴간 덕에 당분간 입원 치료를 받는 것으로 끝난다고 했다.

지사의 어머니와 사실혼 관계에 있던 그는 아사카와 조지라는 남자였다. 이름도 모르는 그런 남자를 아키라는 끌로 찔렀다. 끌은 단지 위협용으로 가져간 것이고 일이 그렇게까지 커질 줄은 상상도 못 했다. 지사를 구하고 싶었을 뿐이었다.

사건이 일어나고 몇 시간이 지나서야 간신히 그런 사정을 형사 앞에서 설명할 수 있게 됐다.

아사카와는 음란 사진을 촬영할 목적으로 미성년자를 지배하에 두고 강제로 문신을 새긴 등의 혐의로 퇴원과 동시에 체포, 기소됐다.

지사는 아동 상담소에 보호된 후 오타구 복지과의 개입으로 어머니와 함께 모자 생활 지원 시설에 입소했다. 그런 소식이 아키라의 귀에 들어온 건 한참 시간이 흐른 뒤였다. 어머니와 함께 아사카와에게 정신적으로 지배당한 지사를 구하러 나선 아키라의 행동은 일정 부분 정상이 참작됐다. 그러나 사전에 흉기를 준비하고 현장에 들어가 상대를 찌른 죄는 면할 수 없었다.

아키라는 결국 소년 감별소로 보내졌고 가정 법원의 심판을 거쳐 보호 관찰 처분을 받았다.

범죄에 연루됐다는 이유로 정해져 있던 취직자리는 무산됐다. 아버지는 아키라가 감별소에 들어갈 때 면회를 한 번 왔지만 별다른 말은 없었다. 그 역시 이런 상황에 처한 아들을 어떻게 대해야 좋을지 갈피를 못 잡는 듯했다. 취직이든 진학이든 아직 기회가 있다는 아버지의 말은 허공을 맴돌 뿐이었다.

가장 신경 쓰이는 사람은 하시모토였다. 자신은 그의 작업장에 있던 끌을 몰래 들고나와 사람을 찔렀다. 경찰은 하시모토도 찾아가서 조사했을 것이다. 한없이 미안하고 자책이 들어 잠을 이룰 수 없었다.

감별소에는 한 달 동안 있었다. 그리고 그곳에서 나가자마자 아키라는 하시모토를 찾아갔다.

그는 예전처럼 작업장에서 변함없이 작업을 하고 있었다. 아키라가 들어가도 한동안 말없이 작업에 몰두했다.

"아저씨."

그러자 끌을 움직이던 하시모토의 팔이 멈췄다. 그제야

그는 고개를 들어 아키라를 봤다.

"죄송합니다."

고개를 숙이는 것이 지금 아키라가 할 수 있는 전부였다. 그러자 하시모토는 손에 든 망치와 끌을 조용히 바닥에 내려놓았다.

"넌 이제 두 번 다시 끌을 잡지 마라."

하시모토는 담담하게 말했다.

"끌은 나무를 깎는 도구다. 그걸 사람에게 휘두른 이상 넌 끌을 쥘 자격이 없어."

그의 말은 무겁고 깊게 가슴에 박혔다. 아키라는 말없이 고개를 숙이고 조용히 작업장을 나왔다.

그 후 2년 동안 죽을힘을 다해 일했다. 대학에 가겠다는 결심은 확고했다. 그래서 밤낮 없이 일하며 돈을 모았다. 동시에 공부도 계속했다. 민가를 즐기거나 쉴 틈을 갖는 건 스스로 금했다.

대학에 가려는 게 아버지 때문은 아니었다. 하시모토에게 인정받고 싶었다. 성실하게 살아온 그의 마음을 짓밟은 것으로 모자라 그가 아끼던 도구로 사람을 해쳤다. 그의 말대로 앞으로 두 번 다시 끌을 잡지 않을 것이다. 잡을 자격도 없다. 그래도 내가 올바르게 살고 있다는 걸 전하고 싶었다.

대학에 가는 것이 그 방법이고 그것 외에 다른 길은 떠오르지 않았다. 하시모토에게 배워서 만든 작은 책상에서 계속 공부해서 합격했다고 알리고 싶었다. '그걸로 열심히 공부해야 한다'라고 한 그의 말을 잘 따랐다는 걸 행동으로 증명하고 싶었다.

2년간 열심히 일한 끝에 진학에 필요한 초기 비용은 마련할 수 있었다. 입시도 철저히 조사해 사회인 전형으로 입학할 수 있는 대학을 선택했다. 사회인으로서의 직무 경험 평가와 소논문, 면접을 거쳐 결국 대학 진학이라는 최종 목표를 이뤄냈다. 입학 후에는 장학금을 받고 아르바이트를 병행하며 학업을 이어 갈 계획도 세웠다.

아키라의 합격 소식을 들은 아버지는 기쁨을 감추지 못했다. 처음 갖게 된 휴대폰 너머로 들뜬 목소리가 들렸다.

—역시. 너라면 해낼 줄 알았어. 아일린도 분명 기뻐할 거야. 아들은 엉망이었지만 손자는 제대로 자랐다고.

아버지는 여전히 사교댄스 교실에 남아 있었다. 돈 많은 그 세무사와는 사이가 틀어진 듯했다. 아키라에게는 상관없는 일이었다.

그리고 아버지는 문득 떠올린 것처럼 한마디를 덧붙였다.

—그러고 보니 전에 널 잠시 맡아 줬던 그 하시모토 씨 말이다. 돌아가셨대. 이장이 그러더라. 작업장에서 대동맥류 파열로 갑자기 죽었다고. 2주 전쯤에.

아버지의 말을 끝까지 들을 수 없었다. 아키라는 전화를 끓자마자 밖으로 뛰쳐나갔다. 그때 아키라는 일 때문에 사이타마현 가와구치시에 살았지만 망설임 없이 전철에 몸을 실었다. 이렇게 갑작스럽게 하시모토를 찾게 될 줄은 꿈에도 몰랐다. 원래는 아버지에게 합격 소식을 전한 뒤 작은 선물이라도 하나 사 들고 그 그리운 작업장을 찾을 계획이었다. 그런 장면을 지난 2년간 수도 없이 상상해 왔다. 하시모토는 분명 멋쩍은 미소로 날 반겨 줄 거라고 믿었다.

모리시타에 있는 하시모토의 집에 도착한 건 해 질 무렵이었다. 집은 문이 활짝 열려 있고 안에서 누군가가 짐을 정리하는 듯했다. 아키라는 한참 동안 집 맞은편 길가에 우두커니 서서 움직이지 못했다. 미닫이문 너머에서 혹시나 끌질 소리가 들리지 않을까 싶어 조용히 귀를 기울였다. 하지만 들리는 건 몇 사람이 움직이는 소리와 낯선 목소리뿐이었다.

15분 정도 그렇게 있다가 겨우 길을 건넜다.

미닫이문을 열고 집 안에 들어서자 텅 빈 작업장이 보였다. 하시모토가 만든 작품은 하나도 남아 있지 않고 흙바닥에 쌓여 있던 목재들도 사라졌다. 바닥을 쓸던 여자가 고개를 들어 아키라를 봤다.

"누구세요?"

"저……."

입이 떨어지지 않았다. 하시모토와의 관계를 뭐라고 설명해야 할지 알 수 없었다.

"전에 이 옆집에 살았는데, 하시모토 씨에게 신세를 져서요……. 그래서……."

"아, 그러셨구나. 잠시만요."

여자는 신발을 벗고 마룻바닥으로 올라가 안쪽을 향해 누군가를 불렀다. 그동안 아키라는 멍한 얼굴로 제자리에 우두커니 서 있었다. 안쪽 방에서 하시모토와 동년배로 보이는 남자가 나왔다.

"고타는 죽었어. 2주 전에. 장례식도 다 끝났고."

남자는 그렇게 말하고 자신은 하시모토의 사촌이라고 했다.

"네, 그 이야기는 들었습니다. 너무 갑작스러워서……."

이럴 때는 먼저 조의를 표하는 게 예의인 걸 알지만 적절한 말이 떠오르지 않았다.

"고타는 괴짜라 평소 친척들과도 왕래가 거의 없었지."

사촌은 별로 신경 쓰지 않는 듯이 말을 이어 갔다.

"그나마 내가 유일하게 연락하던 친척이야. 갑자기 죽었다더라. 경찰도 오고 꽤 난리였다고 해."

그러고 나서 문득 알아차린 듯 물었다.

"옆집에 살았다고? 고타랑 무슨 사이지?"

남자는 하시모토의 그간의 삶이나 그가 어떤 사람들과 어울렸는지 전혀 모르는 듯했다. 그가 아무 연고도 없는 남의 집 고등학생을 집에 들여서 살게 한 것도.

"옆집에 살았던 건 벌써 2년 전이에요. 그래도 하시모토 씨께 정말 많은 도움을 받았어요."

"오."

부부처럼 보이는 두 사람이 동시에 놀란 듯 반응했다. 친척들 사이에서도 괴짜로 알려진 하시모토가 누군가와 친밀한 관계였다는 사실이 의외인 듯했다.

"힘들게 와 줘서 고맙기는 한데 지금은 정리하느라 바빠서. 이 집은 앞으로 아무도 안 살 거라 곧 허물 거야."

"그렇군요……."

아키라는 조용히 집 안을 다시 둘러봤다. 이곳에 이제 하시모토는 없다. 몇 번을 찾아와도 그 고집 센 장인을 다시 만날 수 없다. 이미 어느 정도 정리가 진행된 집 안은 아키라가 기억하는 작업장 겸 주거지가 아니었다.

"실례했습니다."

고개 숙여 인사하고 돌아서려는 찰나 미닫이문 벽 옆에 놓인 커다란 골판지 상자가 눈에 들어왔다. 안에는 하시모토가 쓰던 도구들이 아무렇게나 담겨 있었다.

"이거……."

아키라의 목소리를 듣고 안에 들어가려던 남자가 뒤돌아봤다.

"아, 그것도 처분할 거야. 낡아서 이제 쓸 사람도 없을 테니."

무심결에 손이 움직였다. 아키라는 눈에 익은 끌 상자를 집어 들었다. 뚜껑을 열자 안에는 크고 작은 끌들이 가지런히 들어 있었다. 원래는 일곱 개들이 상자지만 안에 든 건 여섯 자루뿐. 사라진 그 가장 큰 끌은 아키라가 그날 몰래 들고 나간 끌이었다. 사건의 증거물로 경찰서에 남아 결국 반환되지 않은 걸까. 아니면 하시모토가 받기를 거부했을까.

"이거, 제가 가져가도 될까요?"

생각이 정리되기도 전에 목소리가 나왔다.

"아, 그래."

남자가 대답했다.

"괜찮아. 가져가."

"감사합니다."

아키라가 공구 상자를 가슴에 안고 다시 고개를 숙였을 때 하시모토의 사촌은 이미 안쪽으로 들어가고 없었다.

아키라는 집을 나가 무작정 걷기 시작했다.

스미다강에 다다라서야 비로소 걸음이 멈췄다. 잘 정비된 제방에 걸터앉았다. 서쪽 하늘에 뜬 구름이 붉은 석양에 물들고 있었다. 태양이 구름 사이를 지나 빌딩 너머로 서서히 저물었다.

아키라는 상자의 뚜껑을 열어 안에 든 끌들을 하나씩 제방 콘크리트에 늘어놓았다. 하나같이 날이 날카롭게 갈려 있다. 하시모토는 그 뒤로도 도구 손질을 절대 게을리하지 않았다. 숫돌에 대고 정성껏 날을 가는 그의 뒷모습을 아키라는 선명하게 기억했다.

그렇게 소중히 여긴 물건으로 아키라는 사람을 다치게 했다. 장인의 혼이 깃든 그 도구로.

―넌 끌을 쥘 자격이 없어.

하시모토의 말이 귓가에 되살아났다. 나에게는 이렇게 신성한 도구를 만질 자격이 없다.

창고에서 지내던 고등학생을 집에 들여 준 사람. 밤거리를 서성이는 미성년자를 집요하게 데리러 와 준 사람. 호스트 클럽의 경영자와 직접 협상해 바른길을 걸을 수 있게 도와준 사람.

그의 모든 것을 나는 배신하고 말았다. 진심으로 자신을 꾸짖어 준 하시모토에게 보답하기 위해 악착같이 일했고 대학에도 합격했다. 하지만 모든 게 의미를 잃었다.

콘크리트에 나란히 놓인 끌들을 바라보며 아키라는 눈물을 흘렸다.

외할머니가 돌아가셨을 때도, 아버지와 어머니에게 외면당했을 때도 울지 않았는데.

붉게 물든 구름이 석양을 품자 주변이 황금빛으로 물들었다. 잿빛으로 칙칙하게 바래 있던 빌딩과 강물이 신의 축복을 받은 것처럼 잠시 눈부시게 빛났다. 세상은 끊임없이 변하고 있다. 그 단순한 진리를 아키라는 이제야 몸소 깨달았다. 그동안 보고 있다고 믿었지만, 자신은 아무것도 보지 못하고 있었다.

스미다강을 넘어 불어오는 바람을 맞으며 아키라는 한없이 눈물을 쏟았다.

3장
단 하나의 사랑

밀짚모자가 바람에 날아갈 뻔해서 가나코는 황급히 손으로 눌렀다.

바람은 모자의 넓은 챙을 흔들고 가나코의 원피스 자락을 흩날리며 지나갔다. 다마강에서 불어온 바람은 투명하고도 맑았다.

오우메 가도로 이어지는 좁은 언덕길 중턱에 멈춰 서서 강을 내려다봤다. 강물은 여름 햇빛을 반사해 찬란하게 빛나고 있다. 다마강 상류에 이토록 맑고 깨끗한 물이 흐르고 있을 줄은 몰랐다. 이곳에 어머니가 별장을 사겠다고 했을 때는 '왜 하필 이런 곳에?' 하고 의아해했지만 지금은 그런 생각도 사라졌다.

가나코는 들고 있는 작은 클로버 꽃다발을 코끝에 가져가 살며시 향을 맡았다. 길가에 핀 꽃을 꺾는다는 건 집이 있는 세타가야에서는 꿈도 못 꿀 일이다. 메이플라워가 피었다면 더 좋았겠지만 그 정도까지는 바라지 않았다.

오우메 가도를 따라 어머니의 별장 쪽으로 걸으며 가나코는 작년에 다녀온 프린스에드워드섬의 풍경을 떠올렸다. 그 꽃은 그곳에 피어 있기에 더 빛나 보였다. 『빨강머리 앤』 속 세계를 동경하며 언젠가 프린스에드워드섬에 꼭 가 보고 싶었다. 어머니를 여러 번 졸랐다.

패션 디자이너인 어머니 루이코가 누구보다 바쁘다는 건 가나코도 잘 알았다. 봄, 여름과 가을, 겨울 시즌마다 파리에서 컬렉션을 열고, '루이코 니시무라' 브랜드의 드레스를 취급하는 뉴욕의 부티크를 찾아 미팅을 하는 등 어머니는 전 세계를 누비고 다녔다.

그럼에도 외동딸의 소원은 마음 한 켠에 계속 두고 있었던 모양이다. 작년 봄, 루이코는 뉴욕 출장길에 가나코를 캐나다의 프린스에드워드섬에 데려가 줬다.

"사흘 정도 시간이 났으니 네가 그토록 가고 싶어 한 곳에 가 보자. 빨강머리 소녀가 살던 그 섬 말이야."

그 말을 들었을 때 가나코는 펄쩍 뛸 정도로 기뻐했다.

"초등학생도 아닌데 펄쩍펄쩍 뛰는 건 좀 그렇잖니."

그러면서도 루이코도 웃고 있었다.

가나코는 중학교 3학년이었지만 대학까지 연계된 에스컬레이터식 학교에 다녔기에 입시 걱정은 없었다. 어머니는 사실 그때도 한창 바쁜 시기라 가나코를 위해 일부러 시간을 쪼갠 것이었다. 꿈꿔 온 장소에 갈 수 있다는 사실과 어머니의 배려가 더없이 기뻤다. 세계적으로 유명한 디자이너인 어머니는 일본에 있을 때도 딸과 집에서 시간을 보내는 시간이 거의 없었다.

루이코가 일에 몰두하는 동안 가나코는 세타가야구 세이조에 있는 집에서 에모리 미사에라는 나이 든 상주 가사 도우미와 함께 지냈다. 루이코의 아틀리에에서 일하는 젊은 남녀 직원들이 수시로 집을 드나들었다. 집은 늘 분주했지만 어릴 때부터 그런 환경에서 자란 가나코에게는 평범한 일상이었다.

어머니는 겉보기에는 일에만 빠져 있는 듯 보여도 언제나 딸을 신경 썼고 가나코도 그런 어머니를 충분히 이해했다. 어머니와 단둘이 프린스에드워드섬을 여행했던 건 최고의 경험이었고 지금도 그 사흘을 떠올리면 가슴이 벅차올랐다. 수없이 되풀이해서 읽은 이야기 속 무대에 직접 발을 디뎠으니까.

봄방학이 끝나고 새 학기가 시작된 시점이었지만 루이코는 주저 없이 딸을 수업에 빠지게 했다. 그런 것에 얽매이지 않는 것도 어머니의 장점이었다. 한 번 결정하면 망설임 없이 밀어붙이는 게 세계적인 디자이너로 성장한 그녀의 삶의 방식이었다.

프린스에드워드섬은 상상하던 모습 그대로였다. 앤이 마

차를 타고 마중 나온 매튜에게 "이 길은 왜 빨간색이에요?"라고 물은 붉은 흙길이 있었고, 앤이 '빛나는 호수'라고 이름 붙인 연못도 있었다. 초록색 박공지붕을 얹은 집, 그린게이블스도 마치 이야기에서 그대로 튀어나온 것처럼 우뚝 서 있었다. 소설 속 공간을 재현했다는 걸 알면서도 2층에 있는 앤의 방을 봤을 때는 벅차서 다리가 떨렸다. 앤이 막 벗어 놓은 듯한 원피스가 침대 위에 펼쳐져 있었다.

현지에서는 '메이플라워'라는 꽃이 '트레일링 아뷰투스'라는 키 작은 관목에 피는 분홍 꽃을 가리킨다는 걸 알게 됐다. 가나코는 일본에 정원수로 들어온 서양 산사나무를 뜻한다고만 알고 있었기에 놀랐다. 캐나다를 비롯한 북미 대륙에서만 자생하는 꽃이라는 설명을 듣고 그 꽃이 더 특별하게 느껴졌다.

『빨강머리 앤』을 쓴 작가 몽고메리의 묘지도 찾았다. 앤이라는 존재를 세상에 남긴 사람의 무덤 앞에서 가나코는 감정에 북받쳐 눈물을 글썽였다. 그렇게 꿈만 같던 사흘은 금세 지나 어머니는 뉴욕으로 떠났고 가나코도 어머니의 매니저인 안도 다마키와 함께 일본에 돌아왔다.

천천히 발걸음을 옮기다 보니 나무 사이로 별장이 보이기 시작했다. 프린스에드워드섬에서 돌아온 지 얼마 안 돼 루이코는 이곳 오쿠타마에 있는 별장을 사들였다. 『빨강머리 앤』을 향한 딸의 애정을 깨닫고 멋진 서양식 저택을 고른 줄 알았지만, 알고 보니 여관으로 쓰인 전통 일본식 건물이었다. 더위를 잘 타는 어머니는 오래전부터 어딘가 시원한 곳에 별장을 갖고 싶었다고 했다. 그럴 때 마침 지인의 소개로 막 폐업한 여관을 망설임 없이 사들였다.

"왜 가루이자와 같은 곳이 아닌 거야?"

'가루이자와라면 그린 게이블스와 비슷한 예쁜 서양식 저택도 있었을 텐데' 하고 가나코는 속으로 아쉬워하며 물었다.

"가루이자와처럼 속물스러운 곳은 사양이야."

어머니는 단호하게 말했다.

"피서지에 갔다가 아는 사람들을 마주치면 마음이 편할 리 없잖아."

무게감 있는 일본식 기와가 얹힌 지붕을 올려다보며 가나코는 별장으로 이어지는 작은 오솔길을 걸었다.

몇 번 이곳을 찾는 사이 가나코는 오쿠타마라는 곳이 점점 마음에 들었다. 숲이 있고, 강도 있었다. 혼자 산책하다 보면 꼭 초원과 숲속을 뛰어다니던 앤이 된 듯한 기분에 사로잡히기도 했다. 어머니가 말한 대로 이곳은 조용해서 상상의 나래를 펼치기도 안성맞춤인 장소였다. 어머니의 선택은 즉흥적인 듯 보이지만 항상 옳았다.

루이코가 이 별장을 구입한 데는 도심에서 가깝다는 점도 영향을 미쳤다. 언제든 아틀리에로 금방 돌아갈 수 있고, 갑작스러운 미팅이 생겨도 몇 시간 만에 다녀올 수 있는 거리였다. 또 여름뿐 아니라 어떤 계절에 와도 느긋하게 쉴 수 있는 환경이 갖춰져 있었다. 루이코는 가까운 친구나 신세 진 사람들을 초대해 대접하는 장소로도 별장을 활용했다.

오늘도 게스트룸에는 손님이 와 있었다. 루이코는 별장을 사들인 후 옛 여관의 객실들을 리모델링했다. 원래 다다미방이었던 객실 여섯 곳을 전부 서양식으로 바꿨다. 외관은 전통적인 일본식 여관이지만 내부는 모던한 인테리어를 갖춘 게스트하우스로 탈바꿈했다. 그리고 지인 건축가에게 의뢰해 취향이 반영된 인테리어로 객실을 꾸몄다. 어머니는 늘 일 처리가 빨랐다.

여섯 개의 객실에는 가나코가 하나하나 이름을 붙였다. 『빨강머리 앤』에 등장하는 꽃 이름에서 따왔다. '준 벨', '들장미', '메이플라워', '자두꽃', '엉겅퀴', '메리골드'.

그 말을 들었을 때 루이코는 팔짱을 끼고 한숨을 쉬었다.

"참나."

곁에 있던 안도가 웃음을 터뜨렸다.

"선생님, 그래도 '눈의 여왕'이나 '6월의 백합' 같은 게 아니어서 다행입니다."

오랜 세월 루이코의 오른팔로 일한 안도도 『빨강머리 앤』을 자주 읽은 듯했다.

가나코가 클로버 꽃다발에 코를 다시 댔을 때 검정색 고급 승용차가 가나코 옆을 지나갔다. 차량 정차 구역에 멈춘 그 차를 맞이하기 위해 에모리와 안도가 나왔다. 차에서 선글라스를 낀 여자가 내렸다. 여배우인 오이카와 아쓰코였다. 그리고 운전석에서 내린 사람은 그녀의 남편이자 영화감독인 바바 준이치로였다.

가나코가 가까이 가자 아쓰코는 선글라스를 벗으며 미소 지었다.

"안녕, 가나코."

"안녕하세요."

"학교는 좀 어때? 이제 고등부에 올라갔지?"

"네. 재미있어요."

"그거 다행이네."

오이카와 아쓰코도 가나코가 다니는 게이세이 학원 졸업생이었다. 아쓰코는 가나코의 어깨에 손을 한 번 얹고 집 안으로 들어갔다. 로비에서 기다리던 루이코가 아쓰코에게 악수를 청했다. 외국 생활에 익숙한 루이코의 인사법이었다.

"어서 와요, 아쓰코 씨. 히라카와 씨와 기타니 씨는 이미 도착했어요."

"초대해 주셔서 감사합니다, 루이코 선생님."

"편히 쉬다 가세요."

에모리가 두 사람을 2층으로 안내했다.

"가나코, 얼른 옷 갈아입고 오렴. 한 시간 후에 저녁 식사니까."

단 하나의 사랑

루이코도 입고 온 옷과 다른 옷으로 갈아입은 상태였다. 은은한 광택이 도는 태피터 소재의 세련된 원피스였다. 이런 어머니가 내년에 예순이 된다는 사실이 믿기지 않았다. 우아하면서도 화사하고 무엇보다 당당함이 몸에 밴 어머니를 가나코는 정말 좋아했다. 가나코가 니시무라 루이코의 딸이라는 건 학교에도 널리 알려져 있고 모두가 부러워했다. 부유하고 유명인들과 교류하며 해외여행도 자주 갈 것 같다는 이유였다. 하지만 가나코에게 무엇보다 자랑스러운 건 언제나 자신만의 삶의 방식을 지키며 나이를 먹어도 여전히 아름다운 어머니 자체였다.

가나코는 서둘러 자기 방에 돌아갔다. 꺾어 온 클로버를 투명한 유리컵에 꽂아 창가에 장식했다.

식당에 모인 사람은 여배우 아쓰코와 그녀의 남편이자 영화감독인 바바 준이치로, 각본가 히라카와 유리아와 사업가인 기타니 요지였다. 루이코와 가나코, 말석에는 매니저 안도도 자리했다. 이들은 모두 루이코와 사적으로 인연이 깊은 사람들이었다. 어머니는 별장에 늘 믿고 마음을 터놓는 사람들만 초대했다.

여배우, 감독, 각본가들과 연을 맺은 건 루이코가 막 디자이너로 활동을 시작했을 당시 영화와 드라마 의상 일을 했기 때문이다. 그 시절부터 쌓은 인연이니 상당히 오래된 관계가 틀림없었다.

가나코는 테이블 너머로 네 사람을 둘러봤다. 가나코의 눈빛을 받고 환하게 웃어 보인 오이카와 아쓰코는 루이코와 비슷한 또래처럼 보였다. 이 중 가장 젊은 히라카와도 곧 쉰을 앞둔 나이라고 했다. 모두 각 분야의 일선에서 활약하는 사람들이라 그런지 당당하고 굳건한 분위기를 풍겼다. 그러나 식사 자리는 시종일관 화기애애했고, 도심에서 조금 떨어진 별장에서 모두 마음 편히 휴식을 즐긴다는 느낌이 전해졌다.

가나코는 어머니의 아틀리에에서 맞춘 섬세한 꽃무늬 원피스의 옷깃을 매만졌다. 오늘 처음 입은 옷이라 잘 어울리는지 내심 신경 쓰였다. 세련된 사람들 사이에 있으니 더욱 그랬다.

에모리와 또 다른 가사 도우미인 우치무라가 차례차례 음식을 나르기 시작했다. 손님이 올 때는 늘 전문 셰프를 부르는데 오늘 메뉴는 가이세키* 요리라 고급 일본 요릿집에서 요리사를 불러왔다고 했다.

바바가 최근 영화계 이야기를 꺼냈다. 요즘 젊은 배우들은 성실하지만 여유가 없다. 그러니 성장도 더디다고 그는 말했다.

---

* 작은 그릇에 다양한 음식이 순차적으로 담겨 나오는 일본의 연회 코스 요리.

"그렇다고 당신이 노는 법을 가르쳐 줄 수도 없잖아요."
옆에서 아쓰코가 장난스럽게 말을 던졌다.
"꼭 노는 걸 말하는 게 아니야."
바바가 쓴웃음을 지었다.
"너무 빡빡해서 여유가 없다는 뜻이지."
"그 말, 공감됩니다. 요즘 젊은 사람들은 어떻게 대해야 할지도 모르겠습니다."
호텔 체인의 오너인 기타니가 고개를 끄덕였다.
"그런데 아쓰코 씨가 말했듯 놀고 즐기는 것도 중요해요. 그런 경험이 없으면 세상을 보는 눈도 점점 좁아지죠."
히라카와가 산나물 겨자무침을 입에 넣으며 말했다.
"맞아요. 놀 줄 아는 아이들은 시야가 넓고 반응도 빨라요."
아쓰코가 장난기 섞어 맞장구치고 "패션계는 어때요?" 하고 루이코에게 화제를 돌렸다.
"글쎄요."
늘 판단이 빠른 루이코는 속에 이미 확고한 답이 있겠지만 잠시 생각에 잠기는 모습을 보였다. 루이코는 바바 쪽을 힐끗 보며 미소 지었다.
"노느냐 안 노느냐가 중요한지는 모르겠지만, 분명 다양한 걸 경험해 본 아이들은 습득이 빠르죠. 그리고 무엇보다 야망, 그게 중요해요."

"역시 선생님다운 깊이 있는 말씀이네요."

아쓰코가 구운 유바를 젓가락으로 집었다. 호박빛 소스가 반짝이며 흘러내렸다.

"게다가 선생님은 행동파시니까요. 뭐든 몸으로 부딪치고 손을 움직여서 판단하는 분이죠. 그렇게 지금의 위치까지 올라오시기도 했고요."

루이코는 볼에 손을 얹고 가볍게 미소 지었다.

"실패도 많았어요."

"하지만 그 역시 선생님은 성장의 밑거름으로 삼으셨겠죠."

기타니가 온화한 목소리로 덧붙였다. 가지런하게 가르마를 탄 그의 은발 머리를 보며 가나코는 새우와 달걀흰자로 만든 한천 요리를 조심스럽게 집어삼켰다. 어른들의 대화에 함부로 끼어들 수 없다. 어머니가 미리 일러 준 대로 말없이 얌전히 앉아 있었다.

기타니가 운영하는 호텔 유니폼은 루이코가 전부 직접 디자인했다. 루이코의 단골 고객이지만 두 사람은 일로 엮인 관계라기보다 오랜 친구 사이에 가까웠다. 가나코도 여러 번 그와 함께 식사를 한 적이 있었다. 이곳에 모인 사람들은 모두 루이코의 인생을 옆에서 지켜봐 온 이들이었다. 다들 루이코라는 사람의 밑바탕에 깔린 장인 정신을 알았고, 루이코 자신도 '패션 디자이너'보다는 '복식 디자이너'라고 불리는 걸 더 좋아했다.

에모리와 우치무라가 다가와 테이블에 놓인 접시들을 조심스럽게 치웠다.

루이코의 장인 기질은 기모노 재단사였던 어머니에게 물려받은 것이었다. 지금은 세상을 떠났지만, 조용하면서도 정갈하게 손을 움직이던 할머니의 모습, 그리고 뭔가를 만들어내기 위해 한 치의 빈틈도 허용하지 않았던 집념을 가나코도 또렷이 기억했다.

몸이 약한 할아버지를 대신해 할머니는 손재주 하나로 네 자녀를 키웠다고 들었다. 그중 막내였던 루이코는 어린 시절부터 기술을 배우고 싶어 했고, 그런 딸의 마음을 헤아린 할머니는 "앞으로는 양재의 시대가 올 거야"라고 하고 어렵게 모은 돈을 털어 딸을 양재 학교에 보냈다. 그러나 루이코는 채 1년도 되지 않아 그 학교를 그만뒀다.

"거기는 신부 수업을 하는 곳이야."

그만두겠다고 할 때는 어머니에게 그렇게 말했다고 한다. 루이코는 양재 학교에서는 배울 게 없다며 실제 현장에서 직접 몸으로 부딪치며 배우는 길을 택했다. 오로지 자신만의 결정으로 당시 신주쿠에 있던 양재점에 취직한 것이 디자이너로서 루이코가 내디딘 첫걸음이었다.

그런 이야기를 가나코는 어머니가 아닌 어느 잡지 인터뷰 기사를 통해 읽었다. 한때 자서전을 써 보지 않겠냐는 제안도 들어왔지만 루이코는 단칼에 거절했다고 했다.

"내 인생을 남들한테 속속들이 보여 주다니 생각만 해도 끔찍해. 지금 내 모습이 전부야."

인상적인 그 말은 지금도 가나코의 기억에 선명하게 남아 있다.

그렇게 루이코는 양재점에서 디자인을 비롯해 재단, 봉제, 원단 구입, 점포 운영 방식까지 전 과정을 몸으로 익혀 나갔다. 하지만 그 시절을 회상할 때 루이코는 늘 이렇게 말했다.

"난 그냥 바느질하는 여자였어."

밑에서부터 차근차근 올라왔다는 것을 강조하고 싶어 하는 듯했다.

가나코도 어머니의 인생사에 대해 대략은 알았다. 굳이 묻지 않아도 그런 이야기들이 저절로 귀에 들어왔다.

그 양재점은 수입 원단을 과감히 써서 유행을 선도하며 유명세를 떨쳤다. 자연스레 영화나 TV 드라마 의상 제작 의뢰도 들어왔다. 그러나 본연의 업무가 바쁘다 보니 점주는 그런 외부 일들은 전부 손재주가 뛰어난 루이코에게 맡겼다. 아마 그 무렵에 막 데뷔한 오이카와 아스카와도 인연을 맺었을 것이다. 시대를 앞서가는 감각과 빠른 상황 대처 능력 덕에 니시무라 루이코는 점차 주목을 받기 시작했다.

그 후 루이코는 독립해 영상 업계에서 쌓은 인맥을 바탕으로 꾸준히 일을 이어 갔다. 그리고 마침내 파리에서 컬렉션을 발표하는 수준에 이르렀다. 신인 영화인들과 교류하며 바쁘게 움직이는 한편 루이코는 언제나 '일반 여성들이 입는 옷'에 대해 고민했다. 당시 일본에서 여성복이란 어디까지나 남성의 시선을 의식한 아름다움에 초점이 맞춰져 있었다. 다소 불편하거나, 움직이기 힘들고 관리가 어렵더라도 그저 예쁘면 된다는 고정관념에 모두가 익숙해 있었다. 루이코는 그런 인식을 깨고 싶었다.

루이코는 특별한 파티용 드레스뿐 아니라 평상복이나 외출복, 업무용 복장에 이르기까지 세심한 배려가 담긴 옷을 만들고자 했다. 그야말로 여성이 주체가 되는 패션, '입고 싶은 옷을 스스로 선택한다'라는 그녀의 철학은 일반 여성들에게 큰 공감을 얻었다.

30대 중반 무렵 루이코는 프랑스, 미국, 영국, 이탈리아, 중국 등 세계 각국을 누비는 복식 디자이너로 자리매김했다. 가나코를 낳은 건 루이코가 마흔셋일 때였고 그 소식은 세간을 깜짝 놀라게 했다. 남성도 감탄할 정도의 커리어를 쌓아 온 니시무라 루이코가 아이를 가진다는 건 누구도 예상 못 한 일이었다. 심지어 그녀는 미혼모로 아이를 낳았다.

사람들은 당연히 아이 아버지가 누굴지 궁금해하며 수소문하기 시작했다. 그러나 모든 건 헛수고에 그쳤다. 루이코는 그런 질문에 일절 대답하지 않았고 언론의 추적도 번번이 실패로 끝났다. 가나코의 존재는 세상에 알려졌지만 사진이나 구체적인 정보도 유출되지 않았다. 사람들의 온갖 추측은 루이코의 단호한 태도 앞에서 조금씩 사그라들 수밖에 없었다.

식탁에 제철 생선회 모둠이 나왔다. 가나코는 기타니가 품위 있게 젓가락을 들어 회를 입에 넣는 모습을 조용히 바라봤다. 이 사람도 당시 가나코의 아버지로 의심받은 후보 중 한 명이었다. 루이코는 가나코 앞에서조차 아버지에 관한 이야기는 한 번도 꺼내지 않았다. 그래서 가나코도 마음속에 응어리가 있었다. 하지만 어머니가 "너한테 아버지는 없어. 앞으로도 그렇게 생각하고 살아가렴"이라고 했을 때는 신기할 정도로 그 말이 자연스럽게 받아들여졌다.

루이코는 원래 그런 사람이었다. 남자에게 의지하지 않는다. 아니, 남자뿐만 아니라 자신을 얽매려는 모든 것을 거부하는 사람이었다. 그 강인한 정신력과 고집은 가나코도 누구보다 잘 이해했다. 양재 학교를 '신부 수업을 하는 곳'으로 단정 짓고 미련 없이 박차고 나온 순간부터 어머니의 삶의 방향은 정해져 있었다.

설령 어머니에게 남자와 로맨틱한 순간이 있었다고 해도 그와 인생을 함께하겠다고 생각하지는 않았을 것이다. 그러니 나에게 '아버지'라는 존재는 없다. 어머니가 동반자로 택하지 않은 남자는 아버지가 될 수 없다. 가나코는 그렇게 스스로 납득해 왔다. 어머니가 입에 담은 '실패도 많았다'라는 말 속에서 가장 큰 실패는 어쩌면 남자와 그런 관계에 빠진 일일지도 모른다. 하지만 그게 없었다면 나는 이 세상에 태어나지 못했다. 어머니가 말한 '실패'에 자신은 포함되지 않는 걸 가나코는 누구보다 잘 알았다. 어머니는 가나코에게 아버지가 없다는 걸 강조할 때 꼭 이런 말을 덧붙였다.

"하지만 아이는 갖고 싶었어. 아이를 낳을 수 있는 거의 마지막 시기였으니까. 임신 사실을 알았을 때는 반가웠고, 네가 태어났을 때는 정말 말도 못 할 정도로 기뻤단다."

그 말이 거짓이 아니라는 건 가나코도 몸소 느꼈다. 어머니는 딸을 진심으로 아끼고, 온 마음을 다해 사랑해 줬다. 비록 일 때문에 집을 자주 비우고 시대를 앞서가는 복식 디자이너로 세간의 주목을 받더라도 루이코는 가나코의 어머니였다. 그것만으로 충분했다. 세상에는 아버지가 없는 아이가 수없이 많고, 나도 그중 한 명일 뿐이라고 가나코는 속으로 결론 내렸다.

전복에 성게 소스를 끼얹은 음식이 나오자 손님들은 전복의 크기와 부드러운 식감에 감탄하며 탄성을 터뜨렸다.

히가시나카노에 있는 게이세이 학원은 초등부부터 대학까지 이어지는 일관제 사립 여자 학교였다. 학력 수준이 높고 경쟁률이 치열했으며 입학시험에 부모 양쪽과 자녀가 모두 참여해야 하는 면접도 있었다. 그래서 한부모 가정의 아이들은 불리하다는 말이 돌았다. 부부 사이가 파탄 났는데도 아이 입시가 끝날 때까지 이혼을 미루는 부모도 있을 정도였다.

"말도 안 되는 소리."

그 이야기를 들었을 때 루이코는 한마디로 일축했다.

"부모 중 한 명만 있다는 이유로 받아 주지 않는 학교라면 그런 데는 안 가도 돼."

어머니는 정작 가나코에게 가장 잘 맞는 학교라며 그곳을 직접 골라 놓고도 그렇게 말했다.

그럼에도 불구하고 가나코는 당당히 합격했다. 한부모 가정이라는 게 걸림돌이 되지는 않았는지, 아니면 니시무라 루이코라는 유명인의 딸인 게 유리하게 작용했는지는 알 수 없다. 어쨌든 가나코는 게이세이 학원의 학생이 되었다.

부모가 둘 다 있는 집안의 학생이 대다수였지만 그런 건 신경 쓰이지 않을 만큼 학교생활은 즐거웠다. 대학 건물은 다른 캠퍼스에 있어서 고등부에 올라간다는 건 학교라는 작은 세계의 일종의 상위 계층에 올라선다는 의미도 있었다.

고등부에 오르며 반 친구들 사이에서도 적성과 개성의 차이가 뚜렷이 나타나기 시작했다. 자유롭고 활기찬 교풍 덕에 독특한 재능을 뽐내는 학생이 많았고 해외 유학을 목표로 하는 아이, 선생님과 때때로 논쟁을 벌이는 별난 아이 등 저마다 다양한 색깔을 드러내며 자신만의 자리를 잡아 갔다. 특허를 따서 창업을 하겠다는 포부를 가진 친구와 자원

봉사 활동에 힘을 쏟는 아이들도 있었다.

한편에서는 데이트 클럽에 드나들며 원조 교제를 한다는 소문이 도는 아이도 있었다. 엄격한 교칙 때문에 당시 한창 유행이던 '다마고치'를 학교에 가져오기만 해도 바로 압수당하는 학교였는데도 선생님의 눈을 피해 몰래 그런 행동을 하는 아이들도 있었던 것이다.

그런 가운데에서 가나코는 별로 눈에 띄지 않는 성실한 학생이었다. 친구들도 비슷한 아이가 많았다. 그리고 그 사이에서도 앞으로 뭘 하고 싶은지, 어떤 공부를 계속하고 싶은지 같은 이야기가 조금씩 화제에 오르기 시작했다.

"있지. 나, 디자이너가 되고 싶어. 너희 어머니 회사에 들어갈 수는 없을까?"

그런 친구의 말을 듣고 당황하기도 했다.

정작 가나코 자신은 어머니의 뒤를 잇고 싶다거나, 디자이너가 되고 싶다고 생각한 적이 없었다. 막연하게 어머니와 다른 직업을 갖게 될 거라고는 생각했지만 그게 정확히 뭔지 아직 몰랐다. 무엇보다 어머니가 자신을 디자이너로 키우려고 하지 않는다는 걸 어릴 때부터 느꼈다.

어머니는 자기 일을 딸에게 자세히 설명해 주지 않고 흥미를 갖게 유도하지도 않았다. 가장 중요하게 생각하는 '여성의 아름다움'에 대해서도 특별히 언급하지 않았지만 가나코의 평소 생활 태도나 몸가짐, 자세 같은 건 엄격하게 가르쳤다. 세계적으로 활약하며 일류들과 어깨를 나란히 하는 어머니가 일을 통해 익힌 교육 방식이었다.

가나코는 그런 어머니에게 순순히 따르면서도 '복식 디자이너는 어머니니까 비로소 할 수 있는 일'이라고 확신하게 됐다. 세대를 지나 대물림될 만한 일이 아니었다.

어머니가 일하는 모습을 가까이서 지켜볼수록 그런 생각은 더 확고해졌다. 아틀리에에서 모델의 몸에 천을 대고 도안도 없이 입체적으로 옷을 재단해 가는 모습은 정말이지 경이로웠다. 어머니는 천의 특성을 잘 살리면서 몸 형태와 움직임에 어우러지는 옷을 만들었다. 원단의 흐름, 소재의 조합, 프린트 무늬의 배치, 모델 얼굴과의 균형을 한눈에 파악하고는 완벽한 작품으로 완성해 냈다.

그것은 기술이나 이론으로는 설명할 수 없는, '감성'이라고 표현할 만한 영역이었다. 어머니의 손에서 이뤄지는 섬세한 작업을 스태프와 제자들은 숨소리도 죽인 채 넋을 놓고 바라봤다. 가봉까지 마친 후 모델이 포즈를 취하면 모두 감탄을 금치 못하곤 했다.

그런 어머니 아래에서 가나코는 자신의 존재를 표현하기 위해 즉각적이고도 단순한 방법을 택할 수밖에 없었다. 즉, 학업에 매진하는 것이었다. 곧바로 결과로 이어지며 복잡하게 고민할 필요도 없는 유일한 길이었다. 장래의 꿈이나 방향성도 확실치 않은 가나코에게는 현실적이고 잘 맞았다.

단 하나의 사랑

그래서 학교 성적은 매번 전교 10등 안에 들 정도로 우수했다.

루이코에게 성적표를 보여 주면 "그래, 열심히 했네"라는 짧은 말이 돌아왔지만 그걸로 충분했다. 니시무라 루이코의 딸로 살아가며 개성 없는 시시한 사람이 되지 않기 위해 가나코는 공부로 자신을 증명했다.

가나코와 가장 친한 친구는 가지모토 마오라는 아이였다. 고등부에 올라간 후 마오가 다도부에 들어가는 바람에 가나코도 덩달아 다도부에 가입했다. 마오의 집은 후카가와에서 전통 있는 화과자 가게를 운영했는데 메이지* 시대부터 이어져 온 노포라고 했다. 마오는 외동딸이기에 나중에 가업을 이을 것이고 가게에서 다도용 과자도 만들어서 다도의 기본을 익히고 싶다고 했다.

'이즈미야'라는 그 화과자 가게에는 가나코도 가 본 적이 있었다. 마오의 부모님과 그곳에서 함께 일하는 장인들 모두 서민 동네 특유의 소탈함이 느껴지는 사람들이었다. 마오가 작업장에서 화과자 만드는 일을 돕는다고 해서 가나코도 구경하러 갔다. 어릴 적부터 일을 도왔다는 마오는 손놀림이 능숙했고 네리키리** 세공도 수준급이었다. 아버지 옆에서 천으로 **팥소**를 짜고 나무 주걱으로 모양을 다듬으면 꼭

---

* 1868년부터 1912년에 해당하는 일본 연호.
** 찹쌀과 팥앙금으로 만든 일본식 떡.

마법처럼 수국이나 연꽃 모양의 아름다운 떡이 만들어졌다.

"마오, 너 대단하다. 그렇게 어려운 걸 어떻게 그렇게 잘해?"

눈을 휘둥그레 뜨며 묻는 가나코에게 마오는 조금 으쓱한 표정으로 웃었다. 옆에서 하얀 작업복을 입은 마오의 아버지도 통통한 얼굴에 푸근한 미소를 지었다.

마오는 작업대에 자기 오른손을 올려놓았다.

"이것 봐. 나랑 아빠 손, 똑같이 생겼어."

마오의 말에 아버지도 밀가루 묻은 손을 딸의 손 옆에 나란히 놓았다. 크기는 다르지만 모양이 정말 꼭 닮아 있었다. 손바닥이 넓고 두툼했고 엄지손가락 뿌리 부분이 유난히 넓게 퍼진 손. 자세히 보니 손톱 모양까지 똑같았다.

"맞지? 할아버지도 똑같았대. 이게 바로 '이즈미야'의 손이야."

"우와, 그래서 과자를 잘 만드는 거구나."

집에 돌아간 뒤에도 가나코는 꼭 닮은 부녀의 손을 떠올렸다.

천을 다루는 어머니는 손가락이 길었다. 어머니의 손은 우아하고 가냘픈 동시에 단단한 힘이 느껴졌다. 늘 유연하고 물 흐르듯 매끄럽게 움직이는 모습도 가나코의 손과 전혀 달랐다. 가나코는 자신의 오른손을 눈높이까지 들어 봤다. 도톰한 손가락에 둥근 손톱. 지금껏 부모 자식도 손 모양이 다를 수 있다는 걸 당연하게 여겨 왔다.

그렇다면 이 손은 대체 어디서 온 걸까.

어머니의 손이 아니라면 아버지에게 물려받은 걸까. 그리고 그 아버지의 부모도 이런 손을 가졌을까.

아버지를 만나고 싶은 건 아니었다. 하지만 나는 내 뿌리의 절반을 잃은 채로 살아가는 느낌이었다. 나는 어디서 왔고 앞으로 어떤 삶을 살게 될까. 그 의문을 풀 실마리 중 절반은 지금 나에게 없다. 가나코는 그런 것들을 처음으로 자각했다.

어린 시절 세상을 조금씩 알아 가며 가나코는 당연하게 물었다.

"내 아빠는 누구야? 나한테는 왜 아빠가 없어?"

그럴 때마다 루이코는 "아빠는 있었지만 엄마랑 같이 살지는 않아" 하고 퉁명스럽지만 솔직하게 대답해 줬다. 하지만 그런 말을 듣고 어린아이가 납득할 리 없었다.

"왜? 엄마는 왜 아빠랑 같이 살지 않는 거야?"

"다른 집 애들은 다 아빠가 있어."

"가나코, 아빠 보고 싶어."

그런 말을 몇 번이고 되풀이하며 칭얼거렸던 것 같다.

루이코는 언젠가 딸이 그런 걸 물을 것을 예상했는지 귀찮아하지 않고 매번 차분하게 대답해 줬다.

"물론 가나코한테도 아빠는 있어. 하지만 엄마랑은 헤어졌어. 그래서 우리 집에는 아빠가 살지 않는 거야."

"아빠랑 엄마가 함께 있었으면 더 좋았겠지만 우리 집은 다른 집들과 조금 달라."

"아빠가 지금 어딨는지는 엄마도 몰라."

그런 대화를 수없이 반복한 끝에 가나코는 어느새 이 질문이 무의미하다는 걸 깨닫게 됐다. 아무리 물어도 어머니에게서는 만족스러운 답을 얻을 수 없었다. 그리고 나이가 들수록 어머니라는 사람을 조금씩 이해했다. 일에 매진하는 그녀는 결코 가정이라는 틀에 안주할 수 있는 사람이 아니었다. 다른 집 어머니들은 일을 해도 집을 장기간 비우거나 아이 돌봄을 비롯한 집안일을 가사 도우미에게 전부 맡기지도 않았다. 우리 집은 분명 다른 집들과 달랐다. 아버지가 없는 걸 포함해.

그래서 가나코가 내린 결론은, 어머니가 인생의 동반자로 택하지 않은 남자는 나도 아버지라고 부를 수 있는 존재가 아니라는 것이었다. 강하고 독립적인 어머니에게 동반자 같은 건 필요하지 않았다. 그렇다면 딸인 자신도 거기에 따를 수밖에 없다. 나에게는 오직 어머니만이 유일한 가족이니까.

그러나 고등학생이 된 이후 마음속 깊이 눌러 왔던 의문이 다시 떠오르기 시작했다. 그것은 어릴 때 느낀 단순한 궁금증과는 차원이 다른 훨씬 깊고 복잡한 형태였다.

아버지가 누군지 알고 싶은 게 아니다. 어머니와 그 사람 사이에 어떤 일이 있었는지도 궁금하지 않다. 단지 나 자신의 뿌리를 확인하고 싶었다. 그가 어떤 성격이고, 무슨 생각을 하며 살아가고, 어떤 일을 하고 있고, 어떤 환경에서 자랐는지. 장점과 단점이 무엇이며, 좋아하는 것은 무엇인지. 그리고 나와 닮은 점이 있는지.

그런 정보가 비어 있는 상태로는 나라는 사람이 누군지 알 수 없었다. 미래에 대한 그림을 그리는 것도 어려웠다. 그러니 그걸 알 권리는 나에게도 있다고 생각했다.

하지만 이제 와서 어머니에게 다시 물을 수는 없었다. 어린 시절 나눈 대화에서 어머니는 이미 충분한 답을 줬다고 느꼈다. 이제 와서 다 큰 딸이 다시 같은 질문을 던진다고 해서 진지하게 대답해 줄 것 같지도 않았다. 루이코는 한번 마음먹은 일은 반드시 해내고 불필요하다고 판단한 건 단호하게 자르는 사람이었다. 그렇게 지금의 가나코와 루이코가 있는 것이었다.

고등학교 1학년에서 2학년에 올라갈 무렵 가나코는 키가 훌쩍 자랐다. 팔다리도 늘씬해져 전체적으로 체형도 균형이 잡혔다. 루이코는 키가 작은 편이었기에 이 체격은 어머니에게 물려받은 건 아닌 게 분명했다. 아버지 쪽에서 온 것일까. 가나코는 친한 마오 앞에서도 털어놓지 못하고 혼자서 그렇게 추측했다.

그리고 2학년 때 작은 사건이 하나 일어났다. 어느 사진 주간지에서 교복을 입고 거리를 걷는 가나코의 모습을 몰래 촬영해 기사로 낸 것이다. 다행히 얼굴은 모자이크 처리해 알아볼 수 없게 편집돼 있었다.

기사에는 이런 글도 적혀 있었다. 패션 디자이너 니시무라 루이코의 딸이 어느덧 열일곱 살이 됐다. 그녀는 여전히 아이 아버지에 대해 입을 열지 않고 있으며, 모녀가 사는 저택에도 남자 그림자는 보이지 않는다. 루이코는 아이 아버지와 완전히 연을 끊은 듯하다.

오로지 추측만으로 써 내린 무책임한 기사였다. 그러나 그 기사 때문에 가나코는 학교에서 새삼 주목을 받았다. 아이들보다는 그들의 부모가 당시 유명인이던 니시무라 루이코의 미혼 출산 소동을 다시 떠올렸다. 그때 상대로 거론된 남자들에 대해 재미 삼아 자녀들에게 들려준 부모도 있었다.

사업가 기타니 요지를 비롯한 몇몇 남자들의 이름이 가나코 주변에서 회자되기 시작했다. 그러던 어느 날 가나코는 학교 선배에게 불려 갔다.

"너희 아버지가 무대 연출가 미우라 마사오라던데, 그게 정말이야?"

그는 17년 전 루이코의 패션쇼 연출을 맡아 당시 루이코와 매우 가까운 사이라는 소문이 돈 사람이었다.

위압적인 선배 앞에서 겁먹은 가나코는 아무 말 못 하고 그 자리에서 도망치기만 했다.

그리고 그 이야기를 전해 들은 루이코는 크게 분노했다.

루이코는 늘 행동이 빨랐다. 그녀는 안도에게 해당 잡지사에 정식으로 항의 서한을 보내라고 지시했다. 미성년자를 몰래 촬영하는 건 보도 윤리에 반하는 행위이며, 교육적인 관점에서도 결코 용납될 수 없다. 만약 앞으로 니시무라 가나코에게 다시 접근한다면 곧장 경찰에 통보하겠다는 강경한 입장을 담았다. 안도가 그녀의 단호한 메시지를 전하는 모습이 눈앞에 그려졌다. 안도는 루이코의 유능한 비서이자 열렬한 신봉자였다. 존경하는 디자이너인 니시무라 루이코의 영역을 침범하는 사람은 어떤 이유로도 용납하지 않았다.

그 결과 '루이코 니시무라'의 사무실에 잡지사의 정중한 사과문이 도착했다고 한다.

그리고 루이코는 직접 가나코의 학교를 찾아가 더 이상 쓸데없는 소문이 확산되지 않게 조치해 줄 것을 요청했다.

소동이 일단락된 후 가나코는 루이코와 함께 오쿠타마 별장으로 향했다. 하룻밤 머무는 일정이었지만 그 하루를 위해 루이코는 빡빡한 스케줄을 어떻게든 조정한 게 틀림없었다. 가나코는 이제 막 여름방학에 들어간 참이었다. 에모리를 세타가야 자택에 남기고 온 것으로 보아 이번 별장행의 목적은 딸과 단둘이 대화를 나누는 것임을 짐작할 수 있었다. 주제는 당연히 가나코의 아버지에 관한 것이었다.

그 위압적인 선배에게 추궁당한 날, 가나코는 어머니에게 이렇게 물었다.

―나, 그 미우라 마사오라는 사람이랑 닮았어?

그 말에 루이코는 굳은 표정으로 아무 대답도 하지 않았다.

별장에서는 드물게 루이코가 직접 요리를 했다. 평소에는 에모리에게 맡기지만 세계 각국의 요리를 맛봐 온 어머니 자신도 재료의 풍미를 살린 맛있는 요리들을 손쉽게 만들 줄 알았다. 그날은 둘이 함께 양갈비 그릴과 찐 채소 샐러드를 만들었다. 별장 근처 가게에서 갓 만든 순두부도 사 왔다.

"음, 뭐랄까. 일본식과 서양식의 퓨전 느낌이네."

루이코는 테이블에 앉으며 말했다. 어머니의 표정과 말투에 평소와 다른 기색은 없었다. 식사 중에는 주로 가나코의 성적과 다도부 활동 같은 이야기가 오갔다. 1학기 성적이 우수하고 학교생활에도 별다른 문제가 없었기에 어머니가 지적할 부분도 없었다. 가나코는 묻는 말에만 간단히 대답하며 어머니가 얼른 본론에 들어가기를 기다렸다.

입맛은 없었지만 애써 젓가락을 들어 음식을 입에 가져갔다.

본격적인 이야기가 시작된 건 둘이 함께 설거지를 마치고 다이닝룸에서 거실 소파로 자리를 옮긴 이후였다.

"너한테는 아버지가 없다고 내가 말했었지?"

루이코는 단도직입적으로 말을 꺼냈다.

"응. 하지만……."

혹시나 그 한마디로 이야기가 또다시 끝나 버릴까 봐 가나코는 당황했다.

"일단 들으렴."

루이코는 침착하게 말했다.

"그 말의 의미를 지금부터 설명해 줄게."

두 사람 사이에 있는 테이블에는 향긋한 홍차가 담긴 찻잔이 놓여 있었다. 홍차는 루이코가 파리에 갈 때마다 들르는 단골 찻집에서 사 왔다. 포트에 찻잎을 넣어 우리는 시간을 재기 위해 전용 모래시계까지 구비했다. 루이코는 무슨 일이든 빠르고 효율적으로 처리했지만 홍차만큼은 예외였다. 시간을 들여 정성껏 차를 우려냈다.

"이 이야기를 지금껏 하지 않았던 건 엄마도 미안하게 생각해."

어머니의 말에 가나코는 몸을 흠칫했다. 지금부터 들을 이야기가 단순히 아버지의 이름을 밝히는 수준으로 끝나지 않으리라고 본능적으로 느꼈다.

"널 낳았을 때 내 나이 마흔셋이었어."

루이코는 홍차를 한 모금 마시고 과거를 회상하듯 허공을 봤다.

"그 무렵에는 이미 어느 정도 안정된 위치에 있었지. 그 자리까지 기어 올라가기 위해 정말 죽을힘을 다하기는 했지만."
　어머니의 입에서 '기어 올라가기 위해 죽을힘을 다했다'라는 생생한 표현이 나온 걸 듣고 가나코는 놀라지 않을 수 없었다. 지금껏 어머니는 타고난 재능과 노력 덕분에 수월하게 지금의 자리에 올랐다고 생각했다. 하지만 곰곰이 생각하면 남성 중심의 업계에서 지금 같은 확고한 입지를 쌓으려면 그 정도로는 부족했을지 모른다. 필요하다면 다른 사람을 끌어내리고서라도 올라서야 하는 가혹한 현실이 있었을 것이다. 그런 생각들이 머리를 스쳤지만 가나코는 조용히 고개만 끄덕였다.
　"매년 파리 컬렉션에 출품하고 뉴욕을 비롯한 여러 해외 부티크에 내가 디자인한 옷들이 걸리기 시작했어. 유명 인사 고객들도 생겼고, 뭐 나름 성공했다고 해도 좋을 거야."
　산속에서 솔부엉이가 부, 부 하고 우는 소리가 들렸다. 이 별장에 있으면 부엉이 울음소리가 가까이서 들리지만 실제로 본 적은 한 번도 없다. 루이코는 밤에만 활동한다는 그 새 울음소리에 귀 기울이듯 말을 멈췄다.
　"돈도 들어오기 시작해서 안정된 생활을 할 수 있게 됐어. 무엇보다 내가 진심으로 바라 온, 내가 디자인한 옷들을 많은 사람들이 기쁘게 입어 주게 됐지. 가게에서 바느질을 할 때 꿈꿨던 위치에 마침내 도달했다고 생각했어."
　루이코는 조용히 한숨을 쉬었다. 찻잔에 손을 뻗었다가

다시 무릎 위로 올린다.

"독립한 뒤부터는 줄곧 일뿐이었고 남자를 만나야겠다는 생각 같은 건 한 번도 안 했어. 우리 세대에서는 드문 삶의 방식이라는 건 알았어. 그때는 여자가 결혼하고 아이를 낳는 게 당연했으니까. 그런 당연한 길을 걷지 않고 남자 디자이너들과 어깨를 나란히 하려는 나를 향한 모함과 비방도 많았지만 그런 걸로 무너질 수는 없었지. 너도 알지? 한번 달리기 시작한 후에 멈추는 건 곧 패배를 의미하니까. 이 업계에서는."

어머니는 지금껏 이런 이야기를 가나코 앞에서 하지 않았다. 일에 대해서만큼은 아무리 딸이어도 여지를 주지 않았다. 시종일관 진지한 표정이던 루이코가 문득 미소 지었다.

"남자들은 말이지. 창의적이고 예술적인 일에서도 자기 능력을 맹신하며 도취되고는 해. 정말 어이없지만, 여자가 자기보다 앞선다 싶으면 화를 내고 질투도 하지. 추헤 보일 정도로. 엄마가 처음 일을 시작했을 때는 여자의 재능은 힘으로 누르는 게 제일이라고 믿는 단순한 남자들도 많았어. 영화 의상 일을 맡게 된 뒤로 억지로 관계를 맺으려고 하거나 느닷없이 결혼하자고 하는 황당한 남자들 때문에 엄마가 얼마나 질렸는지 아니?"

유리 꽃병에 꽂힌 나팔나리에서 풍기는 강렬한 향기 때문에 숨이 막힐 것 같았다.

"그렇게 해서 여자를 지배할 수 있다고 믿는 거야. 웃기지?"
―실패도 많았어요.

예전에 손님 앞에서 어머니가 한 말을 떠올렸다. 전에는 그런 힘에 굴복해 마음에도 없는 남자와 관계를 맺은 경험이 있을지도 모른다.

하지만 루이코가 그다음 꺼낸 말은 가나코의 상상을 훌쩍 뛰어넘었다.

"그래서 난 말이지. 남자에게 의지하지 않고 살아가기로 했어. 남자가 있어야 아이를 가질 수 있다는 이유만으로 그들에게 굽실거리고 싶지 않았어. 그래서 그런 데 기대지 않고 아이를 갖기로 마음먹은 거야. 마흔 넘어서. 아이만큼은 꼭 갖고 싶었으니까."

루이코는 소파 등받이에 팔꿈치를 괴고 머리에 손을 살짝 얹었다. 그 자세 그대로 딸의 얼굴을 정면으로 본다. 가나코는 왠지 마음이 불편해서 자세를 고쳐 앉았다.

"엄마는 말이지. 정자를 기증받았어."

어머니는 별일도 아니라는 듯이 담담하게 말했다. 가나코는 순간 무슨 말인지 이해할 수 없었다. '정자', '기증'이라는 단어가 머릿속에 제대로 입력되지 않았다. 멍하니 있자 루이코는 조용히 설명을 시작했다.

아이를 간절히 원해도 갖지 못하는 부부 중 절반 가까이는 남성에게 원인이 있다. 즉 정자를 만들지 못하거나 수가 극단적으로 적은 탓에 파트너를 임신시키지 못하는 것이다. 그리고 남성에게 불임 원인이 있을 때 치료법 중 하나로 제삼자의 정자를 이용한 인공 수정이 있다고 했다.

이런 치료법을 'DI(기증 정자 인공 수정)'라고 한다. 일본에서는 법적 부부만 이 치료를 받을 수 있다. 하지만 루이코는 미혼인 사람에게도 시술을 해 주는 병원을 백방으로 수소문한 끝에 정자를 제공받았다고 했다.

그런 이야기를 털어놓는 루이코는 감정을 최대한 억누른 표정이었다.

가나코는 큰 충격에 말문이 막혔다. 머릿속이 하얘졌다. 어머니와 함께 별장에 들어섰을 때만 해도 드디어 친아버지 이야기를 들을 수 있겠다고 기대했다. 섣부른 판단이었다. 내 어머니는 다른 사람도 아닌 니시무라 루이코다.

가나코는 어머니의 입에서 '남자를 만나기는 했지만 워낙 형편없어서 결혼할 마음이 생기지 않더라. 그러니 남자가 있었다고는 해도 그는 네 아버지가 아니니 굳이 알 필요도 없어' 같은 수준의 이야기가 나올 거라 예상하고 마음의 준비를 하고 있었다.

정말 그랬다면 얼마나 좋았을까. 비록 얼굴과 이름을 모르고, 만나러 갈 수도 없어도 나에게는 아버지라는 존재가 분명히 있다는 사실을 실감했을 테니까. 어머니가 '알 필요 없어'라고 하면 더 깊이 캐묻지도 않았을 것이다. 내가 어떻게 이 세상에 태어났는지만 알면 마음을 정리할 수 있었다.

하지만 어머니는 나를 낳기 위해 제삼자에게 정자만 제공받았다고 한다. 거기에는 '인간'으로서의 아버지가 존재하지 않는다. 비록 결과는 좋지 않았다고 해도 짧은 시간 동안 누군가와 교류했다는 사실조차 없다. 단지 정자라는 유전 정보가 담긴 물질을 사들여 자기 몸 안에서 난자와 결합시켰을 뿐이다.

그렇게 해서 태어난 나는 대체 어떤 존재일까.

다시 솔부엉이 울음소리가 들렸다. 조금 전과 달리 이번에는 섬뜩할 정도로 불길하게 들렸다. 그렇게 인식한 순간, 가나코는 자신을 둘러싼 세계가 완전히 달라져 버린 듯한 기분에 사로잡혔다.

눈물이 쏟아졌다. 뺨을 타고 흐르는 눈물을 주체할 수 없었다.

마주 앉아 있던 루이코가 깜짝 놀라 눈을 크게 떴다.

"어머! 얘가 왜 이래? 울 일이 아니잖아. 넌 누가 뭐라 해도 내 딸이야. 앞으로도 그건 절대 변하지 않아."

루이코는 가나코 옆에 와서 머리를 끌어안고 부드럽게 어루만졌다.

"지금까지도 엄마랑 둘이 잘 지내 왔잖아. 우리 집에는 처음부터 아버지라는 존재는 없었어. 그래서 뭐 부족하기라도 했니?"

아니, 부족하지 않았다. 루이코가 일 때문에 집을 자주 비워도 어머니의 사랑을 의심한 적은 한 번도 없다. 아무리 바빠도 어머니 마음속에는 늘 내가 있다고 믿었다. 일보다 딸을 훨씬 소중하게 생각하는 어머니의 진심도 잘 전해졌다. 그렇기 때문에 아버지 없는 집에서도 행복하게 살아올 수 있었다. 그 모든 게 루이코 덕분이었다.

하지만, 이제는 뭔가가 달라졌다. 더는 예전으로 돌아갈 수 없다. 그것만은 확실했다.

별장에서 돌아온 루이코는 곧장 일터로 복귀했다.

그래도 전과 달리 매일 집에 돌아왔다. 딸이 걱정돼 일을 조금 줄였을지도 모른다. 가나코는 최대한 태연한 척했다. 어머니와 함께 식탁에 앉아 평소처럼 잡담을 주고받았다.

그래도 출생의 비밀을 알게 된 사춘기 딸이 혼란스러워하고 있다는 사실에 어머니도 신경 쓰는 게 느껴졌다.

"네가 어떻게 태어났는지 지금껏 알려 주지 않아서 미안해."

루이코는 때때로 그렇게 말했다. 앞으로는 딸 앞에서 뭐든 솔직히 이야기하겠다고 결심한 듯했다.

"일부러 숨기려고 한 건 아니야. 그렇게까지 중요한 일이라고 생각하지 못했을 뿐이지."

중요한 일이야, 나한테는. 가나코는 속으로 생각했지만

입 밖에 내지는 않았다.

"마흔을 넘겼을 때 이대로 아이 없이 살면 후회할 것 같았어. 그리고 날이 갈수록 점점 더 그 마음이 커졌어. 아이를 낳을 거면 지금밖에 없다고."

하지만 남자와 그런 관계를 맺는 건 도저히 상상할 수 없었다. 줄곧 혼자 살아왔고 앞으로도 남자에게 기대지 않고 살기로 결심했으니까. 그런 이야기를 하는 루이코를 보며 가나코는 새삼 어머니답다고 느꼈다.

그때 어머니에게는 아이를 가지고 싶다는 욕망을 실현할 힘도 있었다. 그 힘을 행사했을 뿐이다. 경제적으로 여유롭고 육아 환경도 얼마든지 갖출 수 있었다. 가나코가 어렸을 때는 에모리 외에도 보육사 자격을 가진 육아 전담 가사 도우미가 있었다. 하지만 어머니는 아이를 그들 손에만 맡기지 않았다. 일터에서 바람처럼 돌아와 가나코를 꼭 껴안아 주고 볼을 비비며 사랑을 표현했다. 좋아하는 음식을 만들어 먹이고, 함께 놀아 주기도 했다. 대단한 곳에 데려가지는 않았지만 근처 공원이나 아동 센터, 동물원 등으로 나들이를 갔다. 딸을 위해서 그녀가 쏟은 시간은 엄청났다. 그때는 몰랐지만 그 시절 어머니가 짊어졌을 일의 양을 생각하면 무리한 게 틀림없었다.

언제나 우리 집은 나를 중심으로 돌아간다고 느꼈다. 루이코는 늘 가나코의 이야기에 귀를 기울였고, 어리다고 무시하거나 대충 넘기지 않았다. 딸의 의견을 존중하면서도 잘못된 건 단호히 바로잡았고 때로는 엄하게 가르쳤다. 루이코는 늘 딸에게 깊은 애정을 쏟으며 진심으로 육아를 즐겼다. 한부모 가정이라는 점 때문에 가나코가 불이익이나 불편을 느낀 적도 한 번도 없었다.

그래서 가나코도 어머니를 사랑했다. 어머니가 나를 사랑해 주는 것처럼.

하지만 별장에서 그 이야기를 듣고 난 뒤부터는 역시 뭔가 달라졌다. 내가 사람 사이의 교감과 애정도 없이 태어났다는 것을 알게 되자 가슴 깊숙한 곳에 차갑고 날카로운 가시가 박힌 기분이 들었다. 그리고 그런 감각은 꽤 오래전부터 내 안에 어렴풋하게 존재했고, 막연하게 느껴 온 위화감이라는 걸 그제야 깨달았다.

가나코는 '기증 정자 인공 수정'에 대해 조사해 봤다. 일본에서는 꽤 오래전부터 이 시술이 시행됐다. 첫 시술이 이뤄진 건 1948년. 당시는 아직 '가문'이라는 공동체가 중시돼 대를 잇는 것이 무엇보다 중요한 시대였다. 전쟁에서 다쳐서 돌아온 남편이 생식 능력을 잃는 등의 특수한 가정이 많은 상황에서 가문을 존속시킬 방법으로 이 치료법이 선택됐다. 기증 정자 인공 수정으로 태어난 아이는 당연히 부부의 호적에 올랐고, 아버지와 아이 사이에 유전적 접점이 없다는 사실은 교묘하게 은폐됐다.

시술을 맡은 의료진들의 태도도 그랬다. 우선 정자 제공자는 철저하게 익명성이 보장됐다. 가족을 만든 생식 과정에 제삼자가 관여한다는 건 개인의 감정으로나 사회적 시선으로나 쉽게 받아들여질 수 없기에 아이의 미래를 배려한다는 이유로 시술 관련자들은 의도적으로 진실을 숨겼다.

그로부터 50년이 지난 지금, 기증 정자 인공 수정으로 태어난 아이는 약 만 명에 달한다고 한다. '약'이라고 할 수밖에 없는 건 정확한 통계가 존재하지 않기 때문이다. 얼마나 많은 병원에서 시술이 이뤄졌는지도 파악되지 않았다. 그렇기 때문에 루이코 같은 독신 여성도 시술을 받을 수 있었는지 모른다.

그 자세한 경위를 가나코는 어머니에게 묻지 않았다.

가나코는 지금껏 '아버지가 누군지 모른다'라는 불안정함을 줄곧 안고 살아왔다. 자신이 누구의 피를 이어받았는지, 그와 어머니 사이에 어떤 사연이 있었는지 등의 부분이 송두리째 빠져 있었다. 어떨 때는 자신의 절반이 잃은 듯한 기분도 들었지만 애써 외면해 왔다. 어머니가 충분히 빈자리를 채워 준다고 믿었다.

그러나 진실을 알게 된 뒤부터 그 믿음이 크게 흔들렸다. 의료 기술로 태어난 나는 어떤 존재일까. 생물학적 아버지는 단지 정자만 제공했을 뿐 아이를 낳았다는 자각조차 없다. 미세한 정자가 누군가의 난자와 결합해 인간이 되고, 그 인간이 인생을 살아가며 때로는 웃고 때로는 괴로워한다는 사실도 모른다. 관심도 없을 것이다.

나 자신이 누구인지 알 수 없게 됐다. 지금껏 굳건한 발판이라 믿어 온 땅이 갑자기 무너져 내리는 듯한 불안과 공포에 등골이 서늘했다.

만약 그 잡지 기자가 나에게 접근해 오지 않았다면 어머니는 이 사실을 끝까지 숨겼을까. 루이코를 향한 믿음마저 흔들리기 시작했다. 어머니는 누구보다 성공한 사람이다. 그렇게 늘 시대의 흐름을 선도하던 여성 디자이너가 마흔이 되어 문득 발걸음을 늦췄다. 그리고 자기 인생을 돌아봤을 때 단 하나 손에 넣지 못한 게 있다는 걸 깨달았다. 바로 자녀라는 존재였다.

남자와 관계를 맺는 건 원하지 않지만 아이는 갖고 싶었다. 그런 오만하고도 충동적인 욕망을 어머니는 돈과 지위를 동원해 채웠다. 그 욕망을 실현해 준 수단이 바로 기증 정자 인공 수정이라는 기술이었다.

루이코는 말 그대로 자신의 인생마저 디자인한 것이다. 결국 나는 어머니의 인생을 더 완벽하게 하기 위한 하나의 소품에 불과했던 걸까.

내 정체성과 함께 어머니와 단둘이 쌓아 온 안정된 가정이라는 이미지도 꿈결처럼 사라져 버린 느낌이었다. 아니, 그 안에서 안정을 느낀 것조차 착각이었을지 모른다.

그래도 가나코는 루이코에게 화를 내거나 감정을 쏟아내지는 않았다. 어머니는 딸에게 출생의 비밀을 솔직히 털어놓음으로써 모든 것이 잘 마무리됐다고 믿고 있다. 겉으로는 전과 다를 바 없는 딸을 보며 안심하는 듯했다. 그리고 얼마 후 루이코는 고급 호텔에서 열리는 패션쇼를 준비하기 위해 뉴욕으로 떠났다.

"네가 내 딸이라는 건 앞으로도 영원히 변하지 않아. 잡지사에도 단단히 주의를 줬으니 이제는 아무 걱정하지 마렴."

출장을 떠나기 전 어머니는 그렇게 말하며 가나코를 꼭 안아 줬다.

"응, 나도 알아."

가나코도 평소처럼 대답하고 미소 지었다. 루이코는 체증이 풀린 듯이 홀가분한 표정이었다. 안도와 함께 사무실 직원이 운전하는 차를 타고 그대로 떠나 버렸다.

지금은 오히려 딸이 뭔가를 감추고 있다는 건 알지도 못한 채.

가나코의 가슴속에서 싹튼 것. 그것은 나의 존재 이유와 가치를 어떻게든 확인하고 싶다는 욕구였다. 어디 사는 누군지도 모를 남자의 몸속에 있던 미세한 정자와 루이코의 난자가 제삼자의 손에 결합돼 **나는 원하지도 않았는데** 이 세상에 태어났다. 루이코가 아무리 사랑을 쏟는다고 해도 그 사실은 바뀌지 않는다.

'기증 정자 인공 수정'이라는 기술은 누군가의 사적인 사정과 필요에 의해 이뤄지는 생식 의료다. 그리고 그 과정에서 태어날 아이의 감정 같은 건 철저히 무시됐다.

가나코는 게이세이 여자대학에 진학하지 않았다.
도쿄에 있는 국립 대학에 지원해 합격했다. 루이코는 딸의 선택에 반대하지 않았다. 가나코의 성적이면 더 수준 높은 대학에도 충분히 갈 수 있지만 불만스러워하지도 않았다. 어머니는 늘 딸의 의사가 최우선인 사람이었다. 딸의 그런 선택이 자신을 향한 작은 반항이라는 건 알지도 못하는 듯했다.
합격 기념으로 유럽 여행을 가자는 어머니의 제안도 가나코는 거절했다. 그래도 어머니는 별로 개의치 않았다.
"그래? 뭐, 유럽이야 언제든 갈 수 있으니까."
그 한마디로 대화가 끝났다.
가나코는 네리마구 사쿠라다이에 있는 학교까지 매일 전철을 타고 통학했다. 고등학교 친구들과 이별하고 새로운 생활이 시작됐다. 집에서 학교에 다녔지만 어머니와는 되도록 거리를 두고 싶었다. 마음속에 아직 응어리가 남았지만 계속 얽매이는 것도 어리석다고 생각했다.
어머니는 어머니, 나는 나. 내가 세상에 태어난 이유도 스스로 찾아 가면 된다고 마음을 바꿨다. 새로운 학교, 새로운 친구, 새로운 미래. 그 모든 것을 다른 사람의 도움 없이 직접 손에 넣고 싶었다. 누군가가 정해 준 길이 아닌 내가 택한 길을 가는 것이다. 지금까지는 게이세이 학원이라는 작은 울타리 안에 살았지만, 더 넓은 세상을 경험하며 나 자신을 성장시키기로 다짐했다.

가나코가 선택한 전공은 경제학이었다. 그 역시 자신을 둘러싼 껍데기를 깨고 싶어 선택한 것이었다. 언제까지나 온실 속 화초로 남을 수 없다. 스스로 회사를 일으켜 세울 실력을 갖추고 싶었다. 입학 후 첫 오리엔테이션에서 옆자리에 앉은 여자아이와 친해졌다. 가네토 사야라는 친구인데 히로시마에서 상경했다고 했다. 지방 출신이라는 것 자체가 가나코에게는 신선했고 조금 거칠게 들리는 사투리도 재미있었다.

"히로시마에서는 '엄청'이라는 말을 '부치'라고 해. '이거, 부치 맛있다'라는 식으로."

사야는 그러면서 "난 못생겼으니 '부치 못난이'지"라고 하며 웃음을 자아냈다.

다듬어지지 않은 짙은 눈썹에 가는 눈매를 가졌지만 사야가 못생긴 건 아니었다. 오히려 웃는 얼굴에 묘한 매력이 있었다.

"가나코는 예뻐서 좋겠다."

그런 말도 툭툭 던지는 사야는 성격에 털털하고 정 많은 아이였다. 무엇보다 좋은 건 니시무라 루이코가 누구인지 전혀 모른다는 점이었다. 게이세이 학원에서는 초등학생 때부터 함께한 친구들이 많아 대부분 가나코의 어머니가 유명 패션 디자이너인 걸 알았다. 가나코의 이름은 늘 위대한 어머니의 이름과 세트로 기억됐다.

그러나 이곳에는 아는 사람이 없고, 나만 가만히 있으면 누구도 눈치채지 못한다. 그런 느낌이 정말 신선했다. 비로소 어머니에게서 벗어난 기분이었다. 내 출생 문제로 고민하는 시간도 자연히 줄었다. 가나코는 대학이라는 자유로운 공간에서 많은 것을 배워 나갔다.

사야는 부모님의 지원이 넉넉하지 않아 아르바이트를 하지 않으면 생활비가 부족하다고 했다. 그래서 수업이 끝나면 늘 아르바이트를 하러 갔다. 사야는 니시무라 루이코에 대해서는 몰랐지만 가나코가 유복한 집안 출신이라는 건 어렴풋이 눈치챈 듯했다.

그래도 '가나코는 알바 안 해도 되니 좋겠다' 같은 말은 하지 않았다. 나는 나, 친구는 친구. 그렇게 깔끔하게 구분 지으며 부러워하거나 질투하지도 않았다. 그런 시원시원한 성격도 가나코는 마음에 들었다. 꼭 사야뿐만 아니라 제각기 환경이 다른 동기들이 모인 것 자체가 가나코에게는 신선하고 흥미로운 경험이었다.

사야가 아르바이트하는 곳은 체인으로 운영되는 술집이

었다. 가나코는 또 다른 친구인 가와조에 유나와 함께 그곳에 밥을 먹으러 갔다. 시간이 이르고 손님도 많지 않아 사야는 테이블에 와서 함께 수다를 떨었다. 그때 홀을 오가는 어떤 남자를 보며 유나가 "저기, 저 사람" 하고 손으로 가리켰다.

"저 사람, 우리 학교 학생이지?"

뒤돌아본 사야가 "응" 하고 고개를 끄덕였다.

"맞아."

"하야카와 세미나 선배잖아. 4학년인데 엄청 우등생이래. 논문을 써서 상을 받았다고 게시판에 붙어 있었어. 아마 졸업할 때 최우수 학생으로 표창도 받지 않을까? 저 사람도 여기서 알바하는구나."

"응, 알바지만 일을 잘해서 플로어 매니저도 맡고 있어. 역시 똑똑한 사람이었구나. 어쩐지 수업에서 이해가 안 되는 부분들을 물어보면 잘 가르쳐 주더라고."

사야는 선배에게 경제학 강의 중 이해가 안 되는 부분을 종종 묻는다고 했다.

"뭐? 공부까지 가르쳐 준다고? 사야, 좋겠다."

유나는 능숙하게 손님을 상대하는 선배를 보며 감탄했다.

"다음에 나도 소개해 줘."

"응. 그런데 저 선배, 진짜 바빠. 알바를 여러 개 하거든. 학비랑 생활비를 다 스스로 번대. 거기에 취업 준비도 해야 하고."

"뭐야, 왜 그리 잘 알아? 사야 너, 혹시 마음 있는 거 아니야?"

그러자 사야는 "말도 안 돼!" 하고 손사래를 쳤다.

"친절하고 다정한 사람이기는 해. 하지만 그게 다야. 누구한테나 똑같아."

선배는 키가 훤칠하고 외모도 번듯해서 눈에 띄는 사람이었다. 유나는 대학에 들어온 이상 남자 친구를 꼭 만들겠다며 벼르고 있었고, 캠퍼스를 걸을 때도 주변 남학생들을 물색해서 가나코가 민망할 때도 있었다.

그런데 정작 그 선배와 먼저 가까워진 사람은 가나코였다.

가나코가 대학 교육학부에서 미술을 가르치는 어느 교수의 작품전을 혼자 보러 갔을 때였다. 교수는 조각 수업을 담당했는데 그 수업 수강생들의 작품도 함께 전시된다고 했다. 가나코는 교수의 제자 중 한 명에게 전시회 초대권을 받았다.

"혹시 조각에 관심 있어?"

갑자기 다가와 그렇게 말을 건 사람은 신입생 오리엔테이션을 도와준 2학년 남학생이었다. 가나코가 깜짝 놀라 말없이 있자 그는 티켓을 건넸다.

"보러 와. 요시모토 교수님은 꽤 유명한 목조각 작가셔."

'목조각'이라고 해서 그냥 나무를 깎아서 뭔가를 만드는 거겠지 하고 막연하게 생각했다. 그래도 나중에 혹시나 남학생을 다시 만났을 때 감상을 물으면 곤란할 것 같아서 가나코는 수업이 없는 날 시간을 내어 전시장을 찾았다.

그동안 여학교만 다닌 가나코는 남자와 어울리는 법이나 말 거는 법도 잘 몰랐다. 사야, 유나와 함께 다니며 조금씩 익숙해지고는 있지만, 내성적인 성격 탓에 먼저 다가가는 건 여전히 어려웠다. 사야는 광고 연구회, 유나는 조정부에 들어갔지만 가나코는 지금껏 동아리도 선택하지 못하고 있었다.

나 자신을 바꾸고 어머니와 거리를 두겠다고 선택한 국립대학이었지만 애당초 목표대로 일이 술술 풀리지는 않았다.

억지로 떠밀리듯 고층 빌딩에 자리한 전시회장에 들어선 순간, 가나코는 부드러운 나뭇결과 아름다운 조형미에 시선을 빼앗겼다. 통나무 한 그루를 통째로 깎아 만든 실물 크기 소녀상, 임신한 여인의 나체상, 깊은 주름이 새겨진 노인의 반신상 등은 어느 하나 빠짐없이 보는 사람들을 압도했다.

조용한 전시장 안에는 나무 향이 가득했다. 그 향을 깊숙이 들이마시자 온몸 구석구석까지 스며들고 뇌가 릴랙스되는 느낌이었다. 문득 오쿠타마의 숲속이 떠올랐다. 아니, 프린스에드워드섬의 자작나무 숲길일까. 대학생이 된 가나코는 오랜만에 그런 소녀 감성을 느끼며 얼굴을 살짝 붉혔다.

동선을 따라 작품을 감상하다 보니 시간 가는 줄도 몰랐다. 요시모토 교수의 작품은 대부분 인물을 형상화한 것이었고, 보다 보면 단단한 나무가 꼭 인간의 부드러운 피부처럼 느껴져 신기했다.

창던지기 선수를 형상화한 역동적인 작품 앞에서 가나코는 문득 발걸음을 멈췄다. 어깨 위로 힘껏 치켜든 창을 던지려는 순간을 포착했다. 불끈 솟은 근육, 창을 움켜쥔 손가락, 투척 지점을 또렷이 응시하며 부릅뜬 두 눈과 악다문 입. 그런 찰나의 순간이 조각 속에 응축돼 있었다.

아름다움에 매료된 가나코는 한동안 움직이지 못하고 가만히 서 있었다. 그리고 그런 가나코 앞에서 마찬가지로 넋을 잃고 작품을 감상하는 남자가 있었다. 그는 조금 더 멀리서 작품을 보려는지 한걸음 뒤로 물러섰고, 그때 바로 뒤에 있던 가나코의 왼발을 세게 밟고 말았다.

"앗."

고요한 갤러리 안에 두 사람의 나직한 목소리가 겹쳤다.

돌아본 남자의 얼굴은 어딘가 낯익었다. 사아와 같은 술집에서 아르바이트를 하는 그 4학년 선배였다.

"죄송합니다."

목소리를 낮춰 사과하는 그 역시 가나코를 알아본 듯한 표정을 지었다.

"저, 전 사야의 친구예요. 가네토 사야요."

"아, 얼마 전에 가게에 왔었지?"

직접 마주 보며 대화한 적은 없지만 그는 가나코의 얼굴을 기억했다. '똑똑한 사람'이라고 한 사야의 말이 떠올랐다.

"네. 니시무라 가나코라고 합니다."

가나코가 자신을 소개하자 남자도 "이카와 아키라라고 해"라고 이름을 밝혔다.

그 후 두 사람은 자연스럽게 나머지 작품들을 함께 둘러봤다. 학생들의 작품이 전시된 코너에는 손으로 만져도 되는 조각도 있었는데, 대부분 주먹이나 사람 얼굴을 형상화한 습작들이었다. 아키라는 기쁜 듯이 조각을 손으로 어루만지며 나무의 질감을 즐겼다.

두 사람은 나란히 전시장 출구를 지나 밖으로 나갔다.

"요시모토 교수님 작품, 처음 봤는데 정말 대단한 것 같아요. 저런 조각은 태어나서 처음 봐요."

감동을 표현하고 싶지만 빈약한 어휘력 때문에 자신이 한심했다.

"응, 맞아. 나도 교수님 전시회가 열리면 꼭 와. 생명이 없는 재료에 생명을 불어넣는 힘이 있다고 할까. 그런 느낌이 들거든."

그 말 대로라고 생각했다.

"그리고 모든 작품에 이야기가 담겨 있어. 보는 것만으로 여러 상상을 하게 돼."

"맞아요. 손을 맞잡은 여자아이들 조각 보셨죠? 그걸 보며 둘이 무슨 이야기를 하고 있을지 괜히 상상하게 되더라

단 하나의 사랑

고요."

가나코는 후훗 웃으며 속으로 흠칫 놀랐다. 거의 처음 만났다고 해도 좋을 낯선 사람 앞인데도 자연스럽게 말이 나왔다. 분명 요시모토 교수의 작품 덕분일 것이다. 그토록 감동적인 작품들을 본 뒤에는 누군가와 여운을 나누고 싶어지는 게 당연하다.

전시회장 밖에서는 요시모토 교수의 작품집이 판매되고 있었다. 아키라는 견본을 들고 휙휙 넘기며 훑어봤다. 가나코는 집에서 천천히 읽어 볼 요량으로 가장 두꺼운 책을 골라 직원에게 가져갔다.

작품집이 담긴 종이봉투를 받아 들고 아키라에게 돌아갔다.

"저기……."

갑자기 아키라가 머뭇거리며 조심스레 입을 열었다.

"그거, 다 보면 언제라도 좋으니 나도 빌릴 수 있을까?"

순간 속으로 아차 했다. 가나코가 집어 든 건 꽤 비싼 작품집이었다. 그래도 이렇게 훌륭한 작품집이면 그 정도 가격은 합당하다고 생각했다. 하지만 대부분 학생들에게는 분명 적지 않은 돈일 것이다. 그걸 뒤늦게 떠올리고 가나코는 고개를 숙였다.

특히 이 4학년 선배는 아르바이트로 학비와 생활비를 전부 번다고 하지 않았던가. 그런 사정을 헤아리지도 못하고 그가 보는 앞에서 비싼 작품집을 아무렇지 않게 사 버린 자신이 부끄러웠다.

"아, 그럼 먼저 보세요. 전 나중에 봐도 되니까요."

가나코는 성급하게 봉투를 아키라에게 내밀었다.

"뭐? 괜찮아. 나중에 빌려줘도 돼."

당황하며 책을 돌려주려는 아키라를 보며 또 한 번 실수했다고 깨달았다. 이 사람 눈에는 내가 용돈을 아낌없이 쓰면서 거드름을 피우는 부잣집 아가씨로 보일 것이다. 건방진 태도에 기분이 상하지는 않았을까. 하지만 어떻게 수습해야 할지도 몰라 가나코는 그냥 등을 돌린 채 황급히 자리를 떴다.

일주일 정도 지났을 때 사야가 다가와 말을 걸었다.

"아키라 선배가 널 만나고 싶대. 저번에 빌린 책을 돌려주고 싶다고."

"뭐?"

옆에 있던 유나가 깜짝 놀라 외쳤다.

"설마 가나코, 너 아키라 선배랑 사귀는 거야?"

가나코는 깜짝 놀라 부정하면서 그날 있었던 일을 설명했다.

"그런 우연한 계기로 사랑이 시작되기도 하잖아."

유나는 장난을 치며 가나코를 놀렸다. 정작 유나는 조정부에서 이미 남자 친구를 사귀어서 아키라에게 관심이 없는 듯했다.

그리고 유나의 예상은 적중했다.

가나코는 얼마 후 작품집을 돌려받는다는 명목으로 이카와 아키라를 다시 만났다. 고마우니 차라도 한잔 사겠다는 그의 제안을 가나코는 주저 없이 받아들였다. 이럴 때 괜히 눈치 보며 망설이기 싫었다. 사야나 유나처럼 남학생들과도 자연스럽게 이야기하고 어울리는 사람이 되고 싶었다.

오후 수업과 수업 사이의 한 시간 남짓한 짧은 공강 시간이었다. 학점 대부분을 이수한 아키라는 낮에도 아르바이트를 해서 바쁜 와중에 일부러 짬을 냈다는 걸 알 수 있었다.

"학자금 대출을 얼른 갚으려고 시간 날 때 조금이라도 버는 중이야."

학교 근처 카페의 테라스석에 마주 앉아 아키라는 그렇게 말했다.

"취업 준비도 하셔야 하지 않나요?"

4학년 선배들이 취업 준비로 동분서주한다는 건 들었지만 아직 나와는 먼 이야기처럼 느껴졌다. 다행히 아키라는 취업할 곳이 이미 정해졌다고 했다. 그가 알려 준 회사는 중견 전자기기 제조 업체였다. 최근 반도체 시장의 확장으로 인해 급성장한 기업으로 가나코도 들어본 적 있었다. 그런 탄탄한 기업에 내정됐다면 실력을 인정받았다는 뜻이다. 한창 취업 준비 중인 다른 학생들에게 선망의 대상이 틀림없었다.

그러다 자연스럽게 요시모토 교수의 작품전과 조각 이야기로 넘어갔다. 아키라는 목조각이라는 예술 분야에 애정이 깊은 듯 보였다. 끌이나 대패 같은 도구 사용법도 잘 알아서 요시모토 교수의 작품의 이런 점이 좋다거나, 그런 작품을 만들기 위해 어떤 도구를 썼는지에 대해 열정적으로 이야기했다.

테라스석 옆에는 작은 연둣빛 꽃이 핀 화살나무가 있었다. 가나코가 나무를 올려다보며 나무 이름을 말하자 아키라는 환하게 미소 지었다. 그는 목조각에 관심이 많은 만큼 재료가 될 나무들에 대해서도 잘 아는 것 같았다.

"저 나무, 가을이 되면 빨간 열매가 열리잖아요. 눈에 잘 띄지 않지만 귀엽고 예쁜 열매가."

가나코는 그렇게 덧붙였다. 화살나무는 원래 산속에 자생하는 나무라 오쿠타마의 산에서 자주 봤다. 별장 근처 산길을 거닐다 보면 연둣빛 꽃과 빨간 열매가 눈에 띄었다. 하지만 아키라 앞에서 별장 이야기만은 꺼내기 망설여졌다.

문득 아키라에게 물었다.

"선배는 직접 조각은 안 하세요? 취미로라도. 그렇게 열정적이고 잘 아시는데."

그러자 아키라의 표정이 살짝 어두워졌다.

"응. 난 끌을 쥘 자격이 없어. 그래서 좋아하긴 해도 보기만 해."

무슨 말인지 정확히 이해되지는 않지만 가나코는 그 이상 묻지 않았다.

이후 대화도 무척 즐거웠다. 남자와 이렇게 정식으로 마주 앉아 대화하는 게 처음이었지만 이상하리만큼 긴장되지 않고 말이 술술 나왔다. 스스로도 놀랄 정도였다. 왠지 이 남자와는 공통점이 있어 순식간에 마음이 통하는 묘한 느낌을 받았다. 지금껏 누구를 만나도 이런 기분을 느낀 적은 없었다. 눈 깜짝할 사이에 시간이 흘렀다.

헤어질 때 자연스럽게 휴대폰 번호를 교환했다. 가나코는 그에 대해 더 알고 싶었고, 그 역시 자신을 알아 줬으면 했다. 무엇보다 다시 만나 이야기하고 싶었다.

1학년인 가나코는 일반교양 등으로 수업이 빡빡했고 아키라도 아르바이트 때문에 늘 바빴지만 그 뒤로도 두 사람은 짧은 시간을 쪼개며 만났다. 만남을 이어 가는 동안 가나코는 자신이 유명 패션 디자이너의 외동딸인 것도 털어놓았다.

아키라의 반응은 지극히 무덤덤했다. 별거 아니라는 듯한 태도를 보며 가나코는 안도했다. 그렇다. 나는 어머니의 소유물이 아니다. 늘 니시무라 루이코의 딸로 인식되던 나에게 비로소 새로운 가치가 생긴 것 같았다.

아키라가 어렵게 공부해 온 사정도 알게 됐지만 그게 가나코의 감정에 영향을 미치지는 않았다. 아키라는 부모가 이혼했고 지금은 두 분 다 연락하지 않는다고 털어놨다. 학비와 생활비를 모으기 위해 2년간 열심히 일했고 그래서 다른 4학년 학생들보다 두 살이 많다고 했다. 그가 수많은 역경을 딛고 대학에 진학해 뛰어난 성적까지 거둔 사실은 오히려 가나코가 그를 더 깊이 존경하는 이유가 됐다.

주변에 있는 다른 학생들은 대학 생활을 어떻게 즐길지에만 초점을 맞추고 있었다. 적당히 학점을 채우고 동아리 활동이나 연애에 더 열중하는 식이었다. 그런 점에서도 아키라는 특별하게 느껴졌다.

가나코는 시간이 갈수록 아키라에게 더 깊이 빠져들었다. 그동안 왜 우리가 만나지 못했을까 싶을 정도로 잃어버린 반쪽을 찾은 듯한 기분이었다. 진심으로 행복하기도 했다. 아키라 역시 자신과 비슷한 마음이라는 게 전해졌다. 만나면 물 흐르듯 자연스럽게 대화하고 헤어질 시간이 되면 어김없이 아쉬움 가득한 표정을 지었다. 하지만 이상하게도 아키라가 어떤 선을 긋고 그 이상은 다가오지 않는 느낌도 들었다. 가나코는 늘 다음 약속을 잡지 않으면 불안했다. 약속이 없으면 관계가 그대로 끝나 버릴 것 같은 걱정이 들었다. 아키라의 마음을 아직 확신할 수 없었다.

다른 좋아하는 사람이 있는 것 같지는 않았다. 그런 단순한 차원이 아니라 왠지 아키라의 삶 그 자체와 연결된 문제라는 느낌이 들었다. 엄격하게 자신을 통제하며 스스로 즐거움을 금하는 듯한 모습이 어딘가 신비롭고 어두운 분위기를 더했다.

지금껏 만나보지 못한 완전히 새로운 유형의 사람이었다. 하지만 그런 점들까지 다 포함해 가나코는 아키라라는 사람에게 깊이 빠져 갔다.

속 태우는 시간이 지나고 가나코는 스스로도 놀랄 만큼 직접적으로 물었다.

"선배는 절 어떻게 생각하세요?"

그러자 아키라는 우스울 정도로 당황하는 모습을 보였다. 잠시 후 그의 입에서 나온 말은 "미안"이라는 한마디였다.

거절당했다고 느낀 가나코는 적지 않게 상처를 받았다. 지금껏 연애 한 번 제대로 해 본 적이 없었기에 마음을 어떻게 전해야 할지도 몰랐다.

"미안해."

아키라는 거듭 말했다.

"널 만나며 너한테 너무 의지했던 것 같아. 만나면 시간 가는 줄도 모르고 자꾸 내 감정만 앞세우게 돼. 혹시 부담이 됐다면……."

"선배 감정이 뭔데요?"

묻지 않을 수 없었다.

"난……."

정면에 있는 아키라의 눈동자를 가만히 응시했다. 이 사람의 눈동자는 연한 갈색이다. 노란빛도 약간 섞여 있다. 아키라가 할 말을 찾느라 머뭇거리는 사이 이런저런 것들을 떠올렸다. 『빨강머리 앤』 속 앤의 눈은 빛의 방향이나 그날그날 기분에 따라 초록으로도, 회색으로도 보인다고 묘사돼 있었다. 그 색이 과연 어떤 느낌일지 상상했던 것을 떠올렸다. 아키라의 눈동자 색 역시 매력적이다. 왜냐하면 나는 이 사람을 사랑하고 있으니까. 사랑에 빠지면 상대의 모든 것이 좋아지는 법이다. 이제야 그런 걸 깨달았다.

그래서 솔직하게 말했다.

"전 선배를 좋아해요."

아키라가 눈을 크게 떴다. 순간 그의 눈동자가 헤이즐넛 색이라는 걸 깨달았다.

긴장한 듯한 아키라의 몸에서 힘이 풀리며 어깨가 살짝 내려갔다. 그리고 그는 입을 열었다.

"나도."

그토록 기다려 온 말인데도 가나코는 왠지 불안했다. 이 말이 정말 진심일까. 단지 나한테 맞춰 주려는 게 아닐까. 여전히 이 사람의 본질에는 다가서지 못한 느낌이다. 마치 얇은 막 같은 것에 겹겹이 둘러싸인 것처럼 눈앞에 있는데도 손이 닿지 않는다. 답답함이 밀려왔다.

아키라는 겁쟁이는 아니지만 여자와 깊은 관계를 맺는 것에 경계심을 품고 있는 듯했다. 처음으로 이성을 좋아하게 됐고 상대에게도 같은 마음을 고백받았는데 이 괴로운 기분은 대체 뭘까.

가나코는 불안감을 억지로 가슴 깊이 눌러 담았다. 그만큼 아키라를 좋아했다. 내가 정자 기증으로 태어났다는 걸 알았을 때 깊은 상실감을 맛봤다. 내가 세상에 존재하는 이유와 의미가 불분명했다. 하지만 누군가를 사랑한다는 건, 그렇게 잃어버린 자신의 존재 가치를 되찾는 일이기도 했다. 누군가를 원하는 마음은 내가 살아 있다는 감각으로 이어졌다.

긴 여름방학 내내 두 사람은 자주 만났다. 가나코는 별장에 가는 시간을 최대한 줄이고 도쿄에 머물렀다. 아키라에게 한 발짝이라도 더 다가가고 싶었다. 그의 모든 걸 알고 싶었다. 아키라도 가나코를 거부하지는 않았지만 여전히 가나코가 가까워지려고 하면 살짝 물러서는 모습을 보였다. 그 미묘한 거리감에 가나코는 때로는 의기소침하고 답답해지기도 했다.

"가나코에게 남자 친구가 생겼어요."

피서 겸 별장에 머무르는 루이코가 별장을 찾은 손님들에게 딸의 근황을 들려줬다. 중요한 손님을 왔을 때는 어쩔 수 없이 가나코도 별장에 가야 했다.

"뭐 어떻습니까. 충분히 그럴 나이인데."

그날은 각본가인 히라카와 유리아가 남편과 와 있었다.

그녀의 남편인 배우 야시로 고타로가 그렇게 말했다. 일 때문에 남편 없이 혼자 온 오이카와 아쓰코는 야시로의 가벼운 말에 입가를 살짝 올렸다.

"청춘은 만끽해야 하는 법."

야시로는 또다시 촌스러운 말을 덧붙였다.

"어떤 남자야?"

유리아가 물었지만 가나코는 살짝 미소만 짓고 대답하지 않았다.

"남자 친구야 당연히 생기죠. 무엇보다 남녀공학 대학에 갔잖아요. 최대한 다양한 경험을 하는 게 좋아요."

그렇게 말해 준 사람은 해외 원단 수입업을 하는 유미오카 마이코였다. 그녀가 세계 각국에서 가져오는 원단 덕에 루이코도 큰 도움을 받았다.

"루이코 선생님도 그 친구를 아직 만나보시지 못한 거예요?"

가나코에게 대답을 듣지 못한 유리아가 루이코에게 물었다. 샴페인 잔을 입에 가져가던 루이코는 웃으며 고개를 흔들었다.

"남자 친구가 생길 때마다 일일이 만나면 끝이 없잖아요."

그러자 마이코가 끼어들었다.

"하긴 선생님은 딸의 자유를 존중하는 분이시니."

"가나코, 너희 어머니는 너그러우시니 마음껏 연애해도 돼."

조금 취한 듯한 야시로가 걸걸하게 말하고 상스럽게 웃음을 터뜨렸다.

"자, 이쯤 하지 않으면 가나코 기분이 상하겠어요."

아쓰코의 한마디로 그 이야기는 마무리됐다.

가나코는 테이블 끝에서 손님들과 담소를 나누는 루이코를 바라봤다.

아키라는 단순한 남자 친구가 아니다. 지금껏 만난 그 누구보다도 소중하고 사랑스러운 사람이다.

엄마는……. 샴페인을 쭉 들이켜는 루이코의 하얀 목을 보며 떠올렸다. 엄마는 모를 거야. 남자와 사랑을 나누지도 않고 그저 아이가 갖고 싶어서 누군지 모를 남자의 정자를 구해 오는, 그런 사람은.

아이는 남녀가 사랑을 나눈 결실이다. 아키라를 만나고서야 비로소 그런 걸 실감했다. 엄마가 택한 방법은 잘못됐다. 깊은 사랑과 교감 끝에 태어난 아이만이 세상에 존재할 의미가 있다. 사랑과 귀여움을 받으며 자랄 권리가 있다. 하지만 루이코는 그 모든 단계를 건너뛰고 가나코라는 딸을 얻었다. 자신의 선택이 부조리하다는 걸 깨닫지도 못한다. 혼자만 사랑을 줘도 딸은 만족할 거라고 생각한다.

난 엄마처럼 살지 않을 거야. 사랑하는 사람과 정식으로 맺어져 떳떳하게 사랑의 결실로 아이를 낳을 거야. 그렇게 태어난 아이를 진심을 다해서 사랑해 줄 거야. 단 한 순간도 외롭지 않게. 아이를 많이 낳아 웃음이 넘치는 가정을 만들 거야.

이제 막 연애를 시작했을 뿐인데도 가나코는 벌써 장밋빛 미래를 꿈꾸고 있었다.

하지만 그 뒤로도 한동안 아키라와 깊은 관계로는 발전하지 못했다.

계절이 조용히 흘러갔다. 아키라와는 소박한 데이트를 이어 갔다. 함께 서점을 둘러보거나 샤쿠지이 공원을 산책하며 연못 속 잉어에게 빵을 던져 주거나 도시마엔에 가서 회전목마를 탔다. 데이트 중에 자연스럽게 손을 잡기도 했지만 그 이상은 없었다.

아키라와 하는 데이트는 마치 그라는 사람을 감싼 얇은 막을 하나하나 벗겨내는 과정 같았다. 가까워지면 질수록 가나코는 그에게서 도저히 떨어질 수 없다고 느꼈다. 설령 마지막 남은 그와의 짧은 거리를 끝내 좁히지 못하더라도 이 사람 곁에 있고 싶다. 그렇게 간절히 바랐다.

아키라는 여전히 아르바이트를 하며 바쁜 나날을 보냈다. 2학기 등록금을 납부한 지 얼마 되지도 않았는데 얼른 대출금을 갚고 싶다고 했다. 이런 환경의 차이가 우리를 멀어지게 할 거라고 생각하지는 않았다. 하지만 마음은 계속 편치 않았다. 부유한 어머니 밑에서 부족함 없이 살면서 그런 삶에 의문조차 가져 본 적 없는 자신을 경멸했다.

그러는 동시에 아키라와 더 깊게 이어지고 싶다고 바랐다. 아키라는 왜 아직도 우리 사이에 소극적인 걸까. 유나는 조정부 남자 친구와 이미 잠자리를 가졌고, 그걸 숨기지도 않고 친구들에게 자랑스럽게 이야기했다. 사랑하는 연인이라면 당연한 수순일지 모른다. 특히 남자는 본능적으로 사랑하는 상대의 몸을 원하기 마련이다. 유나의 이야기를 듣기 전부터 가나코는 그렇게 생각했다. 그리고 그런 것들을 밤낮으로 걱정하는 자신이 싫어졌다.

사야와 아키라가 아르바이트를 하는 술집에 유나와 함께 가끔 들렀다. 가나코가 찾아와도 아키라는 묵묵히 일에 집중하고 테이블에 다가오거나 말을 걸지 않았다. 그래도 유나는 꼭 일부러 가나코를 데려갔다. 때로는 다른 친구들과 함께 갈 때도 있었다. 대부분 사야와 잠깐 대화를 나누고 식사를 마친 뒤 그리 오래 머물지 않고 두 사람은 가게를 나섰다. 술을 마시지 않아 매출에는 별로 도움이 되지 않았을 것이다.

가을이 깊어질 무렵 유나와 함께 술집을 찾았을 때도 멀리 아키라의 얼굴이 보였다. 주방과 홀을 바쁘게 오가는 그에게 다가가 말을 걸지는 않았다. 그날도 마찬가지였다. 유나가 다른 테이블에 있는 조정부 친구와 수다 삼매경에 빠져 있어서 가나코는 혼자 먼저 돌아가기로 했다. 사야와 유나에게 인사하고 가게를 나섰다. 나갈 때 슬쩍 홀을 둘러봤지만 아키라가 보이지 않았다. 그렇게 가게 문을 지나 무심코 골목길 쪽을 들여다봤을 때 어둠 속에 서 있는 아키라가 보였다. 뒷문 근처에서 누군가와 대화하고 있었다. 뒷문으로 새어 나오는 불빛 아래 마주 선 두 사람은 무척이나 진지한 대화를 나누는 듯 보였다. 상대는 여자였다.

가나코는 눈을 가늘게 뜨고 주의 깊게 두 사람을 바라봤다. 자신과 나이 차이가 별로 나지 않는 여자인 건 알 수 있었다. 다만 여자가 가나코 쪽을 등지고 있어서 얼굴은 잘 보이지 않았다. 두 사람은 잠시 더 대화를 나누다가 문득 아키라가 주머니에 손을 넣더니 지폐 몇 장을 꺼내 여자에게 건넸다. 여자는 한 번 거절했지만, 아키라는 계속 여자에게 돈을 쥐여 주며 돌려주지 못하게 손으로 여자의 손을 감쌌다. 그 모습이 몹시 의미심장하고 친밀해 보였다.

지금껏 알지 못한 새로운 그의 얼굴을 본 것 같았다. 저 여자는 누구일까. 돈을 주고받는 행위가 두 사람의 특별한 관계를 암시했다. 그것도 사람들의 눈을 피해 숨어서. 무엇보다 아키라는 지금껏 그런 여자의 존재에 대해 한 번도 언급한 적이 없었다.

충격적이었다. 역시 나는 그의 진짜 모습을 모르는 것이다. 아키라에게는 평소 신중하게 숨기는 또 다른 얼굴이 있고, 어쩌면 저 여자는 그걸 알고 있을지도 몰랐다.

가나코가 돌아서려는 순간 아키라가 고개를 들어 골목 입구를 바라봤다. 그의 시선을 따라 여자도 고개를 돌렸을 때 짧은 보브커트 머리가 얼굴 옆으로 날렸다. 여자는 얼어붙은 듯 그 자리에 서 있는 가나코를 보고 놀란 듯했다. 가게 로고가 그려진 앞치마를 두른 아키라가 조용히 골목 입구 쪽으로 다가왔다. 좁은 골목에서 여자 옆을 지날 때 아키라는 여자의 어깨를 살짝 밀었다. 그러자 여자는 아키라의 의도를 알아차린 듯 자연스럽게 몸을 비켰다.

두 사람의 익숙한 몸짓을 보며 가나코는 또 한 번 상처를 받았다. 아키라와 저 여자는 어떤 사이일까. 아니, 애초에 나는 그에게 어떤 존재일까. 아무리 손을 뻗어도 계속 한 발짝씩 멀어지는 아키라의 진심은 대체 무엇일까. 내가 닿을 수 없는 곳에 저 여자는 닿고 있는 게 아닐까. 아키라와 깊은 곳에서 연결돼 있는 게 아닐까. 정신적, 그리고 육체적으로.

순식간에 수많은 감정이 솟구쳐 가나코의 마음을 휩쓸고 지나갔다.

아키라가 입구에 도착하기 전에 가나코는 뛰기 시작했다. 왜 도망치는지는 자신도 알 수 없었다.

"가나코!"

아키라가 외쳤다. 성이 아닌 이름을 불러 준 지도 얼마 되지 않았다. 처음 이름을 불렀을 때는 얼마나 기뻤던가. 앞으로도 이렇게 천천히 관계를 다져 나가면 된다고 생각했다.

아키라는 저 여자를 부를 때 어떻게 부를까. 내가 아무리 애써도 좁히지 못하는 그 약간의 거리를 저 여자는 너무도 쉽게 건너 아키라 옆에 바짝 붙어 있다. 아마 내가 그를 만나기 훨씬 전부터. 가나코는 그렇게 확신했다.

돌아보지 않고 달렸다. 분하고 비참해 눈물이 났다. 억누를 수 없는 감정에 가나코는 속수무책이었다. 역까지 뛰어가 숨을 고르며 혼자 승강장에 섰을 때 비로소 이 감정이 '질투'라는 걸 깨달았다. 내가 이런 추한 감정에 사로잡힐 줄은 몰랐다. 한 사람을 얻지 못한다는 이유로 분을 삭이는 것 또한 추하게 느껴졌다.

누군가를 사랑한다는 건 이렇게나 괴로운 일이라는 걸 처음으로 실감했다.

아키라에게 몇 번이나 만나자고 연락이 왔지만 가나코는 계속 거절했다. 감정을 아직 정리하지 못했다. 하지만 이대로 어영부영 멀어지는 것도 좋지 않을 것 같아 결국 만나기로 했다. 약속을 잡고 전화를 끊은 후 아키라 쪽에서 이렇게 집요하게 만나자고 하는 건 드문 일인 것을 깨달았다. 언제나 먼저 연락을 하는 사람은 가나코였고, 아키라는 거기 응할 뿐이었다.

―친절하고 다정한 사람이기는 해. 하지만 그게 다야. 누구한테나 똑같아.

사야의 말이 머리를 스쳤다.

"뭐야. 결국 나 혼자 북 치고 장구 친 거잖아."

혼잣말을 중얼거리며 웃었다. 웃자마자 가슴이 아팠다. 역시 이대로 아키라와 헤어질 수는 없다고 생각했다. 이토록 사랑한 사람은 앞으로 두 번 다시 만나지 못할 것이다. 우리 사이에 서로를 끌어당기는 뭔가가 있다는 감각은 아직 사라지지 않았다.

샤쿠지이 공원에서 만나기로 했다. 연못 옆 벤치에 혼자 앉은 아키라를 멀리서 본 순간 애잔한 기분이 들었다. 집을 나설 때만 해도 그에게 어떤 말을 들어도 받아들이겠다고 마음먹었다. 설령 이것으로 우리 사이가 끝나더라도 비참한 모습은 보이지 않겠다고 다짐했다. 하지만 그 다짐이 흔들렸다. 이대로 헤어지는 건 상상할 수 없다. 아키라가 나를 미워하더라도 그의 곁에 있고 싶었다.

이런 고집에 사로잡힐 줄은 몰랐다. 지금껏 가나코는 자기 의사를 강하게 밀어붙인 적이 없었다. 어머니를 비롯한 주변 사람들은 가나코를 이해심 많은 착한 아이로 여겼고, 스스로도 그렇게 믿고 있었다.

하지만 이번만큼은 절대 양보할 수 없다.

그 결심을 안고 가나코는 아키라를 향해 걸어갔다. 입술을 꾹 다문 얼굴은 아마도 창백했을 것이다. 연못을 바라보던 아키라가 천천히 고개를 돌려 가나코를 봤다. 밝은 가을 햇살 속에서 눈을 가늘게 뜬다. 익숙한 그 표정 너머에 그의 다정함이 비쳐 보였다. 모두에게 다정한 사람이어도 상관없다. 하지만 그 '모두' 속에 나를 넣지는 말아 줘. 나는 이 사람에게 '특별한' 존재이고 싶었다.

아키라 옆에 앉았다. 두 사람은 잠시 말없이 연못을 바라봤다. 잉어의 등지느러미가 수면에 그리는 잔물결이나 목을 길게 빼고 볕을 쬐는 돌거북이 보였다.

"지사 일 말인데……."

아키라가 입을 열었다. 지사? 그 여자를 그렇게 부르는구나.

"응."

태연한 척했지만 목소리는 분명 떨렸을 것이다.

"그게, 어디서부터 말해야 할지 모르겠네……."

아아, 지금부터 난 결정적인 이야기를 듣겠구나. 아키라라는 사람의 중심을 꿰뚫는 이야기를. 모두에게 다정하지만 누구에게도 마음을 열지 않는 이 사람의 진짜 모습을 마주하게 될 것이다. 그리고 결국 버림받을 것이다.

젊은 부부가 유모차를 밀며 벤치 뒤를 지나갔다. 유모차 안에는 살이 포동포동한 아기가 곤히 잠들어 있고, 부부는 조용히 담소를 나누고 있었다.

가나코도 아키라와 함께하는 미래를 꿈꾸고 있었다. 아직 만난 지 몇 달 되지 않았지만 미래를 얼마든 그릴 수 있었다. 결혼하고, 아이들을 낳고, 성장한 아이들이 독립해 다시 둘만 남는 미래. 그런 상상을 하며 얼마나 행복했는지 모른다. 하지만 꿈이 무너지는 건 단 한 순간으로 충분했다.

불길한 기운을 느낀 것처럼 연못 바위 위에 줄지어 있던 돌거북이 약속이나 한 것처럼 하나둘 물속에 미끄러져 들어갔다. 잔잔한 물소리에 귀를 기울인 후 가나코는 마음을 굳게 먹고 아키라를 마주 봤다.

아키라는 먼저 자기 아버지 이야기부터 시작했다.

일본인 아버지와 미국인 어머니 사이에서 태어난 출중한 외모의 혼혈인. 그는 여자관계가 복잡해 여러 여자들과 정을 통하며 살았다. 외할머니가 세상을 떠나자 혼자 남은 아들을 맡았지만 그의 생활 태도는 달라지지 않았다. 생계를 책임질 능력도 없이 아들을 데리고 그저 자신을 부양해 줄 여자의 집을 떠돌며 살았다. 그런 아버지를 보면서 아키라는 무책임하고 제멋대로인 아버지를 혐오하게 됐다.

"난 절대 아버지처럼 되지 않겠다고 나심했어. 아버지는 여자들에게 늘 다정했지만 실제로는 아무도 사랑하지 않았어. 자기에게 이득이 될 여자를 골라 만나며 원하는 걸 해주는 척한 것도 오로지 자기 자신을 위한 행동이었던 거야."

고등학교 졸업한 후 방황만 하던 아버지에게서 벗어나 독립했다. 대학 진학 때도 아버지에게 의지하지 않았다. 그가 주는 돈은 결국 여자들이 내준 돈인 걸 알았기 때문이다.

"그리고, 지사 말인데……."

가나코는 몸이 굳었다. 아키라가 지사라는 여자를 알게 된 과정은 충격적이었다. 고등학생 시절 아키라는 아버지에게 반항해 밤거리를 떠돌기 시작했다. 그리고 그곳에서 지사를 만났다. 가부키초에서 원조 교제를 하며 용돈을 벌던 10대, 20대 여자들 사이에 열네 살인 지사가 들어왔다.

소녀들 중 리더 격인 여자가 지사를 잘 돌봐준 덕에 마르고 겁에 질려 있던 지사도 점차 밤거리에 머물게 됐다. 집을 뛰쳐나왔다는 지사를 처음에는 아키라도 별로 신경 쓰지 않았다. 그 당시 가부키초에는 가출한 아이가 드물지 않았다.

그러던 어느 날 지사가 가부키초에서 돌연 자취를 감췄다. 어머니 곁으로 돌아갔다고 했다. 걱정해서 찾아간 리더 여자아이와 아키라 앞에서 지사는 이제 괜찮다고 했다. 어머니의 정부 때문에 아동 음란물의 희생양이 돼 있었지만 복지 관계자가 개입해 남자를 쫓아냈다는 지사의 말을 믿었다.

그러나 실상은 달랐다. 고등학교 졸업을 앞둔 무렵 아키라는 우연히 아동 음란물 사이트에서 지사를 발견했다. 등에 야차 문신을 새기고 억지로 포즈를 취하고 있는 끔찍한 사진이었다.

"그때 난…… 이성을 잃을 정도로 화가 나서……."

아키라는 무릎에 올려 둔 주먹에 힘을 줬다. 이 남자가 감정을 드러내는 모습을 처음 본 것 같았다. 당시 아키라는 잠시 신세를 지던 장인의 작업장에서 끌 한 자루를 몰래 들고

나왔다. 그걸로 남자를 위협해 지사를 어떻게든 그 집에서 데리고 나오려고 했다

"하지만 생각대로 일이 풀리지 않았어. 난 그와 몸싸움을 벌이다가 결국 그를 찌르고 말았어."

가나코는 소스라치게 놀라 두 손을 입에 가져갔다. 목에서 비명이 나올 것 같았지만 꾹 참았다. 반대로 아키라는 감정의 파도를 가라앉힌 듯 차분해졌다.

"난 사람을 다치게 했어. 그것도 소중한 장인의 도구로."

"아아……."

전에 아키라가 한 말의 의미를 마침내 이해할 수 있었다.

―난 끌을 쥘 자격이 없어.

아키라는 체포돼 소년 감별소에 보내졌다. 끌에 찔린 남자도 치료를 마친 후 체포됐다. 지사와 지사의 어머니는 복지 시설에 보호 조치됐다.

"지사의 어머니는 지적 장애가 있어서 지금도 지사 혼자 일하며 생계를 책임지고 있어. 하지만 그게 쉽지 않아서……."

"그래서 도와주고 있는 거야?"

"도와준다고 할 만큼 대단한 건 아니야. 나도 형편이 넉넉한 건 아니니까."

하지만 지사가 또다시 어둡고 위험한 세계에 발을 들이지 않게 신경 쓰고 있다고 아키라는 말했다.

"여자가 손쉽게 돈을 벌 방법은 얼마든지 있어. 그걸 받아 주는 수요도 끝이 없고. 난 정말 지긋지긋할 만큼 그런 걸 봐 왔고 지사도 문제점을 누구보다 잘 알고 있을 거야. 그래도 사람이 막상 막다른 골목에 몰리면 어떻게 될지 모르는 거니까."

너무나 낯설고 무거운 현실에 가나코는 할 말을 잃었다. 이 사람이 살아온 세계는 내가 아는 세계와 전혀 달랐다. 심지어 나는 지금껏 그런 세계가 있는지도 모른 채 살아왔다. 얼마나 세상 물정 모르고 온실 속 화초처럼 안일하게 살아왔는지를 깨달았다.

연못 맞은편에 있는 높은 나무에서 때까치가 날카롭게 울었다. 그 울음소리는 가을의 맑고 투명한 공기를 가르며 가나코의 귀에 박혔다. 가나코는 조용히 허리를 세웠다. 하나 더 물어야 할 게 있었다.

"소중한 사람이지? 당신한테 그 지사 씨는."

각오는 했지만 대답을 듣기가 두려웠다. 지사는 나보다 먼저 이 사람을 만나 마음속 깊숙이 자리 잡았다. 부정할 수 없는 엄연한 현실이다. 나는 그 무게를 감당할 수 있을까.

아키라는 말없이 시선을 내리깔았다.

"그래. 지사는 나에게 소중한 사람이야. 가부키초에서 처음 만났을 때 난 그 아이를 반드시 구하겠다고 다짐했어. 하지만 결국 구하지 못했지. 그것도 모자라 내 일에 정신이 팔린 사이 지사는 더 끔찍한 지옥에 떨어져 있었어. 그래서 난 그 쓰레기 같은 남자를 찔렀고 그건 지금도 후회하지 않아. 그리고 앞으로 두 번 다시 지사에게서 눈을 떼지 않겠다고 스스로 맹세했어."

하지만, 하고 아키라는 말을 이었다.

"지사와의 관계는 그게 전부야. 난 형제가 없지만 만약 있다면 지사가 바로 내 여동생 같은 존재일 거야. 지사도 이제 성인이 됐으니 슬슬 자기를 내버려두기를 바라고 있을지도 몰라. 계속 찾아와서 간섭하며 오빠 행세를 하는 내가 귀찮겠지."

아키라는 고개를 들어 가나코를 똑바로 마주 봤다. 가나코도 그 시선을 피하지 않았다. 헤이즐넛색 눈동자 속에 내가 비치는 게 보였다. 4분의 1만 미국인의 피를 이어받은 남자. 그의 과거를 다 들은 뒤에도 이 사람을 향한 마음은 한 치도 흔들리지 않는다. 그것만은 확신했다.

"가나코."

무의식적으로 "응" 하고 대답했다.

"가나코는 나에게 없어서는 안 될 소중한 사람이야. 그건 지사를 생각하는 마음과 전혀 달라. 처음 만났을 때부터 지금껏 만난 누구와도 다른 특별한 사람이라고 느꼈어. 그리고 만날수록 그 마음은 더 강해졌어."

나도 똑같다. 나 역시 그렇게 느끼지만 잘 표현할 수 없었다. 누군가를 이렇게까지 그리고 바란 적은 없다. 하지만 그런 감정을 말로 해 버리면 너무나 평범하고 진부하게 들릴 것 같았다. 아키라도 비슷한지 말을 잇지 않았다.

두 사람은 한동안 서로를 가만히 바라봤다. 그것으로 충분했다. 꼭 말로 하지 않아도 마음은 통한다. 하찮은 질투 따위 아무 의미도 없다. 마음과 마음이 이어져 있다는 걸 가나코는 절실히 느꼈다. 동시에 잔잔한 평온과 따뜻한 충만감이 가슴 가득 차올랐다.

"난 아버지처럼 되지 않을 거야."

아키라가 조용히 말했다.

"소중한 사람은, 정말 소중히 대할 거야. 오직 한 사람을."

가나코는 손을 뻗어 아키라의 손을 잡았다.

"이미 충분히 소중히 대해 주고 있어."

아키라는 조심스럽게 가나코의 손을 감싸며 자상하게 미소 지었다. 그 순간, 가나코는 아키라와 자신 사이에 남아 있던 마지막 거리가 사라졌다고 느꼈다.

이듬해 아키라는 대학을 졸업하고 전자기기 제조 업체에 입사했다. 영업직으로 바쁘게 뛰는 일과 중 틈틈이 짬을 내어 가나코를 만나러 왔다. 두 사람은 굳건히 연결돼 있었고, 자연스러운 흐름으로 몸을 나누게 됐다. 취직 후 이사한 아키라의 좁은 원룸을 가나코는 자주 찾았다. 이제 아키라도

단 하나의 사랑

더 이상 쓸데없는 배려로 가나코를 밀어내지 않았다. 여자라면 누구와도 쉽게 관계를 맺었던 아버지와는 다른 사랑을 할 수 있다는 자신감이 그에게 생긴 것 같았다.

아키라의 집은 물건들이 별로 없어 허전했다. 그런 공간을 조금씩 채워 나가는 게 소소한 기쁨이자 즐거움이었다. 물론 돈만 들이면 얼마든 멋진 공간으로 만들 수 있겠지만 그러고 싶지 않았다. 지혜와 정성으로 행복한 가정을 만든 앤의 꿈의 집을 떠올렸다.

지사도 만났다. 병약한 어머니를 부양하기 위해 투잡을 한다는 지사는 생기 넘치고 활기찬 여자였다. 성격도 밝아서 겉보기에는 그간의 고생을 느낄 수 없었다. 가나코보다 나이가 두 살 많지만 귀여운 면도 있었다. 두 사람은 금세 친해져 '가나코', '지사 언니'라고 서로를 부르게 됐다.

"아키라 오빠한테 가나코 같은 연인이 생겨서 정말 기뻐."

지사는 허물없이 웃으며 말했다.

"지금도 융통성이라곤 없는 서툰 사람이거든. 우연히 알게 된 나 같은 사람은 그냥 신경 끄고 살아도 됐을 텐데, 굳이 날 구하겠다고 집까지 찾아왔으니까. 오빠가 사람을 해친 건 전부 내 책임이야. 아마 오빠도 다른 사람에게 도움을 받아서 그러는 게 당연하다고 생각했던 것 같아."

아키라가 아버지와 갈등하던 시절, 단지 옆집에 살았을 뿐인 남자가 아키라에게 먼저 말을 걸고 집에 들여 줬다고 한다. 그는 도구를 소중히 다루는 장인이었고, 아키라는 그가 애용하던 끌을 몰래 들고 나가 상해 사건을 일으켰다. 그 일을 아키라는 지금도 후회하고 있다. 용서를 제대로 구하기도 전에 그가 세상을 떠났기 때문이다.

아키라가 말한 '소중한 장인의 도구'의 의미를 이제야 이해할 수 있었다. 그렇게 조금씩 아키라를 알아갈수록 가나코는 더 깊이 그에게 빠져들었다.

"가나코도 이제 어른이 다 됐네."

어느 날, 오이카와 아쓰코는 가나코를 보며 그렇게 말했다. 그리고 루이코 역시 딸이 현재 만나는 남자가 단순한 '남자 친구'가 아니라는 걸 눈치챈 것 같았다. 그러나 세계 곳곳에 친구를 둔, 시야가 넓고 포용력 있는 루이코는 딸이 누구를 만나든 간섭하지 않고 자유롭게 맡길 거라고 가나코도 믿었다.

이탈리아에 잠시 머무른 루이코가 귀국한 날 밤이었다. 에모리가 방에 들어간 후 루이코는 가나코에게 거실 소파에 앉으라고 했다.

"가나코, 그 남자는 안 돼."

순간 무슨 뜻인지 몰라 가나코는 그 자리에서 얼어붙었다. 어머니가 밀라노에서 선물로 사 온 페이스업 파우더 케이스를 내려다보고 있을 때였다.

"이카와 아키라 말이야."

등줄기가 서늘해졌다.

"그에 대해 알아봤어."

"뭐? 왜 그런 짓을!"

어머니의 말을 듣기도 전에 소리쳤다. 루이코는 꿈쩍도 하지 않았다. 덤덤하게 아키라의 성장 배경과 가정환경을 설명했다. 어머니의 입을 통해 나열되는 아키라의 인생사를 듣는 동안 가나코는 분노로 몸이 떨렸다. 마지막에 루이코는 결정적인 말을 입에 담았다.

"사람을 찔러서 소년 감별소에 들어간 적이 있다고 해."

"나도 알아."

"안다고? 아는데도 그런 위험한 남자를 만나는 거니?"

루이코는 기가 막힌다는 듯이 고개를 절레절레 흔들었다.

"엄마."

가나코는 조용히 어머니 옆에 앉았다.

"아키라는 위험한 사람이 아니야. 상해 사건을 일으킨 건 사실이지만 거기에는 사정이 있었어."

"사람을 다치게 한 사실 하나로 충분해."

루이코는 매정하게 내뱉었다.

"어쨌든 그 남자는 안 돼. 헤어져."

"그렇게 단정 짓지 마. 아키라를 한번 만나봐. 그럼 엄마도 알게 될 거야."

"아니, 만날 필요 없어. 그 사람은 너한테 어울리지 않아.

확실해."

어머니가 이토록 편협하고 단정적인 사람일 줄 몰랐다. 자기 힘으로 업계 정상까지 올라선 자유롭고 대담한 여자라고 믿었는데. 사람의 단편적인 면만 보고 편견을 갖는 사람이 아닐 거라고 믿었다.

가나코는 절박했다. 여기서 물러설 수 없었다. 그리고 더이상 어머니의 뜻대로 살기도 싫었다. 아키라와 헤어지는 건 상상할 수 없는 일이었다. 하지만 루이코도 완고했다. 가나코가 필사적으로 설득해도 내내 반응이 싸늘했다. 아키라가 어려운 환경에서 자랐지만 따뜻한 심성을 가졌다는 것, 대학을 졸업할 때 최우수 학생으로 표창을 받았다는 것, 누구나 부러워하는 유명 회사에 당당히 입사했다는 것을 아무리 설명해도 요지부동이었다.

결국 가나코는 참지 못하고 소리쳤다.

"엄마는 몰라! 엄마는 사랑이라는 걸 해 본 적도 없으니까! 그냥 아이가 갖고 싶다고 모르는 사람한테 정자를 받아서 만든 사람이잖아!"

그러자 루이코는 소파 등받이에서 천천히 몸을 일으켰다. 그녀는 눈물이 그렁그렁한 딸을 마주 봤다.

"아니, 있어. 나한테도 진심으로 사랑했던 사람이. 온몸이 타들어 갈 정도로 뜨겁게 사랑한 사람이."

뜻밖의 고백에 가나코는 깜짝 놀라 말문이 막혔다.

"어렸을 때 새내기 재봉사로 바느질을 하던 시절에 어떤 사람을 사랑하게 됐어. 그에게 푹 빠졌고 그와 함께하는 미래를 꿈꿨지. 일도 그만두고 가정을 만들려고 했어. 그때는 그게 너무도 당연한 시대였으니까."

어머니의 인생사에 그런 일이 있었다니. 가나코는 눈앞에 있는 어머니를 새삼 다시 봤다. 깊이 새겨진 주름마저 아름답게 느껴지는 얼굴, 꼿꼿하게 세운 허리, 무릎 위에서 단정히 포갠 예쁜 손가락.

끝없이 차갑고 합리적이기만 한 사람은 아니다. 그건 이미 자신도 알고 있다. 루이코는 일 때문에 집을 자주 비웠지만 아이 교육만큼은 절대 소홀히 하지 않았다. 엄격한 훈육도 다 깊은 사랑이 뒷받침된 것이었다. 강인한 어머니의 보호 아래에서 가나코는 평온하게 살아올 수 있었다.

"그때 내가 일하던 양재점 근처 회사에 다니던 평범한 회사원이었어. 대학을 나왔고 회사에서도 촉망받는 인재였지. 난 그 사람과 맺어지기를 바라며 그런 내 미래를 의심조차 하지 않았어. 그렇게 그 사람의 아이를 갖게 된 거야."

너무도 담담한 고백에 가나코는 순간 귀를 의심했다.

"하지만 내가 임신한 걸 알게 되자 그 사람은 당황했어. 그도 나도 아직 어렸으니까. 그리고 설득당해 결국 아이를 포기했어. 마음 같아서는 사랑하는 사람의 아이를 낳고 싶었지만, 그럴 수 없었던 거야. 그래서 마음을 다잡았어. 결혼하고 안정된 가정을 꾸린 후에 둘 다 진심으로 원한 아이를 낳자고."

루이코는 차분하게 말했다. 이런 일이 없었다면 딸 앞에서 평생 꺼내지 않았을 이야기일지 모른다. 그 남자는 결국 루이코를 배신했다. 루이코가 낙태한 후부터 마음이 점점 식어 갔다. 몸도 마음도 상처 입어 자신에게 의지하려는 루이코를 귀찮아하고 멀리했다. 그렇게 한동안 만나지 못한 사이 그는 다른 여자에게 마음이 떠나 그녀와 결혼해서 가정을 꾸렸다.

처음부터 루이코와 함께할 마음이 없었던 것이다. 꿈 많던 여자 재봉사는 그렇게 보기 좋게 버려졌다.

"그저 성욕을 풀기 위한 도구였던 거야."

루이코는 격한 감정을 보이지 않고 조용히 말을 이었다.

남자가 떠난 후 루이코는 죽음을 생각할 정도로 깊은 절망에 빠져 일도 제대로 할 수 없었다. 그런 시기에 우연히 영화 의상 일이 들어왔다. 모두가 꺼렸지만 루이코는 '한 번만 더 도전해 보자'라는 심정으로 그 일에 매달려 보기로 했다.

"그래서 말이지. 마흔이 넘어 아이를 갖고 싶어졌을 때 이렇게 결심했어. 이 아이는 나만의 아이다. 내가 낳고, 내가 키울 거다. 남자는 끼워 넣지 않을 거다."

"그건 엄마 삶이야. 난 달라. 난 아키라와 결혼해서 아이를 낳고……."

"내 방식을 너한테 강요하려는 게 아니야. 그저 너만은 실패하지 않기를 바라는 거야."

"실패……? 아키라와 결혼하는 게 실패라는 거야?"

"가나코. 남자는 여자와 달라. 사랑하는 방식이. 그 사람이 사랑하는 건 단지 네 몸일 수도 있어."

"대체 무슨 소리야!"

더는 어머니와 말을 섞고 싶지 않았다. 가나코는 소파에서 일어나 방으로 달려가서 문을 닫고 엉엉 울었다.

밤새도록 울어서 그런지 다음 날 아침은 기분이 바닥을 기었다. 그런데도 이상하게 몸 깊은 곳에서는 힘이 샘솟는 걸 느꼈다. 기이한 감각이었다. 이제 나는 더 이상 『빨강머리 앤』의 세계를 동경하는 소녀가 아니다. 내 인생은 내가 스스로 개척해 간다. 어머니가 그랬듯. 그렇게 각오를 다지자 어머니의 마음도 조금은 이해할 수 있을 것 같았다. 어머니는 불행했다. 사랑하는 사람의 아이를 낳지 못했으니까. 하지만 그런 경험이 있기에 지금의 지위까지 오를 수도 있었다.

아래층에 내려가 루이코에게 "좋은 아침이야" 하고 인사했다. 어머니도 아무 일 없었다는 듯이 인사를 받아 줬다. 마음이 들지 않는 부분은 있어도 딸의 선택을 존중하려 하고 있다. 어머니는 그런 사람이었다.

그날 이후 루이코는 아키라를 만나는 것에 일절 간섭하지 않았다.

아키라는 영업 사원으로 전국을 바쁘게 누비며 보람을 느끼는 듯했다. 학생 시절처럼 자주 만나기는 어려웠고, 한동안은 오사카 지사로 1년 반 정도 전근을 가기도 했다. 그래도 두 사람은 변함없이 사랑을 키워 나갔다.

지사에게는 요리사 지망생인 요헤이라는 남자 친구가 생겼다. 가끔 음식점이 쉬는 날에 요헤이가 주방을 빌려서 연습 삼아 만든 요리를 아키라와 가나코도 시식했다. 요리를 배운 지 얼마 안 된 요헤이의 음식은 맛이 들쭉날쭉해 싱거울 때도 간이 너무 셀 때도 있었다. 그래도 고기 요리만큼은 괜찮아서 아키라는 고기 위주로 먹었다.

"가메이라면 분명 '채소도 더 먹어야지'라고 잔소리했을 텐데."

아키라와 지사만 아는 누군가의 이름이 불쑥 튀어나와도 가나코는 이제 불쾌하지 않았다.

가나코가 대학을 졸업할 무렵에는 두 사람은 자연스럽게 결혼을 염두에 두고 있었다. 경제학을 전공한 가나코에게 루이코는 자기 브랜드 회사에 들어와 경리 지원 같은 부서를 맡아 주기를 바랐다. 그 말에 순순히 따른 것도 언젠가는 아키라와 결혼할 생각이기 때문이었다.

어머니가 원한다면 어머니의 오른팔이 되어 회사 일을 돕는 동시에 가정도 꾸리고 싶었다. 아키라와 교제를 시작한

지 어느덧 3년이 지났지만 아직 정식으로 어머니에게 그를 소개하지 않았다. 어머니가 두 사람의 관계를 묵인한다는 건 어디까지나 자신만의 낙관적인 해석이었다. 만약 어머니가 아키라를 만난 뒤에도 마음에 들어 하지 않으면 뭔가 돌이킬 수 없는 일이 일어날 것 같아 두려웠다.

하지만 결혼이라는 구체적인 미래를 그리면서도 계속 어정쩡한 상태에 머무는 건 좋지 않다는 생각이 들었다. 루이코에게 아키라를 한번 만나보지 않겠냐고 넌지시 떠봤지만 루이코는 부드럽지만 단호하게 거절했다. 어쩌면 어머니는 두 사람의 관계가 언젠가 자연스럽게 끝날 거라고 기대할 수도 있다. 그렇지 않다는 걸 알리려면 어떻게든 어머니와 아키라를 만나게 해야 했다.

아키라가 영업사원으로 열심히 일하며 동기 중에서도 실적이 월등하다는 건 루이코도 알았다. 하지만 루이코의 성격상 그런 건 장점으로 어필되지 않았다. 남성 중심의 패션업계에서 오직 실력 하나로 버텨 온 사람이다. 자신만의 브랜드 회사를 직접 운영하며 사람을 다루는 능력과 인성을 꿰뚫어 보는 안목도 있었다.

가나코는 오랜 고민 끝에 아키라와 결혼하겠다는 뜻을 어머니에게 솔직하게 전했다. 축복받고 싶으니 제발 그를 만나 달라고 간절히 부탁했다.

"좋아."

루이코는 굳은 얼굴로 언짢은 듯 말했다.

"근데 지금은 이탈리아 패션지에 발표할 작품을 마무리하느라 정신이 없어."

완전히 거짓말은 아니었다. 루이코는 요즘 아틀리에에 틀어박혀 밤늦게까지 미팅과 재단, 가봉 지도를 한다고 들었다.

"아틀리에로 오라고 해."

그 말에 가나코는 실망을 감출 수 없었다. 일부러 일터에 아키라를 불러서 냉대하려는 걸까. 패션에 대해 잘 모르는 그를 주눅 들게 하려는 걸까. 어느 쪽이든 어머니가 딸의 결혼을 탐탁지 않게 생각하고, 그 마음을 아키라에게도 전하려는 의도가 느껴졌다.

"알겠어. 거기로 갈게."

선뜻 승낙하는 아키라를 보며 가나코는 더 풀이 죽었다.

도저히 좋은 결과가 나올 것 같지 않았다. 일하는 도중에 억지로 딸의 연인을 만나는 어머니와, 그 의미를 제대로 알지도 못하는 아키라가 만나 봐야 일이 잘 풀릴 리 없다. 루이코는 아키라를 기죽게 해서 쫓아내고 싶은 것처럼 보였다.

1월의 추운 어느 오후, 가나코는 '루이코 니시무라' 아틀리에에서 아키라를 기다렸다.

아틀리에는 팽팽한 긴장감으로 가득했다. 작업대 위에 원단을 펼쳐 놓고 재단 작업이 한창이었다. 트위드, 캐시미어, 오건디, 시폰 같은 다양한 소재를 앞에 두고 재단사라고 불리는 전문 직원들이 일에 집중하고 있었다. 아틀리에 구석에 앉은 가나코를 돌아보는 사람은 아무도 없었다.

루이코는 조금 떨어진 곳에 마네킹을 세워 놓고 가봉 작업에 몰두하고 있었다. 어머니의 손목에 끼워진 핀쿠션에서 핀이 하나씩 뽑히는 모습을 가나코는 씁쓸한 기분으로 바라봤다. 루이코 옆에는 안도가 바짝 달라붙어 뭔가를 받아 적거나 어딘가에 전화를 걸었다.

이렇게 차갑고 낯선 공간에 아키라를 부른 어머니가 원망스러웠다. 가나코도 얼른 이곳에서 도망치고 싶었다. 그때 유리창 너머에서 길을 건너는 아키라의 모습이 보였다. 베테랑 영업 사원답게 말끔한 정장 차림이었다.

아키라는 조심스럽게 아틀리에 문을 열고 들어왔다. 그러더니 곧장 긴장된 분위기를 느꼈는지 말없이 가나코 옆에 다가와 의자에 앉았다. 일에 몰입 중인 루이코에게는 인사를 건네는 것조차 조심스러웠다. 아틀리에 안은 루이코가 간결하게 지시 내리는 소리 외에는 말소리 하나 들리지 않았다. 옷감이 스치는 소리, 가위질 소리, 루이코의 지시에 따라 스태프들이 뛰어다니는 소리. 모두 각자 맡은 역할에 충실한 그야말로 프로 집단이었다. 루이코는 작업 중에는 음악을 트는 것도 싫어했다.

스태프들도 아키라와 가나코를 신경 쓰지 않았다. 차가운 긴장감 속에서 시간만 흘렀다. 가나코는 곁눈질로 아키라를 살폈다. 분명 지루해하고 있을 거라 예상했지만, 아키라는 반짝이는 눈으로 재단사들의 작업을 구경하고 있었다. 넓은 작업실 한쪽 구석에 밀려나 있어도 전혀 개의치 않는 모습이다. 가봉 작업 중인 루이코 쪽으로는 시선도 돌리지 않았다.

천 위에 종이 패턴을 놓고, 초크로 선을 긋고, 재단 가위로 원단을 자르는 이 과정이 뭐가 그리 흥미로운 걸까. 가나코는 의아했다. 그렇게 약 한 시간 반 동안 작업이 이어졌다. 슬슬 의도적인 괴롭힘이라고 느낄 즈음에 루이코가 손뼉을 짝 치고 외쳤다.

"오케이! 자, 그럼 잠깐 쉽시다."

루이코는 시침실이 드러난 드레스 차림의 마네킹을 지나 안도와 함께 구두 소리를 또각또각 울리며 다가왔다. 아키라는 자리에서 일어나 루이코를 마주했다.

"당신이 이카와 아키라 씨? 가나코한테 이야기 들었어요."

아키라는 자연스럽게 고개를 숙였다. 영업직에서 뛰어난 실적을 내는 그답게 자신감 있는 태도가 느껴졌다. 그가 입은 정장은 고급 브랜드는 아니지만 믿음직한 인상을 줬다. 이번 만남으로 어머니가 조금이라도 아키라를 다시 봐 주기를 바랐다. 그러나 루이코는 상대의 외모나 옷차림 정도로 마음이 바뀔 사람이 아니었다. 그녀는 팔짱을 끼고 머리부터 발끝까지 아키라를 훑어봤다.

휴식 중인 직원들이 겉으로는 대화를 나누면서도 구석 상황에 신경을 집중하는 게 느껴졌다. 누가 봐도 딸이 사귀는 사람을 어머니에게 처음 소개하는 상황이었다.

"이런 데까지 오게 해서 미안해요. 내가 자리를 비울 수가 없어서. 지루했을 수도 있겠어요."

루이코는 마음에도 없는 말을 던졌다.

"아닙니다."

아키라는 거리낌 없이 환하게 미소 지었다. 늘 가나코를 사로잡는 미소지만 어머니의 굳게 닫힌 마음까지 열기에는 부족해 보였다. 가나코가 애태우는 사이 아키라는 말을 이었다.

"전혀요. 아주 즐거웠습니다."

"네? 뭐가?"

업신여기듯 되묻는 말에 정작 옆에 있던 가나코가 움츠러들었다.

"가위가 정말 잘 들더군요. 날이 아주 잘 갈려 있었습니다. 좋은 도구를 다루는 장인일수록 훌륭한 결과물을 만들죠. 그런 점에서 이곳은 정말 멋진 일터라는 느낌을 받았습니다."

그 말을 듣고 여자 스태프가 뒤에서 풋 하고 웃음을 터뜨렸다. 가나코는 얼굴이 달아오르는 걸 느꼈다. 루이코는 말없이 아키라를 바라보며 서 있다가 숨을 한 번 내쉬고 작업대에 놓인 재단 가위를 집어 들었다.

"맞아요. 여기서 쓰는 가위들은 제가 신뢰하는 숫돌 장인에게 맡겨서 정기적으로 갈고 있죠. 장인이 도구 관리를 게을리하면 좋은 결과물이 나올 리 없으니까요."

"공감합니다."

가나코는 아키라가 오래전 목공 장인의 작업장에서 끌을 몰래 들고나왔다는 걸 떠올렸다. 그 장인도 분명 정성스럽게 도구를 다듬었을 것이고 아키라는 바로 곁에서 그 모습을 지켜봤을 것이다. 그는 어떤 사람이었을까. 아키라와 어떤 유대가 있었을까. 가나코는 처음으로 그런 생각을 했다.

"한번 써 볼래요?"

놀랍게도 루이코는 재단 가위를 아키라에게 내밀었다. 그러나 아키라는 고개를 저었다.

"아뇨. 소중한 도구를 남이 함부로 손댈 수 없죠."

루이코는 말없이 가위를 다시 작업대에 내려놓았다.

"그래요. 미안하지만 오늘은 이만 가 줄래요? 지금 너무 바빠서 이러고 있을 수 없어서."

"알겠습니다."

풀 죽은 가나코를 뒤로한 채 루이코는 다시 가봉 작업을 하던 자리로 돌아갔다. 조금 멀찍이 서 있던 안도가 가나코에게 다가와 귓속말을 했다.

"보아하니 저분, 선생님 눈에 든 것 같은데요."

바느질부터 시작해 지금의 위치까지 올라온 루이코는 도

구, 그중에서도 가위를 무척 소중히 여겼다. 가나코도 잘 알았다. 해외 출장을 가기 전에는 꼭 스태프에게 지시해 가위를 숫돌 장인에게 맡겼고, 돌아오면 바로 날이 잘 드는지 확인했다. 자신만의 전용 가위는 누구도 함부로 손대지 못하게 했다.

예전에 외부에서 온 사람이 작업대에 있는 루이코의 가위를 보고 "잠깐만 빌릴게요" 하고 집어 든 적이 있었다. 그때 루이코는 불같이 화를 내며 즉시 가위를 빼앗았고, 그 뒤로 그는 두 번 다시 아틀리에에 들어오지 못했다. 그 장면도 가나코는 생생히 기억했다.

그러니 꼭 자기 가위가 아니더라도 루이코가 프로 재단사가 쓰는 재단 가위를 아키라에게 내민 것, 그리고 소중한 도구는 남이 함부로 손대선 안 된다며 정중히 거절한 아키라의 태도를 루이코가 인정했다는 건 가나코도 이해할 수 있었다.

"자, 시작합시다!"

멀리서 루이코가 또다시 손뼉을 치며 외쳤다.

대학을 졸업한 가나코는 어머니의 회사에 들어가 디자인이 아닌 실무를 맡게 됐다. 그리고 아키라와의 결혼 이야기는 점점 구체화돼 갔다.

루이코는 아키라가 성실한 노력파인 점을 인정했고 무엇

보다 그의 성품을 높이 샀다. 일단 한번 그렇게 정하면 루이코는 사소한 일에 얽매이지 않았다. 자신만의 흔들림 없는 기준에 따라 움직이는 것. 그것이 바로 수십 년간 그녀를 지탱해 온 삶의 방식이었다.

아키라는 또래 직장인들보다 수입이 좋은 편이지만 아직 대출금이 남아 있어 여유롭지는 않았다. 결혼식에 쓸 예산도 충분치 않았지만 그런 건 가나코에게 문제 되지 않았다. 아키라와 함께할 수만 있다면 결혼식 따위 생략해도 좋을 만큼 그를 사랑했다.

"결혼식 정도는 올려."

어머니의 자산 수준을 생각하면 딸 부부의 생활을 뒷받침해 주는 건 어려운 일이 아니었다. 사위가 될 아키라의 대출금도 무리 없이 갚아 줄 수 있었다. 하지만 루이코는 그렇게 하지 않았다. 진짜 고생이 뭔지 아는 그녀는 형편에 맞는 삶을 중요하게 여겼다.

그래서 사치스러운 피로연 같은 것에는 의미를 두지 않았지만 가족끼리 조촐히 치르는 결혼식만큼은 꼭 하라고 권했다. 그리고 또 하나, 딸에게 직접 디자인한 웨딩드레스를 입히는 것만큼은 양보하지 않았다. 이미 몇 가지 디자인을 생각해 둔 듯했고 도안을 가나코에게도 보여 줬다.

모든 게 꿈만 같았다. 대학에서 만난 첫사랑과 결혼한다는 게 믿기지 않았다. 오랫동안 잊고 지낸 『빨강머리 앤』 속

앤에게 자신을 겹쳐 봤다. 세상에서 가장 행복한 사람이 지금 나인 것 같았다. 숲속 작은 교회에서 소박하게 치러질 결혼식을 상상했다.

하지만 그전에 아직 남은 절차가 있었다. 결혼식 문제는 어머니에게 맡기면 되니 걱정 없었다. 아키라를 어머니에게 정식으로 소개하고 결혼 승낙도 받은 마당이니 가나코도 될 수 있으면 아키라의 부모님을 만나 뵙고 싶었다. 이혼한 부모 중 적어도 한 분께는 정중히 인사를 드리고 싶었다. 비록 지금은 관계가 소원하더라도 사랑하는 사람을 낳아 준 부모라는 건 변함없었다.

아키라는 그다지 내켜 하지 않는 분위기였다. 지바현 후나바시시에 사는 친어머니와는 1년에 한 번 통화를 할까 말까 한 수준이라고 했다. 홋카이도 오타루에 산다는 아버지와는 아예 연락을 끊고 살았다. 그의 아버지 이야기는 가나코도 전에 들었다. 그들 사이에 깊게 자리 잡은 앙금과 갈등도 어느 정도 이해했다. 아버지 유이치로는 3년 전쯤 오타루로 이사해 그곳에서 작은 음식점을 하는 여자와 살고 있다고 아키라가 조심스럽게 털어놨다.

부모님께는 결혼 사실만 자신이 직접 알리면 충분하다고 아키라는 말했다.

"어차피 두 분 다 내 인생에는 관심이 없으니까."

아쉬운 기색도 없이 담담히 말해서 가나코도 더 강하게

요구할 수 없었다. 복잡한 가족사를 굳이 들추기도 싫었다.

하지만 상황은 가나코가 예상 못 한 방향으로 흘러갔다. 아키라의 어머니 고즈에가 가나코와 루이코를 만나고 싶다고 먼저 연락해 온 것이다. 아키라는 당황했다. 이야기를 들어보니 고즈에의 의붓딸 중 한 명이 현재 의류 업계에서 일해서 니시무라 루이코를 꼭 한번 만나고 싶어 한다고 했다. 설마 의붓오빠 아키라가 그 유명 패션 디자이너의 딸과 결혼할 줄은 상상도 못 했을 것이다. 노리카라는 그녀는 니시무라 루이코를 만날 생각에 완전히 들떠 있다고 했다.

상황을 파악한 아키라는 지친 얼굴로 한숨을 쉬었다.

"거절하자. 호기심으로 찾아오는 사람을 굳이 만날 필요는 없어."

그러나 뜻밖에도 루이코가 만남을 흔쾌히 수락했다. 그녀도 사위 될 남자의 가족을 한 번은 만나보고 싶었을까. 상대가 먼저 찾아오겠다고 나선 이상 굳이 거절할 이유도 없다며 받아들였다.

일사천리로 일이 진행돼 세이조에 있는 루이코의 자택에서 만나기로 했다. 아키라가 어머니 고즈에와 노리카와 함께 집을 찾아왔다. 루이코는 평소와 다를 바 없었지만 가나코는 역시 긴장했다. 아키라는 재혼해서 떠난 어머니에게 깊은 감정이 없다고 해도 가나코에게는 시어머니가 될 사람이었다. 루이코처럼 상대를 침착하게 관찰하며 인품을 파악하기는커녕 '그 사람들이 나를 어떻게 볼까' 하는 불안이 앞섰다.

고즈에는 수수하고 왠지 주눅 든 분위기의 여자였다. 세이조의 호화로운 저택에 초대받았다는 것만으로도 기가 죽은 느낌이었다. 딸에게 떠밀려서 마지못해 따라온 게 분명했다. 의류 회사에 다닌다는 노리카는 최대한 정성을 들여 꾸민 모습이 역력했지만, 그게 오히려 초라함을 강조했다. 깡마른 몸에 왠지 교활한 여우 같은 인상이었다. 몇 년 전에 산 낡은 정장을 꺼내 입고 온 듯한 고즈에도 우아하고 고급스러운 응접실과 어울리지 않았다.

그들 앞에 마주 앉은 가나코는 긴장을 풀고 어깨에서 힘을 뺐다.

아키라는 오랜만에 마주한 두 사람 앞에서 좀처럼 입을 열지 않았다. 무슨 말을 꺼내야 할지 몰라 머뭇거리는 느낌이었다. 그런 와중에 유독 노리카만 말이 많았다. 그녀는 원래부터 패션에 관심이 많아 꼭 의류 회사에 취직하고 싶었다고 했다. 좋아하는 일에 몰두하다 보니 어느새 결혼 시기를 놓쳤고, 비록 힘든 업계지만 버티기를 잘했다며 신이 나서 떠들었다. 설마 니시무라 루이코 집안과 가족의 연을 맺게 될 줄은 몰랐다며 쉴 새 없이 말을 이어 갔다.

루이코는 단 한 번도 웃지 않았다. 가나코의 시야 끝에서 불쾌한 듯 얼굴을 찌푸린 아키라가 보였다. 고즈에는 난처한 것처럼 고개를 숙였다. 기가 센 딸에게 끌려다니는 게 느껴졌다.

"아키라 오빠는 정말 복도 많아요. 가나코 씨 같은 분과 결혼하다니."

노리카가 호호 하고 가식적으로 웃었다. 고즈에는 홍차와 구운 과자를 가져온 에모리에게도 정중하게 고개를 숙였다. 그리고 눈치를 살피듯 루이코를 슬쩍 쳐다봤다. 한시라도 빨리 불편하고 어색한 자리에서 떠나고 싶어 하는 표정이었다. 딸에게 듣기 전까지 이 사람은 니시무라 루이코에 대해 전혀 모르고 있었구나. 가나코는 그렇게 짐작했다. 심지어 자기 아들도 머릿속에서 지우고 살아온 사람이다.

"앞으로 잘 부탁드립니다."

노리카의 말에 루이코는 "저희도" 하고 형식적으로 답했지만 그 안에 진심이 담기지 않았다는 건 누구나 알 수 있었다. 약간의 흥미가 생겨 일단 만나보기는 했지만, 가깝게 지낼 만한 사람들은 아니라고 일찌감치 판단 내린 듯했다.

이런 사람들이 아키라의 가족이라는 게 믿기지 않았다. 동시에 가슴도 아팠다. 앞으로는 내가 아키라 곁을 지켜 주자. 아이도 많이 낳아서 따스한 가정을 꾸리자. 속으로 다시 한번 다짐했다.

사귄 지 이제 4년. 아키라와는 편안하고 익숙한 육체관계를 이어 갔다. 처음처럼 뜨겁지는 않아도 서로의 사랑을 표현하는 자연스러운 일상이 됐다. 지금은 피임을 하지만 결혼하면 바로 아이를 갖고 싶었다.

분위기가 다소 가라앉았다는 걸 노리카도 눈치챈 듯했다.

"엄마, 그 사진."

그러자 고즈에는 "아, 맞다" 하고 가방에 손을 넣었다.

"아키라의 어릴 적 사진이 있어서요. 아이 아버지와 함께 찍은."

고즈에는 테이블에 사진을 올려놓고 루이코와 가나코에게 조심스럽게 밀었다. 가나코는 낡은 비닐에 꽂힌 오래된 가족사진을 자세히 들여다봤다. 사진관에서 찍은 듯한 사진이다. 가나코 옆에서 아키라가 다시 얼굴을 찌푸렸다. 이것 역시 루이코의 관심을 조금이라도 더 끌기 위해 노리카가 챙겨 가자고 했을 것이다. 다섯 살 정도 돼 보이는 아키라를 사이에 두고 부부가 양옆에서 환하게 웃고 있다. 평화롭고 즐거워 보이는 사진이었다.

"이때 저희는 이미 이혼한 상태였어요. 아이 아빠는 미국에 살며 가끔 내킬 때마다 일본에 돌아와 저희를 만났고, 그때 이런 사진도······."

고즈에는 장황하게 설명했다.

"다시 예전처럼 돌아갈 수 있지 않을까 생각한 적도 있었지만, 결국······."

아키라가 아버지에 대해 했던 말이 떠올랐다.

─여자한테 기대서 사는 것만큼 한심한 게 없다고 생각해. 난 절대 아버지처럼 되지 않을 거라고 늘 다짐했어. 그런데 이상하게도 아버지를 끝내 미워할 수는 없겠더라. 바로 그런 점이 여자들을 끌어당긴 거겠지.

하지만 아키라는 지금 사진을 보지도 않고 묵묵히 입을 다물고 있었다.

가나코는 사진을 찬찬히 관찰했다. 어린 아키라가 아버지의 품에 안겨 있다. 두 사람의 얼굴이 가까이 있으니 눈동자 색이 더 비슷해 보였다. 키가 크고 날씬한 고즈에도 남편에게 기댄 채 미소 짓고 있다. 지금 눈앞에 있는 여자와는 딴사람처럼 보였다. 이 사람은 재혼한 뒤에도 별로 행복하지 않구나. 가나코는 문득 그렇게 생각했다.

아버지가 아키라의 몸 앞에 두른 팔에는 문신이 새겨져 있었다. 자물쇠에 꽂아서 쓰는 낡고 투박한 열쇠에 리본이 느슨하게 감겨 있는 그림이다. 리본에는 뭔지 모를 글자도 쓰여 있었다. 그것을 읽으려고 얼굴을 가져간 가나코에게 아키라는 처음으로 입을 열었다.

"아일린. 할머니 이름이야. 아일랜드계 미국인이었대."

"어머니 이름을 새겨 넣으신 거구나."

"아버지한테 영원한 여자는 어머니뿐이라는 뜻이겠지. 그걸 증명하는 문신이야."

담담하게 설명하는 아키라를 향해 고개를 들었다. 영원한 여자. 나도 이 사람에게 그런 존재가 되고 싶다고 바랐다.

그때 루이코가 느닷없이 사진을 휙 집어 들었다. 그렇게 사진을 한참 빤히 들여다보다가 돋보기안경을 가져왔다. 은테에 작은 사파이어가 박힌 안경이었다.

"아키라의 아버지는……."

가나코가 말을 잇기도 전에 루이코가 손을 들어 막았다. 사진을 쥔 루이코의 손가락이 희미하게 떨리는 걸 보며 왠지 불안해졌다.

"이건……."

루이코는 유이치로의 팔에 새겨진 문신을 가리켰다.

"미국 사람들한테 이런 건 그냥 멋이에요. 별로 이상한 건……."

문신을 문제 삼는 건가 싶어 급히 끼어들자 루이코는 다시 손을 들어 제지했다. 뭔가 서늘하고 기분 나쁜 감각이 가나코의 등을 스쳤다

"아일린……."

그 이름에 무슨 의미라도 있는 걸까.

루이코는 거의 잡아 뜯듯이 안경을 벗었다. 그러고는 벌떡 일어나 말했다.

"오늘은 이만 실례할게요."

그 말을 남긴 채 루이코는 그대로 자기 방에 들어가 버렸다. 가나코와 아키라는 무슨 영문인지 몰라 서로를 마주 봤

다. 노리카는 얼떨떨한 표정이었고, 고즈에는 뭔가 실수라도 저지른 것처럼 어깨를 움츠렸다. 그 후 네 사람은 거의 동시에 테이블에 있는 부자 사진으로 시선을 옮겼다.

어린 아키라와 유이치로의 헤이즐넛색 눈동자가 사람들을 응시하고 있었다.

"넌 아키라와 결혼할 수 없어."

루이코에게 그 말을 들은 건 그로부터 나흘이 지나서였다. 하루만 꼭 해야 하는 일을 마치고 돌아와 줄곧 방 안에 틀어박혀 있던 루이코가 가나코를 불렀다.

느닷없이 그런 말을 들으니 말문이 막혔다. 어떻게 반응해야 할지 몰라 그냥 애써 웃어 보였다.

"그게 무슨 말이야?"

어머니가 별 뜻 없는 농담 같은 건 하지 않을 사람이란 걸 알면서도 그렇게 물었다. 그대로 서 있는 가나코를 소파에 앉히고 루이코는 마음을 가라앉히려는 듯 숨을 깊게 들이쉬었다. 그런 모습이 가나코를 더 불안하게 했다.

"내가 널 낳으려고 정자를 기증받았다고 했지?"

"응."

"그건 일본이 아닌 미국에서 있었던 일이야."

가나코는 순간 머릿속에 퍼지려는 불길한 상상을 애써 밀어냈다.

설마. 그럴 리 없어. 그럴 리가.

"일본에서 기증 정자 인공 수정은 불임 치료의 일환으로 이뤄졌어. 미혼 여성이 시술을 받으려면 조건이 매우 까다로웠지. 그래서 난 미국의 정자은행을 이용하기로 한 거야."

일 때문에 미국을 자주 오간 루이코에게는 어려운 일이 아니었다. 그래도 아이를 가지기로 결심한 뒤에는 관련 기관을 신중하게 비교하고 조사했다. 그렇게 선택한 곳이 어느 정자은행이었다. 그곳의 장점은 기증자와 한 차례 면담할 기회를 제공한다는 것이었다. 우수한 대학생이나 젊은 연구자 등을 기증자로 선정하고 건강 검진과 병력 조사도 철저히 한다고 했지만, 루이코는 아이의 생물학적 아버지가 될 사람의 성격과 인품을 직접 확인하고 싶었다.

그야말로 루이코다운 발상이었다. 어머니는 마주한 사람의 본질을 꿰뚫는 자신만의 잣대를 가지고 있었다. 그러므로 아키라도 받아들인 것이었다.

"면담 시간은 30분으로 정해졌고 상대 이름도 비공개였지만, 나한테는 충분했어. 단순히 정자를 받아서 인공 수정하는 게 아니라 확실한 인간에게 받았다는 실감을 원했거든."

"그래서……?"

내 목소리가 어딘가 멀리서 들리는 것처럼 느껴졌다.

"그렇게 이름 모를 한 대학생을 만났어. 처음부터 아시아계로 희망 조건을 내걸었고, 그는 아버지가 일본인이라 일본어에도 능숙했지. 쾌활한 성격에 말수가 많고 무엇보다 똑똑해 보였어."

루이코는 말을 멈추고 숨을 다시 깊게 들이마셨다. 언제나 침착한 어머니에게 이런 모습을 보는 건 처음이었다.

"그날 이후 두 번 다시 만날 일 없는 사람이었어. 그를 아이 아버지로 인식하지도 않았으니 외모나 특징 같은 걸 기억할 이유도 없었고."

그러나 그의 왼팔에 새겨진 문신만은 루이코의 뇌리에 선명하게 남았다. 손등부터 팔뚝에 새겨진 커다란 열쇠에 리본이 감긴 그림. 남자는 대화를 나누다가 그 문신에 대해 설명했다. 이건 자신과 어머니를 이어 주는 유대의 상징이라고. 그래서 어머니 이름인 'Eileen'을 새겨 넣었다고.

"말도 안 돼……."

가나코는 두 팔로 어깨를 감쌌다. 그렇게 하지 않으면 떨리는 몸을 주체할 수 없었다. 루이코는 소파에서 가나코에게 다가와 딸의 몸을 끌어안았다.

"미안해. 하지만 엄연한 사실이야. 너와 아키라는 혈연관계야. 오빠 동생 사이라고."

"어떻게 그런 일이 있을 수가 있어?"

세상에는 수십억 명의 남녀가 있다. 그중 핏줄이 이어진 두 사람이 우연히 만나 사랑에 빠지고 결혼까지 앞둘 확률이 얼마나 될까. 한없이 제로에 가까울 것이다. 그런 터무니

없는 확률이 내게 들이닥쳤다. 도무지 믿기지 않았다.

"분명 뭔가 잘못된 거야."

나직이 중얼거린 가나코를 루이코는 안쓰러운 눈빛으로 바라봤다.

"아니, 틀림없어. 난 그 대학생에게 받은 정자로 한 번에 임신에 성공했으니까."

루이코는 단호하게 말했다.

가나코는 끔찍하고 믿기 어려운 이 우연을 부정할 뭔가를 찾기 위해 상상의 나래를 펼쳤다. 예를 들어 같은 문신을 한 아시아계 남자가 두 명 있었을 가능성. 인공 수정 단계에서 정자가 바뀌었을 가능성. 고즈에 씨가 다른 남자와의 사이에서 아키라를 낳았을 가능성. 혹은 산부인과에서 뭔가 착오가 생겨 아기가 바뀌었을 가능성까지.

그중 어느 하나라도 아키라에게 해당되기를 기도했다. 이대로 아키라에게 알리지 않고 모르는 척 넘어가는 방법도 있겠지만 루이코가 허락할 리 없었다. 어머니는 딸이 불행해질 만한 가능성은 철저히 없애려 했다. 그 점에서만은 한 치의 여지도 없는 사람이라는 걸 알았다. 그러니 이런 잔혹한 진실도 전한 것이다.

가나코는 하루 종일 고민한 끝에 결국 아키라에게 그 사실을 털어놓았다. 가나코의 침통한 표정을 보며 아키라도 뭔가 좋지 않은 일이 생긴 걸 눈치챘을 것이다. 그러나 현실은 그의 상상을 아득히 뛰어넘었다. 가나코가 이야기를 마치자 아키라는 망연자실한 얼굴로 앉아 있었다. 잠시 헛웃음 같은 걸 짓기도 했다. 이 경악할 만한 사실을 받아들이기조차 힘겨운 듯했다. 입가에 지은 그의 미소가 눈 녹듯 사라지는 모습을 가나코는 서글픈 심정으로 바라봤다. 가나코는 아직 울 수 없었다. 받아들일 수 없으니 눈물도 나지 않았다.

하지만 아키라는 곧 특유의 불굴의 기지로 현실과 마주했다.

"너희 어머니께서 착각하셨을 거야. 우리 아버지가 정자 기증이라니, 그런 어울리지도 않은 행동을 했을 리 없어."

그는 즉시 오타루에 사는 아버지에게 전화를 걸었다. 아키라의 거침없는 행동력에 가나코도 다시 마음을 다잡았다. 그렇다. 이건 영화로도 만들지 못할 작위적인 시나리오다. 결혼을 코앞에 두고 이런 일이 생긴 걸 도무지 믿을 수 없었다. 시간이 흐른 뒤에는 웃으며 이야기할 수 있는 작은 해프닝으로 끝날 것이다.

그러나 운명은 잔혹했다. 유이치로는 미국에 있을 때 부탁을 받아 정자 기증을 한 적이 있다고 분명히 인정했다. 아일린의 권유로 대학에 재입학했을 무렵 일이었다.

—좋은 일이라고 생각해서 했지.

유이치로는 가볍게 말했다고 한다. 당시 그가 다니던 대학은 미국 동부의 명문대로 학생들도 대부분 우수한 인재들이었다. 그런 배경 덕에 정자은행에서 기증 요청이 들어온 것이다. 보상도 어느 정도 받았다고 하지만 대부분 자원봉사에 가까운 마음으로 응했다. 유이치로는 십여 차례 정자를 제공하며 면담에도 매번 응했지만 그때 만난 사람들의 얼굴을 기억하지는 못했다. 물론 정자를 제공받는 사람들의 정보도 철저히 비공개였다.

―학교로 그런 제안이 들어왔을 때 어머니도 날 응원해줬어. 아들이 어려움에 처한 사람들을 돕는다며 자랑스러워했지. 뭐 문제라도 있어?

그 말을 듣는 아키라의 마음은 어땠을까. 실망, 분노, 절망, 상실감, 그리고 말로 표현할 수 없는 허무함. 그런 수많은 감정이 휘몰아치지 않았을까. 아키라는 자세한 사정은 전하지 않고 전화를 끊었다고 한다. 아버지에게 들은 이야기를 가나코에게도 전해야 한다는 괴로움이 마음을 크게 짓눌렀을 것이다.

하지만 사실은 사실이다. 아키라는 애써 침착하게 말했다. 그러면서 어머니 고즈에가 남편에 대해 "누가 도와달라고 하면 거절을 못 해. 바보 같지만 그래도 어려운 사람을 돕는 거라며 우쭐해하곤 했어"라고 말했다고도 덧붙였다.

"미안해."

고개를 숙이는 아키라에게 가나코는 불끈 분노가 치밀었다.

"왜 당신이 사과해?"

가나코는 아직 포기할 수 없었다. 어떻게 해서든 아키라와 결혼하고 싶었다. 최후의 수단으로 두 사람은 DNA 검사를 받았다. 결과를 기다리는 동안 모든 것이 우연에 불과하다고 입증되기를 빌었다. 그러나 결과는 잔인했다. 아키라와 가나코가 혈연관계일 확률은 97.5퍼센트였다.

문득 텅 빈 곳에 내던져진 기분이 들었다. 결혼을 한창 준비하던 시기에는 온 세상이 형형색색으로 빛나 보였지만 지금은 잿빛으로 가라앉아 있었다. 음식 맛도, 꽃향기도 느껴지지 않았다.

분명 아키라도 같은 심정이겠지만 지금은 서로를 걱정할 여유도 없었다. 가나코는 회사에 나가지 못하고 하루 종일 어두운 방 안에 틀어박혔다. 자세한 사정을 모르는 에모리는 안절부절못하며 걱정했지만 그의 목소리도 귀에 들어오지 않았다. 아키라는 몇 번이나 가나코에게 연락했지만 그와 이야기할 기운이 없어 휴대폰 전원을 꺼 버렸다.

앞으로 수십 년은 아키라와 함께 인생을 걸어갈 줄 알았는데. 앤과 길버트가 쌓아 올린 것 같은 그 소박하고도 풍요로운 미래가 모조리 무너져 내렸다.

그와 나눈 육체의 교감. 서로를 너무 잘 알아서 그 행위에서 오는 흥분과 쾌감도 어느새 일상에 녹아 있었다. 하지만 그것은 금단의 행위였다. 누구를 원망해야 할까. 홀로 엄마가 되고자 한 루이코? 가벼운 마음으로 정자를 기증한 유이치로? 아니면 그의 팔에 새겨진 아일린?

고등학생 때 자신이 정자 기증으로 태어났다는 걸 알게 됐다. 그때 나에게는 인간으로서의 아버지는 존재하지 않는다고 생각했다. 그런 느낌은 그 뒤로도 계속 이어졌다. 뒤늦게 유이치로라는 생물학적 아버지를 알게 됐지만, 인간적인 온기 같은 건 전혀 느낄 수 없었다. 어머니와 그 사이에 존재했던 건 어디까지나 이성적이고 합리적인 매매 계약뿐이다. 그러니 유이치로에게 어떤 인간적인 감정을 느낄 이유도 여지도 없었다.

만약 무언가를 원망해야 한다면 그것은 운명이다. 예전에 다니던 에스컬레이터식 학교에서 평범하게 대학에 진학했다면 아키라와 만날 일도 없었을 테니까.

끝없는 생각의 소용돌이 속에서 정답 없는 고민들이 가나코를 녹초로 만들었다.

루이코는 아무 일도 없었다는 듯이 묵묵히 자기 일을 이어 갔다. 그게 어머니의 방식이라는 건 알았다. 딸을 걱정하기는 하지만 일을 소홀히 할 수 없고, 소홀히 하고 싶지도 않을 것이다. 머릿속에서는 이미 결론을 내렸을지도 모른다. 그렇게 단호하게 행동할 수 있는 어머니의 강인함이 부러웠다. 설령 속으로는 끊임없이 고민할지언정 루이코는 결코 그런 걸 겉으로 드러내지 않았다.

그렇다면 나도 언제까지나 이렇게 무너져 있을 수는 없다. 아키라에게 아직 이별도 제대로 전하지 못했다. 어머니처럼 강해질 수는 없겠지만 이대로 운명에 무릎 꿇기 너무 억울했다. 앞으로도 인생을 개척해 가야 하지만 몸이 말을 듣지 않았다. 아키라에게 연락하려고 몇 번이나 휴대폰을 들어도 손가락이 도무지 움직이지 않았다. 그의 목소리를 듣는 게 두려웠고, 마치 몸과 마음이 따로 노는 기분이었다. 그러는 동안 시간만 덧없이 흘러갔다.

가나코가 겨우 마음을 추스른 건 그 참혹한 현실을 알게 되고 반년쯤 지난 후였다. 어느 날 안도에게서 연락이 왔다. 루이코의 상태가 왠지 심상치 않다고 했다.

"그게 무슨 말이에요?"

안도가 가나코에게 그런 이야기를 하는 건 처음이었다.

"선생님답지 않으세요. 본인이 내린 지시를 잊어버리시거나, 약속을 어길 때도……."

디자인 노트를 펼쳐 둔 채 아무것도 그리지 못하고 멍하니 앉아 있을 때도 있다고 안도는 덧붙였다.

"주제넘을 수도 있지만, 너무 걱정돼서……."

그런 어머니의 변화를 가나코는 전혀 눈치 못 채고 있었다. 그동안 어머니와 얼굴을 마주하기도 괴로워 대부분 방 안에 틀어박혀 지냈다. 하지만 그날만큼은 옷을 제대로 갖춰 입고 거실에서 어머니의 귀가를 기다렸다. 안도가 운전하는 차를 타고 돌아온 루이코는 곧장 자기 방에 들어가 옷을 갈아입고 나왔다. 안도는 그대로 다시 돌려보냈다.

"엄마. 요즘 몸이 안 좋아? 안도 씨가 걱정하던데."

가나코는 돌려 말하지 않고 직설적으로 물었다.

"아니, 그런 건 아니야. 하지만, 뭐 조금……."

어머니는 말끝을 흐리며 시선을 허공에 던졌다. 어머니답지 않은 태도였다. 평소라면 언제나 자신감이 넘치고 하고 싶은 말이 있으면 망설임 없이 입 밖에 내던 사람이었다.

"가끔 깜빡깜빡하기는 하는데 별일 아니야. 금방 나아지겠지."

"혹시 나 때문이야? 나랑 아키라 일 때문에 그런 거야?"

루이코가 몸을 움찔했다. 그 반응을 보며 오히려 가나코가 긴장했다.

"아니……."

다음 말이 이어지지 않는다. 루이코는 불안한 눈빛으로 가나코를 봤다. 꼭 길을 잃은 아이처럼 의지할 곳이 없어 보이는 표정이다. 가나코는 자기도 모르게 자리에서 몸을 일으켰다. 자세히 보니 어머니가 입은 실내복이 어딘가 이상했다. 누군가가 생일 선물로 준 화려한 무늬의 플리스와 얇은 레깅스. 이 요란한 플리스는 어머니 취향이 아니어서 지금껏 한 번도 입지 않은 옷이다. 가나코는 무심코 어머니에게 다가가 어머니의 머리를 꼭 끌어안았다. 평소라면 그런 행동을 싫어했을 루이코도 말없이 그대로 안겨 있었다.

어머니 역시 괴로웠던 것이다. 자기 때문에 딸이 불행해 졌다고 믿고 줄곧 자신을 탓해 온 걸까. 강해 보이던 모습은 사실 약함을 감추기 위한 방어에 불과했다. 그런 어머니의 마음을 지금껏 헤아리지 못했다. 나 자신의 슬픔에 빠져 아무것도 못 보고 있었다.

"미안해."

반년 전 어머니가 했던 말을 가나코는 그대로 되돌려줬다.

루이코의 모든 일정을 취소시키고 병원에 데려갔다. 일은 안도에게 맡기고 가나코는 어머니 곁을 지켰다. 문진과 여러 검사를 거친 끝에 루이코에게 내려진 진단은 경도의 우울증이었다. 결과를 듣고 가나코는 충격을 받았다. 평소 호기심이 왕성하고 늘 새로운 디자인을 받아들이기 위해 해외를 누비며 안테나를 세우던 루이코가 우울증에 걸릴 줄은 상상도 못 했다.

"식욕이 없거나 밤에 잠을 잘 못 이루시지는 않습니까?"

의사의 물음에 더듬더듬 대답하는 루이코는 가나코가 아는 어머니와 달랐다. 최근 어머니의 상태를 제대로 인지하지 못한 자신이 원망스러웠다. 나만 불행하다고 생각해 껍데기 속에 틀어박혀 있었다. 늘 활력 넘치는 어머니를 과신하며 신경 쓰지 않았다.

"요새 눈이 잘 안 보여."

어머니의 말에 안과를 찾아가 백내장이 진행 중인 것도 확인했다. 수술을 받기로 하고 준비하는 동안 이번에는 부정맥 증상이 나타났다. 정밀 검사 결과 의사는 루이코에게 맥박이 느려지는 '서맥' 증세가 있어 가슴에 심박 조율기를 심어야 할 수도 있다고 했다. 그러고 보니 요즘 가끔 현기증이 느껴졌다고 루이코는 말했다. 그런 이야기를 딸인 가나코 앞에서는 일부러 하지 않은 것이다.

그런 몸의 이상까지도 어머니는 전부 스스로 판단하고 감추며 버틴 걸까. 지금껏 루이코의 몸속에 숨어 있던 병마가 한꺼번에 송곳니를 드러내며 덮쳐오는 느낌이었다.

가나코는 뒤늦게 어머니에게 지나치게 의지해 온 자신을 깊이 후회했다.

강해지자. 운명에 짓눌리고 짓밟힌 채로 주저앉을 수는 없다. 신기하게도 몸 깊은 곳에서 기운이 샘솟았다. 가나코는 루이코를 돌보며 가장 적합한 치료 방법을 찾는 데 온 힘을 쏟았다. 오직 어머니가 다시 건강을 되찾기만을 바랐다.

내가 어떻게 태어났든 나를 낳아 주고 키워 준 사람이다. 어머니와 함께 살며 단 한 번도 불만이나 결핍을 느끼지 못했다. 이제는 내가 이 사람을 지켜야 한다. 그런 가나코의 마음이 전해졌는지 루이코도 조금씩 딸에게 의지하게 됐다. 기력이 쇠약해져 결국 일을 완전히 쉬기로 했다. 파리에서 정기적으로 발표하던 컬렉션에서 물러나고, '루이코 니시무라' 브랜드를 이끄는 회사 규모도 대폭 축소했다. 뉴욕을 비롯한 해외 부티크와 계약도 해지했다. 모든 일은 안도가 능숙하게 처리해 줬다.

세상 사람들은 니시무라 루이코가 사실상 은퇴한 것으로 받아들인 듯했다. 일흔을 앞둔 나이였고 건강 문제에 대한 소문도 퍼지며 안타깝지만 어쩔 수 없다는 반응이 흘러나왔다.

더 이상 아틀리에에 나가지 않게 된 루이코는 가나코와 세이조에 있는 자택에서 조용한 일상을 보냈다. 나이 든 에모리와 셋이 함께하는 평온한 나날이 이어졌다.

그러던 어느 날, 루이코가 가나코를 보며 물었다.

"가나코, 너, 일 안 하니?"

루이코는 모아 둔 재산이 충분했다. 지금과 같은 생활을 이어 가는 데 부족함이 없었다. 가나코는 앞으로도 어머니를 돌보며 소박하게 살 생각이었다. 아키라를 잃은 이후 스스로 찾은 삶의 지침이었다.

그러나 루이코는 딸의 그런 선택을 받아들이지 못했다.

"창창한 나이에 은둔 생활이라니. 내 걱정 말고 네 앞길이나 생각해. 알겠니? 결혼하고, 아이도 낳고."

한가한 말을 하는 어머니에게 반발심도 들었다. 그런 일이 있고 나서 또 다른 사람과 새로운 인생을 시작하는 건 상상할 수 없었다. 어머니를 돌보며 살아가기로 결심했을 때 결혼은 이미 포기했다. 어머니의 말을 듣고 다시 내 마음을 돌이켜봤을 때도 아키라를 뛰어넘는 사람은 나타나지 않을 것 같았다.

"됐어. 난 결혼 안 해. 이미 그렇게 정했어."

"가정을 만들고 싶지 않아?"

엄마처럼 가정이나 아이를 '디자인'해서까지 원하는 삶을 얻고 싶지는 않아. 그렇게 대답하고 싶지만 입 밖에 내지는 않았다. 아키라와 어영부영 헤어진 후 속에서 일렁이던 거친 감정이 여전히 가라앉지 않았다는 걸 깨달았다.

이제는 아키라를 만난 사실 자체를 기쁘게 받아들이기로 했다. 설령 남매일지언정 사랑하는 사람을 만난 건 변함없다. 어머니를 마주하고 자기 자신과도 마주하며 가나코는 많은 생각을 했다. 아키라와 혈연관계라는 걸 처음 알게 됐을 때만 해도 '수많은 남녀가 있는 세상에서 왜 하필 우리 두 사람이 만났을까' 하고 원망하는 마음도 있었지만, 지금은 조금 다른 감정이 느껴졌다.

우리가 만난 건 어쩌면 운명 아니었을까. 서로의 존재도 모르고 떨어져 살던 오누이가 만나게 된 데는 어떤 마땅한 이유가 있지 않을까. 그게 정확히 무엇인지는 알 수 없다. 뭔가가 서로를 끌어당겼을까. 상상도 못 할 가족의 존재를 신이 점지해 준 걸까. 혹은 내내 고독하던 아키라의 마음이 결국 동생을 찾아낸 걸까.

처음 가까이서 대화를 나눴을 때 아키라와 뭔가 통하는

게 있다고 느꼈다. 꼭 잃어버린 반쪽을 찾은 기분이었고, 그래서 더욱 그에게 끌렸다. 그건 다름 아닌 서로에게 있는 같은 DNA 때문이었다.

전에는 괴로운 나머지 그런 생각도 하지 못했다. 나는 루이코라는 어머니가 있지만, 아키라는 외톨이다. 그는 부모와 소원하고 이제는 나와도 헤어졌다. 그는 앞으로 어떻게 살아갈까. 가나코는 다른 의미에서 아키라가 걱정되었다.

자신도 거칠고 삭막하게 살아왔으면서 다른 사람을 끌로 찌르면서까지 지사라는 아이를 구한 사람. 밤거리를 떠도는 자신을 받아 준 은인의 말을 끝까지 지키며 목공 도구에 절대 손을 대지 않는 사람. 학대당해도 꺾이지 않고 과감하게 삶에 맞서 온 사람.

갑자기 그가 보고 싶어 견딜 수 없었다. 하지만 그것은 용납되지 않았다. 가족이지만, 가족이 될 수 없는 사이.

이제 더는 운명을 저주하지 않지만, 서글프고 쓸쓸했다.

슬픔을 잊기 위해 가나코는 루이코를 돌보는 데 더 정성을 쏟았다. 늘 꼿꼿하던 루이코의 등이 점점 굽어 가고 목소리에서도 조금씩 생기가 사라졌다. 그런 약한 모습을 이제 딸 앞에서 솔직하게 보여 주는 어머니가 사랑스러웠다. 그리고 언젠가 이 사람과도 이별할 날이 오리라는 걸 상상했다. 그렇게 되면 나도 아키라처럼 고독이라는 감정에 익숙해질까.

가나코가 한때 꿈꿨던 가족의 형태는 봄날에 내린 눈처럼 조용히, 덧없이 사라져 버렸다.

아키라에게 연락이 온 건 충격적인 사실을 알고 헤어진 지 1년이 지날 무렵이었다. 그 사이 루이코는 가슴에 심박 조율기를 삽입하는 수술을 받았고, 어느 날 집 안에서 넘어져 대퇴골이 골절되는 큰 부상을 입었다. 한 달가량 입원하며 재활 치료에 힘썼지만 그 뒤로는 걸을 때 지팡이가 필요하게 됐다. 자신에게만 매달려 있는 딸에게는 여전히 바깥에 나가 일을 하라고 잔소리를 하지만, 이미 쇠약해진 몸은 가나코 없이 생활이 어려울 정도였다.

수화기 너머에서 들리는 아키라의 목소리에 가나코는 벅찬 감정을 느꼈다. 이 목소리를 들으며 얼마나 위로받았던가. 떨어져 지낸 1년이라는 시간이 믿기지 않았다.

―잠깐 만나서 이야기하지 않을래?

아키라가 물어서 가나코는 별 고민 없이 "그래"라고 대답했다.

그저 그를 보고 싶었다. 만나서 잠깐 이야기만 나누자. 아무 일도 일어나지 않는다. 그걸 직접 확인하고 싶었다. 그리고 이번에야말로 제대로 작별 인사를 하고 싶었다. 그러지 못했으니 앞으로 나아가지도 못한다는 생각이 들었다.

"어디서?"

—샤쿠지이 공원.

그 말에 가나코는 조용히 미소 지었다. 지사와의 관계를 의심해 아키라를 추궁한 곳이 샤쿠지이 공원이었다. 그날 이후 지사도 다시 만나지 못했다. 솔직하고 해맑은 지사 역시 그리웠다. 아키라를 둘러싸고 있던 모든 게 애틋했다.

그날 샤쿠지이 공원에서 아키라는 자신은 절대 아버지처럼 되지 않을 거라고 단언했다. 여자관계가 복잡한 아버지와 달리 오직 한 사람만을 사랑할 것이며 그 한 사람은 지사가 아닌 가나코라고 분명히 말해 줬다. 지사는 여동생 같은 존재라고 했다. 그러나 진짜 여동생은 바로 나, 가나코였다.

그 가을날의 기억이 지금은 아득히 먼 옛날처럼 느껴졌다.

시작의 장소에서 한 번만 더 만나고, 헤어지자. 이제는 어머니만 바라보며 살아가자. 다시는 누구도 사랑하지 않겠다. 피가 이어졌든 아니든 아키라는 나에게 한 번뿐인 사랑이었다.

밝은 햇살이 쏟아지는 신록의 공원. 그곳의 연못 앞 벤치에 앉아 아키라는 가나코를 기다리고 있었다. 예전처럼 가나코는 조금 떨어진 거리에서 그를 바라봤다. 곧게 뻗은 등. 넓은 어깨. 어딘가 그늘이 느껴지는 옆얼굴. 그 모든 게 사랑스러웠다. 이 사람은 오랫동안 내 연인이었다. 하지만 지금은 다르다. 그의 몸짓, 목소리, 향기도 변하지 않았는데, 모든 것이 변해 버렸다.

가나코는 천천히 발걸음을 내디뎠다. 아키라는 고개를 들어 다가오는 가나코를 바라봤다.

"안녕."

어색하게 인사를 건넸다. 그토록 가까웠던 시절에 데이트를 시작할 때 어떤 말을 주고받았는지도 기억나지 않는다. 이제는 정말 먼 사람이 돼 버렸구나. 온몸에서 힘이 스르르 빠졌다. 그대로 가나코는 아키라 옆에 앉았다.

"1년 만이지?"

"그러네."

"살이 좀 빠졌어?"

"응."

가나코는 무심코 시선을 떨궜다.

"어머님은 좀 어떠셔? 몸이 많이 안 좋으시다고 들었는데."

"누구한테?"

놀라서 그를 바라봤다.

"안도 씨한테."

안도와 아키라가 지금도 연락을 주고받는다는 건 몰랐다. '루이코 니시무라'는 사업을 축소했고 더 이상 신제품도 나오지 않지만 안도를 중심으로 브랜드는 존속되고 있다. 갑작스럽게 무산된 우리의 결혼 이야기를 안도는 어떻게 받아들였을까. 아키라는 어디까지 말했을까. 이제 와서 상관도 없지만 문득 그런 의문이 떠올랐다. 그리고 이제는 연인도 아닌 아키라와 말을 주고받는 시간이 내 마음을 조용하게 위로하고 있다는 걸 느꼈다.

이상했다. 예전의 그 뜨거운 감정은 아무리 찾아도 없는데. 그날 이 연못가에서 이 사람과 헤어지는 건 상상조차 할 수 없다고 생각하던 순간이 떠올랐다.

"어머니는…… 그래, 확실히 몸은 많이 약해지셨어. 그래도 여전히 긍정적이고 고집 세고 기품 있는 분이야. 사람은 그리 쉽게 변하지 않으니까."

한 번 말문이 열리자 그동안 쌓인 말이 끊임없이 흘러나왔다. 떨어져 지낸 시간 동안 있었던 일들, 그 사이에 했던 생각, 이제는 어머니와 단둘이 살아가기로 결심했다는 것과, 어머니는 여전히 딸의 행복을 위해 일을 하고 가정도 꾸리라고 하지만 지금 나는 내 삶에 충분히 만족하고 있다는 이야기까지 가나코는 거침없이 솔직하게 털어놓았다.

"나도 그동안 많은 생각을 했어."

가나코의 이야기가 끝나자 아키라가 말했다.

"뭔가 마음의 정리도 제대로 안 된 상태에서 만나지 못하게 됐으니까."

"어떤 생각?"

"음, 그러니까……."

아키라는 무릎에 얹은 자신의 두 손을 가만히 내려다봤다.

"우리가 이대로 떨어져 지내는 게 과연 맞는 걸까?"

그가 무슨 말을 하려는지 이해되지 않았다. 오늘은 확실하게 매듭을 지으려고 이 자리에 나왔다. 앞으로 다시는 만나지 않을 것을 확인하고 깨끗하게 이별하기 위해. 그런데도 가나코는 아키라의 다음 말을 기다리고 있었다.

"가나코. 넌 이제 더 이상 내 연인이 아니야."

"응."

"하지만, 여동생이야."

아키라는 가나코를 똑바로 쳐다봤다. 헤이즐넛색 눈동자가 나를 향하고 있다. 그의 말에서 반발심을 느끼는데 왠지 몸과 마음이 사르르 녹아내리는 듯한 감각에 휩싸였다. 어떤 관계든 상관없이 아키라는 한 사람과 마주하는 이 감각. 이 사람을 사랑하기 전에도 바로 이런 감각 때문에 그에게 마음을 열었다. 사람과 사람의 인연이란 정말 신비롭다.

"가족이야."

아키라는 스스로 되새기듯 그렇게 말하고 다시 손으로 시선을 떨어뜨렸다.

"계속 고민했어. 가족으로 우리가 함께 살 수 없을지를."

"바보 같은 소리."

가나코는 무심결에 목소리를 높였다.

"어떻게 그런 말을 할 수 있어? 당신이 내 오빠인 걸 알았을 때 내가 어떤 기분이었을지……."

감정이 북받쳐 올라 말이 막혔다.

"알아. 나도 똑같았어. 네가 내 여동생인 걸 알게 됐을 때 나도 정말 괴로웠어. 하지만 그래도 널 놓을 수 없었어. 동생이어도 좋으니 함께 있고 싶었어."

"그런 건…… 절대 안 돼."

"왜? 남매가 함께 사는 게 그렇게 이상한 일이야? 너희 어머니도 함께. 우리는……."

아키라는 숨을 깊숙이 들이마셨다.

"가족이니까."

가나코는 무심코 두 손으로 얼굴을 가렸다.

"너무해. 날 얼마나 더 괴롭히려고 그래? 난 당신과 결혼하고 싶었어. 결혼해서 아이를 낳고 함께 키우며 북적이는 가정을 만들고 싶었어. 하지만 그건 이제 불가능해졌어. 우리는 아이를 가지지 못할뿐더러 부모도 될 수 없어."

가나코는 고개를 들어 아키라를 노려봤다. 아키라는 그 시선을 피하지 않고 담담히 응수했다.

"내가 꿈꿔 온 가족을 만들 수 없어. 그럼 떨어져 지내는 게 나아. 모든 걸 잊고 사는 게……."

"될 수 있어, 부모가."

아키라는 조용히 말했다.

"그리고 피가 안 섞여도 가족이 될 수 있어. 친자식이냐 아니냐는 중요하지 않아. 날 버린 아버지를 대신해 날 돌봐준 사람도 전혀 관계없는 타인이었어. 네가 원한다면 그런 식으로도 아이를 키울 수 있어. 피가 이어졌든 이어지지 않았든 괜찮아. 네가 내 여동생인 것처럼."

왜냐하면 우리는 떨어져서는 살 수 없으니까. 가나코는 속으로 그렇게 중얼거렸다.

두 손으로 다시 얼굴을 감싸고 울었다. 오랫동안 눈물을 흘렸다. 아키라는 말없이 곁을 지켜 줬다. 그렇게 오열하고 서서히 마음이 가라앉았을 때 가나코는 고개를 들어 말했다.

"그럼 조건이 하나 있어."

아키라는 '뭔데?' 하고 묻는 것처럼 한쪽 눈썹을 살짝 치켜세웠다.

"조각을 다시 시작해 줘. 목조각. 당신은 그걸 하고 싶었잖아. 이젠 끌을 다시 들어도 돼. 우리 집에서."

아키라는 입을 반쯤 벌린 채 입꼬리를 비틀었다. 그 표정은 웃는 건지 우는 건지 분간하기 어려웠다.

그리고 다시 1년 후, 세 사람은 오우메시에 있는 별장으로 이사했다. 그곳을 게스트하우스로 개조해 남매가 함께 운영하기로 했다. 가나코는 그 게스트하우스에 '그린 게이블스'라는 이름을 붙였다. 아키라는 회사를 그만뒀고, 세이조에 있던 루이코의 자택은 처분했다.

가나코와 아키라의 결정에 루이코는 처음에는 반대의 뜻을 보였다. 일이 하나둘 진행돼 가는 동안에도 불편한 기색을 감추지 않았다. 그러나 막상 별장에 정착한 뒤부터는 표정이 다시 온화해졌고, 자연에 둘러싸인 오쿠타마에서의 삶을 진심으로 좋아하게 됐다. 도심에 있을 때보다 자신이 예전에 피서지로 선택한 조용한 땅에서의 생활이 정신적으로 한결 안정감을 주는 듯했다. 그곳에서 오랜 친구들과 나눈 추억이 루이코를 행복하게 만들었다.

다만 새롭게 가족이 된 아키라에게는 좀처럼 마음을 열지 못했다. 아들도 아니고 사위도 아닌 그와의 관계는 루이코에게 여전히 낯설고 정의하기 어려운 것이었다.

루이코가 그를 '이카와 씨'라고 부를 때도 어딘가 어색하고 거리감이 느껴졌다.

게스트하우스를 찾는 손님들 앞에서 가나코는 아키라를 "오빠예요"라고 소개했고, 아키라는 가나코를 "여동생입니다"라고 했다. 두 사람의 과거를 아는 몇몇 사람들의 눈에는 그 광경이 이상하게 보였을지 모른다. 특히 가끔 업무상 루이코를 만나러 오는 안도는 더욱 그랬겠지만 현명한 그녀는 깊이 캐묻지 않고 묵묵히 두 사람의 관계를 받아들였다.

단 한 사람, 지사에게만은 진실을 털어놓았다. 그녀만은 알아줬으면 했다.

이야기를 다 들은 지사는 참을 수 없다는 듯이 눈물을 터뜨렸다. 아키라라는 사람을 누구보다 잘 이해하고, 그가 가나코를 만나 사랑을 나눈 과정을 다 아는 그녀에게는 너무도 충격적인 이야기였을 것이다.

"거짓말이지? 그건 너무하잖아……."

흐느껴 우는 지사를 가나코는 부드럽게 다독여 줬다. 그러는 동안 마음 어딘가에 남아 있던 흔들림과 망설임이 조금씩 사라지고 있다는 걸 스스로도 느낄 수 있었다.

"괜찮아. 이제는 아키라를 오빠로 받아들였어. 우리, 가족이 되기로 했거든. 엄마도 포함해서 새로운 가족을 만들 거야."

"가나코……."

지사는 가나코에게 몸을 기대며 울음을 터뜨렸다. 나 대신 울어 주는 사람이 있다는 사실에 가나코의 마음은 한결 편안해졌다. 고마웠고, 기뻤다. 아키라의 인품이 주변을 이토록 따스하게 만들고 있다는 걸 새삼 깨달았다. 앞으로도 그와 함께 걸어가자. 형태는 달라졌을지언정 곁에서 함께 살아가자. 가나코의 마음은 한층 굳건해졌다.

그린 게이블스는 날이 갈수록 번창했다. 아키라는 헛간을 개조해 작업실을 만들었고, 그곳에서 다시 목조각을 시작했다. 끌이 담긴 도구함은 가나코가 선물했다. 아키라가 소중히 간직해 온, 그 끌 한 자루가 빠진 오래된 도구 상자도 작업실에 들였지만 아키라는 그것을 사용하지는 않았다. 가끔 상자에서 낡은 끌을 꺼내어 보거나 날을 다듬기는 해도 결코 그것으로 작품을 만들지는 않았다.

아키라가 만드는 조각 작품들은 명확한 형태가 없는 대신 부드럽고 유려한 곡선을 지녔다. 사람의 얼굴이나 구름, 나무, 동물 같은 조각은 보는 사람의 시선이나 기분에 따라 다양한 형상으로 다가왔다.

"이 안에는 잊혀진 것들이 담겨 있습니다."

조각의 묘한 형태에 대해 묻는 사람에게 아키라는 설명했다.

"보고 있으면 자신이 그동안 잊고 있었던 게 무엇인지 떠올릴 수 있게 되죠."

그렇게 애매모호한 대답을 내놓기도 했다. 상대가 "잊고 있었던 것?" 하고 되물으면 장난스럽게 웃으며 덧붙였다.

"네. 사람들은 때때로 일부러 뭔가를 잊어버리거든요. 잊고 있어야 다시 찾았을 때 더 기쁘니까요."

많은 사람들이 그 기묘한 조형 속에서 뭔가를 발견했는지 아키라의 작품은 조용히 인기를 끌었다.

그리고 3년 후, 아키라와 가나코는 위탁 부모가 되어 아이들을 키우기 시작했다. 시작점이 되어 준 사람은 지사였다. 지사는 예전 자신처럼 밤거리를 떠도는 소녀들에게 다가가 말을 거는 활동을 시작했다. 그리고 그 활동에 동의하는 사람들이 하나둘 모여 NPO 단체를 설립했다.

"대단한 열정이야."

아키라는 지사를 칭찬하며 말했다.

"그런 아이들을 그냥 내버려두지 못하는 거야. 지사도 전혀 모르는 타인들에게 도움받은 적이 있으니까."

그건 아키라도 마찬가지였다. 도심의 환락가에서는 어떤 일이 일어나고 있을까. 가나코는 알 수 없는 세계였다. 가족과 친척들에게 외면당해도 누군가는 누군가를 돕는, 그런 구조가 자연스럽게 형성돼 있는 걸까.

세상도 그렇게 나쁘지만은 않네. 가나코는 문득 생각했다. 가족이 아니어도, 꼭 피가 이어지지 않아도 사람은 다른 사람에게 해 줄 수 있는 게 있다. 가나코와 아키라는 부부가 될 수 없었다. 그러나 부모는 될 수 있을지 모른다. 지사의 이야기를 들으며 가나코는 그렇게 생각했다.

사람이 사람에게 손을 내미는 데 있어 가족인지 타인인지는 전혀 중요하지 않다고 지사는 말했다.

"난 엄마와 함께 복지 시설에 들어갔어. 그때는 어른을 믿지 않았어. 복지 시설 직원, 케이스 워커, 아동 심리 상담사 같은 사람들은 어차피 공무원이잖아. 그 사람들한테는 일에 불과하니 적당히, 대충대충 할 거라고 생각했어."

현실은 달랐다. 복지에 몸담은 사람들 중에는 진심과 열정을 다하는 사람이 많다는 걸 알게 됐다. 그동안 겪어 온 비참한 경험 때문에 마음을 굳게 닫은 지사가 다시 마음을 열 때까지 묵묵히 기다려 준 사람들이 있었다. 그래서 지사는 도움의 손길이 절실한 소녀들을 직접 찾아다니며 기꺼이

'오지랖'을 부리는 활동을 시작한 것이었다.

그리고 그 직후, 아키라와 가나코는 첫 번째 위탁 아동을 맞이했다. 두 사람은 시행착오를 겪으며 부모가 되는 법을 하나하나 배워 갔다. 놀라운 건 루이코도 그 아이들을 진심으로 아낀다는 것이었다. 지금껏 아키라도 가나코도 아이를 키워 본 적이 없었다. 부모 경험이 있는 사람은 루이코뿐이었다. 그녀는 맞아들인 아이들을 버릇없이 키우지 않고 엄하게 가르쳤다. 그러면서 그걸 뛰어넘는 사랑을 쏟았다. 가나코를 키웠을 때처럼.

루이코가 결코 가벼운 마음으로 아이를 바란 게 아니었다는 걸 그제야 비로소 이해할 수 있었다. 나는 간절한 바람으로 세상에 태어난 아이였다. 늘 사랑받고 있다는 확신이 있었다. 그리고 어른이 된 지금도 그런 기억이 자신을 지탱해 주고 있다는 걸 가나코는 알게 됐다. 아무리 힘겨운 시련을 겪더라도 어릴 적 받은 사랑의 기억이 한 사람의 인생 전체를 든든히 떠받치는 버팀목이 된다는 걸. 그런 기회를, 내가 맡은 아이들에게도 주고 싶었다. 피가 섞이지 않은 타인이어도 그럴 수 있다는 걸 아키라와 지사가 가르쳐 줬다.

아키라와 가나코 남매는 많은 아이들의 위탁 부모가 됐다. 그린 게이블스라고 이름 붙인 집은 게스트하우스인 동시에 아이들의 '가정'이 됐다. 더 이상 망설임은 없었다. 가나코는 게스트하우스를 운영하고 아이들을 키우며 점점 더 강해졌다. 자신의 길을 꿋꿋이 걸어간 루이코처럼.

처음 위탁 부모가 되던 날 가나코는 집 앞마당에 서양 산사나무를 한 그루 심었다. 서양 산사나무의 다른 이름은 메이플라워. 프린스에드워드섬에서 앤이 사랑했던 꽃과는 다르지만 메이플라워라는 이름을 가진 꽃을 피우고 싶었다. 영국에서 메이플라워호를 타고 신대륙을 향해 간 사람들처럼, 이 또한 새로운 출발에 어울리는 상징이라고 생각했다.

가나코의 그런 마음을 눈치챈 아키라가 직접 땅을 파고 나무를 심어 줬다.

그 메이플라워의 꽃말이 '단 하나의 사랑'이라는 건 아마 아키라도 모를 것이다.

4장
달빛이 닿는 거리

장마가 끝나자 그린 게이블스에는 물밀듯 손님이 밀려왔다. 가나코와 아키라 모두 정신없이 바쁘게 움직였다. 히사토와 미쿠는 이제 익숙한 것처럼 집안일을 척척 도왔다.

그 영향으로 루이코를 돌보고 다이치를 어린이집까지 바래다주는 일은 미유가 맡게 됐다. 미유의 배는 점점 불러 왔다. 허리를 숙이려다 배에 걸리기도 하고 전에는 금방 해낸 일들도 이제는 시간이 걸렸다. 도쿄보다 시원한 오쿠타마라지만 여름은 여름이었다. 조금만 움직여도 땀이 줄줄 흐르고 금세 숨이 찼다. 그래도 뱃속의 아이가 건강하다는 건 기쁘고 든든했다. 아이는 어서 세상 밖으로 나가고 싶다는 듯이 뱃속에서 활발하게 움직였다.

"무리하지 않아도 돼."

가나코가 그렇게 말해 줬지만 어쨌든 나는 이곳에 고용된 몸이다. 모두가 바쁘게 움직이는 와중에 혼자 쉬는 건 마음에 걸렸다. 주어진 일만이라도 제대로 하고 싶었다. 그러나 루이코를 돌보는 건 거의 익숙해졌지만 다이치를 대하는 건 여전히 어려웠다.

다이치 역시 이곳 환경에 적응하지 못하고 있었다. 고작 네 살 아이이니 당연한 일이기는 했다. 어떤 사연이 있었는지 몰라도 다이치는 가족과 떨어져 아동 상담소 시설에서 지내다가 이곳에 오게 됐다. 아이의 마음속에서는 여전히 혼란이 계속되고 있는 듯했다. 말을 잘 하지 못하고 다리까지 불편하니 답답해하는 게 눈에 보였다. 말로 감정을 표현하지 못하는 만큼 행동이 거칠고 산만해졌다. 미유는 이따금 화가 난 다이치에게 손을 물리기도 했다.

그런 걸 다 이해해도 미유는 어떻게 해야 할지 몰랐다. 아이의 마음에 다가가는 건 정말 어려운 일이었다.

가나코가 말하기를 음식을 어지러뜨리거나, 손을 물거나, 어린이집에 가기 싫다고 떼를 쓰는 행동은 전부 새로운 가족들을 시험하는 과정이라고 했다. 일부러 말썽을 부리며 문제를 일으켜 부모를 맡은 가나코와 아키라가 어떻게 반응하는지 지켜보는 것이라고 했다.

내가 정말 여기 있어도 되는지, 그리고 사랑받고 있는지를 계속 확인하지 않고서는 견딜 수 없는 것이다. 슬픈 행동이었다. 진짜 가족에게는 버림받았다고 믿는 걸까.

가나코와 아키라는 그런 시험을 몇 번이고 받아 줄 준비가 돼 있었다. 여기가 안심할 수 있는 집이라는 걸 다이치가 스스로 느낄 때까지 무엇이든 원하는 대로 하게 해 줬다. 식탁에서 음식을 엉망으로 만들어도 혼내지 않고, 어린이집에 가기 싫어하면 쉬게 했다. 가나코는 아무 말 없이 다이치를 꼭 안아 주고, 아키라는 자신이 일하는 작업실에서 뛰놀게 했다.

두 사람은 지금껏 이런 일을 수없이 겪어 왔을 것이다. 그들은 진짜 부모보다 더 깊이 아이를 이해하는 부모였다. 꼭 말로 설명하지 않아도 여기가 위험하거나 무서운 곳이 아니라는 걸, 안심해도 되는 장소라는 걸 전하고 있었다.

그런 모습을 지켜보며 미유도 많은 생각을 했다. 아이를 낳고 기른다는 건 정말 힘든 일이다. '내가 낳은 아이니까 어떻게든 잘할 수 있겠지'. '혼자서도 충분히 잘 키울 수 있어'. 그런 믿음들이 아무 근거도 없었다는 걸 깨닫고 점점 자신감을 잃었다.

뱃속의 아기는 엄마의 그런 고민도 모르고 활기차게 움직였다. 임신 사실을 처음 알았을 때는 나와 다른 생명이 배 안에 있다는 현실을 선뜻 받아들일 수 없었다. 심지어 기분 나쁘다고 생각하기도 했다. 그러나 지금 느끼는 두려움은 그것과는 다른 종류였다. 굳이 말하자면 부모로서의 책임을 자각하고 그 엄청난 무게감에 온몸이 떨릴 정도로 두려워졌다.

단지 귀여운 아기가 세상에 태어나는 것으로 끝나는 게

아니다. 어머니로서 아이 인생의 전체를 책임지는 존재가 돼야 한다. 겨우 열일곱 살에 불과한 나에게 정말 그런 각오가 있는 걸까. 임신 이후 미유의 마음은 내내 흔들리고 매 순간 달라졌다.

자신은 지금 눈앞에 있는 네 살 다이치의 마음도 붙잡지 못하고 있다. 다이치는 어린아이답게 소리치거나 울지 않는다. 차라리 그렇게 감정을 드러내 준다면 적어도 '아, 이건 싫구나', '이건 괜찮구나' 하고 짐작이라도 할 수 있을 텐데, 다이치는 완고하게 입을 다문 채 주어진 상황을 조용히 감내하고 있을 뿐이었다.

"다이치, 가자."

어린이집에 데리러 가서 조심스레 말을 건네도 다이치는 시무룩하게 대답하지 않았다. 미유는 다이치의 손을 꼭 잡았다. 선생님이 "잘 가렴, 다이치" 하고 손을 흔들어도 다이치는 그저 부루퉁하게 한 번 쳐다보기만 했다. 어린이집 앞마당을 가로지르며 미유는 문득 우리의 모습이 다른 사람들 눈에 얼마나 이상하게 보일지 생각했다. 너무 어린 데다 배까지 나온 어머니가 네 살 남자아이의 손을 잡고 가는 모습이.

"오늘은 뭐 하고 놀았어?"

"점심은 뭐 먹었어?"

"마치코 선생님이 잘 가라고 인사해 주시더라."

대답이 돌아오지 않을 걸 알면서도 미유는 발걸음을 옮기며 말을 걸었다. 가나코가 그러듯이. 아이를 키운다는 건 정말이지 인내가 필요한 일이었다.

손을 잡고 걷다 보니 맞잡은 손에서 땀이 배어났다. 그래도 다이치는 손을 놓으려 하지 않았다. 불안하지만 누구에게 의지해야 할지 몰라 어쩔 줄 모르는 마음이 전해졌다. 손을 내밀어 준 사람을 정말 믿어도 될지 망설이는 기색이 역력했다.

미유는 작고 어린 다이치를 내려다봤다. 꾹 다문 입술. 살짝 찌푸린 눈썹. 똑바로 앞만 보고 있는 눈동자. 다리를 조금 절며 걸어서 위아래로 흔들리는 어깨. 이 아이가 어른을 믿지 않게 된 이유는 무엇일까. 이 세상에 태어난 지 고작 4년밖에 되지 않은 아이가.

오우메 가도는 차들이 많고 속도도 빨라 아이와 함께 걷기 위험했다. 그래서 미유는 늘 주택가 안쪽의 좁은 길을 택해서 걸었다. 주택가라고 해도 그렇게 밀집된 곳은 아니었다. 대체로 부지가 넓고 여유 있는 집이 많았다. 산기슭 쪽으로는 오우메선 열차가 지나가는 모습도 보였다.

"저기 봐. 전철이다."

미유가 알려 줘도 다이치는 아무 반응 없이 묵묵히 앞만 보며 걸었다.

그러다 어느 주택 앞을 지날 때였다. 열린 차고 셔터 옆에 남자가 한 명 서 있었다. 그는 골프 가방에서 골프채를 꺼내 손질하고 있었다. 미유와 다이치가 앞을 지나칠 무렵, 그는 그중 한 개의 그립을 쥐고 가볍게 휘둘렀다. 골프채가 슉 하고 공기를 갈랐다.

그 소리에 다이치가 깜짝 놀란 듯 몸을 움찔했다. 남자는 다시 한번 스윙 연습을 했다. 이번에는 허리까지 써서 조금 더 본격적으로.

그러자 다이치가 대뜸 "악!" 하고 비명을 질렀다. 한 번도 들어보지 못한 날카롭고 요란한 비명이었다. 그러더니 미유가 미처 반응할 새도 없이 다이치는 미유의 손을 뿌리치고 달아나기 시작했다.

"다이치!"

그렇게 불러도 다이치는 돌아보지 않았다. 차고 안에 있던 남자가 놀란 얼굴로 도망치는 아이를 멍하니 봤다. 미유는 황급히 뒤를 쫓았지만 부른 배를 안고 빠르게 뛸 수는 없었다.

"기다려! 다이치!"

다이치는 쏜살같이 뛰어갔다. 불편한 다리를 애써 움직여 점점 멀어졌다. 저 얌전한 아이에게 이런 순발력이 있었을까 싶을 정도로 빠른 속도였다. 그러다 어느새 길모퉁이를 휙 돌더니 자취를 감춰 버렸다. 오우메 가도로 나가면 어쩌지. 차 앞으로 뛰어들기라도 하면? 온몸에서 식은땀이 솟았다. 하지만 미유는 비틀거리며 뛸 수밖에 없었다.

"어머, 무슨 일이야?"

단골 두부 가게의 안주인이 가게에서 나와 미유에게 물었다. 창백한 얼굴로 뛰는 미유를 보고 놀란 듯했다.

"다이치…… 혹시 다이치 못 보셨어요?"

"응? 다이치? 글쎄, 못 봤는데."

"갑자기 달려가 버려서, 지금 쫓는 중인데……."

"그런 몸으로 뛰면 안 돼!"

그린 게이블스의 사정을 잘 아는 안주인이 황급히 앞치마를 벗었다.

"어느 쪽으로 갔어?"

미유는 다이치가 돌아간 모퉁이를 가리켰다. 키 작은 안주인이 곧장 달려갔다. 미유가 모퉁이 앞에 도착했을 때는 두 사람 다 보이지 않았다. 미유는 숨을 고르며 스마트폰을 꺼냈다. 가나코에게 전화를 걸려다가 멈칫했다. 가나코도 지금 일 때문에 바쁠 텐데 걱정 끼치고 싶지 않았다. 어차피 그리 멀리 가지 않았을 것이다. 금방 찾을 수 있을 거라 생각했다.

하지만 다이치는 끝내 찾을 수 없었다. 두부 가게 안주인이 이웃에게 부탁해 몇 사람이 함께 수색했지만 어디에도 없었다. 결국 미유는 가나코에게 전화를 걸었다. 아키라와 가나코가 차를 타고 급히 달려왔다. 두 사람의 얼굴을 보자 미안한 마음이 북받쳐 올랐다.

"죄송해요. 손을 꼭 잡고 있었는데……."

"괜찮아. 지금은 찾는 게 먼저야. 분명 이 근처에 있을 거야."

가나코는 고개를 떨군 미유를 위로했다. 그 무렵에는 두부 가게 남자 주인과 아들도 나서서 함께 다이치를 찾아 줬다. 미유는 다이치가 혹시 어린이집에 갔을지도 모른다고 생각해 다시 어린이집에도 가 봤지만 다이치는 없었다. 원장 선생님을 비롯해 선생님들이 모두 나와 수색에 나섰다.

어린이집 아이들에게 전화를 걸어서 물어보기도 했다. 거의 스무 명 가까운 인원이 꽤 넓은 지역을 샅샅이 뒤졌지만 어디에도 다이치는 보이지 않았다. 미유는 지쳐서 그 자리에 주저앉아 버렸다.

"넌 가서 좀 쉬어."

가나코는 평소와 달리 단호한 말투로 말했다. 미유는 아키라의 차를 타고 그린 게이블스로 돌아갔다. 아키라는 곧바로 다시 다이치를 찾으러 나갔다. 방에 들어가 다다미에 누웠지만 잠이 올 리 없었다. 다이치는 왜 그렇게 갑자기 달려가 버렸을까. 내가 손을 좀 더 꽉 잡고 있었다면 뿌리치고 도망치지 못했을 텐데. 머릿속에서 후회와 걱정이 뒤엉켰다.

긴 여름날이 저물어 가고 있었다. 외출한 손님들이 하나둘 방으로 돌아왔다. 오늘도 그린 게이블스는 만실이다. 게스트하우스 안에 사람들이 계단을 오르는 소리와 웃고 떠드는 소리가 시끌벅적하게 울려 퍼졌다. 그때 누군가가 로비에서 가나코를 불렀다. 미유는 무거운 몸을 질질 끌다시피 하며 로비로 나갔다.

"어라? 가나코 씨는?"

여름이면 꼭 그린 게이블스를 찾는 단골손님이었다.

"죄송합니다. 지금 잠시 외출을······."

그는 가나코에게 이탈리안 레스토랑 저녁 예약을 부탁한 것을 확인하러 내려왔다고 했다.

"잠깐만요."

카운터로 들어가 일정표를 보고 있을 때 밖에 아키라의 차가 다가와 가나코가 내리는 모습이 보였다. 차는 그대로 다시 떠났다. 미유는 가나코의 어두운 표정을 보며 아직 다이치를 찾지 못했음을 직감했다. 그래도 가나코는 게스트하우스에 들어오자마자 바쁘게 움직이며 업무를 처리했다. 레스토랑 예약이 문제없이 돼 있어 손님은 안심하고 밖에 나갔다.

"다이치, 아직 못 찾으셨죠?"

힘없이 묻는 미유에게 가나코는 조용히 고개를 끄덕였다.

"오빠가 경찰에 신고했어. 오늘 밤새 수색할 거래."

"어떡해······."

두 손으로 입을 가린 미유를 가나코는 가볍게 안아 줬다.

"괜찮아. 그 아이, 정서적으로 불안정하니까. 어디 작은 틈새 같은 곳에 들어가서 가만히 기다리고 있을 거야."

"하지만……."

가나코는 불이 켜지지 않은 현관 등을 켰다.

"제 발로 불쑥 다시 돌아올 수도 있으니 너무 걱정하지 마."

그럴 가능성은 별로 없어 보였다. 부엌 앞 식탁에는 루이코와 히사토, 미쿠가 모여 가나코가 돌아오기를 기다리고 있었다. 가나코는 최대한 침착하게 다이치가 사라졌다는 것을 세 사람에게 전했다. 히사토와 미쿠가 깜짝 놀라 지금 당장 찾아오겠다고 했지만 가나코가 만류했다.

"너희가 밤에 돌아다녀 봐야 위험할 뿐이야. 괜찮으니 집에 있어. 아저씨랑 경찰, 소방대원분들이 열심히 찾아 주고 계시니까."

"다이치, 대체 왜 그런 걸까?"

미쿠가 걱정하듯 몸을 비틀며 말했다. 그러더니 "진짜 엄마를 만나고 싶었던 거야"라고 덧붙였다. 그 말을 들은 히사토는 "그럴 리 있냐. 말도 안 되는 소리 하지 마" 하고 퉁명스럽게 내뱉었다.

그러자 미쿠는 으앙 하고 울음을 터뜨렸다. 가나코가 미쿠에게 다가가 꼭 안아 줬다. 엄마 품에 안긴 뒤에도 미쿠는 울음을 그치지 않았다. 가나코는 말없이 미쿠의 머리를 쓰다듬었다.

루이코는 한마디도 하지 않고 심각한 표정으로 생각에 잠겨 있었다.

모두 가족의 일원인 다이치를 걱정하고 있다. 여기 온 지 몇 달 안 되기는 했어도 다이치는 이미 소중한 가족이었다. 미유는 점점 더 안절부절못했다.

혹시 누군가에게 납치된 건 아닐까. 다마강에 빠진 건 아닐까. 전철 선로 위를 걷고 있는 건 아닐까.

이렇게 걱정하는 나 역시 다이치를 소중하게 여기고 있다. 타인이어도 누군가를 걱정하고 염려하는 게 바로 가족이다. 이곳은 그렇게 나도 모르는 사이 가족이라는 관계가 싹트고 자라나는 장소였다.

그린 게이블스는 그런 곳임을 확실히 알게 됐다.

뱃속의 아기가 엄마의 마음에 공감이라도 한 것처럼 꿈틀하고 움직였다.

하룻밤이 지나도 다이치를 찾았다는 소식은 들리지 않았다. 긴 밤이 지나 손님들의 아침 식사를 준비하는 동안 모두 말없이 침묵에 잠겼다. 가나코와 히사토, 미유가 객실로 식사를 들고 갔다. 아키라는 아직 돌아오지 않은 듯했다.

루이코가 테이블 앞에 앉을 무렵 아키라가 돌아왔다. 다이닝룸에 들어서자마자 그는 고개를 흔들었다. 그것으로 답은 충분했다.

"그 아이, 혹시 전철에 올라탄 건 아닐까?"

"그럴 수도 있을 것 같아. 이렇게 못 찾는 걸 보면."

기진맥진한 아키라는 의자에 털썩 앉았다. 그 모습을 히사토와 미쿠가 불안한 눈빛으로 바라봤다.

"자, 밥 먹자. 너희, 학교 가야지."

"싫어!"

미쿠가 소리쳤다.

"학교 안 가. 나도 다이치를 찾을래!"

"나도."

히사토도 곧장 맞장구를 쳤다.

"고마워. 그런데 지금 이미 많은 분들이 도와주고 계시니 오늘은 분명 찾을 수 있을 거야."

"다이치, 길을 잃고 울고 있을 거야."

떼쓰듯 매달리는 미쿠를 아키라가 달랬다.

히사토와 미쿠는 내내 못마땅해 보였지만 그래도 결국 아침을 먹고 학교로 향했다.

설거지를 마친 후 루이코를 방까지 데려다주고 미유는 다시 다이닝룸으로 돌아왔다.

"죄송합니다. 제가 더 잘 챙겨야 했는데……."

미유는 아키라와 가나코에게 고개를 숙였다.

"괜찮아. 네 잘못이 아니야. 두부 가게 아주머니가 그러시더라. 네가 정말 열심히 쫓아갔다고."

가나코가 앉으라고 해서 미유는 의자에 앉았다.

"근데 다이치는 왜 갑자기 뛰어간 걸까? 혹시 뭐 이상한 낌새라도 있었어?"

가나코는 미유를 탓하는 말투가 되지 않게 조심하는 듯했다. 미유는 힘없이 고개를 떨궜다.

"딱히 별일은……."

평소와 다름없는 귀갓길이었다. 전철이 지나가기는 했지만 다이치는 신경 쓰지 않았다. 집집마다 정원에서 매미 소리가 울려 퍼졌다. 누구도 마주치지 않았다. 하늘은 맑고, 여전히 더웠고…….

셔터가 올라간 차고 앞을 지났다. 그렇다. 그때였다. 다이치가 갑자기 크게 소리를 질렀다.

"다이치가 소리를 질렀어요. 갑자기. '악!' 하고."

아키라와 가나코가 얼굴을 마주 봤다.

"왜지? 다이치는 왜 비명을 지른 걸까?"

아키라가 천천히 물었다. 미유는 기억을 더듬었다.

"그때…… 어떤 남자가 골프채를 휘두르고 있었어요. 차고 옆에서요. 크게 휘두르는 동작으로 두 번. 슝, 슝 하고. 아, 맞아요. 그걸 본 순간 다이치가 소리를 지르며 뛰쳐나갔어요."

테이블 너머에서 아키라와 가나코가 빠르게 눈짓을 주고받았다. 아키라는 곧장 몸을 일으켰다.

"그럼 난 다시 찾아보고 올게."

오늘은 지역 주민들도 수색에 동참해 준다고 했다. 오랫동안 위탁 가정을 운영해 온 그린 게이블스는 지역에서도 널리 인정받았다. 경찰은 수색 범위를 넓혀 오우메선 주변과 다마강 하류까지 살펴본다고 했다.

"어떡해요. 다이치, 혹시 강에 빠진 거면……."

아키라가 나간 뒤 미유는 눈물을 쏟기 시작했다.

"괜찮아. 혼자 있을 때는 절대 강 근처에 가지 말라고 일러뒀으니까."

가나코가 위로해 줬지만 그때 이성을 잃은 다이치의 모습을 떠올리면 그런 주의 사항 같은 건 잊고 강으로 달려갔을지도 모른다는 생각이 들었다. 나쁜 상상이 꼬리에 꼬리를 물었다. 혹시 산속에 들어가 길을 잃은 건 아닐까. 이 근방 산들은 깊고 험하다. 네 살짜리 아이가 산에 들어가 길을 잃는다면 혼자 힘으로는 절대 돌아올 수 없다.

아키라에게 간간이 연락이 오는 것 같았지만 별다른 진전은 없는 듯했다. 점심 무렵에도 아키라는 돌아오지 않았다. 루이코를 포함한 세 사람 모두 식욕이 없어 보이는 얼굴로 생각에 잠겨 있었다. 미유가 루이코의 휠체어를 밀며 다이닝룸을 나서려고 할 때 루이코는 신호를 보내 멈추게 하고 돌아보며 말했다.

"가나코, 따뜻한 콘소메 수프를 만들어 두렴. 다이치가 돌아왔을 때를 위해."

테이블에 앉아 있던 가나코가 놀란 듯 고개를 들었지만 순순히 "네"라고 대답했다. 다이치는 평소 단골 가공 업체에서 무료로 나눠 주는 못난이 채소를 푹 끓여 만든 콘소메 수프를 잘 먹었다.

그리고 루이코의 예측은 들어맞았다.

히사토와 미쿠가 허겁지겁 학교에서 돌아오기를 기다리기라도 한 것처럼 다이치를 찾았다는 연락이 왔다. 그 소식을 듣고 미쿠는 또다시 으앙 하고 울음을 터뜨렸다. 깊은 안도감에 미유도 눈물이 날 뻔했다.

"어디서? 어디서 다이치를 찾았어요?"

히사토는 의젓하게 감정을 누른 목소리로 물었다.

"요코타 기지 근처 밭에서 발견됐대."

가나코도 눈에 눈물을 머금은 채 말했다.

"요코타 기지? 그럼 역시 전철을 탔구나."

다이치는 승객들 사이에 섞여 표도 없이 전철에 올라탄 것이었다. 그 아이는 어디에 가려고 했을까. 아니면 무엇으로부터 도망치려 한 걸까. 다이치는 밭 한가운데에 있는 농기구 창고에 숨어 있었고, 창고 문을 연 주인은 아이를 보고 놀라서 쓰러질 뻔했다고 한다. 경찰에 신고하자 곧 다이치인 게 확인됐다. 오우메시 경찰서에서 실종자 정보를 공유한 덕분이었다.

아이를 데리러 간 경찰이 다이치를 순찰차에 태워 그린

게이블스에 데려왔다. 경찰의 품에 안겨 차에서 내린 다이치는 긴장한 듯 얼굴이 하얗게 질려 있었다. 낯선 사람의 손에 이끌려 어디론가 끌려간다고 걱정했을까. 다이치는 아키라와 가나코를 보자 경찰의 어깨너머로 손을 뻗었다. 가나코가 황급히 뛰어가 다이치를 껴안았을 때 다이치는 눈물을 흘리고 있었다. 아키라가 다이치의 등을 토닥여 줬고 가나코는 다이치의 어깨에 얼굴을 묻고 함께 눈물을 흘렸다. 조금 떨어진 곳에서 그 모습을 지켜보던 미유에게 두 사람은 틀림없는 아빠와 엄마로 보였다.

흐느끼는 다이치는 이제 긴장을 풀고 안도한 듯했다. 그때 미쿠가 달려왔고 히사토도 루이코의 휠체어를 밀며 다가왔다. 경찰은 한 걸음 물러서서 가족의 재회를 지켜봤다.

문득 참 신기한 광경이라고 생각했다. 흐뭇하게 미소 짓는 경찰의 눈에는 이들이 부부와 그들의 자녀 셋, 그리고 할머니로 보이겠지만, 이 가족은 그렇게 단순하지 않다. 기적처럼 이어져 지금 여기 함께 있는 사람들이다.

"하이지마역에서 내렸다고 합니다. 거기서 사람들이 우르르 내리는 바람에 떠밀리듯 내린 것 같습니다."

경찰이 설명했다. 다이치는 그 후 혼자 밭으로 걸어가 작은 창고 안에서 밤을 지새웠다. 밖에 나가기 무서웠는지 다음 날 저녁까지 계속 그 안에 머물러 있었다. 처음 발견됐을 때는 겁에 질린 모습이었다고 경찰은 말했다. 다행히 창문이 있어 바람이 잘 통하는 곳이었고, 다이치가 어린이집에 가져간 물병의 물을 마시며 얌전히 있었던 덕에 탈수 증세도 없이 비교적 건강한 상태였다.

아키라와 가나코는 경찰에게 몇 번이고 고개를 숙여 감사를 전했다. 순찰차가 떠난 뒤 가나코는 다시 한번 다이치를 꼭 안아 줬다.

"배고팠지? 다이치. 할머니가 말씀하셔서 콘소메 수프를 만들어 놨어."

미유 옆을 지날 때 다이치는 가나코의 목에 두 팔을 감고 있었다. 두 번 다시 놓지 않겠다는 듯이. 아키라는 그런 두 사람을 끝까지 지켜보고 함께 아이를 찾아 준 사람들에게 보고와 감사 인사를 하고 오겠다고 나갔다. 히사토와 미쿠도 집 안에 들어갔다. 미유가 루이코의 휠체어를 돌리자 루이코는 태연하게 말했다.

"거봐. 내가 돌아올 거라고 했잖아. 딴 데 갈 아이가 아니거든."

손님들도 하나둘 객실로 돌아오며 그린 게이블스는 다시 북적였다. 안쪽 다이닝룸에서 저녁 식사가 시작됐다. 다이치는 여전히 말이 없었고, 가나코와 아키라는 다이치에게 자초지종을 묻지 않았다. 히사토와 미쿠도 평소와 같이 행동했다.

맞은편에 앉은 미유의 눈에는 다이치의 표정이 어딘가 달라진 것처럼 느껴졌다. 뭐가 어떻게 달라졌는지 정확히 설명하기는 어렵지만 한층 더 차분하고 편안해 보였다. 안도감, 충만함, 든든함, 그리고 아이다운 자연스러움. 낯선 사람들에게 둘러싸여 불안에 떨다가 익숙한 곳에 돌아오니 마음이 놓였을 것이다.

다이치도 이제는 여기가 '내 집'이라고 받아들이는 걸까. 오늘은 음식을 흩뜨리지도 않고 조용히 밥을 먹었다.

"역시 다이치, 배고팠구나."

미쿠가 밝게 말했다.

"미쿠, 밥 먹을 때는 앞을 보려무나. 딴소리하지 말고."

루이코의 엄한 한마디에 미쿠는 움찔하며 어깨를 움츠렸다.

미유는 이제야 한숨을 돌렸다. 혹시나 다이치를 끝내 못 찾으면 어쩌나 온종일 속을 태웠다. 그렇게 멀리까지 갔을 줄은 몰랐지만 강에 빠지거나 차에 치인 게 아니어서 천만다행이었다. 다이치의 손을 놓친 자신을 책망하는 마음도 있었다. 배가 불러 오며 바쁜 시기인데도 게스트하우스 일을 많이 돕지 못했다. 그래서 가족을 돌보는 것만큼은 책임지겠다고 다짐했는데 이런 실수를 저질렀으니 앞으로 다이치의 등하원을 더 이상 맡지 못하게 될 수도 있었다.

아이들과 루이코가 각자 방으로 돌아간 뒤 미유는 다이닝룸에 남아 있던 아키라와 가나코에게 고개를 숙였다.

"정말 죄송합니다. 앞으로 더 신경 쓸 테니 전처럼 제가 다이치의 등하원을 계속 맡아도 될까요?"

"일단 앉으렴."

가나코는 매실 시럽을 섞은 탄산음료를 만들어 미유에게 따라 줬다. 그러고는 고개를 떨군 채 앉은 미유를 가만히 바라봤다.

"물론 전처럼 다이치는 계속 너한테 맡길 거야."

'그렇지?'라는 듯이 가나코는 아키라에게 동의를 구했다. 아키라는 다정한 눈빛으로 고개를 끄덕였다.

"사실 그때 다이치가 갑자기 뛰쳐나간 데는 이유가 있어. 네 잘못이 아니야."

"네?"

"어제 어린이집에서 돌아오는 길에 다이치가 골프채를 휘두르는 남자를 봤다고 했지?"

이번에는 아키라가 입을 열었다. 미유에게 사정을 설명하기로 둘이 상의한 듯했다.

"네, 맞아요."

"그것 때문에 다이치는 공황에 빠진 거야."

무슨 뜻인지 이해되지 않아 미유는 고개를 갸웃거렸다. 아키라와 가나코가 다시 눈빛을 주고받았다. 가나코가 조용히 헛기침을 했다.

"다이치는 다리가 불편하지? 그건 말이지. 친아버지에게 골프채로 심하게 맞아서 그래. 뼈가 부러질 정도로."

컵을 향해 뻗던 미유의 손이 멈췄다. 그대로 미유는 두 손을 입가로 가져갔다.

"그럴 수가……. 그런 일이……."

"얼마나 아팠을까. 아마 비명을 지르며 울부짖었겠지. 하지만 다친 그 아이를 아무도 병원에 데려가지 않았어. 엄마조차 폭력적인 남편을 두려워해서."

그래서 다이치의 다리뼈는 결국 기형적으로 휘어 버렸다. 밤낮없이 계속되는 아이 울음소리를 들은 이웃 주민의 신고로 아동 상담소 직원이 몇 차례 집을 찾았지만 부모는 문을 열어 주지 않았다. 그리고 아동 상담소에서 다이치를 보호했을 때는 이미 다리를 되돌리기에 너무 늦은 상태였다.

"그래서 다이치는 골프채를 무서워하는 거야. 하지만 그 정도일 줄은 우리도 몰랐어. 너무 부주의했어. 좀 더 신경 썼어야 했는데."

"원래 아이들 마음에 한 번 생긴 상처는 쉽게 아물지 않아. 골프채를 휘두르는 사람이 갑자기 시야에 비치자 머릿속에서 과거가 되살아나지 않았을까. 골프채로 자신을 때리던 아버지의 모습이."

아무 말도 할 수 없었다. 다이치가 그런 끔찍한 공포를 혼자 견뎠다니. 겨우 네 살짜리 아이가.

"너한테는 이걸 알려야겠다고 우리 둘이 상의했어."

가나코가 손으로 컵을 감싸며 말했다.

"지금 다이치 곁에서 다이치를 돌보는 사람은 미유니까. 바쁜 날 대신해서 엄마 역할을 맡아 주고 있으니까. 다이치한테는 늘 곁에 있어 주며 굳이 말로 하지 않아도 '괜찮아, 네 곁에는 내가 있어'라는 신호를 줄 사람이 필요해."

"그리고 넌 곧 진짜 아기 엄마가 되기도 하니."

아키라가 말을 잇고 다시 가나코와 눈을 마주쳤다. 두 사람 사이에 존재하는 흔들림 없는 신뢰와 깊은 애정. 그런 유대가 있기에 그린 게이블스는 하나의 '가정'으로 기능하고 있었다.

먼 숲속에서 솔부엉이 울음소리가 들렸다. 부, 부 하는 그 소리에 미유는 귀를 기울였다.

내 아이. 나는 이 아이에게 과연 행복한 삶을 선사할 수 있을까.

히사토와 다이치가 전에 있었던 아동 보호 시설에서 위탁 가정 지원 전문 상담사가 매달 찾아왔다. 하나오카라는 중년 남자 상담사였다. 처음 위탁 부모가 될 때 아키라와 가나코는 함께 교육을 받았지만 현실은 교육처럼 흘러가지만은 않았다. 또 아이들마다 사정이 다르고 성격도 다르기 때문에 아이가 시설에 있었을 때를 잘 아는 상담사가 위탁 가정을 방문해 지원한다고 했다. 특히 다이치는 아직 그린 게이블스에 온 지 얼마 안 돼서 상태를 자주 확인하러 오는 것 같았다. 가나코 역시 그에게 여러모로 의지하며 다이치에 대해 상담하곤 했다.

하나오카가 다이치에게 말을 걸어도 다이치는 경계하며 뒷걸음질 쳤다. 다이치는 아동 보호 시설에 있을 때도 사람들에게 마음을 열지 않았다고 했다.

그러다 얼마 후 이번에는 다치카와 아동 상담소에서 직원이 찾아왔다. 위탁 가정을 담당하는 기타무라는 50대 여직원으로 전에 하나오카와 함께 온 적도 있었다. 아동 상담소와 보호 시설의 위탁 가정 지원 전문 상담사는 서로 연계하며 위탁 가정을 지원한다고 했다.

다이치가 하룻밤 실종된 일은 가나코와 경찰 양쪽을 통해 아동 상담소에 보고됐다. 이런 경우 아동 상담소가 즉시 개입하게 돼 있고, 기타무라는 자세한 경위를 듣기 위해 그린 게이블스를 찾아온 것이었다. 마침 게스트하우스가 조금 한가해진 오후에 다이닝룸에서 루이코를 비롯한 네 사람이 차를 마시고 있었다. 가나코는 자연스럽게 기타무라를 그 자리에 초대했고 기타무라도 흔쾌히 응했다.

가나코가 홍차를 끓였다. 루이코가 좋아하는 프랑스산 홍차로 도쿄 시내 고급 식자재점에서만 취급하는 차였다. 루이코는 이 홍차 외에는 마시지 않아서 가나코와 아키라가 도쿄에 갈 때마다 꼭 사 왔다. 기타무라도 홍차의 향을 즐기며 천천히 차를 마셨다. 가나코는 직접 구운 마들렌을 담은 접시를 기타무라 앞으로 내밀었다.

"다이치, 집에 돌아온 뒤로는 좀 어떤가요?"

"잘 지내고 있습니다. 사라졌을 때는 정말 걱정했지만, 그 일이 아이에게는 오히려 긍정적인 쪽으로 작용한 것 같습니다."

아키라가 의자에 몸을 편히 기대며 말했다. 기타무라가 정확히 무슨 뜻이냐는 듯이 바라보자 아키라는 싱긋 미소 지었다.

"다이치는 막무가내로 뛰어가다 전철까지 타 버렸고, 정신을 차렸을 때는 혼자였죠. 옆에 있는 사람들에게 도움을 청할 수도 없었을 겁니다. 그 아이는 어른들을 무서워하니까요. 저희도 그걸 잘 안다고 자부했지만, 복잡한 과거를 가진 그 아이를 대할 때 저희도 어딘가 조심스러웠고 진심으로 다가서지 못한 부분이 있었던 거죠."

"맞아요. 일부러 떼를 쓰고, 버릇없이 굴고, 말을 하지 않으면서 그 아이 나름대로 온몸으로 저항했던 거예요."

가나코도 옆에서 덧붙이고 다이치가 그날 왜 그렇게 공황에 빠져 도망쳤는지를 기타무라에게 설명했다.

"그랬군요. 다이치한테는 정말 무서운 상황이었겠네요."

다이치는 친부모와 분리된 후 병원, 아동 상담소의 임시 보호소, 아동 보호 시설을 전전하다가 위탁 아동으로 그린 게이블스에 오게 됐다. 끊임없이 뒤바뀌는 환경 속에서 다이치는 누가 자신을 지켜 주는 사람인지, 누구를 믿어야 할지도 모르고 깊은 외로움과 소외감에 빠져 있었다. 특정 누군가와 안정적인 애착 관계를 맺지 못한 아이는 작은 자극에도 쉽게 동요하거나 문제 행동을 보일 수 있다고 했다.

기타무라는 미유에게 시선을 향했다. 그녀는 에토와 같은 다치카와 아동 상담소 소속이라 다이치와 함께 지내는 미유의 사정을 대체로 알고 있었다. 전에 하나오카와 함께 왔을 때도 미유에게 말을 걸어 줬다.

"미유한테는 다이치에 대해 자세히 알려 주지 않았으니 어쩔 수 없었어요. 하지만 그때 만약 다이치 옆에 제가 있었어도 같은 일이 벌어졌을 거예요."

가나코가 미유를 감쌌다.

"근데 다이치도 나름대로 뭔가를 느낀 것 같습니다. 밭 한가운데의 작은 창고에서 하룻밤을 지새우며 얼마나 무서웠을까요. 누군가 자기를 구하러 와 주길 간절히 빌었겠죠. 골프채를 휘두르던 아버지의 모습이 머리에 계속 떠올랐을지도 모릅니다. 그렇게 무섭고 아픈 기억을 그 아이는 마음속 깊은 곳에 꼭꼭 감춰 두고 있었습니다. 그게 갑자기 터져 나와 엄청난 공포에 사로잡혔던 거겠죠."

아키라는 공포에 질려서 우는 다이치를 떠올린 것처럼 안쓰러운 표정을 지었다. 기타무라는 홍차 잔 위로 피어오르는 김을 보며 천천히 고개를 끄덕였다.
"그리고 결국 이곳에 다시 돌아왔어요."
가나코가 밝게 말했다.
"돌아왔을 때는 펑펑 울면서 저한테 매달리더라고요."
그 일 이후 다이치는 아키라와 가나코에게 마음을 열었는지 조금씩 말을 하기 시작했다. 이제는 여기를 내가 돌아올 '집'으로 인식하고 두 사람에게도 의지해도 괜찮다고 느꼈을 것이다. 다이치가 그동안 겪어 왔을 참담한 시간을 떠올리면 가슴이 먹먹해졌다.
"그래요. 다행이네요."
기타무라는 안도의 숨을 내쉬며 어깨에서 힘을 뺐다.
"아무튼 걱정 끼쳐 드려 죄송합니다."
아키라가 고개를 숙이자 미유도 함께 고개를 숙였다. 다시는 다이치가 무서운 일을 겪지 않게 하겠다고 속으로 다짐했다. 처음 느끼는 새로운 감정이었다. 지금까지 아이들의 마음을 진지하게 신경 써 본 적이 없었다. 예기치 못한 임신으로 집에서 쫓겨난 후 그저 나는 불행한 사람이라는 생각에 사로잡혀 있었다. 하지만 그런 일이 있었기에 좋을 사람들을 만날 수 있었다. 평범한 고등학생으로 지냈다면 네 살 다이치의 존재와 그 아이가 지닌 아픈 사연도 몰랐을 것이다. 그걸 넘어 세상에 이런 일이 일어난다는 걸 상상하지 못했을 것이다.

"그럼 문제는 없는 거죠? 지금까지처럼 다이치를 계속 맡아 주시는 거죠?"

아키라와 가나코는 입을 모아 "물론이죠"라고 대답했다.

"그런데 아동 상담소 쪽은 좀 어떤가요? 이번 일이 저희가 위탁 부모로 아이들을 계속 맡아서 키우는 데 영향을 미치지는 않을까요?"

아키라의 물음에 기타무라의 표정이 살짝 어두워졌다.

"아이를 키우기 적절치 않은 환경이라고 판단하면 아동 상담소가 '부적합' 판정을 내릴 수도 있어요. 특히 다이치 같은 어린아이가 집을 뛰쳐나가는 일이 생기면 더욱 그렇죠. 그래서 이번에 제가 직접 이야기를 들으러 온 거예요. 이번에는 하루 종일 아이의 행방이 묘연했고 경찰도 개입했으니까요."

그 말을 듣고 아키라와 가나코의 표정이 어두워졌다.

"네, 저희도 알고 있습니다. 양육 환경이 부적설하다고 판단하면 아동 상담소에서 위탁 조치를 해제할 수 있죠? 그럴 경우 아이는 다시 아동 보호 시설로 돌아가거나 다른 위탁 가정을 찾아야 하고요. 전에 도루가 문제 행동을 일으켰을 때 그런 이야기를 들은 적이 있습니다."

그런 일이 생길 수도 있구나. 미유는 그 모든 게 왠지 내 책임인 것 같아 마음이 무거웠다.

"말도 안 돼!"

그때 조용히 세 사람의 대화를 듣고 있던 루이코가 대뜸 날카롭게 외쳤다. 모두 깜짝 놀라 그녀가 탄 휠체어 쪽으로 고개를 돌렸다.

"다이치는 우리 아이야. 어디에도 못 보내!"

루이코가 손에 든 잔에서 홍차가 조금 흘러내렸다.

"괜찮습니다. 그런 일은 일어나지 않을 거예요."

기타무라가 자리에서 일어나 루이코의 어깨를 부드럽게 감싸안았다.

"도루도 결국 이 집에 다시 돌아왔잖아요. 여러분께서 늘 진심을 다해 아이들을 맡아 주신다는 건 저희도 알고 있답니다."

기타무라는 아키라와 가나코를 돌아봤다. 가나코가 루이코에게 다가가 손에서 조심스럽게 찻잔을 건네받았다.

"어머니께서도 아이들을 정말 아끼세요. 모두 자기 손주처럼 생각하시거든요. 그렇죠?"

루이코는 격해진 감정을 가라앉히려는 듯 숨을 길게 내쉬며 휠체어 등받이에 몸을 기댔다.

"죄송해요. 제가 괜한 말을 해서 어머님께 걱정을 끼쳤네요."

기타무라가 미안해하며 사과했다.

"괜찮아요. 어머니는 저희에게 정말 든든한 버팀목이에요. 어머니가 곁에 있어서 얼마나 큰 힘이 되는지 몰라요.

아이들도 할머니를 잘 따르고 말씀도 정말 잘 들어요."

"저희는 셋이 한 팀입니다. 저와 가나코 모두 아이를 가져 본 경험이 없어서 어머니께 많이 의지하고 있습니다."

가나코와 아키라가 입을 모아 말했다. 루이코는 그런 두 사람을 멍하니 바라봤다.

"미유, 할머니를 방에 모셔다드리고 올래?"

"네."

미유는 서둘러 일어나 휠체어 뒤로 돌아가 브레이크를 풀었다.

"미유 씨, 이제 배가 많이 나왔네요."

기타무라의 말에 미유는 임부복 아래 배를 내려다봤다.

"언제였죠? 예정일이."

"9월 27일이에요."

"이제 정말 얼마 안 남았네요. 에토 씨한테 들었어요. 마터니티 하우스에서 출산힐 예성이라면서요?"

"네."

미유는 힘주어 휠체어를 밀었다. 더 이상 출산 이야기가 나오는 걸 원치 않았다. 그대로 종종걸음으로 복도를 걸었다. 출산이 가까워질수록 마음이 다시 흔들리기 시작했다. 지금은 2주에 한 번 오우메시의 산부인과에서 검진을 받고 있다. 얼마 전 초음파 검사에서 본 아기 모습을 떠올렸다. 아기는 표정이 더 풍부해졌고 가끔 자는 듯하다가도 눈을 다시 떴다. 심지어 살짝 미소 짓는 것처럼 보여 깜짝 놀라기도 했다. 작은 손가락을 부지런히 움직이고 입가에 가져가 빠는 듯한 동작도 보였다.

"이제 아기에게는 기억과 감정이 있습니다."

의사의 말에 미유는 놀라지 않을 수 없었다.

"정말요?"

조심스레 묻자 의사는 연신 고개를 끄덕였다.

"밖에서 들리는 소리도 듣고, 어쩌면 태어난 후의 세상을 상상하고 있을지도 모릅니다. 그러니 평소에 말을 많이 걸어주세요."

"네, 그럴게요."

그렇게 대답했지만 사실 뭐라고 말을 걸어야 할지 몰랐다. 좀처럼 나와 아이의 미래를 그리지 못해 지금도 그저 배를 쓰다듬어 줄 뿐이었다.

임신 사실을 알게 된 후 석 달간은 온갖 감정에 휘둘렸다. 첫 충격이 가라앉은 뒤 어떻게든 아이를 낳고야 말겠다는 비장한 각오가 생겼다. 열일곱 살에 엄마가 되기로 마음먹었고, 아무도 날 도와주지 않는다면 혼자서라도 낳고 키우겠다고 다짐했다. 그러기 위해서는 강해져야 한다며 스스로 다그쳤다.

하지만 그 결심은 때때로 흔들렸다. 지사와 케이스 워커를 만나며 조금씩 길이 보이기 시작했지만, 그래도 역시 외롭고 불안했다. 혼자서는 도저히 아이를 키울 수 없을 것 같았고, 때때로 뱃속에서 배를 발로 차는 아이에게 되려 용기를 얻기도 했다. 그 후 그린 게이블스에 오면서 생활환경은 안정됐다. 마음 편히 출산을 준비할 수 있게 된 건 좋았지만 그 이후 일까지는 도저히 생각할 수 없었다. 뱃속에서 점점 커 가는 아이가 '어떡할 거야? 어떡할 거야?' 하고 다그치는 기분이 들었다.

내 배 안에 분명한 의지를 가진 하나의 생명이 깃들어 있다. 인격을 지닌 한 인간이. 처음 태동을 느꼈을 때 기쁘다기보다 섬뜩했던 기억이 아직 생생하다. 하지만 지금은 또 다른 의미로 뱃속의 아이가 무서웠다. 이 아이는 태어나는 순간부터 온 힘을 다해 나에게 의지할 것이다. 굶지 않도록 먹이고, 춥지 않도록 입히고, 함께 살 곳을 찾아서 살아가야 한다.

도와줄 사람은 없다. 싱글맘으로 아이를 키운다는 건 그런 것이다. 겨우 열일곱 살. 학업을 중단한 채 세상일에 어두우며 특별한 재능도 없는 내가 과연 아이를 제대로 키울 수 있을까. 지금은 '내 아기'라고 쉽게 말하지만, 태어날 아이는 인형이 아니다. 언제나 웃고 행복해하는 존재가 아니다. 울부짖고, 말을 하고, 언젠가는 자기 의지로 행동할 것이다.

생각만 해도 아찔하고 무서운 일이었다.

그린 게이블스에 와서야 비로소 세상에는 다양한 형태의 부모 자식 관계가 있다는 걸 알게 됐다. 그 경험은 앞으로 가정을 꾸리려는 미유에게 용기를 줬지만 두렵게도 했다. 앞으로는 두 사람 몫의 만족과 행복을 늘 염두에 두고 살아야 한다. 그게 바로 책임이라는 것이다. 이제 자신만 생각하면 됐던 시절은 곧 끝난다.

작고 여린 생명을 품에 안았을 때 나는 어떤 감정을 느낄까.

생각에 잠긴 채 휠체어를 밀던 탓에 루이코의 방에 들어설 때 바퀴가 문지방에 부딪히고 말았다.

"아, 죄송합니다."

불만스럽게 고개를 돌린 루이코에게 미유는 서둘러 사과했다.

"쯧쯧."

루이코는 휠체어 팔걸이를 짚고 스스로 몸을 일으켜 침대에 옮겨 앉았다. 미유는 재빨리 휠체어를 벽 쪽으로 옮겼다.

"너, 엄마가 되는 게 무서워졌지?"

루이코는 날카롭게 미유의 마음을 꿰뚫어 봤다. 그리고 길고 단정한 손가락을 쭉 뻗어 침대 옆 스툴에 앉으라고 했다.

"혼자 아이를 정말 키울 수 있을지 불안해졌어?"

미유가 조용히 고개를 끄덕이자 루이코는 "흥" 하고 코웃음을 쳤다.

"그런 건 말이지. 아무리 생각해 봤자 소용없는 거야."

단호하게 말하는 루이코. 아무리 치매 증상이 있어도 사람의 본래 인격이라는 건 쉽게 변하지 않는다. 여전히 루이코의 입에서는 날카롭게 핵심을 찌르는 말이 불쑥불쑥 튀어나올 때가 있다. 그 사실을 미유는 지난 두 달 동안 여실히 배웠다.

"아이는 그렇게 연약한 존재가 아니야. 아이들은 말이지. 스스로 성장할 힘을 지니고 있어."

미유는 눈을 크게 뜨고 침대에 앉은 노인을 바라봤다. 랩 스커트 사이로 드러난 다리는 가늘고, 어깨는 뼈가 앙상하게 드러나 있다. 목에는 쭈글쭈글한 주름이 잡혀 있고, 깊숙이 들어간 두 눈은 처진 눈꺼풀 아래에서 반만 열려 있는 것처럼 보인다. 그러나 루이코의 말은 정확히 조준된 탄환처럼 미유의 심장을 향해 날아왔다.

"알겠어? 그러니까 꼭 지켜 주고 잘 키워야 한다고 어깨에 힘줄 필요 없어. 아이 인생은 결국 아이 거니까."

"다녀왔습니다!"

그때 현관에서 들린 미쿠의 활기찬 목소리에 루이코는 조용히 미소 지었다.

"일단 무사히 아기를 낳는 데만 집중해. 아이를 낳아도 부모, 키워도 부모야."

루이코는 그렇게 말하고 과거를 회상하듯 시선을 허공으

로 향했다.
"가나코도 아이를 낳아 본 적도 없으면서 엄마 노릇은 제대로 하고 있으니까. 기가 막힐 노릇이지."
그 말에는 왠지 쓸쓸함도 스며 있었다. 루이코는 하고 싶은 말을 다 했는지 침대에 몸을 누였다. 그 뒤로는 입을 열지 않았다.

여름방학이 시작됐다.
그린 게이블스는 연일 만실이었다. 미쿠와 히사토도 열심히 일을 도왔다.
어린이집은 여름방학이 따로 없기에 다이치는 평소처럼 어린이집에 다녔다. 다이치를 데려다주고 데려오는 건 미유의 일이었다. 미유는 다시는 다이치의 손을 놓치지 않겠다는 일념으로 손을 꼭 잡고 어린이집을 오갔다. 골프채를 손질하던 그 남자의 집 앞은 일부러 돌아갔다.
다이치는 이제 두 번 다시 공황에 빠져 달아날 일이 없어 보였다. 여전히 말수는 적지만 표정이 밝아졌다. 어린이집 선생님도 다이치에게 변화가 느껴진다고 했다. 집에서는 가나코에게 종종 어리광을 부리고, 아키라의 작업실에서도 잘 놀았다. 아키라는 다이치에게 나무 조각을 주며 간단한 조각을 가르치기도 했다.
히사토나 미쿠와 함께 놀 때는 신이 나서 기뻐했다. 어떨 때는 루이코의 휠체어를 직접 밀려고도 했다. 다른 사람의 손을 깨무는 행동도 자취를 감췄다.

이 아이는 이제 자신이 있을 곳을 찾았다. 여기 있어도 된다는 걸 이성보다 감각으로 이해한 것이다. 더는 주눅 들거나 조심하며 움츠러들 필요 없다. 이곳에는 나를 해치려는 사람이 없다. 그러니 이제는 사람들을 시험하지 않아도 된다고 확신한 듯 보였다.

―아이들은 말이지. 스스로 성장할 힘을 지니고 있어.

루이코의 그 말은 옳았다.

다치카와 아동 상담소에서 에토가 찾아왔다. 경차에서 내린 그녀는 커다란 가방을 꺼내 숨을 헐떡이며 게스트 하우스에 가져왔다. 그리고 로비에 도착하자마자 가방을 내려놓고 손수건을 꺼내 땀을 닦았다.

가나코가 안쪽으로 에토를 안내했고 짐은 히사토가 옮겼다.

다이닝룸 테이블에 앉은 에토는 미유가 가져온 보리차를 한 모금 마시고서야 한숨을 돌렸다. 미유는 히사토가 옮겨 온 가방을 물끄러미 바라봤다. 어디선가 본 듯한 체크무늬다. 집에 저 무늬와 똑같은 가방이 있었던 것 같은데. 멍하니 그런 생각을 하고 있을 때 에토가 컵을 테이블에 내려놓고 입을 열었다.

"어휴, 정말 덥네요."

그러고는 미유가 보는 곳을 따라 보며 덧붙였다.

"저 짐, 어머니께서 보내신 거예요."

"네?"

에토는 보리차를 한 모금 더 마셨다.

"미유 씨, 다음 달 말이면 이제 마터니티 하우스에 들어가야 해요. 출산까지 한 달 남았으니까요. 그래서 그 이야기를 집에도 전했어요. 그랬더니 어머님께서 이걸 미유 씨한테 가져다 달라고 하시더라고요."

미유는 한 번 더 가방을 유심히 바라봤다. 어쩐지 익숙하다고 생각했는데, 어머니가 여행 갈 때 자주 쓰던 가방이었다.

"한번 열어 보지 그래?"

가나코의 말에 조심스레 가방 앞으로 가 지퍼를 열었다.

앞이 트인 넉넉한 파자마 세 벌, 수유용 브래지어와 속옷, 수건, 거즈, 슬리퍼까지. 모두 입원 준비물처럼 보인다. 말없이 물건을 하나씩 꺼내는 미유를 가나코와 에토가 묵묵히 지켜봤다. 맨 아래에는 신생아용 속옷과 베이비복이 가지런히 담겨 있었다. 꺼내서 펼쳐 보니 크림색, 흰색, 연한 하늘색 등 성별을 가리지 않고 입힐 수 있는 색상의 옷이었다. 그날 이후 어머니와는 연락하지 않았다. 아이가 여자아이라는 사실도 어머니는 모른다.

작디작은 아기 양말 한 켤레가 나왔다. 너무 작아 집어 든 손끝이 떨렸다. 이 안에 들어갈 아기 발은 또 얼마나 작을까.

미유는 아기를 품에 안은 자기 모습을 상상했다.

"귀엽네."

테이블 너머에서 가나코가 몸을 기울여 말했다.

"미쿠가 우리 집에 처음 왔을 때가 생각나."

"갑작스러운 상황에서 망설임 없이 아이를 받아 준 사람은 가나코 씨뿐이었죠. 그때는 정말 감사했어요."

에토의 말을 듣고 가나코는 미소 지었다.

"그때는 저도 정신이 없었어요. 내가 맡지 않으면 아이가 어떻게 될까, 그 걱정으로 머릿속이 가득했거든요. 어머니와 오빠도 반대했는데."

그러더니 가나코는 미유에게 말했다.

"어머니께서 입원 준비를 전부 해 주셨네. 역시 경험자답게 뭐가 필요한지 알고 계셨을 거야."

가나코는 "미쿠 때는 뭘 사야 할지도 몰라서 에토 씨한테 전부 물어봤어"라고 덧붙였다.

미유는 출산용품과 아기 옷을 하나하나 고르는 어머니의 모습을 떠올렸다. 엄마는 어떤 마음으로 이 물건들을 골랐을까. 남자아이일까, 여자아이일까를 기대하며 골랐을까.

"남편분께는 비밀로 하고 보내 주신 것 같아요."

에토가 조심스럽게 덧붙였다.

미유는 양말을 무릎에 올려놓았다. 아버지는 여전히 딸의 출산을 인정하지 못하고 있다. 당연하다. 애지중지 키워 온 외동딸이 갑자기 임신을 했으니까.

그동안 거기까지는 생각이 미치지 못했다. 그저 격노한 아버지와 그에 동조한 어머니에게 반발해 집을 뛰쳐나왔다. 혼자서라도 아이를 낳고 키우겠다고 오기를 부렸다. 그게 나에게 남은 유일한 길이라 믿었다. 하지만 정말 그랬을까. 그때는 태어날 아이에 대해서는 한 번도 깊이 생각하지 않았다. 오직 내 고집으로 모든 행동을 밀어붙였다.

"미유 씨."

에토의 목소리를 듣고 미유는 정신을 차렸다.

"어머님께 연락해 보는 게 어때요?"

대답 없는 미유에게 에토는 조심스럽게 말을 이었다.

"출산용품을 보내 주셔서 감사하다는 인사만으로도 괜찮을 것 같은데."

"네, 그럴게요."

미유는 물건을 일일이 다시 개어 정성스럽게 가방에 넣었다. 그리고 가방을 들고 방으로 돌아갔다. 스마트폰을 꺼내서 가만히 들여다봤다. 지금 이 휴대폰 요금을 내주는 사람은 아버지다. 지금은 어디에도 전화를 걸 일이 없지만 미유는 휴대폰을 소중히 간직하며 충전도 꼬박꼬박 해 뒀다. 아버지 명의인 이 폰을 부모님이 해지하지 않고 그대로 두는 건 딸에게서 연락이 오기를 기다려서일까. 어머니, 그리고 아버지도.

오랜 망설임 끝에 미유는 어머니인 다카코에게 전화를 걸었다. 낮이니 아버지는 아마 회사에 있을 것이다. 신호음이 몇 번 울리기도 전에 어머니가 전화를 받았다.

"여보세요, 엄마?"

놀란 듯 숨을 들이마시는 소리가 들렸다.

―미유니?

"응. 오늘 에토 씨한테 가방 받았어."

―그렇구나.

"출산용품, 챙겨 줘서 고마워."

―응.

너무 짧은 어머니의 대답에 미유는 가슴이 먹먹해졌다. 어머니 역시 망설이고 있다.

―이제 곧 출산이지? 에토 씨한테 들었어.

"응."

―엄마도 가서 옆에 있어 주고 싶지만, 그럴 수가 없네. 미안.

"알아."

―힘내렴, 미유.

"엄마."

―응?

"걱정하지 마. 나도 이제 엄마가 되니까."

어머니는 말없이 침묵했다. 어머니, 딸, 손주. 사람은 부모가 되면 각자의 위치에 맞는 호칭이 생긴다. 나는 엄마의 딸이지만, 엄마가 된다. 내가 아이를 낳으면 부모님은 할머니, 할아버지가 된다. 신기했다. 세상에 태어날 작은 생명이 우리의 관계마저 변화시킨다.

"그러니까, 강해질 거야."

―미유.

촉촉하게 젖은 숨소리가 느껴졌다. 엄마는 지금 울고 있는 걸까. 어떤 눈물일까. 이제는 정말 딸과의 결별을 받아들이는 눈물일까. 딸이 강해진 걸 기뻐하는 눈물일까. 아니면 태어나지도 않은 손녀를 떠올리며 감정이 북받친 걸까.

"안녕. 또 연락할게."

미유는 어머니의 대답을 기다리지 않고 전화를 끊었다.

스마트폰 대기 화면에 뜬 하얀 모래사장 풍경을 가만히 바라봤다. 원래는 준야와 함께 찍은 투쇼트 사진을 배경으로 해 뒀지만 헤어진 직후 풍경 사진으로 바꿨다. 스마트폰에 기본으로 들어 있던, 어딘지 알 수 없는 해안가 사진. 대충 골랐기에 지금껏 제대로 보지도 않았다. 모래사장에는 누군가의 발자국이 점점이 찍혀 있었다. 하나는 크고 하나는 작다. 사람의 모습은 어디에도 없지만, 왠지 손을 맞잡은 엄마와 아이가 함께 모래사장을 걸어간 것 같은 느낌이 들었다.

마터니티 하우스에는 에토가 함께 가 주기로 했다.

그때까지 그린 게이블스에서 계속 일할 수 있다고 하지만 에토는 출산 이후를 걱정했다. 출산 후 석 달까지는 마터니티 하우스에서 돌봐준다고 했다.

그 이후가 문제였다. 지금 미유는 출산만으로도 머리가 가득 차서 미래를 구체적으로 그릴 수 없었다. 그래도 에토가 진심으로 나를 걱정해 주고 있다는 건 충분히 전해졌다. 에토는 몇 번이고 그린 게이블스를 찾아와 함께 해결책을 고민해 줬다. 하지만 에토와 대화할수록 미유의 마음은 점점 더 흔들렸다.

"어쨌든 저희는 끝까지 미유 씨와 함께할 거니 걱정 마요."

에토는 언제나 따뜻하게 격려해 줬다.

에토의 설명에 따르면 자신 같은 상황에 있는 여자를 '특정 임부'라고 부른다고 했다. '출산 후 양육에 있어 출산 전 특별한 지원이 필요하다고 인정되는 임신부'라고 아동 복지법에 명시돼 있다고 한다. 예기치 못하게 임신을 한 젊은 산모이기 때문에 미유는 도쿄도와 오우메시, 아동 상담소에서 지원받을 수 있는 대상이었다.

마터니티 하우스를 나온 이후 여성 보호 시설에 입소하는 방법도 있다고 에토는 말했다. 가족이나 지인에게 의지할 수 없고 정신적, 경제적으로 불안정한 엄마와 자녀를 받아 주는 시설이라고 했다. 도쿄도에서 운영하는 보호 시설로 해당 지자체의 복지 사무소를 거쳐 신청할 수 있는데, 미유가 원한다면 에토가 절차를 대신 밟아 줄 수도 있다고 했다.

"하지만 미유 씨한테는 부모님과 집이 있으니 전 역시 거기로 다시 돌아가는 게 가장 좋다고 생각해요."

그 말을 듣고 미유는 고개를 떨궜다. 아기를 안고 돌아온 딸을 아버지가 받아 줄 것 같지 않았다. 혼자 낳고, 혼자 키우겠다며 집을 박차고 나왔다. 그런데 이제 와서 다시 돌아가야 한다니. 미유가 힘없이 고개를 흔들자 에토도 얼굴빛이 어두워졌다.

미유 방에서 마주 앉아 있던 에토는 다다미 위로 살며시 몸을 옮겨 다가왔다.

"미유 씨와 태어날 아기는 아동 상담소의 모두가 걱정하고 있어요. 그래서 사실 얼마 전 회의에서는 이런 이야기도 나왔는데……. 그냥 제안 중 하나로 들어줬으면 해요."

에토는 미유의 표정을 조심스레 살피며 입을 열었다.

"'특별 양자 결연'이라는 제도가 있어요."

"네? 아기를 입양 보내는 거예요?"

미유는 반사적으로 고개를 번쩍 들었다. 낙태할 수 없다는 걸 알았을 때 부모님이 몰래 아이를 낳고 아이를 보호 시설에 맡기거나 어디론가 입양 보내자고 했던 말이 떠올랐다. 태어날 아이를 세상에서 지워 없애려는 듯한 방식에 미유는 강한 반감을 느꼈다.

"안 돼요. 그런 건."

"네. 알아요. 그래도 일단 이야기라도 들어보지 않을래요?"

에토가 부드럽게 달래서 미유는 마지못해 고개를 끄덕이고 이야기에 귀를 기울였다.

특별 양자 결연이란 어려운 환경에서 태어난 아이에게 영구적으로 안정된 가정을 마련해 주기 위한 제도다. 일반 양자 결연을 한 아이는 호적에 '양자', '양녀'로 기재되지만, 특별 양자 결연을 한 아이는 '장남', '장녀'로 기재된다. 따라서 특별 양자 결연이 성립한 순간 아이는 생물학적 부모와 모든 법적 관계가 종료된다.

그 때문에 특별 양자 결연은 대부분 아이가 신생아일 때 이뤄진다고 했다. 그럴수록 새로운 부모와 더 자연스럽게 관계를 쌓아 갈 수 있기 때문이다.

"세상에는 원치 않게 아이를 갖게 된 사람이 있어요. 하지만 그런 반면, 아무리 간절히 바라고 노력해도 아이를 갖지 못하는 사람도 있죠. 특별 양자 결연은 그런 두 사람을 이어 주는 제도예요."

에토는 부드러운 목소리로 설명했지만 그 말은 미유의 귀를 맴돌기만 했다.

"그런 건 싫어요. 전 이 아이를 낳아서 직접 키우겠다고 결심했는걸요."

미유는 거의 쏘아붙이듯 말했다. 아마 눈에는 당혹감과 분노가 서려 있었을 것이다. 하지만 에토는 물러서지 않았다.

"미유 씨."

에토는 목소리에 힘을 주어 말했다.

"지금 가장 먼저 생각해야 하는 건 뱃속에 있는 아기의 행복이에요. 무엇이 아이에게 가장 좋은 선택인지 고민하고 결정하는 것. 그게 바로 어머니의 역할이라고 생각해요."

그러고는 다시 원래의 온화한 표정으로 돌아와 손을 뻗어 미유의 무릎을 다정하게 툭툭 두드렸다.

"지금 당장 결론을 내릴 필요는 없어요. 다만 이런 선택지도 있다는 걸 마음 한 켠에 두고 생각해 줬으면 해요."

에토가 돌아간 뒤에도 미유는 한참 동안 말없이 생각에 잠겼다.

뱃속의 아이도 하나의 인격체고, 태어나는 순간부터 그 아이만의 인생이 시작된다는 걸 머리로는 알고 있었다. 하지만 진짜로 이해하고 있었던 건 아니다. 처음 지사를 만났을 때도 지사가 그 점을 지적했지만, 미유는 흘려들었다. 지금껏 내가 고민했던 건 전부 내가 어떻게 하고 싶은가에 관한 것이었다. 그저 아이를 잘 낳아 훌륭하게 키우고 싶은 마음뿐이었다. 하지만 그 마음조차 결국은 나만의 고집, 자기만족 아니었을까. 엄마의 뜻에 휘둘리는 아이는 과연 행복할 수 있을까.

그런 중요한 걸 이제껏 깨닫지도 못한 자신이 부끄러웠다.

8월이 되자 지사가 요헤이와 함께 그린 게이블스를 찾아왔다.

그들은 마중 나온 미유를 조금 떨어진 거리에서 가만히 바라봤다.

"배, 많이 나왔죠?"

미유가 먼저 말을 걸었다.

"아니, 그게 아니라……."

지사는 미소 지으며 한 걸음, 두 걸음 가까이 다가왔다.

"얼굴이 달라졌네."

"네? 어떻게요?"

"어른스러워졌어. 아니, 그게 아니고, 뭐랄까, 좀 더 단단해진 느낌이랄까……."

"뭔 소리를 하는 거야?"

요헤이가 짓궂스럽게 끼어들었다.

"표정도 많이 부드러워졌어. 전에는 날이 좀 서 있었거든. 지금은 둥글둥글하고 유연하면서도…… 뭔가 늠름해."

"늠름하다니. 칭찬 맞아?"

요헤이가 배를 잡고 웃음을 터뜨렸다.

지사는 "흐음……" 하고 잠시 고민하더니 "내가 좀, 어휘력이 부족해서……"라고 말을 이었다.

"어쨌든 좋아졌다는 뜻이야."

"나, 지사 언니가 무슨 말을 하고 싶은지 알 것 같아!"

그때 가나코가 옆에서 끼어들었다.

"미유, 우리 집에 처음 왔을 때는 좀 주눅 들어 있었는데 지금은 전혀 다르거든. 안에서부터 빛이 나는 느낌이야."

"네? 안에서부터 빛이 나는 느낌이요?"

당황해서 되묻는 미유를 보며 지사가 후훗 하고 웃었다.

"지금 아키라가 새긴 그 여자아이 얼굴 조각을 보면 알 수 있을지도. 분명히 앞을 똑바로 바라보는 당당한 표정으로 보일걸. 그게 바로 지금 네 얼굴이야."

그 말을 남기고 지사는 미유 옆을 지나 안쪽에서 뛰어온 미쿠를 끌어안았다.

그날 저녁에는 정원에서 바비큐 파티를 했다. 숙박객 몇 명도 함께해 꽤나 북적거렸다. 아이들은 불꽃놀이를 즐겼고, 히사토가 불을 붙여 준 폭죽을 다이치도 조심스럽게 손에 쥐었다. 불꽃이 유난히 크게 타오르자 다이치는 신이 나서 소리를 질렀다. 빨강, 노랑의 불꽃에 비친 다이치의 웃는 얼굴을 보며 미유의 마음도 따뜻해졌다.

어른들은 아키라가 만든 나무 테이블에 둘러앉아 이야기꽃을 피웠다. 가나코는 꾸벅꾸벅 졸기 시작한 루이코를 방으로 데려다줬다.

지사가 손목에 찬 팔찌를 가볍게 돌리며 말을 꺼냈다.

"있지, 미유. 기억나니? 6월에 빌딩 옥상에서 만났던 마나미랑 사쿠라 자매."

잊었을 리 없다. 그날 내가 무엇을 하려 했는지도 똑똑히 기억하고 있다. 만약 그 옥상에서 지사를 만나지 못했다면 나는 지금 이 자리에 없었을 것이다. 뱃속의 아이와 함께 생을 마감했거나, 아니면 끝없는 도쿄의 밤거리에 휩쓸려 사라졌을지 모른다.

―저기, 혹시 먹을 거 없어요?

어쩌면 그날 말을 걸어 준 사쿠라야말로 나와 뱃속의 아기를 구해 준 존재였다. 부모에게 버림받고 언니와 단둘이 빌딩 옥상 계단실에서 살던 아이. 자신이 처한 비참한 현실 속에서도 조금도 흔들리지 않는, 강인하고 단단한 영혼을 가진 아이였다.

그날 죽음을 향해 나아가려던 나약한 여고생을 그 아이는 생의 방향으로 되돌려 놓았다.

불꽃놀이를 하는 아이들이 "꺄아!" 하고 환호성을 지르자 미유는 정신을 번쩍 차렸다. 눈앞에 지사의 얼굴이 있었다. 두 눈 사이가 살짝 떨어진 게 매력 포인트인 여자. 턱을 괴고 고개를 기울인 모습이 어딘가 아이 같으면서도 사랑스럽다. 술에 약한 요헤이는 지사 옆에서 졸린 듯 눈이 풀려 있다. 정원 풀숲에서는 간간이 벌레 우는 소리가 들렸다.

"그 애들, 지금은 어떻게 지내요?"

"잘 지내고 있어. 학교랑 유치원에 다니면서. 둘이 함께 패밀리 홈에 들어갔거든."

"패밀리 홈요?"

"응. 쉽게 말하면 일반적인 위탁 가정보다 조금 더 규모가 큰 곳이라고 할까. 평범한 주택에서 대여섯 명 정도 되는 위탁 아동을 맡아서 함께 돌보는 거야."

그런 곳도 있구나. 미유는 처음 알았다.

"마나미는 사쿠라와 절대 떨어지려고 하지 않았어. 나이 차이도 많이 나니 혹시라도 다른 시설에 보내질까 봐 무서워했어."

그래서 그런 곳에 숨어 살며 혼자 동생을 돌봤던 걸까. 부모에게 받은 상처 때문에 어른들을 믿지 못하고, 보호해 주려는 복지 관계자들에게서도 도망 다녔다.

"지금은 말이지. 마나미가 그 홈에서 제일 나이가 많아서 어린 동생들을 잘 챙기고 있대. 홈의 부모도 마나미가 잘 도와줘서 의지가 된다고 하시더라."

"다행이다."

지사에게 달려들던 마나미의 매서운 눈빛이 떠올랐다. 그 아이도 발을 한 걸음만 잘못 디뎠다면 욕망과 범죄로 가득한 거리에 빠져 다시는 떠오르지 못했을지 모른다.

―못 내버려둬! 내버려둘 수 없으니 이렇게 온 거잖아!

피를 토하듯 외치던 지사의 목소리.

지사는 그 세계의 무서움을 몸소 겪은 사람이다. 그래서 지금처럼 아이들을 돕는 활동을 시작하게 됐다.

"마나미는 참 다정한 아이야. 그리고 다정한 아이일수록 강해. 그날 미유를 돕고자 나선 그 열정이 아마 가슴속에서 점점 크게 자랐겠지."

다정한 아이일수록 강하다. 그건 지사 씨 이야기이기도 하잖아요. 미유는 지사를 보며 속으로 그렇게 중얼거렸다. 지사의 행동에 자극받아 함께 움직였던 것이 마나미에게 어떤 깨달음을 주고 변화를 이끈 것이다.

누군가를 위해 이토록 진심을 다해 애쓰는 사람들이 있을 줄 몰랐다. 아키라, 가나코도 마찬가지다.

다른 사람에게 의지해도 괜찮다. 다정한 사람은 강하니까.

그것은 미유가 가장 먼저 배운 삶의 진실이었다. 그리고 더 많은 걸 알고 싶다고 느꼈다. 더 많이 배우고 싶고, 대학에 가서 지식을 흡수하고 싶다. 거기까지 생각이 미치자 순간 흠칫했다. 대학에 가고 싶으니 아버지가 될 수 없다고 한 준야. 그 이기적인 말에 그를 얼마나 미워했는지가 떠올랐다. 그래서 난 대학 따위 가지 않고 아이를 제대로 키우겠다고 일편단심으로 다짐했다.

하지만 지금은 준야의 마음도 조금 이해할 수 있을 것 같았다. 우리는 둘 다 너무 어렸다. 철없고, 무지하고, 고집스러웠다.

―남자를 아버지의 위치에 제대로 세우려면 말이야. 여자

가 현명하게 이끌어야 해.

루이코의 말이 떠올라 피식 웃음이 났다. 그러면서 웃을 수 있는 자신에게 놀랐다.

준야도 나도 아직 부모가 되기에는 준비가 부족했다. 그 후 몇 달의 경험만으로도 나는 많이 달라졌다. 대학에 갈 수 있다면. 그럼 더 많은 걸 배우고 성장할 수 있을 텐데. 그때 그대로 고등학교를 졸업하고 별생각 없이 성적에 맞는 대학에 진학했다면 아마 학업에 소홀하고 소중한 지식을 제대로 흡수하지 못했을 것이다.

집에는 돌아갈 수 없지만 학교에는 돌아가고 싶다고 생각했다. 원래 다니던 고등학교가 아니어도 괜찮다. 통신제든 야간제든, 일하면서 다닐 수 있는 학교가 있다면.

공부를 하고 싶었다. 내가 얼마나 무지한지 뼈저리게 깨달았다. 고등학교에 다니며 공부는 했지만 진정으로 뭔가를 배우지는 않았다. 진정으로 배우기 시작하면 내가 정말 뭘 하고 싶은지도 보일 것 같았다.

아키라도 힘든 환경 속에서 방황한 적이 있었다. 하지만 결국 배우고 싶다는 일념 하나로 대학에 가기로 결심했다. 부모에게 기대지 않고 2년 동안 스스로 일해서 진학했다. 배우고 싶다는 간절한 마음이 그의 등을 밀어 준 것이다. 그런 마음에 이르기까지 그를 움직인 건 뭐였을까.

다이치가 손에 든 마지막 폭죽이 크게 타오르며 주황색

불꽃을 흩뿌렸다. 미쿠의 환호성과 다이치의 웃음소리가 겹쳤다.

마지막 불꽃은 왠지 쓸쓸한 색이었다.

여름도 이제 곧 끝난다. 그리고 나는 결론을 내리지 못한 채 마터니티 하우스에서 출산을 맞이해야 한다. 마나미와 사쿠라는 앞을 향해 나아가기 시작했지만 나는 아무것도 정하지 못하고 있다.

미유는 밤하늘을 올려다봤다. 달이 떠 있다. 조금 이지러진 달은 산 능선 너머에서 여전히 길을 찾지 못한 소녀에게 부드러운 빛을 비추고 있었다.

오쿠타마의 가을은 산의 기운 변화로부터 시작됐다.

도심에서는 아직 폭염이 계속되는 시기인데 이곳의 아침 공기에는 어느새 서늘한 기운이 섞였다. 산을 뒤덮은 짙은 녹음도 여전하지만 한여름의 그것과는 다른 느낌이다. 거세게 치솟던 초록의 기세는 자취를 감추고, 그 대신 촉촉하고 차분한 분위기가 감돈다. 해가 짧아지는 것을 민감하게 감지한 나무들이 곧 잎을 떨어뜨릴 운명을 알아차리고 그 준비를 조용히 시작하기라도 한 것처럼.

동시에 바람에 섞인 산 냄새도 싱그러움에서 서서히 메마른 것으로 바뀌어 갔다.

그리고 투명하던 빛에 색이 섞이기 시작했다. 황금빛이

나 군청색 같은 미세한 빛이다. 부드럽게 물든 빛은 집들의 지붕과 들판의 풀꽃 위에 골고루 내려앉아 그것들을 물들인다. 풍경이 점점 고요하고 안정된 분위기로 바뀌는 사이 산새들은 오히려 분주해진다. 슬슬 이동을 시작해야 하는 새도, 이곳에서 겨울을 나야 하는 새도 준비에 여념이 없다.

여름이 조용히 가을에게 자리를 내 주려는 기운은 인간에게도 서서히 전해졌다.

그런 흔들림 없는 자연의 변화는 미유를 재촉하고 있었다.

"넌 어떻게 하고 싶니?"

뱃속의 아이에게 말을 걸어 봤다. 출산 예정일이 가까워지며 아기는 전처럼 격하게 움직이지 않는다. 머리를 아래로 하고 몸을 웅크린 채 태어날 준비를 하는 것이다.

밀짚모자를 쓴 미쿠가 마당으로 나갔다. 여름 방학 숙제로 관찰 중인 해바라기는 고개를 숙이고 있었다. 오므라든 노란 꽃잎 안에는 씨앗이 가득 들어 있다. 미쿠는 그것들을 모아 뒀다가 내년에 다시 심어서 해바라기를 늘릴 계획에 신이 나 있었다. 미쿠는 커다란 큰 물뿌리개로 해바라기 뿌리에 물을 줬다.

미쿠는 갓난아기 때 이 집에 왔다. 그리고 가나코의 양자가 됐다. 일반 양자 결연은 부모가 독신이어도 성립되지만 특별 양자 결연은 부부가 아니면 성립되지 않는다. 그런 것들을 에토가 설명해 줬다. 특정 임신부가 출산하기 전 아이를 입양

보내기로 결심하면, 그 아이를 맞이할 부부는 준비를 시작한다고 한다. 일부는 부모 교육 프로그램에 참석해 출산과 육아를 준비한다. 그만큼 그들은 아이를 간절히 바라고, 자신들에게 올 아이를 진심으로 배려하고 있는 것이다.

미쿠처럼 태어나자마자 부모가 양육을 포기한 사례는 예외 상황으로 분류돼 처리된다. 대부분 먼저 영아원에 맡겨지고 이후 아동 보호 시설로 옮긴다. 영아원을 거치지 않고 가나코와 아키라 남매에게 온 미쿠는 꽤 드물고 운이 좋은 사례일 것이다. 자신이 가나코의 친딸이 아니라는 것도 미쿠는 거부감 없이 받아들였다. 그린 게이블스에서 다른 위탁 형제들과 함께 자유롭고 즐겁게 지내는 것처럼 보인다.

하지만 다이치가 사라지는 사건이 일어나고 얼마 후 가나코는 말했다. 어린 미쿠는 자신이 가나코에게서 태어난 게 아니라는 사실을 받아들이는 데까지 시간이 걸렸다고.

"어린이집에 다니는 친구한테 동생이 생기면 아이들끼리도 그런 이야기를 한대. 엄마 배가 점점 불러 오고, 그 안에서 아기가 자라 결국 태어난다고."

그런 과정이 자신과 가나코 사이에는 없었다는 사실에 어린 미쿠는 당황하고 충격을 받았다. 자신이 '엄마'라고 부르는 사람이 분명 엄마이기는 한데, 정작 자신은 이 사람에게서 태어난 게 아니라는 사실이 아이를 혼란스럽게 했다. 누군가 다른 사람이 나를 낳아 줬고, 그 사람 역시 '엄마'인 걸

머리로는 이해하지만 어린 마음에 제대로 소화하는 게 어려웠던 듯하다. 그 시기에는 정서적으로도 불안정해서 집 안에서 말수가 줄고 자다가 이불에 실수를 하거나 어린이집에서 거친 행동을 보일 때도 있었다고 한다.
"그래서 내가 어떻게 했냐면……."
가나코는 의미심장하게 미소 지었다.
"직접 미쿠를 다시 낳았어."
"네?"
놀라는 미유를 보며 가나코는 웃음을 터뜨렸다.
"바닥에 드러누워 배를 목욕 타월로 감아. 그럼 타월 안에 작은 미쿠가 쏙 들어갔다가 다시 나오는 놀이를 하는 거야. 나올 때 미쿠가 '응애' 하고 울음소리를 내거나 '태어났다!'라고 외치기도 해."
기타무라에게 조언을 받아 그런 놀이를 반복했다고 한다. 기타무라가 설명하기를 입양이든 위탁이든 아이가 어릴 때 진실을 알리는 경우에는 이런 놀이가 효과적일 때가 많다고 했다.
"그렇게 해서 미쿠는 다행히 안정을 되찾았어. 두 명의 엄마를 자연스럽게 받아들인 거야. 애들은 참 신기해. 설명할 수 없는 무한한 힘을 가지고 있어."
처음 미쿠를 만났을 때 배가 부른 미유를 보며 미쿠는 "미쿠를 낳아 준 엄마도 미쿠를 배에 넣어 줬구나!"라고 했다. 그 말의 배경을 알 것 같았다.

미쿠의 친부모가 누군지는 알 수 없지만 그래도 미쿠를 낳아 준 사람은 어딘가에 존재한다. 낳아 주지 않았다면 나는 이 세상에 없었을 테니 그런 것에 감사하는 마음도 미쿠 안에서 싹트고 있는 것이다. 진실을 알리는 건 그런 의미에서도 중요하다.

"아이에게 그런 걸 알려 주는 게 너무 가혹하다고 하는 사람도 있어. 하지만 이건 정말 중요한 일이야. 어차피 언젠가 마주해야 할 진실이라면 차라리 일찍 아는 편이 좋아. 내가 어떻게 태어났고, 어떤 과정을 거쳐 입양됐는지 알 권리는 누구에게나 있으니까. 숨기거나 얼버무리는 건 아무리 어린아이여도 민감하게 알아채기 마련이야. 우리는 미쿠가 안심하고 이 집에서 지낼 수 있게 처음부터 진실을 말해 주기로 했어."

우리, 즉 가나코와 이키리다. 입양이든 위탁이든 아이를 받아들이는 과정에서 두 사람은 깊이 고민하고 신중하게 논의를 거듭했다. 이 집의 아버지와 어머니가 되기 위해.

"그런 부분을 소홀히 해서는 진짜 가족이 될 수 없어. 진실을 제대로 알면서 아이도 생명이 얼마나 소중한지를 이해하게 돼."

오히려 나중에 커서 뒤늦게 진실을 알게 되면 그동안 쌓아 온 신뢰가 무너질 수도 있다. 아이는 정체성을 잃고 고민도 깊어진다고 가나코는 말을 이었다.

"우리는 좀 특별한 형태의 가족이잖아. 엄마랑 나, 그리고 오빠. 이 세 사람이 서로를 가족으로 받아들이고 함께 살기 시작한 건 정말 기적 같은 일이었어. 심지어 난 성인이 될 때까지 오빠가 있다는 것도 몰랐어."

미유는 말을 보태지 않고 조용히 귀를 기울였다. 루이코의 말투나 아키라의 행동을 보며 이 가족이 현재에 이르기까지 복잡한 사연이 있었다는 건 알았다. 그래도 이 세 사람이 있기에 아이들은 그린 게이블스라는 따뜻한 보금자리를 가질 수 있게 됐다.

"서로 사랑하는 부부가 있고, 그 사이에서 친자식이 태어나며 가족이 만들어진다고 나도 오랫동안 믿었어. 하지만 그게 전부는 아니야. 우리처럼 조금 다른 형태의 가족이 있어도 괜찮지 않을까?"

가나코의 말은 미유의 마음에 조용히 스며들었다. 하늘에서 내린 비가 부드럽게 땅을 적시듯.

"혈연으로 맺어진 가족을 감싸는 사랑이 태양빛이라면, 우리의 인연은 달빛 같은 거야. 부드럽고 덧없는 달빛에 감싸인 가족. 서로 배려하고, 때로는 반발하고, 사랑하면서 천천히 서로의 거리를 찾아가는 수밖에 없어. 그래도 결코 멀어지지는 않아. 미쿠의 친부모와 미쿠도 그렇게 달빛이 닿는 거리 안에 있어."

달빛이 닿는 거리 안에 있는 가족. 그건 가나코 자신의 경험과 아이들과의 관계 속에서 찾아낸 답일 것이다. 가족의 형태는 제각각이다. 그래도 가족이라는 사실은 변하지 않는다.

마당에서 물뿌리개를 들고 돌아온 미쿠가 현관 앞에서 큰 소리로 외쳤다.

"원피스 앞이 다 젖어 버렸어!"

"아이고."

먼저 반응한 사람은 아키라였다.

"물뿌리개는 이리 줘. 그리고 방에서 옷 갈아입고 와. 엄마한테 들키기 전에."

"네!"

미쿠가 콩콩 복도를 달리는 발소리가 울려 퍼졌다.

8월 중순을 넘기자 가을 기운이 한층 더 실어섰다.

여전히 손님이 끊이지 않고 찾아와 그린 게이블스는 늘 북적였다. 미쿠는 히사토의 도움을 받으며 여름방학 숙제를 열심히 하고 있다. 다이치는 어린이집과 집, 그리고 밖에서도 활발하게 뛰어놀며 피부가 탔다. 도루가 하루 휴가를 내고 와서 히사토와 미쿠, 다이치를 데리고 수영장에 다녀왔다. 그래서 다이치는 더 까맣게 탔다.

다이치는 수영을 가르쳐 준 도루에게도 마음을 열고 미쿠를 따라 그를 '도루 형'이라고 불렀다. 히사토와 가끔 캐치볼도 했다. 모두 가족처럼 자연스럽게 지내는 이 공동체는 훌륭하게 기능하고 있었다.

"세상에. 얘는 앞뒤가 구분 안 될 만큼 까맣게 탔네요."

다이치의 상태를 보러 온 기타무라가 놀란 듯 말했다. 하지만 이 집에 완전히 녹아든 다이치를 보며 안심한 듯했다.

요새는 히사토가 다이치의 어린이집 등하원을 맡아 주고 있다. 점점 배가 불러 오는 미유를 모두가 배려하는 분위기가 느껴졌다. 그런 마음이 고마운 한편으로 이곳을 곧 떠나야 한다는 사실이 아쉽고 슬펐다.

그런 종잡을 수 없는 기분으로 미유는 아키라의 작업실에 들어갔다. 아키라는 늘 그러듯 말없이 나무 조각을 다듬고 있었다. 미유는 구석에 놓인 둥근 나무 의자에 조용히 앉았다.

아키라는 눈을 살짝 들어 미유를 한 번 보기만 하고 그대로 작업을 이어 갔다. 끌을 두드리는 규칙적인 소리. 은은한 나무 향기. 활짝 열린 창문으로 들어오는 시원한 바람. 미유는 그린 게이블스의 모든 것을 기억에 새기고 싶었다.

작업이 한고비를 넘기자 아키라는 끌을 내려놓고 목에 걸린 수건으로 땀을 닦았다.

"아키라 씨는 왜 위탁 부모를 하시는 건가요?"

예전에 가나코에게도 던진 질문을 미유는 입 밖에 꺼냈다. 아키라는 놀란 기색도 없이 온화한 얼굴로 말했다.

"내가 10대였을 때."

나직한 목소리로 이야기를 시작했다.

"'가족이란 뭘까?' 하고 물은 녀석이 있어."

방황하며 환락가를 떠돌던 시절의 이야기라고 아키라는 덧붙였다.

"근데 나도 그 답을 모르겠더라. 부모님은 이혼했고, 날 데려간 아버지는 무책임한 사람이었거든. 지금은 돌아가셨지만."

그 사람이 바로 아키라와 가나코의 아버지인 걸까. 하지만 아키라는 그런 부분은 언급하지 않았다.

"그 녀석, 그리고 그때 내 주변에 있었던 녀석들도 대부분 집안 사정이 안 좋았어. 지사도 포함해서."

등에 문신을 짊어지고 살아온 지사. 그런 상처를 안고 걸어온 삶은 분명 혹독했을 것이다.

"사실 지금도 잘 모르겠어. 나도 가나코도 아이를 가져 본 적이 없으니까. 늘 헤매기 일쑤였고, 지금도 우리는 그걸 알아 가는 과정 속에 있어."

아키라는 조각 중이던 작품을 눈높이까지 들어 바라봤다. 미유의 눈에는 작고 납작한 원반으로만 보인다. '저 안에 담긴 형태는 어떤 모습일까' 하고 생각했다.

"우리가 위탁 가정을 하고 아이를 입양하는 걸 보며 불쌍한 아이들을 데려다 키우는 착한 사람들이라고 말하는 사람들이 있어. 아마 세상 사람들 눈에는 그렇게 보이겠지."

아키라는 나무토막을 천천히 무릎에 내려놓았다. 그리고

거칠고 울퉁불퉁한 손으로 나무를 천천히 어루만졌다.

"하지만, 아니야. 우리가 아이들을 데려다 키우는 게 아니라, 그 아이들이 우리를 부모로 만들어 주는 거야."

저 멀리서, 혹은 가까이서 마치 환청처럼 들리는 매미 울음소리가 아키라의 목소리 위에 겹쳤다. 하지만 미유의 마음속에서는 아키라의 말이 크고 묵직하게 울려 퍼졌다.

"그런 의미에서 난 아이들에게 감사하고 있어. 그리고 아이들을 낳아 준 사람들에게도. 그들이 없었다면 나와 가나코는 부모가 될 수 없었을 테니까."

그런 식으로 생각해 본 적은 한 번도 없었다. 미유 역시 세상 사람들과 마찬가지로 아키라와 가나코를 바라보고 있었다. 아동 복지에 헌신하고 아이들에게 안정된 가정을 제공하는 선량한 사람들이라고.

"미쿠가 백화점 수유실 침대에 버려져 있었다는 이야기는 가나코한테 들었지?"

"네."

"그 사람이 누군지는 몰라. 하지만 사람들 눈에 잘 띄는 백화점 수유실에 아이를 두고 간 그 행동에서 난 부모의 마음을 느낄 수 있었어. 자신은 키울 수 없지만 누군가가 아이를 키워 주기를 바라는 간절한 그 마음이. 그는 아이를 낳지 않는 선택, 그리고 낳은 아이를 세상에서 몰래 지우는 선택도 하지 않고 삶이라는 길 위에 조용히 아이를 맡겼어. 그래서 우리는 그 소중한 생명을 이어받은 거야."

"아……."

저절로 목소리가 새어 나왔다. 미쿠가 태어나자마자 버려졌다는 이야기를 처음 들었을 때 정말 나쁜 부모라고 생각했다. 나라면 절대 그런 짓은 하지 않을 거라고도.

"그 사람은 자신이 낳은 아이가 자라는 모습을 볼 수 없어. 아이가 뒤집기를 하고, 걷기 시작하고, 말을 배우는 모습을 보지 못하는 거야. 그래서 우리는 아이에게 '미쿠未来'라는 이름을 붙여 줬어. 친부모가 보지 못하는 그 이후 삶을 우리가 이어받겠다는 의미에서."

그 사람은 어떤 사람일까. 미유는 문득 떠올렸다. 어쩌면 그도 나와 별반 다르지 않을지 모른다. 함께하던 남자에게 버림받고, 부모도 출산을 반대하는 그런 막막한 상황 속에서 혼자 아이를 낳고, 결국 백화점 수유실에 조용히 두고 나올 수밖에 없었던 게 아닐까. 이곳이라면 누군가가 아이를 반드시 발견해 줄 거라는, 어딘가에 데려가 키워 줄 거라는 그 한 줄기 희망에 모든 걸 걸었던 것이다.

결코 칭찬받을 방법은 아니지만 그 또한 아기의 생명을 지키는 하나의 방법이었다. 지금은 가나코와 아키라의 품에서 미쿠는 행복하게 살고 있으니까.

그 말을 끝으로 아키라는 다시 작업에 몰두했다. 미유도 말없이 그의 손길을 바라봤다.

위탁 가정도, 입양도 모두 생명을 이어 주는 릴레이다. 낳은 부모, 기르는 부모도 오직 아이의 행복을 바랄 뿐이다. 그리고 삶의 힘으로 가득 찬 아이는 그런 양쪽의 마음을 받아서 쑥쑥 자란다.

마터니티 하우스에 가기 전 마지막 산부인과 검진을 받기 위해 오우메시 중심가를 찾은 날, 미유는 다치카와시까지 발걸음을 옮겼다. 아동 상담소의 에토를 만나기 위해서였다. 케이스 워커인 에토는 바쁜 근무 중에도 시간을 내어 미유를 기다려 줬다. 두 사람은 아동 상담소 안에 있는 작은 상담실로 들어갔다.
"어때요? 에어컨 바람이 너무 세지 않아요? 추우면 말해요."
자연스럽게 임신부를 배려하는 태도. 테이블을 사이에 두고 마주 앉은 에토에게 미유는 괜찮다고 했다.
"검진은 어땠어요?"
"아기는 아주 건강해요. 몸무게도 곧 2킬로그램이 될 거라고 해요."
"미유 씨는? 엄마의 몸 상태도 중요해요."
"괜찮아요. 빈혈 수치도 괜찮다고 하셨어요."
"그래요? 다행이네요."
에토는 눈꼬리를 내리며 환하게 미소 지었다. 그녀의 눈가에 고운 주름이 잡히는 것을 미유는 말없이 바라봤다. 약간 통통하고 성격도 느긋해 보이지만 에토는 언제나 몸놀림이 가볍다. 미유뿐만 아니라 여러 명을 동시에 맡고 있는데도 피곤한 기색 없이 언제든 발 빠르게 움직여 줬다.

"에토 씨도 자녀가 있나요?"

문득 그런 질문이 입에서 나왔다. 에토의 둥근 얼굴에서 눈이 동그랗게 커졌다. 에토는 곧 다시 여유롭게 미소 지었다.

"네. 딸이 둘이에요. 둘째는 곧 결혼할 예정이에요."

"그렇군요."

미유는 시선을 무릎 위로 떨궜다. 두 손으로 손수건을 구겼다 펴기를 반복했다.

"큰애는 절 닮아 느긋한 성격이고 지금 시립 도서관에서 사서로 일하는데, 일이 너무 재밌대요. 어릴 때부터 책을 좋아하던 아이라 천직을 찾은 셈이죠."

에토는 아마 미유가 지금 뭔가를 말하려는데 쉽게 꺼내지 못하고 있다는 걸 눈치챘을 것이다. 하지만 조급하게 재촉하지 않고 미유가 스스로 입을 열기를 기다리고 있다. 에토는 두 딸이 어렸을 때 자주 읽어 주던 그림책을 이제는 딸이 도서관에서 아이들에게 읽어 주고 있다는 이야기를 들려줬다.

"에토 씨."

도서관의 위치를 설명하던 에토의 말을 미유가 조심스레

가로막았다.

에토는 입을 다물고 가만히 미유를 바라봤다.

"저, 그게……."

"네, 괜찮아요."

"이 아이를……."

미유는 한 손을 배 위에 얹었다. 복대 너머에서 희미한 움직임이 느껴졌다. 나는 지금 이 아이의 운명을 바꾸려 하고 있다. 미유는 다른 손으로 손수건을 꽉 쥐었다. 마치 엄마의 용기를 북돋우려는 듯 다시 아기가 움직였다. 이번에는 조금 더 강하게.

"입양 보내려고 해요."

단숨에 내뱉고 나니 온몸에서 힘이 빠졌다. 뭔가 돌이킬 수 없는 실수를 저지른 듯한 기분에 눈물이 터질 것 같았지만 필사적으로 참았다.

눈을 들어 에토를 봤지만 에토는 아무 말 하지 않았다. 그 침묵이 오히려 불안을 키웠다. 베테랑 케이스 워커는 진심을 가늠하는 듯한 눈빛으로 미유를 봤다.

"왜 그런 결정을 하셨나요?"

그렇게 물어 줘서 마음이 놓였다.

미유는 지난 2주간 깊이 고민해 온 것들을 에토에게 전했다. 중간중간 말이 막히고 더듬거리기도 했지만, 자신의 심경 변화를 솔직하게 털어놓았다.

지금까지는 줄곧 내가 어떻게 하고 싶은지만 생각했다. 아이를 낳고 키우고 싶다는 일념만 가지고 있었다. 아이를 훌륭하게 키우는 게 나를 떠난 남자 친구와 임신 사실을 알고 등을 돌린 부모에게 복수하는 길이라고 믿었다.

고립무원의 상황에서도 꿋꿋하게 아이를 키워내는 것. 그것이 어머니의 의무라고 고집스럽게 믿었다.

"하지만 부모의 의무는 무엇보다 아이의 행복을 가장 먼저 생각하는 거잖아요? 그걸 깨달았어요. 뭐가 이 아이에게 가장 좋은 일인지를."

눈물 한 방울이 뺨을 타고 흘렀다. 미유는 손등으로 눈물을 쓱 닦았다.

"전 이 아이에게 가장 좋은 걸 해 줄 수 없어요."

이제는 더 이상 멈출 수 없는 눈물이 계속 흘러내렸다. 결국 미유는 손수건을 얼굴에 대고 흐느꼈다. 에토가 테이블을 돌아와 미유의 등을 부드럽게 토닥였다.

"네, 그래요. 알겠어요, 미유 씨."

아이처럼 흐느끼는 미유를 다정하게 안아 줬다.

"전 아는 것도 없고, 돈도 없고, 갈 곳도 없고……. 이런 제가 엄마가 된다면 이 아이에게는 분명 짐만 될 거예요."

손수건 안에서 울먹이며 말하자 에토는 고개를 떨군 미유의 얼굴을 살포시 들어 올렸다. 그리고 눈물로 엉망이 된 미유의 두 볼을 손바닥으로 닦아 줬다. 눈물 때문에 얼굴에 붙은 머리카락도 조심스럽게 쓸어 넘겨 줬다.

"아니, 그렇지 않아요. 절대 그렇지 않아요. 아이를 낳는 다는 건 정말 큰 일이에요. 그리고 그걸 해내려는 미유 씨는 이미 훌륭한 엄마예요."

그 말을 듣고 미유는 또 한참을 울었다. 에토의 품에 얼굴을 묻은 채로.

뱃속에 깃든 생명을 세상에 태어나게 하는 것도 엄마의 중요한 사명이다. 그렇게 말해 줘서 기뻤다. 내가 아이를 위해 해 줄 수 있는 단 하나의 일. 그것만큼은 꼭 해내자. 오랫동안 방황하고 흔들렸던 마음이 맑게 걷혔다. 더는 흔들리지 않겠다.

미유가 마음껏 울게 기다려 주고 나서 에토는 말했다.

"자, 그럼 이제 또 한 명의 엄마를 찾아보기로 해요. 미유 씨에게 소중한 생명을 이어받을 엄마를요."

미유의 결심은 가나코와 아키라에게도 전해졌다.

두 사람 다 미유의 결정에 특별한 의견은 내지 않고 미유가 깊은 고민 끝에 내린 결정을 존중해 줬다.

그리고 미유에게는 이 사실을 꼭 전하고 싶은 사람이 또 있었다.

가나코와 아키라에게 양해를 구하고 미유는 자기 집을 향해 발걸음을 옮겼다. 미리 가겠다고 전해서 아버지도 집에 있을 터였다. 각오를 단단히 하고 나선 길이지만 집에 가까워질수록 발걸음이 점점 느려졌다. 심한 말을 듣고 쫓겨났던 기억이 되살아나 저절로 몸이 떨렸다. 아버지를 마주하는 게 두려웠다. 하지만 그때 느낀 감정은 시간이 흐르며 조금씩 달라졌다.

아버지와 어머니 모두 나를 소중하게 키워 줬다. 그 사실만큼은 어떤 일이 있어도 변하지 않는다. 그렇게 애지중지 키워 온 딸이 어느 날 갑자기 임신을 하고 무턱대고 아이를 낳겠다며 고집을 부렸다. 아이를 낳고 키우는 게 얼마나 힘든지도 모르고, 각오도 없이 오로지 고집으로 밀어붙이려 했다. 그런 딸의 모습이 부모에게는 누구보다 훤히 보였을 것이다.

그렇기 때문에 꼭 내 결정을 전하고 싶었다. 그리고 아이를 보내고 난 뒤 어떻게 살아갈지에 대해서도 이해받고 싶었다.

그리운 집이 눈앞에 보였다. 대문 앞에서 잠시 멈춰 섰다. 여기서 교복을 입고 매일 등교하던 날이 이제는 까마득한 옛날처럼 느껴졌다. 철제 대문을 밀고 계단을 올랐다. 지금 망설이면 평생 후회할 것 같다는 생각에 용기 내어 현관문을 열었다.

"저 왔어요."

무심코 그렇게 말했을 때 목소리가 떨렸다.

곧바로 거실 미닫이문이 열리며 어머니가 나왔다.

"미유!"

어머니는 쏜살같이 뛰어와 미유의 손을 잡았다.

"잘 지냈어? 배가 많이 나왔네."

아기의 상태도 물어서 건강하게 잘 자라고 있다고 대답했다.

"응, 어서 들어와. 아빠도 기다리고 계셔."

"응."

신발을 벗으며 미유는 출산용품을 챙겨 준 것에 대해 감사를 전했다.

"나 혼자 몰래 준비했는데 결국 아빠도 알게 됐어. 그래도 아무 말 안 하더라. 출산은 여자가 할 큰 일이니 남자가 왈가왈부할 문제는 아니긴 하지."

그 말을 듣고 미유는 놀랐다. 지금껏 어머니는 아버지의 말을 순순히 따르는 사람이라고 생각했다. 아니면 어머니도 변한 걸까. 미유는 어머니를 따라 거실로 향했다. 소파에 앉은 아버지가 보이자 몸이 굳었다. 아버지 역시 이제는 임부복이 자연스러워진 딸을 보며 놀람과 당혹감이 섞인 표정을 지었다.

"아빠, 저 왔어요."

"그래."

어색한 분위기가 방 안을 감쌌다.

"거기 서 있지 말고 앉으렴."

어머니의 재촉에 미유는 조심스럽게 아버지와 마주 앉았다. 소파 위의 둥근 쿠션과 줄무늬 커튼이 모두 눈에 익었지만 지금 이 순간만큼은 왠지 낯설고 멀게 느껴졌다. 예전 이 집에 속해 있던 '나'는 이제 없다. 소파에 누워 커튼 너머 정원을 바라보던 그 시절 나로는 더는 돌아갈 수 없다.

왠지 쓸쓸하고 허탈한 기분에 사로잡혔다. 하지만 이제는 뒤돌아보지 않겠다고 결심했다.

어머니가 사이다를 따라서 가져다줬다. 잔에서 청량한 거품이 피어오르고 있다. 할 말을 고르며 고개를 숙이고 있는 미유에게 어머니가 먼저 근황을 물었다. 그린 게이블스에서 일에 어느 정도 익숙해졌다는 이야기, 그곳에서 함께 지내는 가족들에 대한 이야기, 그리고 곧 마터니티 하우스로 옮겨 출산을 준비할 거라는 이야기 등을 미유는 담담하게 이야기했다. 정기적으로 산부인과 검진을 받고 있다고도 덧붙였다. 아버지는 내내 무표정하게 미유의 이야기를 들었지만, 뱃속의 아이가 여자아이라는 말을 들었을 때만은 얼굴을 살짝 찡그리는 듯 보였다. 하지만 금세 다시 감정을 감춰서 그게 불쾌함인지 아니면 벅찬 감정이 올라온 것인지는 알 수 없었다.

"그래. 여자아이구나."

어머니는 감개무량한 것처럼 말했다. 다음 말은 이어지지 않았다.

미유는 허리를 곧게 세웠다.

"이 아이, 입양 보내려고 해요."

미유는 배에 손을 얹고 온 힘을 다해 말을 짜냈다. 어머니가 깜짝 놀란 듯 눈을 크게 뜨고 아버지와 눈을 마주쳤다. 하지만 아버지는 여전히 입을 열지 않았다.

"제가 스스로 고민해서 내린 결정이에요. 이 아이를 생각해서요. 아이를 간절히 원하는 부부에게 간다면 더 행복하게 자랄 수 있을 거라고 판단했어요."

아이를 보내는 결심이 결코 아버지의 뜻을 따른 게 아니라는 걸 분명히 해 두고 싶었다.

"전 아직 이 아이를 행복하게 해 줄 능력이 없어요. 그걸 분명히 깨달았어요."

미유는 감정에 휩쓸리지 않고 침착하게 말을 이었다.

"전 어머니 역할을 다할 수 없어요. 그래서 저 대신 아이의 부모가 되어 줄 사람을 아동 상담소에 찾아 달라고 부탁했어요."

크게 숨을 한 번 들이마시고 다시 입을 열었다.

"제가 어머니로서 아이에게 해 줄 수 있는 가장 좋은 선택이 입양이라고 판단한 거예요."

"미유."

어머니가 소파 옆으로 다가와 미유의 손을 잡았다. 그리고 조용히, 여러 번 그 손을 어루만졌다.

"아빠."

미유는 어머니에게 손을 맡긴 채로 아버지를 향해 말했다.

"제가 아직 모르는 게 정말 많다는 걸 깨달았어요. 그래서 아이를 새로운 부모에게 무사히 맡기고 나면 일하면서 공부를 해 보려고 해요."

이번에는 아버지의 얼굴에 확실히 놀란 기색이 떠올랐다.

"대학에도 가고 싶어요. 제힘으로 돈을 모아서요."

거기까지 털어놓고 나니 마음이 한결 가벼워졌다.

"오늘은 그 말을 전해 드리러 왔어요. 앞으로는 제힘으로 살아갈 거예요. 그러니 이제 저 때문에 걱정하지 마세요. 두 분께도 더 이상 폐 끼치지 않을게요."

출산 이후에도 케이스 워커가 당분간 생활을 도와줄 거라 안심해도 된다고도 전했다.

"지금 머무르고 있는 게스트하우스 분들, 그리고 전 그곳에 소개해 주신 NPO 분들도 정말 좋은 분들이에요."

미유의 손을 꼭 쥔 어머니의 눈에는 눈물이 고여 있었다. 미유는 어머니의 손을 살며시 떼어내고 부른 배를 감싸며 자리에서 일어섰다.

"그럼 이만 가 볼게요."

그리고 집 안을 한 바퀴 천천히 둘러봤다. 다음에 언제 다시 이곳을 찾게 될까. 그때까지 잘 기억해 두고 싶었다.

"미유."

아버지가 딸을 올려다보며 입을 열었다. 한 걸음 내디디려던 미유는 멈춰 서서 아버지를 봤다.

"네가 아이를 입양 보내고 일하면서 학교에 다니고 싶다는 마음은 잘 알겠다."

어머니는 불안한 눈빛으로 남편과 딸을 번갈아 봤다.

"그 결정에는 반대하지 않으마. 네가 공부하고 싶다면, 그렇게 해. 다만."

아버지의 근엄한 목소리에 미유는 저도 모르게 주눅이 들었다.

"일을 하든 학교에 다니든 이 집에서 다녀라."

"여보……."

어머니의 눈에서 결국 참았던 눈물이 흘러내렸다.

미유는 아무 말도 하지 못하고 그 자리에 서 있었다. 아버지의 말이 믿기지 않았다.

"그래. 넌 분명 아직 배울 게 많아. 그걸 스스로 깨달았다면 그걸 뒷받침하는 게 부모의 역할이겠지. 우리도 부모니까."

한 치의 흔들림도 없이 담담하게 말하는 아버지 앞에서 미유는 뭐라고 대답해야 할지 알 수 없었다.

나는 아기를 낳음으로써 엄마가 된다. 아기가 곧바로 다른 부모에게 간다고 해도 그 사실만큼은 변하지 않는다. 하지만 나는 엄마인 동시에 딸이기도 하다. 그리고 나의 부모 역시 아이의 행복을 진심으로 바라고 있다. 그 무게감과 고마움이 자연스럽게 마음에 와닿았다.

아이를 낳는다는 건 그런 것이다. 누군가가 누군가의 부모가 되고, 또 누군가의 자식이 되며, 그렇게 이어져 가는 것.

"아이를 잘 낳고 훌륭한 엄마가 돼서 돌아와라."

그 말을 남긴 채 아버지는 조용히 자리에서 일어나 거실을 나갔다. 아버지의 뒷모습을 향해 미유는 고개를 깊숙이 숙였다. 어머니가 흐느끼는 소리는 아직 멎지 않았다.

그린 게이블스에서 조용히 마터니티 하우스에 갈 날을 기다렸다. 여기 머무는 시간도 이제 정말 얼마 남지 않았다. 그 사실을 가나코에게 전해 들은 미쿠는 자꾸만 미유 곁에 있으려 했다. 마른 수건을 개는 미유를 도우며 미쿠는 재잘재잘 말을 걸었다.

"미유 언니의 아기는 어떤 아기일까? 나도 정말 보고 싶어. 태어나면 데리고 와 줄 수 있어?"

"아니, 그건 안 돼. 아기는 다른 아버지, 어머니가 키워 주시기로 했거든."

이런 이야기를 미쿠에게 해도 괜찮을까. 태어나자마자 버려져 가나코에게 맡겨진 미쿠에게. 하지만 천진난만한 소녀는 솔직한 의문을 입에 올렸다.

"왜? 미유 언니가 키우면 되잖아."

미유는 슬며시 가나코 쪽을 봤다. 가나코는 부엌에서 설거지를 하며 미소 띤 얼굴로 두 사람의 대화를 듣고 있다. 가나코의 발치에는 다이치가 매달려 있었다.

"언니도 그러고 싶지만 지금은 아기를 제대로 키울 수가 없어. 그래서 아기를 정말 간절히 원하는 분들께 맡기기로 한 거야."

이렇게 서툰 설명으로 어린 미쿠가 납득할까. 혹시라도 미쿠의 마음에 상처를 주는 건 아닐까. 그런 불안이 머리를 스쳤다.

"흐응, 그렇구나."

미쿠는 잠시 생각에 잠긴 듯한 표정을 지었다.

"아기가 새 아빠, 엄마한테 가는 거네."

그러고는 금세 다시 얼굴이 환해졌다.

"그치만 언젠가는 미유 언니를 다시 찾아올 수도 있어!"

예상치 못한 말에 빨래를 개던 손이 멈췄다. 가나코는 여전히 온화한 표정 그대로다. 이 모녀 사이에서는 이런 이야기도 자연스럽게 오가는 주제일지 모른다. 순수한 미쿠는 속에 떠오른 생각을 가감 없이 입에 담는다. 그리고 가나코와 아키라는 그런 말에 언제나 진지하게 대답해 줬다.

미유는 무심결에 물었다.

"미쿠는 미쿠를 낳아 준 엄마를 만나고 싶어?"

"응, 만나고 싶어."

너무 망설임 없는 대답에 오히려 미유가 당황했다.

"왜?"

목소리가 떨렸다. 내가 곧 떠나보낼 아이가 훗날 어떤 마음을 품을지 깊이 생각해 본 적이 없었다.

"날 낳아 준 사람도 엄마니까. 그 사람이 낳아 주지 않았다면 엄마를 만날 수도 없었잖아."

그러더니 미쿠는 "아, 뒤에 말한 엄마는 이 엄마" 하고 가나코를 가리켰다.

"그치?" 하고 다시 가나코에게 동의를 구하는 미쿠에게 가나코는 "그렇지"라고 대답해 줬다.

그 말을 들은 다이치는 가나코의 다리에 매달린 채 "엄마, 엄마" 하고 애교 섞인 목소리를 냈다. 실종 사건 이후 다이치는 미쿠를 따라 가나코를 '엄마'라고 부르기 시작했다. 하지만 가나코는 그걸 굳이 고치러 들지 않았다.

호칭 같은 게 뭐가 중요하냐며 태연하게 받아들이는 모습이다.

그린 게이블스의 조금 특별한 가족은 어딘가 묘한 인연으로 단단히 묶여 있었다.

얼마 후 에토에게서 입양 부모가 결정됐다는 연락이 왔다. 호쿠리쿠 지역에 사는 부부라고 했다.

"그렇게 멀리요?"

"아직 이름을 알려 드릴 수 없지만 좋은 분들이에요."

30대 후반의 부부라고 했다.

"오랫동안 난임 치료를 받았지만 끝내 아이를 갖지 못했다고 해요. 지금은 입양을 희망하며 관련 교육을 아주 열심히 받고 계세요. 아이를 만나는 날을 손꼽아 기다리신대요. 분명 아기를 사랑으로 잘 보살펴 줄 테니 안심하셔도 돼요."

이번 입양은 다치카와 아동 상담소를 통해 타 지역 아동 상담소, 의료기관, 복지 단체 등과 협력을 거쳐 성사됐다. 아동 상담소 담당자가 "곧 태어날 아기의 부모가 되어주시겠습니까?"라고 전화를 걸었을 때 수화기 너머에서 입양 부모 후보는 감격에 겨워 눈물을 터뜨렸다고 한다. 그 순간을 얼마나 간절히 기다려 왔을까. 뜻하지 않게 아이를 갖지 못한 부부는 오랫동안 아이를 키울 날만을 꿈꿔 왔을 것이다.

에토는 양쪽 모두가 원하면 출산 전에 만나는 것도 가능하다고 알려 줬다.

"뵙고 싶어요."

스스로도 놀랄 만큼 미유는 망설임 없이 말했다.

"어떤 분들이 아이를 키워 주실지 알고 싶고, 또 잘 부탁드리고 싶어요. 아기를."

"알겠어요. 그쪽 담당자한테 의향을 물어볼게요."

만약 미유가 그린 게이블스에서 미쿠를 만나지 않았다면 입양 부모를 만나는 걸 꺼렸을지 모른다. 아이를 낳고 떠나

달빛이 닿는 거리

보내는 데 죄책감을 느끼고, 나 대신 아이를 맡아 줄 사람들의 얼굴도 제대로 마주하지 못했을 것이다.

하지만 지금은 다르다. 당당하게 아이의 행복을 바라며 움직일 수 있다. '낳은 엄마'에게도 그럴 자격이 있고, 앞으로도 아이와 어딘가에서 계속 이어져 있을 거라는 확신이 들었다. 언젠가 다시 만날 수도, 다시는 만나지 못할 수도 있다. 그래도 괜찮다고 생각할 수 있게 됐다.

―아이들은 말이지. 스스로 성장할 힘을 지니고 있어.

루이코의 그 말도 미유의 용기를 북돋워 줬다. 다이치의 상태를 보러 온 아동 상담소 직원 기타무라에게 "다이치는 우리 아이야. 어디에도 못 보내!"라고 당당히 외친 용감한 노부인.

달빛은 비록 약하지만 세상 모든 곳을 비추고 있다. 달빛이 닿는 그 거리에 내가 낳은 아이가 있다고 생각하면 외롭지 않다. 앞으로도 밤하늘에 뜬 달을 볼 때마다 그렇게 느낄 것이다.

떠나보낼 아이에게 편지를 써 보는 게 어떻겠느냐는 에토의 제안에 미유는 자신의 마음을 담아 글을 적었다. 너무 긴 편지는 나중에 아이가 성장해서 읽었을 때 부담이 될 수도 있으니 짧게 썼다. 짧지만, 지금 미유가 전할 수 있는 가장 솔직한 마음이 오롯이 담긴 편지였다.

그리고 아르바이트로 번 돈으로 베이비 링을 하나 샀다.

작은 진주가 박힌 소박한 베이비 링이었다. 인터넷으로 주문했고 그리 비싼 물건은 아니었다. 그래도 꼭 진주가 달린 디자인이어야만 했다. 진주는 달을 닮았으니까. 미유는 그 반지를 편지와 함께 새로운 아버지, 어머니에게 건넬 생각이었다. 처음이자 마지막이 될 내 아이를 위한 선물이었다.

배송된 작은 반지를 손바닥 위에 올려봤다. 부드럽고 투명한 진주의 윤기를 찬찬히 관찰했다. 마치 빛을 반사하는 듯 보이면서도 동시에 품고 있는 듯한 느낌. 안쪽에서부터 은은하게 빛을 내는 느낌. 미유를 보며 '안에서부터 빛이 나는 느낌이야'라고 해 준 가나코의 말을 떠올렸다.

언젠가 아이가 자라 이 편지와 반지를 봤을 때 나와 같은 느낌을 받았으면 좋겠다고 바랐다. 그것만으로 충분했다.

미유의 결심을 들은 지사가 그린 게이블스를 찾아왔다.

"지사 씨를 처음 만났을 때는 어떻게든 이 아이를 낳고 내 손으로 키우겠다고 고집했잖아요. 그런데 결국 이렇게 하기로 마음먹었어요."

미유는 자기 방에서 지사와 마주 앉아 그렇게 말했다.

"응. 미유가 스스로 내린 결정이니 응원할게."

"감사해요. 지금 제가 아이에게 해 줄 수 있는 가장 좋은 게 뭔지 정말 많이 고민했어요. 그리고 이게 가장 좋은 길이라고 판단했어요."

"그래. 그런 용기도 엄마에게는 꼭 필요한 거야."

"그분들이라면 분명 아이를 정말 정성껏, 소중히 키워 주실 거라 믿어요. 오랫동안 아이를 기다려 온 부부라고 하더라고요."

에토와 상의한 구체적인 내용도 지사에게 전했다. 출산 전 한 차례 면담을 요청한 것. 진통이 시작되면 그들이 산부인과로 달려와 대기하게 될 거라는 것. 아이의 이름은 새 부모가 지어 줄 예정이며, 미유는 단 한 번 아이를 품에 안고 짧은 시간을 보낸 후 그들에게 아이를 인계하기로 했다는 것. 그리고 양부모 측에서 미유가 아기를 안고 있는 모습을 사진으로 남겨 주기를 부탁했다는 사실도 전했다. 언젠가 아이가 '날 낳아 준 엄마는 어떤 사람이야?'라고 물었을 때 보여 주기 위해서라고 했다. 그들은 아이에게 가능한 이른 시기에 진실을 알리기로 결심했다고 한다.

그 후 양부모는 아기를 데리고 곧장 집에 돌아갈 것이다.

"그렇구나."

담담하게 말하려 애쓰는 미유의 말에 담긴 복잡한 감정을 읽은 듯 지사는 짧게 대답했다. 이 결정에 이르기까지 미유가 겪었을 수많은 고민을 지사는 누구보다 잘 알았다.

그리고 미유가 출산 후 집에 돌아가 일하면서 학교에 다니기로 한 선택 역시 진심으로 기뻐해 줬다.

미유는 진주가 박힌 베이비 링을 지사에게 보여 줬다.

지사는 아무 말 없이 반지를 한참 바라봤다.

"이걸 태어난 아기에게 줄 거예요. 편지와 함께."

"멋지네."

지사는 검지로 진주를 살짝 쓸었다.

"진주조개는 말이지. 몸 안에 이물질이 들어오면 너무 아파서 견디지 못한대. 그래서 자기 몸에서 나오는 진주층으로 그걸 감싸기 시작한대. 겹겹이, 층을 이룰 정도로 말이야. 그렇게 시간이 지나면 이렇게 고운 진주가 만들어지는 거야."

지사는 진주를 들어 빛에 비추는 시늉을 했다.

"신기하지? 아픈 만큼 이렇게 아름다워진다는 게."

그러고는 미유의 손에 다시 반지를 건넸다.

"미유의 그 마음, 분명 아이한테 잘 전해질 거라고 믿어."

지사는 두 눈을 가늘게 뜨고 활짝 웃었다.

오봉 연휴* 지나고 미유는 천천히 짐 정리를 시작했다.

그린 게이블스에서 보낸 시간은 길지 않지만, 이곳은 인생에서 가장 큰 결단을 내린 장소다. 앞으로 살아가며 결코 잊지 못할 것이다. 익숙한 오쿠타마의 풍경도 언젠가 그리운 기억으로 떠오를 것이다.

그런 미유에게 아키라는 나무를 깎아 만든 작품 하나를

---

* 양력 8월 15일 전후 3일을 쉬는 일본의 황금연휴 기간.

건넸다. 한 손에 쏙 들어올 정도로 작고 납작한 원형 조각품이었다. 전에 아키라와 이야기를 나눌 때 그가 작업실에서 조용히 깎던 그 조각이라는 걸 미유는 알아차렸다. 조각에는 미묘한 굴곡이 있어 어떻게 보면 태아가 웅크리고 있는 것처럼 보였다. 조금 멀리서 보면 보름달 같기도 했다.

미유는 한동안 그 조각에서 눈을 떼지 못했다. 그리고 손으로 여러 번 조심스레 쓰다듬었다.

"감사합니다. 소중히 간직할게요."

그렇게 말하자 아키라는 만족한 듯 웃었다.

그날 미유는 미쿠와 다이치를 데리고 다마가와 강변을 걸었다. 자갈이 많아 발을 헛디딜 수 있기에 미쿠는 미유의 손을 꼭 붙잡고 "괜찮아? 넘어지지 마" 하고 걱정해 줬다.

다이치는 강가에서 돌을 열심히 주워 모으며 신이 나 있었다.

"이건 고래!"

"이건 소뿔이야."

"이건 주먹밥."

다이치는 돌을 주울 때마다 미유와 미쿠에게 들고 와 돌에서 떠오른 모양을 말했다. 늘 아키라의 작업실에서 노는 아이답게 다이치는 상상력이 풍부했다.

강 위로 불어오는 바람은 가을 기운을 머금어서 계절이 바뀌고 있다는 걸 온몸으로 느낄 수 있었다. 미쿠와 다이치의 장난에 이끌려 미유도 강물에 손을 담가 봤다. 차가운 물결 위로 퍼지는 잔물결과 그 위에 반사되는 빛이 깊은 색을 머금고 있다. 강가에 선 나무들도 잎을 떨굴 준비를 마친 듯이 고요하게 서 있다. 벌써부터 매서운 계절의 도래를 예감하는 기운이 감돌았다.

모든 게 앞으로 나아가고 있다. 아직 태어나기도 전인 아기도 태어날 각오가 선 것처럼 뱃속에서 점점 아래로 내려와 움직임을 멈추고 있다.

더 이상 여기서 머뭇거리고 있을 수 없다. 아이를 무사히 낳아 세상에 보내는 것. 그리고 새로운 부모에게 잘 맡기고 이별을 고하는 것. 그것이 지금 자신에게 주어진 가장 중요한 임무다. 아이의 '시작'만큼은 책임지고 마무리해야 한다.

준야는 지금 어떻게 지내고 있을까. 오랫동안 생각도 하지 않은 그가 문득 떠올랐다. 이미 헤어졌고 어쩌면 다시는 볼 수 없을지도 모르지만, 그래도 그가 아이의 아버지라는 사실 역시 바뀌지 않는다. 분명 준야도 곧 태어날 자기 아이를 가끔 떠올릴 것이다. 그리고 앞으로도 종종 얼굴조차 본 적 없는 아이를 생각하게 될 것이다.

그 이야기는 편지에도 담았다. 만약 언젠가 아이가 자신의 뿌리를 알고 싶어 미유를 찾아온다면 그때 아버지가 어떤 사람이었는지 이야기해 줘야 한다. 그런 날이 정말 올지 알 수 없지만, 적어도 내가 낳은 아이에게 부끄럽지 않은 삶을 살아야겠다고 미유는 다짐했다.

　미쿠와 다이치의 손을 잡고 그린 게이블스로 이어지는 완만한 언덕길을 올랐다. 앞마당의 메이플라워 나무 아래에 휠체어에 앉은 루이코와 곁에 다정히 붙어 있는 가나코의 모습이 보였다. 두 사람은 뭔가 말을 주고받는 듯했다.

　때때로 날카로운 칼날처럼 날아오는 루이코의 빈정거림이나 제멋대로인 말도 태연히 받아넘기는 가나코의 태도를 보고 있으면 모녀 사이의 유대가 얼마나 단단하고 깊은지 느끼게 된다. 그 유대는 애정이나 연민, 용서 같은 복잡한 감정들로 단단히 다져져 왔을지 모른다. 그런 확고한 유대가 있기에 루이코의 치매로 인한 망각이나 고집도 가나코는 따뜻하게 받아 줄 수 있는 게 아닐까.

　그렇게 함께 시간을 쌓아 온 모녀의 오랜 역사에는 말로 다할 수 없는 깊이가 있다.

　"아이고."

　세 사람이 메이플라워 나무 가까이 다가가자 루이코가 고개를 돌려 말했다.

　"세 아이가 다정하게 손잡고 오는 줄 알았더니 그중 한 명은 곧 엄마라니. 세상 오래 살고 볼 일이라니까."

　"엄마도 참."

　가나코가 난처한 얼굴로 미유를 봤다. 루이코에게 이미 익숙한 미유는 전혀 신경 쓰지 않았다.

"할머니, 사실 서운한 거잖아요. 미유 언니가 없어지는 게."

미쿠가 키득키득 웃으며 말했다.

"그러게. 이제 할머니의 푸념과 자랑을 들어줄 사람이 없어지니."

가나코가 부드럽게 맞받았다. 루이코는 훙 하고 고개를 돌렸다.

두 사람의 머리 위에서 메이플라워의 나뭇잎이 살랑거리며 바람에 흔들렸다. 가나코는 나뭇가지 끝을 올려다봤다.

"9월이 되면 이 나무에 빨간 열매가 열려. 참 예쁜 열맨데 미유한테 보여 줄 수 없는 게 아쉽네."

"그 열매로 잼을 만들어."

미쿠의 말에 다이치가 "잼! 잼!" 하며 깡충깡충 뛰었다.

"다이치는 아직 못 먹어 봤지? 이번에는 같이 만들자."

가나코는 다이치의 머리를 쓰다듬었다.

"이 나무, 엄마가 심었지? 참 좋다. 꽃도 예쁘고, 열매도 먹을 수 있고."

미쿠가 손끝으로 나뭇잎을 쓰다듬으며 말했다. 끝부분이 톱니처럼 잘게 갈라진 잎이다.

"『빨강머리 앤』에 나오는 꽃이라 심은 거지. 네 엄마는 아직도 어린애야."

루이코가 반격에 나섰다.

"게다가 결혼도 안 하고 맨날 꿈같은 이야기나 하고 있으니, 참 답도 없다니까."

"참 답도 없다니까."

다이치가 루이코를 따라 하자 가나코와 미쿠가 웃음을 풋 터뜨렸다.

"다이치."

루이코는 단호한 눈빛으로 다이치를 내려다봤다.

"여기가 네 집이야. 앞으로는 길 잃어버리면 안 돼. 이 나무가 표시야. 알았지?"

"맞아, 맞아! 봄에는 하얀 꽃이 피고 가을에는 빨간 열매가 열리는 나무!"

미쿠가 신나게 말을 이었지만 루이코는 그 말에는 대꾸하지 않고 스스로 휠체어를 휙 돌렸다.

"미쿠, 방까지 데려다주렴. 여긴 너무 더워서 못 있겠다."

"네, 네."

그때 언덕 아래에서 승합차 한 대가 올라오는 게 보였다. 평소 자주 오는 식품 가공 업체의 차다. 조수석에는 히사토가 앉아 있었다. 승합차가 메이플라워 나무 앞에 멈추자 문이 양쪽으로 열리고 업체 사장과 히사토가 나란히 내렸다.

"오는 길에 히사토도 태워 왔어."

체구가 작은 사장이 우렁찬 목소리로 말했다.

"얻어 타서 완전 행운이었지!"

친구 집에 놀러 갔다 왔다며 히사토가 웃으며 말했다. 콧

등에 땀이 송골송골 맺혀 있다.

"그럼 짐 내리는 거 좀 도와."

사장이 말하자 히사토가 승합차 뒤로 돌아갔다. 사장은 차의 해치백을 열고 안쪽으로 몸을 숙였다.

"아, 맞다. 좋은 거 하나 가져왔어."

그는 파란 캐리어를 꺼내 들고 와서 "자, 봐 봐" 하고 보여 줬다. 안에는 노랗고 둥근 과일이 몇 개 들어 있다. 휠체어에 앉아 심드렁한 표정으로 사람들의 분주한 모습을 지켜보던 루이코가 갑자기 눈을 크게 떴다.

"어머. 이건 참외잖아."

"맞아요. 역시 할머니, 알아보시네."

사장이 친근하게 말하자 루이코는 다시 언짢은 표정으로 돌아갔다.

"참외*? 그게 뭐야?"

미쿠가 매끈한 과일을 손으로 쓰다듬으며 물었다.

"차갑게 해서 먹으면 끝내 줘! 멜론보다 훨씬 맛있지!"

사장의 거친 말투에 루이코의 미간에 주름이 잡혔다.

"네? 정말요? 멜론보다?"

"진짜야. 얇게 썰어서 샐러드에 넣어도 맛있어."

그는 조후시에 있는 전통 채소 농가에서 받아 온 거라고

---

* 일본에서는 멜론이 참외를 대체해 시중에서 참외를 보기 어렵다.

설명했다.

"샐러드에 넣는다고요?"

히사토가 반신반의하듯 묻자 가나코가 장난스럽게 받아쳤다.

"그러고 보니 우리 히사토는 채소 싫어하지."

"근데 냄새는 진짜 좋아. 완전 멜론 같은 향이야."

미쿠의 말에 루이코도 "어디 보자" 하며 얼굴을 가까이 댔다.

"응, 그리운 냄새네. 어릴 때 자주 먹었지."

사장은 해치백에서 다른 채소와 가공품들을 꺼내며 걸걸한 목소리로 말했다.

"원래 제철 채소가 몸에 제일 좋은 법."

미쿠가 루이코의 휠체어를 밀고 옆에는 가나코가 나란히 서서 집 안으로 들어갔다. 그 뒤를 미유도 천천히 따라갔다. 짐을 부엌까지 옮겨 준 업체 사장은 다시 승합차도 돌아가 창문을 내려 얼굴을 내밀며 말했다.

"히사토, 채소도 잘 챙겨 먹어라."

"네."

승합차에 시동이 걸리고 막 출발하려던 찰나, 작업실 쪽에서 아키라가 걸어왔다.

"어이, 가메이!"

"오! 아키라!"

두 사람은 오래전부터 알고 지낸 사이라고 했다. 아키라는 승합차 옆으로 다가가 운전석 앞에 서서 대화를 나눴다.

"올여름 채소들은 좀 어때?"

"비가 너무 안 와서 말이야. 어느 농가든 다 속이 썩고 있어. 우리도 채소가 제대로 안 나오면 일을 못 하니 이리저리 뛰어다니며 어떻게든 모으고 있지. 조만간 차조기 열매 조림이 완성되면 가져다줄게."

그러자 아키라가 웃음을 터뜨렸다.

"뭐야, 왜?"

"아니, 늘 생각하지만, 너한테 정말 딱 맞는 일이구나 싶어서."

"시끄러워! 이제 간다!"

승합차가 엔진 소리를 요란하게 울리며 멀어져 갔다.

그때 고추잠자리 한 마리가 미유의 눈앞을 지나 스윽 날아갔다.

잠자리는 불어오는 바람을 타고 점점 더 높이 날아올랐다. 고개를 들어 올려다본 하늘에는 하얀 달이 떠 있다. 그 푸른 하늘과 하얀 달을 가만히 보고 있으니 뱃속의 아이가 꾹 하고 움직였다. 미유는 본능적으로 배 위에 손을 올렸다.

"얼마 안 남았어. 이제 곧 만나게 될 거야."

그런 말이 저절로 입에서 새어 나왔다.

그 말에 대답이라도 하듯 아기는 다시 움직였다. 아이의 얼굴을 처음 마주했을 때 나는 어떤 말을 해 줄 수 있을까. 그 자리에는 새로운 아빠, 엄마도 함께하겠지만 그래도 내가 가장 먼저 말을 걸 것이다. 태어나서 처음 마주한 사람을 이 아이는 기억하지 못하겠지만.

하지만 망막에 비칠 그 순간이 희미한 기억으로라도 남아 주기를. 내 뱃속이 세상에 오기 전 '처음 머물렀던 장소'라는 게 어딘가에 새겨지기를.

작은 눈을 들여다보며, 그리고…….

옮긴이의 말

은은한 달빛 아래에서, 피보다 붉은 인연을 품다

여러분은 '가족' 하면 가장 먼저 머릿속에 어떤 이미지가 떠오르시나요? 아마도 따뜻한 식탁, 서로를 걱정하는 다정한 목소리, 때로는 소소한 다툼과 화해의 순간들이 떠오를지 모릅니다. 표준국어대사전에는 '가족'이란 '주로 부부를 중심으로 한, 친족 관계에 있는 사람들의 집단. 또는 그 구성원. 혼인, 혈연, 입양 등으로 이루어진다'라고 정의돼 있습니다. '혼인, 혈연, 입양 등'으로 구성 방식은 비교적 세분화돼 있지만, 그 중심에는 엄연히 '친족 관계'라는 개념이 자리하고 있음을 알 수 있습니다. 하지만 세상에는 이 사전적 정의에 꼭 들어맞지 않더라도 같은 지붕 아래에서 서로의 상처를 어루만지고 삶의 무게와 마음을 함께 나누는 이들이 있습니다. 또 가족이라는 단어가 주는 아늑함 뒤에 때로는 외로움과 소외가 숨어 있고, 일반적인 통념과 다르다는 이유로 사회의 편견 어린 시선에 상처받고 아파하는 사람들이 있기도 합니다. 이렇듯 현대 사회로 오면서 가족의 형태는 점점 더 다양해지고, 그만큼 가족을 둘러싼 고민과 갈등 역시 복잡해졌습니다. 우리는 과연 무엇을 가족이라 부를 수 있을까요? 혈연과 친족 관계만이 가족을 증명하는 유일한 끈일까요. 아니면 마음이 닿는 곳에 진짜 가족의 의미가 깃드는 걸까요. 여기, 미스터리 소설이라는 형식을 빌려 우리 시대 가족의 정의와 존재 방식에 대해 끊임없이 질문을 던지는 작가와 작품이 있습니다. 바로 우사미 마코토의 『달빛이 닿는 거리』입니다.

이야기는 평범한 여고생 미유의 삶에서 시작됩니다. 어느 날, 미유는 예상치 못한 임신이라는 커다란 파도에 휩쓸리며 자신이 서 있던 일상이 송두리째 흔들리는 경험을 하게 됩니다. 중절 수술을 하기에는 이미 늦어 버린 상황. 남자 친구는 무책임하게 등을 돌리고, 믿었던 가족마저 더 이상 안전한 피난처가 되어 주지 못하자 깊은 절망과 불안 속에서 미유는 결국 극단적인 선택까지 떠올리게 됩니다. 그때 밤거리를 떠도는 소녀들에게 손을 내미는 비영리 단체 'ODORIBA'의 지사가 미유 앞에 나타납니다. 등에 커다란 문신이 새겨진 지사는, 세상에서 밀려난 소녀들에게 조용히 다가가 말을 걸고 그들에게 쉴 곳과 따뜻한 위로를 건네고 있었습니다. 지사의 도움으로 미유는 도쿄 근교 오쿠타마의 작은 마을에 있는 '그린 게이블스'라는 게스트하우스로 향하게 됩니다. 『빨강머리 앤』에서 이름을 따온 이곳은, 단순한 여행자용 숙소가 아니라 각기 다른 사연을 가진 아이들이 한데 모여 사는 위탁 가정입니다. 그곳에는 아키라와 가나코 남매, 그리고 연로한 어머니 루이코가 함께 살아가고 있었습니다. 그들 역시 어린 시절 학대와 상실, 정체성의 혼란 등 깊은 상처를 안고 있지만, 자신보다 더 아픈 아이들을 따뜻하게 품어 주려 애씁니다. 처음에는 그런 삶의 방식을 이해하지 못하던 미유는 이곳에서 혈연이 아닌 이들과 함께 살아가며 처음으로 가족이라는 것이 꼭 피를 나눈 사이라는 의미만은 아니라는 사실을 서서히 깨닫게 됩니다. 그렇게 달빛처럼 은은하지만 피보다 더 진한 새로운 '가족'을 만나면서 자신이 짊어진 삶의 무게를 나누고, 상처 입은 마음 위에 희망의 싹을 틔우며 가족의 진짜 의미를 다시 써 내려갑니다.

우사미 마코토는 2006년 『룸비니의 아이』라는 호러 단편으로 제1회 '유幽'괴담문학상 단편 부문 대상을 수상하며 데뷔했고, 서글픈 시대상과 그 파도에 휩쓸린 인간 군상의 모습을 과감하게 그려낸 정통 사회파 미스터리 『어리석은 자의 독』으로 2017년 제70회 일본 추리 작가 협회상을 수상하며 주로 정통파 미스터리와 호러의 대가로 이름을 알렸습니다. 『어리석은 자의 독』, 『죽음은 바로 옆 그림자 속에』, 『생지옥』, 『뼈를 기리다』 등 제목만으로도 무게감이 느껴지는 작품들과 비교적 근작인 『전망탑의 라푼젤』에 이르기까지, 작가의 초기와 중기 작품들은 특유의 처절한 현실 묘사와 인간의 어두운 본성에 대해 깊이 묻는 미스터리 소설들이 주를 이룹니다. 그러다가 2020년을 기점으로 『밤의 소리를 듣다』, 『아이는 무서운 꿈을 꾼다』, 그리고 본 작품 『달빛이 닿는 거리』에 이르기까지 최근에는 인간의 상처와 회복, 그리고 가족의 의미에 대해 한층 더 섬세하게 탐구한 작품들을 잇달아 내놓으며 새로운 평가를 받고 있습니다. 작가가 소설을 쓰는 이유라고 밝힌 '인간'이라는 공통된 주제 아래, 말 그대로 '블랙'과 '화이트'를 자유롭게 넘나드는 작품이라고 할 수 있습니다.

 그중 『달빛이 닿는 거리』는 '화이트'의 대표적인 작품으로 꼽을 수 있지만 그렇다고 해서 그 안에서 다루는 소재들이 결코 가볍지만은 않습니다. 위탁 가정, 미혼모, 아동 학대, 빈곤 등 현대 사회의 다양한 문제들을 다루면서도, 마냥 무겁거나 절망적으로만 그리지 않고 상처 입은 이들이 서로를 보듬으며 조금씩 나아가는 모습에 중점을 두는 것이 특징이라고 할까요. 이런 변화가 작가의 심경 변화에 따른 것인지는 알 수 없지만, 한 가지 분명한 것은 우사미 마코토의 시선은 언제나 인간의 고통과 희망, 그리고 그 사이에서 피어나는 연대에 머물러 있다는 점입니다. 그리고 60대 후반의 나이에도 해마다 3, 4권씩 작품을 발표하며 미스터리라는 외피 속에서 인간의 본질을 탐구하는 작가의 집념과 진심은 앞으로도 계속될 것입니다. 부디 『달빛이 닿는 거리』가 여러분의 마음 한구석에 달빛처럼 잔잔하게 스며들어 오래도록 남는 작품이 되기를 바랍니다.

2025년 여름
이연승

달빛이 닿는 거리

1판 1쇄 인쇄 2025년 7월 9일
1판 1쇄 발행 2025년 7월 18일

지은이 우사미 마코토 **옮긴이** 이연승
발행인 송호준 **편집장** 민현주 **총괄이사** 황인용
표지 디자인 소요 이경란 **본문 디자인** 송재원
마케팅 소금 **제작** 송승욱 **제작처** 블루엔
발행처 블루홀식스 **출판등록** 2016년 4월 5일 제 2016-000100호
주소 경기도 파주시 회동길 483-1 **전화** 031-955-9777 **팩스** 031-955-9779
이메일 blueholesix@naver.com

ISBN 979-11-93149-51-5 03830

- 저자와 출판사의 서면 허락 없이 내용의 일부를 무단 인용하거나 발췌하는 것을 금합니다.
- 책값은 뒤표지에 있습니다. 잘못된 책은 구입하신 곳에서 교환해 드립니다.